U0094309

姚广孝演义

马光复　赵　涛　主编

羽　翔　默　瑶　著

中国古代
军师
演义丛书

国际文化出版公司

·北京·

图书在版编目（CIP）数据

姚广孝演义 / 羽翔 , 默瑶著 . -- 北京 : 国际文化
出版公司 , 2023.2
（中国古代军师演义丛书 / 马光复 , 赵涛主编）
ISBN 978-7-5125-1380-8

Ⅰ . ①姚… Ⅱ . ①羽… ②默… Ⅲ . ①章回小说—中
国—当代 Ⅳ . ① I247.43

中国版本图书馆 CIP 数据核字 (2022) 第 008079 号

中国古代军师演义丛书·姚广孝演义

主　编	马光复　赵　涛
作　者	羽　翔　默　瑶
责任编辑	侯娟雅
出版发行	国际文化出版公司
选题策划	兴盛乐
经　销	全国新华书店
印　刷	保定市西城胶印有限公司
开　本	880 毫米 × 1230 毫米　　32 开
	12.5 印张　　280 千字
版　次	2023 年 2 月第 1 版
	2023 年 2 月第 1 次印刷
书　号	ISBN 978-7-5125-1380-8
定　价	69.80 元

国际文化出版公司
北京朝阳区东土城路乙 9 号　　　　　邮编：100013
总编室：（010）64270995　　　　　传真：（010）64270995
销售热线：（010）64271187
传真：（010）64271187-800
E-mail：icpc@95777.sina.net

序 言
Preface

　　中国是有着五千年悠久历史的文明古国，中华传统文化博大精深，军事文化是其中很重要的组成部分。在我国古代军事文化中，军师的产生与存在也是一个十分特殊而耀眼的现象。

　　中国古代军事文化源远流长，异彩绚烂，在世界文化发展史上具有突出地位。它是中国古代无数次王朝战争和大规模农民起义战争的经验总结。它的丰富内容，是前人留下的宝贵军事经验，是中华民族灿烂文化遗产的一个重要部分，是用流血换来的推动历史发展的理论财富，也是人类智慧的结晶。随着历史的发展和社会的前进，历代的军事家、战略家和不断涌现的军事论著中对于战争与军事问题的理性认识，也在不断地深入和提高，中国近代直至现代的军事思想，都从中批判地继承和吸取了许多有价值的内容。

　　在我国古代大大小小的战争中，军事家与战略家不断总结经验，逐渐形成了独特的"以仁为本"的战争观，它主要包括两层含义：

　　第一，战争的核心支柱是"以仁为本"，即所谓的"仁义之师"。《司马法·仁本第一》中即开宗明义："古者，以仁为本，以义治之之谓正。正不获意则权。"仁者使人亲和，义者使人心悦。仁和义，才是军队战斗力的核心凝聚力，才是赢得战争胜利的最根本的基础。

1

第二，战争首要准则是"师出有名"。古籍《礼记·檀弓下》中就明确主张"师必有名"，认为"师出无名"必将遭到众人的非议和反对，终成败局。

这些战争的基本原则，即使历史发展到今天，仍然是颠扑不破的真理。

中国传统军事文化包含着丰富的军事理论和深邃的军事思想，以及战争智慧、军事谋略、战略和战役的策划、战争指挥与战争部署等内容。在中国历史上曾发生无数大大小小的战争，在轰轰烈烈的战争历史进程中，时时刻刻都有军师（军事家、战略家）的身影，以及军师的劳苦、军师的智慧、军师的心血。

我国古代杰出军师，通过战争的实践，以及长期对战争的研究，总结出许多可贵的军事思想，值得我们学习与借鉴。比如：

一、重战思维。战争是国家头等大事。《孙子兵法》中就明确指出："兵者，国之大事，死生之地，存亡之道，不可不察也。"它认为战争是关系到国家生死存亡的头等大事，绝对不能大意，不能不认真研究和对待。

二、慎战思维。慎重对待战争，要仔细分析前因后果，以及各种形势与条件，不可以轻易言战。《孙子兵法》中这样写道："亡国不可以复存，死者不可以复生。故明君慎之，良将警之。"

三、备战思维。指的是战争要有准备，要未雨绸缪，不打无准备之战。必须重视备战，思想上时刻不要忘记战备，要做到"用兵之法，无恃其不来，恃吾有以待也；无恃其不攻，恃吾有所不可攻也。"（《孙子兵法》）

四、善战思维。就是要会用兵打仗。第一，注重以"道"为首要因素的多因素制胜论。"道"就是政治，是"令民与上同意也。故可以与之死，可以与之生，而不畏危也"。第二，庙算制胜论。庙算，是古代开战前在庙堂举行军事会议，商讨与谋划战争的一种方式。《孙子兵法》主张战前庙算，要对战争全局进行计划和筹划，制订出可行的战略方针。第三，"诡道"制胜论。《孙子兵法》里讲道："兵者，诡道也。"因此，他提出"能而示之不能，用而示之不用，近而示之远，远而示之近。利而诱之，乱而取之，实而备之，强而避之，怒而挠之，卑而骄之，佚而劳之，亲而离之"的诡道之法，进而达到"攻其不备，出其不意"的目的。第四，"知彼知己"制胜论。《孙子兵法》中写道："知彼知己，百战不殆；不知彼而知己，一胜一负；不知彼不知己，每战必殆。"

在用人方面，古代军师也有自己的精心总结。战争中怎样使用军事将领，几乎同样决定着战争的胜负。用将之道的原则是选贤任能，这不仅是古代军师的用将之道，也是社会的用人之方：

一、重将思维。即十分重视军队的将领工作，了解和统筹部属。《投笔肤谈·军势第七》指出："三军之势，莫重于将。"并且认为："大将，心也。士卒，四肢百骸也。"也就是我们现代所说的"千军易得，一将难求"。

二、选将思维。即注意考察、选拔将领工作。在古代，选将标准有五个。《孙子兵法》中就明确提出"将者，智、信、仁、勇、严也"。这五项标准即使在今天仍有极大的实用价值。

三、用将思维。即选人之后，还要用好人。古人认为，将帅使用的基本原则，就是第一信任和第二放手。要做到"用人不疑，疑人不用"。

古代军师是我国历史上一颗颗璀璨的明珠，他们的爱国主义思想、杰出的军事谋略与高超的指挥能力和军事智慧，是我们需要认真继承和弘扬的中华优秀传统文化遗产，广大读者也能够从中了解和学习我国古代军师那种兢兢业业、追求理想、大智大勇的精神，以及一丝不苟、认认真真学习和工作的高贵品德。

基于以上的认识，我们在20世纪90年代初策划了这套《中国古代军师演义》丛书，从中国古代众多军师人物中撷取十位。因为中国古代军师名录众多，撷取哪些人进入十大军师之中，曾有过不同看法。为了选题的严谨性，我们征求了著名历史文化学者、中国古典文学专家余冠英①先生的意见。

根据余先生的建议，本套丛书精选了十位具有重要历史地位的军师，用演义的文学样式，全面、生动、活泼、形象地书写他们辉煌的一生，书写他们的历史贡献以及丰功伟绩。作家们力求全书人物形象突出，故事性强，具有较强的可读性，能达到思想性与艺术性相结合的高度。

《中国古代军师演义》系列丛书一经上市，就受到广大读者的热烈欢迎。我们也深感欣慰。经历二十余年的沉淀，这套书也经受住时间的考验，在中国文化更有影响力的今天，为了

---

① 余冠英（1906－1995），江苏扬州人。毕业于清华大学，曾在清华大学、西南联大任教。1952年担任中国科学院文学研究所研究员，后又担任文学研究所主任，国家学术委员会主任。曾主编《中国文学史》《唐诗选》等。

更好地适应时代的变化，讲好中国故事，也为中华优秀传统文化的传播贡献一份力量，我们特组织了优秀的编辑老师对《中国古代军师演义》系列丛书进行重新修订、审校、设计，并对封面人物画像、内文插画进行了艺术创作，希望这套全新的丛书能再次给读者朋友带来更好的阅读体验。

阅读军师演义，不仅可以让我们形象地了解、认识、学习中国古代的军事与军师的高超智慧、战略思维、人格品德，帮助我们做好今天的工作，而且可以让我们享受阅读演义过程中的愉悦和快乐。

十卷军师演义的内容十分宽泛，历史材料的收集也繁简不一；书写工程宏大，还要做好取其精华去其糟粕。在塑造典型人物和描绘战事的时候，还要尽量坚持"大事不虚，小事不拘"的原则。因此，书中可能会有些许疏漏与不足，敬请学者专家和读者不吝赐教、指正。

马光复

（编审、国务院有突出贡献专家、中国作家协会会员、

北京作家协会儿童文学创作委员会副主任）

2022年4月

目 录
Contents

第一回　姚长林晚年得子
小后生幼怀奇志

　　元顺帝至顺二年（1333），妥懽帖睦尔继皇帝位，史称顺帝。

　　顺帝继位初，尚有雄心中兴大元。当时南方的苗部、北方的蒙古部均发生叛乱，他倾全国之兵力，去剿平两股叛逆，发誓维护元朝统治，改年号为元统。可是，天不佑元，元统二年（1334），国内几处发生天灾，国家捐税不继，国库空虚，几处地方官上表请求蠲免地赋，顺帝不允。

　　长洲（今苏州）一带春季蝗灾严重，秋季颗粒不收，可是官府征敛如常，不少农户只得乞讨度日。

　　尚能生活无忧的，只有少数非农户人家。长洲境内有个姚家庄，庄中有个郎中叫姚长林。姚家世代为医，至姚长林接替父亲行医，医术更精。因其超凡入圣、妙手回春，就医者络绎道路、充盈庭堂。虽然姚家医病廉资，而且对过贫者施医舍药，但每日收入仍足可使数口之家不忧衣食。

　　这一年姚家有两喜。一是姚长林治愈了乡宦韩于冰的难症。韩于冰是苏皖名士范常的朋友，范常与长洲知府黄碧是同学。韩于冰托范常求黄碧给姚长林送了一块旌扬医术的大匾。匾宽二尺余，长五尺，中间雕着"起死回生"四个大字和长洲知府的落款。蓝色底面，红字金勒，庄重典雅，悬在中庭门楣之上，满院生辉，从此就医者更多。二是姚长林之妻林氏喜得贵子。原来姚长林年过四十，还没有子女于膝下承欢。姚家几世人丁稀少，姚长林夫妻恐怕香烟不继，甚是忧愁。为此林氏到处烧香许愿，祈求神佛保佑怀孕生儿。可是上天终不佑下民，林氏几年求神拜佛毫无效应。后来，还是姚长林搜集了几个治妇女不孕症的良方，参考这几个方子配了一剂药，给林氏吃了，林氏才怀了孕，生了一个女儿，取名宁馨。但姚长林夫妻盼女更盼儿，林氏夫人在连用姚长林的药之后，不孕症治愈，宁馨出生后三年，林氏又十月怀胎，产下一个男婴。这个男婴体壮个大，明眸深目，幼时即有沉鸷之相。姚长林之父姚增年八十，尚健在，老人不仅精医，而且通相术，看了婴儿相貌后，道："这个孩子恐怕性格会太过沉静偏执，就取名广孝吧。希望他长大心胸开阔，性情温顺。"

姚长林夫妇家道殷实，不愁生计，把一双儿女当作一双明珠，加意育养。姚长林行医后，姚增就颐养天年，以教孙子、孙女读书为务。

宁馨和广孝都非常聪明。广孝聪慧尤甚，四岁跟祖父读书，七岁就能背诗百首。一天，他对祖父说："李白'五岁诵六甲'，杜甫'七岁能文章，作诗咏凤凰'，我今年七岁了，我也作一首诗给爷爷看。"

祖父喜道："好小子，你也要咏凤凰吗？"

小广孝道："我才不咏凤凰呢，我要咏大鹏。它能搏击云涛，扶摇冲天，展翅万里。"

宁馨道："你别自吹。我看大鹏不能展翅万里，你的话倒是一口万里。"

小广孝也不和姐姐争辩，铺了纸，提笔从盒中蘸墨，写了一首小诗。字不遒劲，但笔画清楚，骨架方正。祖父拿起纸看，见上面写道："一飞冲九天，双目向万里。垂天健翅振，天地风云起。"

祖父看罢，含笑点头，夸道："好诗，写得有气势。"

宁馨看了道："好大的口气，你能学鸿鹄，也就够了，千万不要羡大鹏，一飞就搅得惊天动地。"

小广孝不语，只一笑。

到了十二岁，广孝就把诸子百家的书全读了。他对兵法、易理最感兴趣，小小年纪便整日捧读《孙子兵法》或《易经》。

一天夜里，姚长林道："广孝，你不要学得过宽、过杂。咱家世代学医，你应深钻医学，将来发扬咱姚家的医业。"

小广孝摇摇头道："我不学医。"

姚长林道："学医有什么不好，能救济世人，给人解除痛苦。"

小广孝深思着摇头。

宁馨道："像父亲这样做个名医不好吗？一生治好数万人的病，人人敬仰。"

小广孝道："好什么？就算真能治好数万人的病，四海内有千万病人，能治得过来吗？"

宁馨道："能治好这些人的病，也就对家乡功德不小了。"

小广孝不以为然，仍沉思着不说话。

宁馨道："你没话说了吧？还是好好学医吧！"

小广孝道："有什么功德？父亲今天治好了他们的病，明天他们还要冻死、饿死……另外父亲救治的是世人，世人中有善有恶，恶人应杀之为快，父亲还要救他的命，这算什么功德呢？！"

祖父和父亲都默然。良久，姚长林道："那么你要学什么？你要学经书，将来中举做官吗？"

祖父道："别说我们这样的人家，就是我们这个乡里，谁能教得你中举呢？还是专心学医吧，也许会成个再世华佗呢，也能光扬咱姚家门楣。"

姚长林也道："你先学医，如果将来遇到饱学儒师，再学经书也不迟。"

小广孝道："我也不要中举，不要做官，可是我不学医。"

此夜就这样不欢而散。

第二日，姚长林给小广孝找出几本医药之书，逼他学。可是，小广孝对那些医药书不瞥一眼，仍是看那些诸子百家的书，也读诗词、元曲……总之，涉猎甚广，只不学医。

家里也没办法。这样过了两个多月，姚长林对广孝的前途越来越担忧。可是，他的这个隐忧，只有自己知道、家里知道，那些患者却丝毫不晓，日日前来就医者，仍是川流不息。

一日，就医者中有一个叫枚坤的青年，他服饰华丽，面貌英俊，外地口音。几个人用轿子抬他来，把他放在姚家就全走了。他是来治腿伤的，说是因黑夜行路跌进坑中，右腿跌折。

姚长林检查他的伤势，果是右腿胫骨碎折，腿稍动，碎骨就"咯咯"作响，那青年额上便立刻汗出。

因他无亲人抬回，姚长林只得把他留在家里治疗。姚长林给他安排了屋子、床帐，殚精竭虑给他疗伤。

经过一个多月的治疗，枚坤的腿渐渐好了。他的折骨不仅接上了，而且健步如飞。

一天夜里，姚家人正在安睡，忽听宁馨惊叫："有贼！救——命——啊！"大家被惊醒了，赶紧起来跑向宁馨闺房捉贼。姚家虽是小康之家，但并非深宅大院，宁馨的喊声也惊动了四邻。姚家人缘好，邻居听到宁馨的惊喊，也跑过来抓贼。大家持械跑到宁馨的闺房前，看见闺房里一个蒙面人破窗冲出，提了个包裹逃之夭夭了。

几人追了一程，失了那人踪影，只得回来。大家进了宁馨闺房一看，只见宁馨战栗着，缩在屋角，蒙着被子哭。所幸大家奔来得早，宁馨并未遭不测。检查她的闺房，却不见了她的金银钗饰和值钱衣服。谁都看得出，是贼人行暴不成，顺手牵羊，把这些东西盗走了。

大家点了灯笼细查，只是姚长林诊房里失了一个白玉镇纸和一盏雕花端溪砚，别屋未见失物。

去看枚坤的屋子，枚坤踪影全无。这时姚家方悟采花不成、盗走财物的贼子，正是姚长林精心救治的枚坤。

姚长林懊丧不已，恨恨道："早知他是忘恩负义的贼子，任其腿烂掉，我也不给他施治。"

小广孝更下决心不学医，把姚长林给他送去的医药书，又送了回去。

姚长林叹了口气，没说什么，但也没答应给他从外地聘师或送他去找名师学习。

正在这时，恰好韩于冰来了，并带范常的侄女若虹来治病。

若虹也十二岁。一月前，因一个贼子到她闺房欲行不轨，家人赶走了贼子，她从此吓得痴呆、失眠、不思饮食，因在当地就医无效，便托韩于冰带到姚家来治。

若虹虽只十二岁，但已有美女的风韵。她身子苗条，杏眼桃腮，只是因病有些精神恍惚而已。

若虹的父亲叫范云，是名士范常的哥哥。范氏昆仲是韩于冰的挚友，自然也就是姚长林的间接朋友，就是不看范常请黄知府送匾之情，姚长林也一定会收治。

韩于冰陪若虹在姚家住了月余。在姚长林的调治下，若虹渐渐好了。若虹美目流盼，巧笑盈倩，有说有笑。她叙述的那个行凶贼子，正与枚坤形貌相同。韩于冰道："当时范云带家眷从浙东去定远，正住在我家。听家人说，那夜那个贼子被家人追赶，掉下山崖，不死即伤，只是因为夜黑风高，不便下去查看……"

至此，姚家才知欲对若虹行凶的贼子正是枚坤，他的腿定是掉下山崖摔断的。姚长林更后悔治愈了这个恶人，决心由广孝自己选择学习志愿，只是不知到哪里聘师。

他将这个难事对韩于冰讲了。韩于冰道："广孝贤侄这么小的年纪就有此大志，实在难得，我辈应该成全。若虹的父亲范云，也是江南名士、诗坛泰斗，现在他辞官到定远隐居，广孝贤侄可拜他为师。"

姚长林恐怕一般的老师会限制广孝的长进，未肯轻率决定拜范云为师之事。姚长林从与若虹的谈话中，知道若虹正跟父亲学诗文，便想："从一滴水能看大千世界，观叶落而知秋意。看了若虹的诗文，不就能知其父的才学吗？"

此时，端午节已近。姚长林存心要试试若虹之学，就特意将端午宴安排在窗前小花圃边。

　　宴会上，击鼓传花，除林氏不会作诗，不参加行酒令外，其余的人都参加了。姚长林事先说定：花传到谁跟前，谁必须以小圃中一种花为题，赋一首小诗。

　　花先传到韩于冰面前，他以碧桃为题作了一首小诗，接着传到宁馨面前，宁馨以萱草为题，接着传到广孝面前，又传到姚长林面前，他们选了圃中的芍药、牡丹为题，至传到若虹面前，别人把圃中名花都占去题了诗，只剩下了马兰。

　　马兰，也叫马蔺，是一种山坡路旁到处都有的野花。它的生命力极强，人踏车轧仍然茂盛，风吹沙打还是葳蕤。它翠叶如带，花色如兰，虽不娇艳，也极美丽，别具一种韵味。姚长林很喜欢这种花，就从路边移来几丛，近水栽植。马兰干旱惯了，得到水浇，叶绿欲滴，花瓣如绫，迎着丽日，蓝花偃仰，非常好看。

　　姚长林道：“贤侄女，圃中花少，别种花均被人为题占去，你就以马兰为题，赋一首小诗吧！”

　　他以为马兰虽美，只是他自己偏爱，这种花不如桃李之娇、芍药之艳，如能吟出它的美丽可爱处，的确不易。若虹若把这样的诗吟好，才见她的才学。

　　若虹得了题，眼睛看着花，柳眉略颦了颦，立刻燕语莺声地吟道：

> 百花均应愧马兰，
> 娇美素丽出天然。
> 宁甘困没风尘里，
> 不作娇态取人怜。

若虹将诗吟完，满座之人交口夸好。姚长林笑吟吟，甚是高兴，暗想："观其女即可知其父，给儿子择师，范云这样的良师难遇呀！"于是打定主意，请韩于冰带广孝去拜范云为师。

第二天，姚长林就把此事对广孝讲了，以为广孝听了一定高兴，想不到广孝却连连摇头道："我不去！"

姚长林很惊诧，忙问道："你不是不愿学医吗？你不学医只能学儒了，你韩叔叔保举的这位范先生，是一代文宗，跟着这样的先生学习，将来定能青云直上。"

姚广孝只是摇头，默默地不说话。

这时宁馨和若虹都在旁边。宁馨道："莫非你不愿离家？如不愿离家，还是在家学医吧！你聪明，又有父亲指点，有这两个得天独厚的条件，定成一代名医。虽不如做贤官史笔留芳，但是若把经验写下来，让世代从医者用它救死扶伤，不是也可解救万民、流芳百世吗？"

姚广孝道："姐姐，用这样的方法救的万民中，有没有枚坤？"

提到枚坤这个贼子，宁馨不说话了。

姚长林道："孝儿，人各有志，爹不勉强你。可是你要惩恶扬善，济天下苍生，不靠科举进身怎么成呢？要科举进身，必须拜良师。爹为你择了良师，你为什么不愿去就学呢？"

广孝道："听说韩叔叔给儿择的那范先生非常饱学，孩儿敬佩。但是，孩儿却不愿去就学。"

宁馨道："这也不是，那也不是，到底为什么？是不是离不开家，想让父亲给你延师在家学习呢？"

广孝摇头道："父母、家乡自然不愿离，但是有鸿鹄之志者，岂能如燕雀恋巢？"

大家知道广孝不愿去跟范云学习，绝不是因为恋家。那么，究竟是因为什么呢？大家都百思不解。

这天夜里，若虹来找广孝。二人虽都只有十二岁，但均因聪明、懂事而显得早熟。若虹在姚家的这些天，二人互相爱慕才学，都愿意在一起。若虹得知广孝要去范家就学的消息，很高兴，心想："今后可以有一个学习伙伴了！"她很孤单，早想有一个"奇文共欣赏，疑义相与析"的伙伴，今日可以如愿了，想不到广孝却决然不去。广孝的决然态度，像在若虹的心头浇了一瓢冷水。她对广孝为什么不愿到她家去学习惘然不解，怀着落寞心绪，找广孝来问原因。

广孝让她坐下后，就沉默无语了。若虹先找话题开口："广孝哥，韩叔叔要带我回家了……"

广孝心头不由漾起一缕难舍之情，但他只"哦"了一声，并没说什么。

若虹道："李商隐有诗说'相见时难别亦难'，你愿意我走吗？"

广孝道："不愿意。可是我怎能留你？"

若虹道："愿意与我在一起吗？"

广孝点头道："愿意。"

若虹道："那么，你为什么不跟我去？我听说姚伯伯让你跟我爹去读书，我以为今后会有读书伙伴了，好高兴，可是，你……"她凄然欲泪，似怨非怨，一副楚楚可怜的样子。

广孝脸上布满了愁云，只是默默无言。

若虹已经泪水盈眶，望着广孝道："你还说愿意和我在一起，分明是假话！"

广孝道："虹妹，我愿意和你在一起是真，可是……"

若虹很激动，噘起小嘴怒道："是我父亲学浅，不配为你之师吗？"

广孝似被误解的样子，深深地吸了一口气。但他并不解释，只道："不是。"

若虹急道："那么为什么？！你说！你说！"

广孝见若虹这样着急、动怒，只得说了原因。他说："范叔叔比李白、杜甫若何？"

若虹道："韩昌黎还说：'李杜文章在，光焰万丈长。'我父亲怎敢与李杜相比？"

广孝道："范叔叔的才学，广孝已心慕。可是才如李白、杜甫，不是也只能做翰林供奉、拾遗那样的虚官职吗？"

若虹道："怎么是虚官职？"

广孝道："李白说：'苟无济代心，独善亦何益？'杜甫想：'致君尧舜上，再使风俗淳？'可是他们是言官，能劝谏天子吗？岂不是虚官职？"

若虹道："要读书，能如李杜就不错了，还想比谁？"

广孝不语。

若虹道："你到底想怎样？倒是说呀！"

广孝道："李白《嘲鲁儒》说：'鲁叟谈五经，白发死章句。问以经济策，茫如坠烟雾。'诸葛亮在东吴舌战群儒，驳严畯时说：'寻章摘句，世之腐儒。'驳程德枢时说：'小人之儒，惟务雕虫，专工翰墨，青春作赋，皓首穷经。笔下虽有千言，胸中实无一策。'……"

他的话没说完，若虹怒道："你是视我父亲为腐儒，因此不愿拜他为师？！"

广孝道："不是。我是自己不愿做这样的腐儒，而是想学诸葛亮那样的经济策。"

若虹这才消了气，茫然问道："你说的经济策是什么呢？"

广孝想了想道："这个'经'是经营治理之意吧，'经'字意思太宽，我也说不清。杜甫在《蜀相》中有'两朝开济老臣心'句。'开济'二字有人解成'开疆扩土，济世安民'，这个'济'，就是济世之意吧。总之，我认为'经济'，就是管理国家、救济世人之意吧！"

若虹点头，但仍道："你再说清楚一点儿……"

广孝道："可是我也说不清楚啊。有副对联说'文章西汉两司马，经济南阳一卧龙'，大概卧龙先生那些治国安邦之策和兵书战策都算经济策吧？"

若虹道："原来你是想学卧龙、凤雏呀，野心好大！"

广孝一笑，不说话。

若虹虽说广孝野心大，但却对他很佩服，不由道："广孝哥，你有这么大的志向，真是难得。可是，你若有这么大的志向，就更应该去拜我父亲为师了。我父亲兵书战策、阴阳易理无所不通，《韩非子》《管子》无所不精……"

广孝听了喜道："原来叔叔这样博学！叔叔既靠科考取官，为官后又忙于政务，如何学得这样广博？"

若虹嫣然一笑道："听父亲说，他中进士前曾遇见一个叫刘基的人，二人谈得投机，就在一起读兵书战策和申韩商君之书。父亲是受祖父的督责才去考进士的，他对考进士、做地方官并不感兴趣。现在祖父去世了，父亲立即以丁忧为名弃官隐居……"

广孝喜道："原来如此！若虹，我与你一起去你家，拜叔叔为师!"

若虹非常高兴,不由美目灿然,笑靥如花,望着广孝道:"你终于能成为我读书的良伴了!我好高兴!好高兴!"

广孝不语,良久说:"我要给贵府添麻烦了,不知……不知叔叔和婶婶嫌不嫌我?"

若虹嗔怪道:"广孝哥!你怎能这样说?!我父母都很好客,你去,他们一定喜欢。再者,我家若有人敢冷落广孝哥,我也决饶不了他!"

广孝笑道:"如此说,虹妹是家里的小主人了?"广孝是鲜言寡笑的人,这次破例笑了。

若虹自知失言,腼腆地一笑,不承认,也不否认。

第二天,广孝对父亲说,他愿意去拜范云为师,住在范家学习。

父亲没问他转变原因,赶忙为他准备盘缠。

父亲决定了的事,母亲向来是不反对的,她只要求韩于冰多留几天,她得为广孝多缝制几件衣服。

祖父舍不得让广孝走,但他怕屈了广孝的志向,没管这件事,只是怕姚家医道断绝,便严令宁馨随姚长林学医。

几天后,韩于冰带了广孝、若虹离开姚家庄,奔定远而去。

第二回　游南山双双遇险　吸脓血心心相印

不几日，韩于冰一行安全到达范家。范云夫妇见若虹的病已痊愈，对姚家很感激。范云出于报答的心情，愿意接受广孝为学生。广孝聪明、沉静，虽不算一表人才，但也英气外露。范云夫妻非常喜欢。

范云夫妇无子，只有若虹这独生女儿，所以对若虹爱逾明珠。若虹要星星，范云夫妇不给月亮。若虹要父母把广孝的寝房安排在自己闺房的隔壁，范云夫妇不愿逆爱女之意，爽然答应。

自此，广孝和若虹同居一院，一起读书，一起写诗作文，感情非常亲密，虽非青梅竹马、两小无猜，却是亲密无间，亲逾兄妹。范云夫妇见若虹喜欢广孝，也对广孝越来越喜爱，渐生半子之托。他们对两个孩子的感情发展并不限制，又怕广孝人小想家，所以广孝在范家犹如在自家，生活一点也不寂寞。

范云为人敦厚，授业时只是旁征博引精心讲解，学习由他们自便。他对两个学生道："俗云：'师傅领进门，修行在个人。'你们都是有志而学，要好自为之，莫用我督促监责！"

虽然如此，广孝和若虹学习倒有规律。他们每天晨起自学，早饭后听范云讲解，下午写文章或作诗词以状物咏志，晚上讨论学习心得。

范云真不愧为江南名士。他对五经四书、诸子百家、各朝历史、诗词歌赋，无一不通，无一不精。广孝很乐意学孙吴文学和申韩之术。范云未学过阴阳、战阵，但却藏有《鬼谷子》《八阵图解》《武穆遗书》等著作。

在范云有客或出门的时候，广孝和若虹也常去游玩。二人踏胜寻奇，指点风景，吟咏诗词，心旷神怡，每次都玩到尽兴方归。

一天，范云出外会友，二人去游南山。

南山在定远之南，是几个小山的总名。这几个山，中央最高的那个叫望云，山高林密，树木葱茏。他们自北坡上山，顺阶盘旋登顶。到了山顶，举目四眺，云海茫茫；俯视峰下，碧树如涛。若虹望着如此秀丽的风光，拍手叫道："这里的境界真开阔，我体会到'会当凌绝顶，一览众山小'的境界了。"

广孝道："此处确是别有风光，使人心胸开阔。咱们坐下休息一下吧！"

若虹道："好啊，我也觉着很累了。此处无尘无土，何不躺下呢！"她说着，先坐下，又躺倒在石上。

广孝也躺在石上。

山顶到处是大大小小的嶙峋怪石，放眼看去，高低不平。二人靠得很近，面对蓝天，观看朵朵白云。

忽然，若虹秋波闪光，看着广孝。她柔情似水，轻轻叫道："广孝哥，你转过脸来，我有话说。"

广孝转过身，看着若虹，道："若虹，你要说什么？"

若虹深情地道："广孝哥，你知道吗，你没来之前，我是多么寂寞！现在你来了，我坐卧有伴，像现在这样空寂，身边有了伴儿该有多好……我们今后再也别分开了……"

广孝的目光在若虹脸上停留了一下，又越过去，看着远方。听着若虹的话，他嘴里只是"嗯"了一声。

若虹见广孝心不在焉的样子，仔细看他，见他并未看自己，便伸出小手推了广孝一下，撒娇道："广孝哥！妹在对你说话，你在想什么？"

广孝这才醒过神儿，急道："我没想什么，没想什么！"

若虹道："不对，你骗我，你分明走神儿了。你想什么？快对我说！"

广孝道："我说，我说。我很爱看道书。记得有一本道书上说，有一种物我俱忘的境界。我们躺在这里，我就像离开了人世，也忘掉了人世，进入物我俱忘的境界了，我刚才就是在体会这种境界。我觉得宇宙空冥，没有万物，只有我们俩，也忘了我们躺在这里。仿佛我正在云端徜徉，是你把我从神游中唤了回来。"若虹天真，广孝在她跟前话就多了起来。

若虹笑道："广孝哥，你说得好玄，真是这样你不就成仙了吗？！"

广孝道："虹妹，我说得一点也不玄。道家崇尚自然自由，又有人说'绿杨芳草春风岸，高卧横眠得自由'，我们卧的这地方，不是绿草杨柳春风岸吗？但我们躺在这里，像离开了世界，思想、活动……一切自由了，所以我就把这地方想象成云端……"

若虹望着广孝，眼睛里充满热情，道："看不出，你小小年纪还懂道——哎呀，好冷！"山顶风不大，但很冷，石面上也很凉。若虹说着，打了一个喷嚏，身子战栗起来。

广孝关切地问："虹妹，怎么冷起来了？莫非病了？"

若虹道："不，没病，只是冷。石头好凉，广孝哥你不冷吗？"

广孝裹了裹衣服道："我也冷，只是挺得住。"

若虹道："广孝哥，你也冷吗？你抱住我，我们的身子偎依在一起吧，这样也许会暖和些。"

广孝犹豫，未动。

若虹道："广孝哥，过来呀！你还迟疑什么？"

广孝仍未动，嗫嗫嚅嚅道："虹妹，我们……男女……有别……这样……不……好。"

若虹"咯咯"笑了，很天真。她身体颤悠，咬紧牙，笑声从牙缝中迸出，像银铃。"广孝哥，你好迂，我们还是孩子，心地纯洁，怕什么！再说，你方才还说这里不是人世，在这里一切自由，怎么又顾忌这么多？才这么一会儿，你又回到人世了吗？"

广孝无可奈何地笑笑，鼓足勇气滚了过去，二人拥抱在一起。

二人拥抱在一起，互相用体温来驱除寒冷。二人虽然情窦未开，但究竟是异性，又互相钟爱……忽然，一个软东西拱了若虹一下，若虹一惊，"呀"的一声，两臂松开广孝，坐了起来。

广孝反应很快，紧随着若虹坐起。他们一看，原来若虹身边立着一只大黑熊。

黑熊身体庞大，四肢粗壮，三角形的大头上，两只小耳朵竖立着。它的颧骨上嵌着两只小红眼睛。眼睛红而不亮，有点神秘，从眼光中看不出它的动向。略张的尖嘴外，露着一截红红的舌头。

虽然这熊样子并不凶，但也把若虹吓得魂飞魄散。她一边哭叫着，一边挪到广孝身后。

广孝也怕，但是并不慌张。他一跃而起，用身体挡住若虹，对着那熊狂喊道："畜生！到这里来干什么？去！去！"他知道跑不掉了，便想把熊吓走。

可是那熊并不怕，身体一扭，蹒跚地向他们跨了两步。

广孝道："虹妹，别怕！我挡住它，你先跑！"

若虹没动，扯了一下广孝的衣服道："广孝哥，咱一起跑，我不能丢下你！"

广孝道："若虹，你快跑！你跑远了，我再设法脱身！"

若虹道："不！广孝哥，咱一起跑！"

广孝道："你一个人跑，它不追。咱两个人跑，它一定会追。咱没这畜生跑得快……"情况紧急，广孝觉得必须向若虹解释清楚，所以话说得很快。

若虹想了想，道："好，我先跑。广孝哥，你快来追我！"

广孝道："好，你快跑！快跑！"

若虹向后缩了几步，转身跑了。广孝未动，依然面对那只熊。

看若虹走了，那熊果然未动，只是望着广孝跃跃欲扑。

广孝聪明沉着，知道自己是跑不掉的，也就没敢妄动。这样和熊对峙了一阵，那熊终于忍耐不住了，立起来，欲扑向他。熊体庞大，他身体小，只要那熊扑住他，别说利爪会把他抓死，单是那几百斤重的身体也会把他压扁。他非常着急，不敢跑，也不敢搏，只是试着偷偷向后退了两步。熊似乎没发觉他在动，就用立着的后腿向前移了几步，仍然举着两只前足，眈眈地看着他。

广孝急中生智，掏出身上带着的折扇，把它打开，向着那熊扇动。

这折扇本是一件珍品，白绫的彩绘扇面，香木的扇股上镶着小珍珠，轴上拴着红穗。广孝这一扇，珍珠熠熠发光，大红穗子晃来晃去，香风飘溢。那熊哪里见过此异物，便惊望着扇子，一动不动。两下竟这样僵持住了。

但是，僵持只是暂时的。时间不久，这种局面便被熊打破了。那熊对着扇子望了一会儿，觉得扇子虽异，但对它并无伤害，便又举着两只前掌，欲扑向广孝。

在熊僵立未扑之时，广孝心思疾转，想着一个个对付熊的办法。突然间，他想出了一个对付的办法。他的动作是那么快，在熊的前掌欲扑还未扑下之时，把手中的扇子一晃，猛向熊的头顶扔去。

那熊急急向后闪避，广孝乘这个机会，身子往下一蹲，跑出两丈余。及至扇子击在熊的头上，熊并未受丝毫伤害。熊知道上当，放胆向他跑来时，广孝已经离熊很远了。

若虹虽早跑了，但广孝未跑，她不放心，就站在一块巨石后看着广孝。见广孝以扇投熊，乘熊躲避之时，脱身逃走，她大喜，高喊道："广孝哥！快跑！快跑！"

广孝几步就跑到若虹跟前，携了若虹的手继续猛跑。

那熊见广孝逃了，放掌追来。别看那熊身体庞大，行动蹒跚，可是跑起来却很快。正如牛一样，平时走起来慢慢腾腾，跑起来却如疾风。

那熊起步追时，广孝、若虹已在它三丈以外，他们以为脱险了。谁想那熊撒开四掌，蹿了几下，又逼近了他们。

二人见熊逼近，更加拼命奔跑。他们慌不择路，被熊追到悬崖边缘。二人不知前面有崖，仍是加速奔跑。先冲到崖边的若虹收不住脚，一下子坠了下去。

广孝边跑边回身向那熊做着抗御手势，保护着若虹，所以落在了后面。看见若虹坠崖，他来不及多想，上前去抓，手抓空了，自己也坠下山崖。

他们的坠落处是一个林木丛生的谷地。下面枯草败叶积了很厚，因此，虽然崖顶至谷底有五六丈，但他们均未摔死。若虹只是吓得晕了过去，身体并未受伤；广孝却摔伤了右腿，震伤了内脏。

当他们醒来时，发现已在谷底。广孝不能动，若虹去寻找出谷之路，可是寻遍谷底，也没有找到。她认为出不去了，回来抱着广孝放声大哭。二人哭乏了，就抱着睡去。

他们不知睡了多久，忽然被人叫醒，若虹睁眼一看，眼前立着家人范勤和几个小厮。

原来，范云夫妇见他们过午未归，知道出了事，便赶紧派人到南山去找。家人寻遍南山，却找不到他们的踪影，非常着急，最后寻到谷底来，才发现了他们。

范勤令小厮找来担架，把广孝抬到家里。范云夫妇听若虹叙述了遇险经过，知道广孝是为救若虹而伤，对广孝非常感激，赶忙延请名医诊治，并不惜重金购买最好的药。

广孝为若虹而受伤，若虹对他感激不已。她怕别人照顾广孝不细心，就搬到他屋里住，亲自侍奉广孝饮食，亲自给广孝煎汤换药。因广孝伤的是腿，大小便也需要人照顾，若虹不避嫌，不怕秽，一切事情全由她担当了。

母亲要若虹搬出去，说派一个细心的下人来侍奉广孝。若虹就是不肯，对母亲道："广孝哥是为我才受伤的，他若有个三长两短，我也不想活了。他比我亲哥哥还亲，我还忌讳什么呢？"

母亲无奈，只得由她。

尽管范家给广孝请了名医，用了好药，若虹对广孝也是精心照料，可广孝的伤就是不见好转。

广孝从被抬到范家起，就一直高烧不退，昏迷不醒，急得若虹时常坐在旁边垂泪。一天夜里，广孝忽然醒了过来，见若虹陪在自己身边哭，很感动，便有气无力地对若虹道："虹妹，为什么你在这里陪我……"

若虹见广孝醒了，非常欢喜，破涕为笑道："广孝哥，你可醒了，先不说这些——你渴吗？"

广孝点点头，道："这些事怎能劳烦虹妹……"

若虹道："你不要说这些，你是为我受的伤，我侍候广孝哥，心里才安定。"

广孝道："妹妹的情意我心领了，可是你还是搬回你房里去吧！"

若虹给广孝倒了一碗水，喂广孝喝了。广孝道："虹妹，你快给我叫一个下人来，你还是搬回去住吧！"

若虹问："为什么？难道我照顾得不周到吗？"

广孝道："我怎么忍心让妹妹侍候我，况且……"

若虹道："你肯舍命保护我，我侍候你还不应该吗？"若虹人虽小，但绝顶聪明，知道广孝"况且"的含意，却故意不说。

广孝道："我不让你侍候，你搬回去吧！"

若虹道："你是嫌我侍候得不好吗？"

广孝绷着脸道："不好，就是不好！"

若虹哭了，对广孝埋怨道："我为你煎汤熬药，擦伤换药，喂水喂饭，几夜衣不解带，不敢沉睡，我哪里侍候得不好？你冤枉我，冤枉我！"

广孝道："反正我不喜欢你侍候，你去吧，换别人来。"

若虹哭得更伤心了，抽咽着道："你几天没醒，哪里知道我侍候得好不好！你分明是烦我……"

广孝道："是，我是烦你，你走吧！"说着背过脸去，不理若虹了。

若虹也真动了气，哭着把行李搬回自己闺房去，坐在床头捂着脸抽抽噎噎地哭，很委屈，很伤心。

哭了一阵，忽听广孝叫道："虹妹！虹妹！"

若虹赌气，故意不理他。

广孝又叫道："若——虹，虹妹——你听到没有？"

若虹自幼娇生惯养，没受过别人的气，如今受了委屈，所以仍不理他。

若虹哭了一阵子，听不见广孝的呼唤了，但仔细听听，却隐隐听到广孝在哭。

若虹方才还因广孝冤枉她而恼怒，现在一听到广孝的哭声，立刻心又软了，赶紧向广孝屋里走去。

走进屋里，见广孝果真在哭。广孝见她进来，又背过脸去。

若虹道："男儿有泪不轻弹，你好端端的哭什么？你赶我走，我才走的，你气了我，为什么自己哭？"

广孝不哭了，仍是背着脸，生若虹的气。

若虹又哭了，嘟囔着道："我哪里气你了！你为什么对我生气？"

广孝仍背着脸道："我要你叫个下人来，为什么……"

若虹道："深更半夜去叫谁？！"

广孝埋着头，用手一指褥子中间道："你看！你看……都湿了！"

若虹顺着广孝手指处看去，见广孝腰下的褥子湿了一片，立刻想到他尿了床。若虹终究是孩子心性，本想嘲弄他一句，但见他这样忌讳这事，就把话咽了回去，只是埋怨道："你有尿，为什么不让我扶你……偏要尿床。现在床湿了，活该！"她一边这样说着，一边却去搠广孝的身子，要将湿褥子取出。

广孝急道："你别动我，我还光着身子……"原来广孝的腿伤在腿根，为了擦伤换药方便，那条伤腿并没有穿裤子。

若虹仍是搠他，不在乎地说："天天给你擦伤换药，还不知你光着身子？我们是小兄妹，怕什么？"

听若虹这样说，广孝感到若虹对自己真好，只有感激，也就不说什么了。

若虹继续轻轻地翻动广孝的身子。广孝道："虹妹，你别动，褥子上有尿，很脏的。"

若虹仍不在意地拽着那褥子，笑道："屎我都给你接过了，还怕尿脏？"

广孝知道，这几天准是若虹在接屎接尿，不由感激地流出泪来。他扭转头看着若虹道："我虽然只有十二岁，但有这样一个对我好的妹妹，就是现在死，也不枉了！"

广孝内向，这种话非是激动万分，是不会出自他口的。若虹道："广孝哥，我不许你说这个'死'字，你若死，我也不想活了！"二人都激情满怀，两双小手不由紧紧地握在一起。

他们就这样握了一会儿，若虹怕广孝不铺褥子着凉，就取来自己的褥子给广孝铺上。接着又把自己的被搬过来，陪广孝睡。

这次广孝不再赶若虹了。若虹问广孝想不想吃东西，要不要喝水。广孝摇了摇头。若虹道："哥，你快睡吧，快养好，我才心安！"广孝点头，不再说话。

若虹盖了一角被子，倒在广孝旁边睡着了。

若虹盼着广孝的伤快好，可是伤口仍不见好转。范家聘的"名医"是个徒有虚名的庸医，他只治广孝的腿伤，却忽略了广孝的内伤。广孝连续高烧不退，腹部浮肿，不思饮食，影响腿伤的愈合。治了十几天，广孝的伤一点起色也无，而且坠崖时腰部的一处擦伤已经成疮化脓，疼痛难忍。广孝现在不但吃不好，连觉也睡不好了。

范云夫妇焦虑不安，若虹更是忧心忡忡。

一天，夜深人静时，若虹躺在广孝身边，虽然不敢睡觉，但由于连着熬夜身子困乏，在广孝不动的时候，却睡着了。她刚刚入睡，广孝"哎哟"一声，把她惊醒了。

她知道广孝伤得这么重，一定很疼。可是这些天来，广孝没呻吟一声，因此，广孝的这声呻吟，使她格外受惊，忙问："广孝哥，你怎么了？很疼吗？"

广孝咬着牙，瑟瑟道："真的很疼……虹妹，这些天我怕吵醒你，都咬紧牙不出声，这次实在……哎哟……"

若虹吃惊地望着广孝。

广孝仍咬着下唇道："对不起，虹妹，我吵到了你。"

若虹急得哭了，道："我没什么，你这么疼，妹妹心里很难受，让我看看你的伤口……"

广孝没说话，只是点点头，又"哎哟"了几声，才忍住。

若虹坐起来，拨亮了灯。她一手拿着灯，一手掀开广孝的被，轻轻地帮广孝翻了半个身，然后持灯往伤口上一照，不禁惊得"啊"了一声，眼中热泪潸潸。

原来，广孝的伤口已肿了起来，周围红色，中间乳白。若虹虽没经历过，也知道这隆起的乳白大包里边一定都是脓。她曾听老年人说过，人生疮，蓄脓最疼。她想："广孝哥的剧痛就是因为伤口蓄了脓，要想给他减轻痛苦，必须把里边的脓排除。可是弄破伤口往外挤脓，广孝哥怎么忍受得了？还是先上点药，用凉布敷敷吧。"

她正要抽身去用布浸凉水，忽听广孝问："虹妹，伤口怎样了？"

若虹道："伤口肿得很大，里边全是脓。"

广孝道："虹妹，你若不嫌脏，把它弄破，放出脓血！"

若虹道："广孝哥，挤脓太疼，你受不了。我先给你用凉布敷敷，等郎中来了再治吧！"

广孝道："虹妹，我不怕疼，你给我割开它……"

若虹犹豫着道："可是……"

广孝道："俗语说：'扬汤止沸，莫如去薪；溃痈虽痛，胜于养毒。'你如不嫌脏，把脓给我挤出去。"

若虹道："广孝哥，我不怕脏，可是……"

广孝道："虹妹若嫌脏，就算了。"

若虹道："哥，我不怕脏，是怕你疼……好，我给你把脓放出来！"说着，找来一把剪刀，用灯火烧了烧，剪开了疮顶。

广孝预料挤脓会很疼的，怕忍不住，就把被角塞在嘴里，以免呻吟出声。可是，他只觉得伤口一凉，接着就觉得一热，似乎有两片柔软的东西贴在伤口上面。他以为必是若虹怕脏，两个手指下垫了棉花。接着，就觉得伤口里的脓向外排出，疮口的炙热感、疼痛感渐渐减轻，最后都消失了。

他很诧异，吐出被角问道："虹妹，挤完了吗？"

若虹只含糊地"嗯"了一声。广孝听出若虹口里像含了什么东西，便急着向若虹看去：只见她含着一口东西急跑出去，刚出房门，就"哇哇"呕吐了。

广孝全明白了。他热泪盈眶，看着若虹道："虹妹，你是用嘴把脓吸出来的吧？你对我真是太好了！"

若虹正在漱口，道："用手挤，我怕你疼得受不了……"

广孝道："可是用嘴吸太脏了，若是我自己的亲妹妹怕也未必……"

若虹道："只要哥哥不疼了就好，我不怕脏。我就是你的亲妹妹，你不要介意。"

广孝沉静英毅。若虹在姚家和他相见时，就对他产生了好感。后来，广孝到范家就读，二人成日在一起，就产生了感情。她把他当作最亲最爱的人，她不知道该用什么方法来安慰他，减轻他的痛苦。此刻，不管为他做什么事，她都心甘情愿。

广孝道："我能有你这个妹妹很幸运，有你这样体贴我，照顾我，我死了也感到幸福。"

听广孝这样说，若虹心里真像蜜一样甜。她身子挨着广孝躺下，把嘴贴在广孝的耳边，低声叫道："亲哥哥！亲哥哥！我是你的亲妹妹！"

第三回 选御医郎中接旨
点宫砂倩女悟世

　　若虹的嘴贴着广孝的脸，觉得他的脸火烧般的烫，就用手去摸广孝的腿。他的腿肿得比以前还粗。她本以为伤口的脓吸出来了会好一点儿，没想到还是这样肿。广孝的痛苦，使她揪心，她不由又默默地流起泪来。

　　第二天早晨，若虹哭着把广孝伤势恶化的情况对父母说了。范云夫妇很害怕，商量了一下，决定派人去把姚长林叫来。一是让姚长林来给广孝治病；二是怕广孝有个三长两短，姚家会埋怨。

　　姚长林看了信，非常着急，决定立即动身去看广孝。林夫人知道儿子伤势严重、性命垂危，不由悲痛万分，也哭着要去。姚长林怕带了她路上耽搁，把她劝住，自己随范家家人骑马上路。

　　二人早行晚宿，不几天就到了定远。到了范家，姚长林立即奔进广孝的房屋，诊视了广孝的伤情后，也不禁愁云满面。

　　范云急问："姚兄，令子之伤情如何？"

　　姚长林叹了一口气道："可惜，庸医误人，他只治腿，不治内伤，这是治标不治本啊！"

范云悔道："早知如此，起初就该请姚兄……广孝还有救吗？"

姚长林沉思着道："这很难说。我开一服药，如果他吃了后遍身出汗，说明他内脏的伤在恢复，这就能治。如果吃了药不出汗，就说明他内脏伤重，不能恢复。内伤不能治愈，即使腿治好了，又有什么用！"

范云一家叹息不止。若虹哭道："姚伯父，您快开药，我给广孝哥去熬！"

姚长林开了药，若虹精心地熬了，一勺一勺地喂给广孝吃。喂了两勺，广孝恶心，吃不下去了。若虹道："广孝哥，妹妹用嘴喂你……为了我，不管药多苦，你也要下决心吃下去……"

广孝闭紧眼，点了点头，说："为了虹妹的情意，我一定把药都咽下去，决不吐出来。"

于是，若虹把剩下的药先喝进自己嘴里，然后俯下身，将嘴唇对准广孝干裂的嘴唇，把药液慢慢送入他的嘴里。

广孝吃饭都感到恶心难咽，何况是吃药？！但为了若虹的情意，他决心强咽下去。但这药实在恶心难咽，他几次把药液吐回到若虹的嘴里。若虹并不责怪，硬是把药液慢慢送入广孝口里。就这样，用了好长时间，广孝才吃完了这服药。

广孝服药后，人们的心情仍不轻松，都在提心吊胆等待着药后的反应。

药是下午吃的，若虹一直守在他的身边，一会儿摸摸他的体温，一会儿看看他脸上有没有汗珠。可是从日到夜，广孝仍然高烧如常，也未出汗。大家都失望了，懊丧着各自回房安歇。

若虹守在广孝床边，心如磐石重压。广孝吃了这服药如果没反应，就说明他有生命危险。广孝在她心中比什么都重要，他若是死了，她活着还有什么意义？她哀感袭心，默默垂泪，竟迷迷糊糊地睡了。朦胧中，仿佛有什么东西触了她一下，她一激灵，醒了，见广孝撩开了被，一只胳臂露在外面。再看广孝身上，冒着氤氲热气，脸上身上汗水津津。若虹见了惊喜地问："广孝哥，广孝哥，你出汗了！身上觉得舒服些了吗？"

广孝慢慢道："身上不觉得发冷了，只感到如在蒸笼里。虹妹，快把下边的被子替我掀开，让我爽快爽快。"

若虹道："广孝哥，你出汗了，就快好了！我不能给你掀被，你要忍耐一下，让汗出透才好。"说着又把被给广孝盖严。"要听我的话，不许再掀开！"若虹命令道。广孝治愈有望，她的心情顿时好多了。

广孝忍住热，不再把被掀开。这样过了约半个时辰，广孝才渐渐汗止，不感到热了。此时，被子已被汗水浸湿了，很潮，于是他用乞求的口吻对若虹道："虹妹，虹妹，你快帮帮我吧，难受极了！"

若虹愕问道："怎么，不舒服吗？！"

广孝道："身上倒舒服。可是被子全被汗浸湿了，潮乎乎的，盖着很难受。"

若虹这才放了心，答应了一声道："身上舒服就好。"说着，把广孝的被掀下，把自己的被给他盖上了。

广孝盖了香软的被，很舒服。可是见若虹没被盖，广孝心里很不是滋味，深情地看着若虹道："还是把被掀去吧，你的被让给我，你怎么办？"

若虹道："你是病人，你盖吧，不要管我。你饿不饿、渴不渴？"

广孝道："有些饿，但深更半夜，不要弄东西吃了，给我一杯水吧！"

若虹道："这里有核桃酥，你就着水吃一些。"说着，她把一包核桃酥放在广孝床头，拿了一块，放在他手里，又倒了一杯水，用汤匙喂他喝。

广孝吃了两块，喝了一杯水，子时已经过了。若虹道："现在你舒服了，好好睡一觉吧！"

广孝道："虹妹，这几夜，你都没好好睡觉。如不嫌弃哥哥，也到这被窝里好好睡一觉吧！"

若虹想了想道："这样不好，我睡觉不稳，碰了你的伤腿怎么办？把你的衣服盖在我身上就行了。"

二人睡到天亮才醒。起床后，若虹就跑着给父母和姚长林去报喜讯。

大家听到这个消息很振奋，姚长林又给广孝开了药方。广孝吃了几服药，就饮食如常，浮肿全消了。姚长林把广孝的内伤治好之后，才开始给他治腿伤。

因要治广孝的腿伤，姚长林只得在范家住下来。

姚长林也有文才，不过成年以后，他把全部精力都用在精研医学上，因此在文辞方面没有什么成就。他和范云很谈得来，每日除给广孝疗伤外，常和范云谈诗论词，有时也作首诗词，请范云指点。

他在范家一住二十多天，广孝的腿伤也渐渐好了。

一天，姚长林正给广孝治腿伤，元顺帝的太监总管胡公公来了。他在范云家门外高喊姚长林接旨，并要范云全家到门口迎接他。

元末，太监作威作福，权势很大。现在胡公公以钦差身份出现，范家更不敢得罪，范云便同姚长林及全家成年人到大门外迎接。

胡公公带领几个小太监，大摇大摆来到中堂，站在大堂正面中央，让姚长林和范家人跪了，才用公鸭嗓子，拖着长声宣旨：

> 上天眷命皇帝圣旨：皇太后赫尔芹氏，辅育圣皇，懿德众钦，现身染重疾，御医百治周效。闻长洲民姚长林，数代为医，术追扁鹊。特差钦差持诏征召，进京为太后疗疾。见旨之日，立即动身，勿负朕意。倘故意推诿，以大不敬罪论。

姚长林实不愿进京，因为此时一旦离开范家，他给广孝的治疗就会前功尽弃。但他又不敢抗旨，只得叩头谢主隆恩。

范云曾做过四品官，见过世面，报了名字、身份后，给胡公公送了一份礼物，乞求胡公公在顺帝前为姚长林求情，让姚长林治好广孝的腿伤再进京。

胡公公看了看范云送的礼物，轻蔑地扔在地上，"哼"了一声道："范大人送的礼太'重'了，杂家不敢收纳。旨已宣了，遵不遵旨在你们，杂家可不愿多管闲事。"

范云羞得红云满面，尴尬地拾起胡公公摔在地上的一包金银首饰。胡公公高坐在太师椅上，对范云道："范大人，杂家及几个兄弟，好歹是天子所遣，看天子的面，一路都有人款待、迎送。今日到贵府宣旨，难道要我们饿着肚子回去不成？"

范云不敢怠慢这些得意小人，赶紧给胡公公行礼道："胡公公一行到敝府，下官隆宴款待还怕怠慢，岂敢让公公空着肚子离开敝府。"

胡公公不阴不阳道："那就叨扰了！快开宴，杂家还等着带姚长林上路呢！"

范云道："是，是！下官就去催厨子操办酒席。"

其实，胡公公嫌宴晚是故意找碴儿。这胡公公是元顺帝的心腹宠宦，常为钦差外出。所到之处，哪里都送重礼，唯范云这两袖清风的谢任官无厚礼巴结他，他便借题发挥表示不满。

偏偏范家厨房人少，一时半会儿办不成盛宴，胡公公等得不耐烦，连连催促。

姚长林不敢抗旨，但又放心不下广孝的腿伤，因此，趁这工夫到广孝屋去做最后一次诊治。

胡公公本欲找碴儿，便借口怕姚长林逃逸，到各屋去找，连范云寝室也看了，最后到了广孝的病房，在屋里看见了若虹。见了若虹，他不由心下一动。他明明知道姚长林不敢冒灭门之灾逃跑，所以到各房查找本是"醉翁之意不在酒"。原来，元顺帝常嫌嫔妃不足，欲选美女充实后宫。这事顺帝虽未颁旨，但他这"天颜喜怒最先知"的宠宦早揣清了圣意。若虹这时虽只十二三岁，但身段、面容却宛然"豆蔻年华"，而且长得沉鱼落雁。他想："我若能把此女给圣上选去，一可害得范云父女一世不能相见，二可邀皇帝的宠爱。"想到这里，便故意宽厚地对姚长林道："临行前给儿子治伤，也是人之常情，杂家就容你治伤，不过，必须在开宴前治完。如有延误，别怪本公公据实回奏，那时恐怕你担不起这个罪！"说着走了。

这个胡公公很有心计，他心里清楚，对范云可以一味恐吓，可是对姚长林必须软硬兼施。因为，姚长林若被他弄出什么不测，皇太后的病没人医治，他怎么吃罪得起？！但是，他又必须装硬，用话唬住姚长林，以免姚长林不好好跟他进京。

可是，姚长林要给广孝的折腿重新做一次手术，开宴前是根本忙不完的。这次手术做不完就扔下进京，他不放心，因此非常为难，便让若虹叫范云来商量。

胡公公不敢硬逼姚长林就范，半生为医的姚长林不知，半生为官的范云却懂得。范云道："我请求姚兄暂留，他可以用圣旨压我；你若请求暂留，他却没有办法。你就是如何得罪他，这个狗奴才也没有胆子为难你，因为皇太后要靠你这医道圣手治病呢！"

范云的几句话提醒了姚长林，姚长林便去对胡公公道："圣上征召小民，圣命难违，可是小儿的腿伤正由小民治疗，这时候上京就功亏一篑，万望胡公公开恩，容小民留一日再上路！"

胡公公肌肉松弛的胖脸并无表情，只睁开半闭的眼睛，向姚长林瞥了一下，道："怎么，你没听清圣旨吗？"

姚长林道："圣旨意思明确，小民听清楚了。"

胡公公道："圣旨明明让你'立即动身'，你敢违抗？！"

姚长林道："小民不敢。小民只是请公公照顾……"

胡公公道："那么杂家若是不照顾呢？嗯……"

姚长林鼓足勇气道："小民只这一子，不能坐看他残废。胡公公若不照顾，小民就是死也不能上路！"

胡公公一拍桌子，怒道："大胆刁民，真是反了！难道给你儿子治病比给皇太后治病还重要？！"

姚长林道："医家治病不分贵贱，只论缓急先后。眼下，小民正救治小儿，胡公公若相逼，小民就……"

胡公公道："你等下民，能怎样？"

姚长林道："小民就死在公公面前，让公公抬了小民的尸体去见圣上！"

胡公公站起来，绷起脸，指着姚长林发怒道："你……"可是，下面的话没说出，就瘫软地坐回太师椅上，假装着笑脸道，"好好好，杂家也有人情，念你父子连心，格外施仁，准你暂留一日，可是明日不准再延误！"

姚长林道："谢胡公公开恩！"

胡公公知道姚长林要挟他的主意是范云出的，对范云更加怀恨，让皇上选若虹进宫之意愈坚。

这一天，姚长林给广孝彻底施治，然后又开了几个药方，对若虹做了交代，第二天一早便跟胡公公一行上路。

姚长林走后，若虹遵照姚长林嘱咐，天天给广孝吃药、敷药，辅以女性的细心和温柔，对广孝体贴入微。

广孝的腿渐渐好了。有一天，他动了动伤腿，对若虹道："这条腿不肿也不疼，真的好了！"

若虹道："谢天谢地！我的心为你悬了两个月，终于可以放下了！"

广孝道："虹妹，你扶我起来走一走。我已躺了两个多月，憋死了！"

若虹扶广孝下床，在地上走了几步。广孝的腿两个多月没走动，软弱无力，一着地伤处就疼痛，所以只迈了几步就停住了。

若虹道："广孝哥，你别走了，还是先躺着静养吧！"

广孝很倔强，咬紧嘴唇道："不，我还要走！"说着又向前迈步，若虹只好又扶着他。广孝这一次走得步数多了些，心里很是高兴。

若虹见广孝高兴，便笑盈盈地道："广孝哥！你好了，真的好了！我真高兴！"

广孝能走了，他兴奋地笑着，继续迈步向前走，若虹急去扶他。他却道："虹妹，你放手，让我自己走到前面的花圃，给你掐一朵花戴！"

若虹放开手，笑着道："广孝哥，谢谢你的好意。"

广孝定了定神，迈步向花圃走去。只是他的腿未经锻炼，稍一用力，就又麻又疼。他立足不稳，踉踉跄跄，越是这样，他的身子越不平衡。广孝忽然打了一个趔趄，身子要跌倒下去。

姚长林临行时对他们交代过，一月内折骨的接处愈合不固，万不能让广孝跌跤，以防断骨再折。

若虹见广孝欲跌，"啊"的一声，立即惊得花容失色。所幸她一直跟在广孝后面，广孝身子一斜，还没倒在地上，她就把他抱住了。

但是，广孝重心已失，倾斜度很大，若虹的力气是扶不起他的。他的身子仍然倒下去，把若虹也压倒在地上。

若虹反应很快，她知道自己的力气扶不住广孝倾斜的身体，就随着广孝倒下去，把身子垫到广孝身下。这样，虽然广孝和若虹倒在地上，但广孝的伤腿却没有摔着。

这样一摔，二人显得很狼狈。广孝在若虹身上压着，伤腿不敢着力，一时起不来，在上面干着急。

下面的若虹又着急，又负重，被压得气喘吁吁。她恐怕摔着广孝，不敢硬挣身子，脸急得通红。

范家人见二人这个样子，禁不住掩口而笑。

正在这时，范云出来见了，觉得二人有伤大雅，心里很不高兴，便命人扶起广孝，搀进屋里。

这天夜里，若虹的母亲把女儿叫进屋里，教训了她一顿。若虹受了委屈，便又哭又闹地对母亲撒娇。可是这也没用，母亲还是强迫她搬回自己闺房住，又在若虹的左臂上点了一个鲜艳的红痧，说道："你和你广孝哥都渐渐大了，应知道男女有别，言行要谨慎知礼。"

若虹原来只爱其所爱，思想纯真，听母亲这么一说，她才觉得不好意思。母亲训她，她似懂非懂地听着，不说话。

母亲又道："我点在你臂上的红点，叫守宫砂。相传是秦始皇怕宫女不守宫规，命人研制，用来约束宫女的。"

若虹对守宫砂很感兴趣，插口道："约束宫女什么呢？"

母亲欲言又止，迟疑了一会儿，才道："就是不让……不让宫女思春……"说到这里，又怕若虹比较单纯，不能理解，想了想道，"就是想男人……"

若虹道："宫女为什么要想男人呢？秦始皇为什么不让？"

母亲被她问得困窘难解了，只得说道："女子大了都要想男人的。"

这只有母亲才有体会的话，若虹当然仍不甚懂，但她不问了，只是道："秦始皇为什么不让宫女想男人，你还没说呢！"

这个问题母亲并不难回答，可是回答若虹却很难，因为有很多话要对她避讳。她想了很久，也找不出恰当的话来回答若虹。但若虹好奇，还是追问。她只得答道："因为秦始皇自私，才怕宫女想别的男人。所有帝王都是自私的，都怕宫女们与别的男人好……"

若虹又问："宫女为什么要和别的男人好呢！"

话又很难答。母亲叹了口气道："死丫头，什么都刨根问底！白居易的《长恨歌》说唐明皇后宫有佳丽三千人，听说实际是八千多人，秦始皇的宫女更多，听说是一万多人，连绵三百里的阿房宫里，住满了嫔妃宫女。宫里有这么多的宫女，却只有帝王是男人，她们怎么不想与别的男人好呢！"

众多宫女只有一个帝王，宫女就要想别的男人，这道理若虹懵懵懂懂。但她知道母亲不会也不能做更深的解释了，便转题问道："宫里怎么只有一个男人，不是还有胡公公那样叫作太监的男人吗？"

这问题母亲更难回答，母亲只得对她斥道："太监是不算男人的，你是姑娘，以后不许问这样的事……"

若虹不再问母亲男女之事了，可是又问道："娘，臂上点这个红点怎么就能约束宫女呢？"

母亲道："因为只要宫女与男人好过，比如在一起睡过觉，这个红点就不红了。宫女们都怕红点褪色，因此谨守宫规，不敢与男人好。"

若虹又道："是女人都点守宫砂吗？"

母亲道："不，只有宫女点。民间并没有守宫砂这种药，你爹的表姐做过宫监，咱家这药是她从宫中偷出送给你爹的。"

若虹道："娘，你为什么给我点？是你信不住女儿，用它来约束我吗？"

母亲道："给你点上就是让你谨慎守礼，不要与男人有苟且之事。你千万要自重，让守宫砂保持鲜艳的红色。假如你不谨慎，守宫砂褪了颜色，就辱了咱家门风，没有人看得起你了。"

若虹点头，这时她才知道为什么成年男女授受不亲、年轻女子不苟言笑的原因了。

这天晚上，她独自睡在闺房。这是她两个多月以来第一次自己在一个屋睡觉。她觉得清冷、寂寞，索然寡味。这时她才发现，她与广孝之间，除了哥哥妹妹之情外，还有一种别的感情，一种在一起就有情趣的感情。所以，她还是到广孝的屋里去了。她给广孝倒了水，敷了药，盖了被子，然后道："广孝哥，娘说我们长大了，在一个屋睡不方便，让我们睡在两个屋。你有什么事，就叫我。"

广孝只比若虹大几个月，但他性格深沉，好像比若虹成熟多了。他自责道："婶婶训你了吗？都是我不好，让妹妹挨骂！"

若虹道："母亲没骂我。就是骂我，我也不在意。我们只是在一块玩，他们管得太多了。"

广孝道："如果叔叔婶婶不愿意咱们在一起，咱们就少在一起。"他虽仍算孩子，但很理智，恐怕二人常在一起，给若虹招来父母的责备，也给自己带来许多麻烦。

若虹道："我们不在一屋睡还不行吗？为什么受过多的限制？你好了，我们还在一起读书、作诗。让我离开哥哥，一个人在屋里待着，想起来就可怕。想起什么，无法对人说，做首诗，无人评好歹，有什么意思！"

广孝道："人都是小时候好，长大了就有了各种限制。人人如此，不只我们……"

若虹"唉"了一声道："是啊，人到大了，就要受各种限制。尤其是宫女，怕他们思什么春，还要点守宫砂束缚她们……"

广孝脸色黯然道："听人说，那些宫女真可怜。有一句诗说'侯门一入深如海'，入了皇宫就更像鸟入了牢笼，不得出来。对，对，爷爷还给我讲过，宫女一被选入宫，就点上守宫砂。谁的守宫砂褪色了，谁就要被处死！"

若虹吸了一口冷气，惨然自语道："原来点守宫砂这样可怕！"

广孝道："嗯。宫女的命运可悲惨了。"

若虹不说话，两眼发呆，默默流出泪来。

广孝很惊诧，愕然道："虹妹，为什么哭？"

若虹道："我也被点上守宫砂了！"

广孝明白若虹的守宫砂定是她母亲点上的，便安慰她道："虹妹又不是宫女，点上了守宫砂怕什么？"

若虹道："见了它，就使我联想到宫女。我恨它，我要把它洗掉！"

广孝笑了笑道："妹妹，点了它的人都恐怕它掉，怎么去洗呢？听说，洗也洗不掉。"

若虹惘然若失，过了好一会儿，问广孝道："广孝哥，听说守宫砂是一种药，是吗？"

广孝道："是。爷爷说，是大壁虎喂了朱砂，等它通体变红后，取其血炮制而成的。壁虎又叫守宫，喂了朱砂，所以叫守宫砂。因点在臂上起一个小红点，像瘀疹，又因是监督宫女守规的，所以也叫守宫砂。"

若虹道："唉！人们自己限制自己，倒也想尽妙法！它真有效验吗？秦始皇真是用它来验看宫女吗？"

广孝想了想道："我看是吧！我看爷爷的《宫廷秘方》上为证明它有效，还引着梁朝名医陶弘景的一句话。"

若虹终是童心未泯，方才还为臂上有这守宫砂惆怅，现在又对关于守宫砂的这句话感兴趣了。她看着广孝道："广孝哥，你还记得那句话吗？"

广孝想了想道："我大约还记得。"

若虹道："你讲给我听！"

广孝慢慢背道："守宫喜缘篱壁间，以朱饲之，满三斤，杀干末以涂女人身，有交接事，便脱；不尔，如赤志，故名守宫。"

若虹道："这么说来，娘说的都是真的！这个守宫砂使我很害怕，我不知要怎样保护它呢！"

广孝道："你又不是宫女，不必怕。"

若虹凄然道："人言红颜多薄命，做一个女子真不幸！"

广孝安慰她道："虹妹，不要这样想。比如你，不是很幸福吗？叔叔婶婶爱你如掌上明珠，你不仅长得可爱，也读书识字……"

若虹喟然长叹道："可是将来……谁知道将来与什么人在一起……"

广孝和若虹这样聪明伶俐的孩子，突然间到了思虑命运的年龄了。若虹担心命运，广孝也深受感染。

广孝对自己的命运并不担心，却很担心若虹的命运。若虹那么可爱，又对他那么好，他衷心希望若虹有个好归宿。可是将来她是个什么样的命运呢？他从前没认真想过。现在认真想了，又觉得很害怕。若虹遇不到好的归宿怎么办……

夜很静，屋里也很静。

广孝突然想到，自己作为哥哥，应该好好安慰她才是，于是道："虹妹，不要怕，你若不嫌，我就真做你哥哥，永远永远保护你。"

若虹喜道："真的？若能永远与哥哥在一起，我就什么忧虑也没有了！"

广孝道："我是真心的，岂能骗你！"

若虹道："咱起誓。像刘备、关羽、张飞那样焚香起誓。不，不，他们都是男的，咱们就像梁山伯、祝英台……"

广孝博览群书，知道这些故事。他知道梁山伯与祝英台是爱情故事，不知若虹这样说是有意还是无意。他点了点头。

若虹情绪很好，立即跪在地上，对广孝道："广孝哥，你也跪在我旁边……"

广孝费力地爬下床，小心地跪下。

广孝想了想，仿着唐宋传奇里的结义誓言庄重地道："苍天在上，我姚广孝，愿以范若虹为妹妹，二人永远永远在一起，如有背心，神明惩处！"

异性男女永永远远在一起，是什么关系呢？若虹不管，反正与广孝在一起她就怡悦。她对广孝的誓言很满意，也仿着古小说传奇里的定情誓言庄重地道："神灵鉴临，我范若虹，愿以姚广孝为哥哥，永不背义。如有负心，天地不容！"

发完誓，二人对望着，都笑了。若虹道："我们二人发的誓，可不是孩子的儿戏呀！"

广孝郑重地道："虹妹，请放心，哥哥决不背盟！夜深了，你去睡吧！"

若虹这才动身回自己的闺房，临行道："如有什么事要妹妹侍候，就叫我，不要不好意思。"

广孝道："我知道了，你去睡吧！"

若虹回到闺房，很惬意，倒在床上就睡着了。

广孝也因若虹这样爱他、信任他，心里痛快，睡得很香甜。

第四回　丧生父避祸范府
　　　　　失恋偶逃往滁州

　　广孝和若虹订盟后，感情更深了。二人虽住在两屋，可是白天仍在一处读书，晚上也仍在一起聊天。分离一会儿，二人都会觉得没情趣。

　　光阴荏苒，广孝的腿痊愈时，已将近年关了。

　　因皇太后的病未根治，元顺帝不放姚长林回家，姚家过年清冷。怕祖父过于凄凉，姐姐派人来接广孝回家。

　　广孝虽留恋范家，不忍离开若虹，但祖父、母亲盼望，怎能不归？如今家信催归，便决定回家。

　　他把回家的决定告诉了若虹。

　　若虹道："久别家里，祖父、伯母思念广孝哥。广孝哥久别思亲，想回家探望，这是应该的，可是你知道，你走了，我有多寂寞吗？"

　　广孝道："我知道。我也不愿离开虹妹，可是父亲被那狗朝廷羁留，不放回来，爷爷风烛残年，盼我回去过年，我怎能不回去呢？"

　　若虹不敢看广孝，凄然欲泪道："我也不敢阻广孝哥回去。妹妹只是直言心中感受，请广孝哥别怪我。"

广孝道："妹妹，我知道你不愿我离开，我何尝愿意离开你？可是……咱兄妹分别之际，我无物赠妹妹，就送给妹妹一首词吧！"

若虹道："什么词？请哥哥快吟！"

广孝道："妹妹，词不是我写的，不能叫吟，该叫背。"

若虹道："词是谁写的？哥哥快背给我听！"

广孝道："词是秦观写的，它脍炙人口，大概妹妹也会背，就不用我背了。"

若虹猛悟道："啊！我想起来了！"

广孝道："妹妹，你想的是秦观哪一首？告诉给我。"

若虹道："《鹊桥仙》，对不对？"接着便背道，"纤云弄巧，飞星传恨，银汉迢迢暗度。金风玉露一相逢，便胜却人间无数。柔情似水，佳期如梦，忍顾鹊桥归路！两情若是久长时，又岂在朝朝暮暮！"

广孝道："我们真是兄妹，怎么哥哥想的事妹妹一猜就中？正是这首《鹊桥仙》，妹妹，你一下就猜中了！你可知道我为什么送你这首词吗？"

若虹想了想道："因为有'两情若是久长时，又岂在朝朝暮暮'这两句，对吗？"

广孝道："对，你又猜对了。现在你舍得让我走了吗？"

若虹"扑哧"一声笑道："广孝哥，你哪里是赠我词，分明是在劝慰我。"

广孝道："秦观这首词，我很爱读，特别是方才妹妹背的这两句，我背得很熟。我开始也不愿离开你，就是这两句词劝解了我……"

若虹道："既是'两情若是久长时'，不在朝朝暮暮，哥你就回去吧，不过我盼你早日回来！"

广孝点头。

广孝虽只有十三岁，但因读书多，知事多，已经很成熟了。他清楚地知道，只要他回去，除非朝廷开恩放父亲回来，否则回范家读书就是一句空话。不过，他心里的确是想着回来，所以才这样点头答应她、安慰她。

果然，广孝回到家里，就是想回范家也不忍开口讲了。父亲被迫入宫，祖父因思念儿子和广孝，已重病在床。母亲也吃不下饭，睡不着觉。广孝只得留在家里，慰藉祖父，劝说母亲，帮姐姐料理家务。

广孝在家过的是终朝愁苦、无情少绪的日子。可是命运捉弄人，这样的日子也不让他过下去。一天，他正与姐姐看医书，忽然几个公差拥着一个太监走进院来。

这个太监进来后往院中间一站，亮着公鸭嗓子道："姚家人无论男女老少，全都出来接旨！"

这帮人进院时，宁馨姐弟俩就从窗缝里看清了。宁馨听了那个太监的话，就要拉广孝出去接旨。广孝听若虹讲过胡公公在范家宣旨时作威作福的情形，知道太监进门绝无好事，因此留了心眼儿，悄悄对姐姐道："爹爹没回来，只派太监来绝无好事，我藏起来，你去接旨吧！"

宁馨想了想道："弟弟说得对，你藏在里屋的药窖里。"

广孝藏进药窖，宁馨移了自己的床挡住了窖口，看看掩盖得毫无破绽，才走出闺房接旨。

祖父和母亲已经跪在那太监面前，宁馨也挨着母亲跪下。

那太监手里并没拿圣旨，只是傲慢地挺身站在姚家人面前。他看着姚家人道："你们家不是还有个人吗？姚长林的儿子为什么不来接旨？"

母亲刚要说话，宁馨悄悄抻了抻她的衣袖道："禀钦差大人，我弟弟在范家读书，还没回家，因此不能接旨。"

那太监用审视的眼光盯着宁馨道："你弟弟真的没回来？！说假话可是欺君之罪呀！"

宁馨道："我们不敢欺君。"

那太监盯着林氏道："你儿子在哪里？快说！"

母亲看了看宁馨，道："我女儿不是说了吗！他在范家读书，没回来。"

那太监又问祖父道："老先生，你孙子在哪里？说！"

祖父不说话，用手指了指耳朵，摇摇头。其实，祖父耳朵并不聋，宁馨回答那太监的话，他都听清楚了，又看那太监和公差们的态势，知道宁馨如此回答定有道理，就打定主意装聋作哑。

那太监提高了声音道："你——孙——子——在——哪——里？快——说！"

祖父装作倾耳听着，只是连连摇头。

那太监无奈，吼道："这群刁民未必能说真话，给我搜！"

这太监一声令下，那几个公差如狼似虎地闯向各房。他们进屋翻箱倒柜，到处搜寻，各自搜了些值钱的东西装进腰包，却没搜到广孝。

那太监见搜不着广孝，便恶狠狠道："姚长林拒绝给皇太后治病，坚持回乡，眼下正以大不敬罪下刑部待罪。皇帝下旨，召其子姚广孝去刑部劝父。他若回心肯留下做御医，就免其忤君之罪；若仍抗旨，就与其子一并处斩。现在姚广孝是钦犯，窝藏钦犯可要全家杀头啊。姚广孝若回家，赶快送他去投案……"说罢，带着公差走了。

太监走后，母亲和宁馨瘫倒在地，祖父望着苍天呼道："苍天哪，苍天！你为什么不佑善人啊？！"

过了许久，宁馨叫出广孝，一家人商量怎么办。

林氏怕姚长林倔强不屈，不保性命，有意让广孝去劝。

宁馨道："倘若爹爹不幸，弟弟被骗去，岂不让他们斩草除根？！"

祖父道："还是馨儿说得对，孝儿去了就等于羊落虎口了！只要孝儿去了，无论长林顺不顺旨，都永世不要想回来。"

广孝虽然年龄不大，但也清楚"钦犯"二字的意义。进京去做钦犯，或同父亲被斩，或同父亲坐牢，即使劝得父亲屈服权势，在朝廷里做了御医，皇帝也要把自己留下做人质。他想：倘若我死、我坐牢、我做人质，能换得父亲回来，我就去。可是我去，对父亲有益吗？他拿不定主意。

大家一时不知怎么办。祖父年龄大，见识多，又是一家之主，所说之话一锤定音。祖父道："孝儿，官家诡诈，说不定一会儿他们还要回来，你快离家躲避，晚上再商量办法！"

祖父说完，林氏和宁馨也都同意。广孝赶忙翻后墙，躲到庄外的一片树林里去了。

果然，时间不大，那帮公差又回来了，在各房里搜寻了一通，才悻悻离开。

广孝夜里回来，一家人哭了一通。祖父说："广孝不投案进京，也万不能留在家里了！"母亲只好给他准备了些盘缠，让他出外避难。

这是生离死别，一家人泪眼相对，默默无言。唐诗有"蜡烛有心还惜别，替人垂泪到天明"之句，可广孝不敢等到天明，就赶紧离家，躲进树林，然后从荒僻小路向远处逸去。

广孝人小倒有心计。他在外漂泊了半个多月后，又偷偷回家，探听父亲的消息。

他白天不敢进村，等到夜静更深才从树林里出来，越墙进家。进了院，见堂屋亮着灯，就朝堂屋走去。进了堂屋门，他一眼看见母亲和姐姐穿着孝衣，在烧香啼哭。广孝一惊，举头看案上，只见案上供着一个灵位，他仔细一看，正是父亲的灵位。他忘掉一切，"哇"的一声，跪在地上痛哭。

母亲见了他，凄然无语，只是泪水潸潸。

姐姐堵住了他的嘴，低声道："祖父病了，若知道父亲的噩耗，恐怕……"

广孝不敢放声哭了。他从小就很理智，既然"问天无语，只有泪双流"，哭又有什么用！他拭了泪问姐姐，怎知噩耗？

姐姐含泪道："范云叔叔送来一封信，信中说父亲遇难了！皇帝还要抓你……"说着，找出那封信递给广孝。

原来，皇帝想留姚长林做御医，见姚长林坚辞，就以忤旨罪把他杀了。皇帝杀了姚长林，怕广孝将来为父报仇，就把他列为钦犯，想抓他进宫囚禁。自姚长林从范云家被带走，范云就差人进京，托他在宫中的表姐打听消息。表姐把皇帝杀了姚长林、欲捕广孝的事写了信，偷偷托人带了出来。

广孝看完信，咬牙切齿道："狗皇帝！我姚广孝今生，誓死不忘杀父之仇！"

宁馨道："钦差已将提你之事交给府县公差。你走后，公差天天来探，你在家如在虎口，危险得很，必须立即远遁。危险不过去，万不可回家！"

广孝道："可是家里这样，爷爷又病了，我怎能离开？"

宁馨道："凡事要从长计议。你看情势，能容你在家吗？爷爷有病，你在家无益，反而让我们为你提心吊胆。你虽有心顾家，可是一旦被捉去，如何是好？"

广孝深以为是，便悄悄隔帘看望了病在床上的爷爷，并默默祈求上苍保佑。之后，广孝又到母亲房里，哭别了母亲。

广孝离家后，心中并无去处，只是盲目南行。他想起姐姐说过的话："钦差已去过范家了，恐他们守在那里捕你，还是不去范家为好。"他认为姐姐说得对，因此初离家他便南行。两天后，他不时想起若虹，便想去范家偷偷看看，所以又折向西北，直奔定远。

这次他去定远不敢走大路，所以一个多月后，才入了定远境。

广孝虽思念若虹，但又不敢径直奔范家，只好先隐在范家附近察看。广孝自幼沉静，此次家遭惨变，更加小心谨慎。他想："我若贸然到范家而被抓去，不但自己有生命危险，而且会连累范家。"

他一连在范家门口探了三天，也没见公差的影子，这才稍稍放心。第三天夜里，广孝悄悄从后边翻墙进院，直奔若虹闺房。

原来，自广孝回家过年后，若虹因思念广孝，饮食减少，日渐憔悴。后来又听说姚长林被杀，皇帝派钦差要抓广孝入宫，她便更是每日忧虑不安，愁眉深锁。她常在夜深人静之时，暗暗祈求神灵保佑广孝平安。

这夜，她愁肠百结，正在用吟诗来排遣心中的郁闷。广孝来到若虹闺房的窗下，听到了若虹在房里吟诗的声音。

广孝心下一震，暗道："这就怪了。父亲遇难的事，若虹明明知道，怎么她倒有心情吟起诗来？我仔细听听她吟的什么？"

只听若虹一句句吟道：

永夜辗转难成眠，心系孤篷万里远。

狂风已是连根拔，恶镰还要横腰斩。

早知莲折丝不断，方信蝉僵树更寒。

瘦影那堪菱花照，泪流浮枕正潺谖。

声音很低，广孝却字字听得清楚。

吟到此，她竟真的呜咽起来。广孝知道若虹诗里的"孤篷"一定是指他。他心里不由一热，便伸手轻轻敲了敲窗棂，低声叫道："虹妹，开门！"

也许是他的声音太低了，若虹并未听见，依旧在哭。

广孝又敲了几下窗子，提高了点声音道："虹妹！妹妹！给我开门！"

这次若虹听到了。但她万没想到会是广孝在叫门，所以吓得止了哭声，惊问："谁？！谁叫门？"

广孝道："低声点，我是广孝，快开门！"

若虹以前是受过惊的，所以不由自语似的道："广孝哥怎么会来呢？他……这时候怎么会来呢？"

广孝道："我真的是广孝，妹妹听不出我的声音吗？"

若虹仍问："你怎么这时候来？"

广孝道："我是来避难的，白天不敢来，因此……"他也哭了，下面的话已说不下去。

若虹不再迟疑，赶忙下床给他开门。门开了，若虹一见真是广孝，忘情地抱住他，又哭起来。广孝也难控感情，紧紧把她抱住，抽抽噎噎地哭……

哭了许久，广孝才松开若虹，问道："妹妹，你怎么这么晚还没睡？"

听到广孝问，若虹哭得更厉害，抽抽噎噎道："还问我……从……知道……哥哥有……有难，我哪里……睡过？"若虹把广孝走后的经过向他倾诉了一遍。

广孝不说话，同时回想着这些天来自己受的苦。

若虹哭着，忽然抬起头，天真地问："广孝哥，你呢，你睡过吗？"

这一问，广孝又哭了，神情呆呆，很伤心，许久才慢慢道："我落了难，还能过平常人的生活吗？我……常是……讨残饭……住破庙……"

若虹听广孝这样一说，才想到他逃难生活的苦，不由一阵心疼，又把他紧紧抱住了，哭道："广孝哥，你这么小的年纪……就受这么大的苦，让妹妹心疼死了！"她抱着广孝哭了许久，才猛然想到一件事，赶紧放开广孝问，"哥哥，你饿不饿？你一定没吃饭，妹妹给你去取饭吃！"

广孝真的饿了，但是他说："我确实饿了，但深更半夜，千万别惊动了叔婶，忍半夜吧！"

若虹道："哥，你到了我家，我怎么能让你再挨饿呢！"说着，持烛走出去，从厨房拿了饭，给广孝吃。

范云夫妇见广孝来了，非常高兴。从此，广孝就在范家住了下来。范云给广孝另租了个小院住，派了一个可靠管家侍候他。

定远的公差到范家来过两次，范云打点了一些银子给了他们，那些公差就不再来了。

两个多月过去了，公差再没到范家找过广孝，广孝和范家才松了一口气，若虹才敢到那小院找广孝，广孝有时也到范家去找若虹聊天。

又过了两个月，公差没来，广孝和范家也都比较放心了。若虹和广孝又天天在一起读书、吟诗，或谈天说地。

在若虹的要求下，范云同意广孝搬回范家住。若虹和广孝仍是邻房住着，不过他们都好像经历了许多磨难，不像从前那样天真烂漫了。

二人都开始思索人生，探讨的问题也复杂了。一天，他们谈起了秦始皇。广孝说秦始皇对百姓有好处，若虹却说秦始皇焚书坑儒，严刑苛法，大兴土木，是历史上的暴君，只看他一人占着那么多宫女，就可看出他的残忍。

广孝道："看一个帝王，应看他对百姓是否有好处，对历史是否有贡献。"

若虹道："他在位时，用几十万人建阿房宫，用几十万人修骊山墓，用几十万人修筑长城，下令国中的男人全去服役，使田地荒芜……"

广孝道："不少帝王都要兴土木建宫殿的。纣王建鹿台，曹操建铜雀台，这些帝王都是为了奢侈、享乐。可是秦始皇建长城却是为了抵御外敌，使百姓生活安定，因此说他对百姓有好处。"

若虹道："可是百姓都骂他，说他太狠了。"

广孝道："他狠是狠，可是这都是他统一国家、建立万世之业的需要。他灭了六国，建立统一的封建制，若是任人说黄道黑，滥加褒贬，就推行不下去，因此他才限言论、坑儒生。秦灭了六国，必须手段残忍，要是不这样，六国就会起来推翻它。"

若虹用异样的眼光看着广孝，好像要重新认识他。广孝是读书人，很多唐诗宋词里对秦始皇都持批判态度，骂他是专制暴君，可是，他却为秦始皇的残暴辩护，究竟是什么原因使他如此呢？若虹问："广孝哥，你的这种想法是怎么来的？"

广孝道："你看了申韩之书，就会懂这些道理。历史上自周分封诸侯起，就世无宁日。秦始皇统一了全国，才结束诸侯混战的局面，百姓才过上了安定日子，因此，我说秦始皇对历史有贡献。"

若虹看着广孝道："广孝哥，假若你做了帝王，也要像秦始皇那样残忍吗？"

广孝道："也许这样。不过我这样做，是为天下百姓，而不为我自己！"

若虹道："这就好，广孝哥，将来你若为帝，为王，为官，可不要太残暴呀！"

广孝道："好，我一定顺着妹妹的意思做！不过，这样做的人，都是无作为的人；凡有作为的人，都不讲小仁。"

若虹听着似信非信。

广孝又道："比如汉武帝信道又信佛，可是却性格残忍，征战不已；西门豹肯为百姓兴利除弊，可是却暴戾好杀。他们都是历史上有为的人。"

若虹道："广孝哥，我宁愿你做无为的人，也不愿你残忍好杀。"

广孝道："我只是这样说说而已，我又无意为帝、无意为官，对谁残忍？去杀谁？我就是将来为帝为官，也只杀恶人，而利天下之人。佛语曰：'诛恶人即是行善事。'古人云：'多赦养恶。'该杀之人不杀怎能行？"

若虹没吭声，她忽然觉得原来沉默寡言之人，也可能是向往杀伐的强人。

不过，意见的分歧并未影响二人感情，他们依旧互相关心、互相钟爱，虽然在一起要争论不休，可仍愿意在一起，仿佛各抒己见的争论，是一件愉快的事，彼此有了什么想法，总要听听对方的意见。

这样又过了几个月，他们越来越亲密，感情也越来越深厚。谈话中，有时也涉及爱情这个话题。

一天夜里，二人在广孝房中谈诗。若虹道："广孝哥，你读过薛涛的《鸳鸯草》吗？"

广孝道："薛涛其人，我知道。她是蜀都歌伎，善歌舞，会诗词，好制松花小笺，称为薛涛笺，可是她的诗，我没读过。"

若虹道："这首诗太含蓄，我解不透，我背给哥哥听，请你给我解解。"

广孝点头。

若虹背道："'绿英满香砌，两两鸳鸯小。但娱春日长，不管秋风早。'哥哥，你看这首诗好不好？"

广孝道："这首诗寓意很深，好像是讽喻那些只图眼前玩乐不管将来结果的恋人。至于'鸳鸯小'是什么，却解释不清楚了。"

若虹道："从'绿英满香砌'来看，好像是植在窗前阶边的花卉，开绿色花朵……"

广孝道："如此推下去，'两两鸳鸯小'定是指这种花双蒂并开，形如小鸳鸯了。"

若虹兴致勃发，接着道："'但娱春日长'是转句，似比喻鸳鸯在春日贪欢。"

广孝道："那么'不管秋风早'是承上句，说贪欢的结果了。鸳鸯草在秋风里凋落是必然命运了。"

若虹忽然感慨道："广孝哥，假若秋风早临，你怎么办？"

广孝道："我俩如鸳鸯草，春时并蒂开，秋临同花落，有什么遗憾？！"

若虹道："恐怕到时……大难临头，各自飞了。夫妻、恋人还不是一样！"

广孝道："可是大难临头各自飞的，是普通的鸟，不是鸳鸯鸟。"

若虹道："不是也有'棒打鸳鸯两分飞'的说法吗？广孝哥，如果遇着棒打，你怎么办？"

广孝神色庄严，道："倘若鸳鸯只剩哥一只，哥决不另娶新欢！妹妹你呢？"

若虹道："妹意正如哥意，你还敢发誓吗？"

广孝道："敢！我俩还如上次跪下来发誓……"

若虹道："我正有此意。"

二人又庄重地并肩跪在地上。广孝道："神明在上，我姚广孝今后绝不临难变心，如有背弃，必遭天谴！"

若虹道："若虹也决不变心。如背弃哥哥，愿遭雷击！"

此时二人都有"得成比目何辞死，愿作鸳鸯不羡仙"的痴情，所以都愿立下重誓。

二人誓罢，相搀而起，从此情意更浓。

谁知过了不久，他们真成了棒打的鸳鸯。

五月十五，范云一家和广孝正在吃饭，家人报胡公公来了。范云一家以为胡公公是来捉广孝的，就让广孝从后院翻墙逃了。

原来，胡公公是来传圣旨，宣若虹进宫的。

听完这道圣旨，范云夫妇和若虹都惊得瘫在地上。他们不敢抗旨，只得任凭太监们推推搡搡把若虹塞进轿里。

这天从午到晚，范云夫妇因担心女儿一直相对痛哭，水米不进。夜里广孝悄悄翻墙进来，知道若虹被选入宫里，呆立垂泪，只自语道："妹妹进了苦海，一辈子不能相见了！一辈子不能相见了！"

范云强作刚强，对广孝道："孝儿，我受你父之恩，对你甚是喜爱，实指望把你招做女婿，倚为半子，可是想不到我们命苦，若虹遭此不幸……"

广孝哭道："叔叔婶婶，你们待广孝如子，此恩永远不忘。我和虹妹有约，她既进宫受罪我决不另娶，愿永远侍奉二老！"

范云夫妇都哭了。范云夫人把广孝搂在怀里，只是抽泣。范云道："可是孝儿，这里你不能住了。那个胡公公，紧紧追问你的下落，你住在这里太危险了！"

广孝哭道："失去了妹妹，我也不愿活了……"

范云道："孝儿，你岂能这样想？你家中还有祖父、母亲，他们将来需要你赡养，你必须活下去呀！"

广孝泪如泉涌，哽咽着道："我逃出……家时，爷爷……就……病危了，此时……说不定……已……已去世了。我是……钦……犯，永……远不敢……回……家，母亲……有儿，也等于……无……"

范云怕广孝会想到"死"字，忙不迭地道："孝儿，听叔叔的话，万万不可轻生。不但要活下去，还必须好好活下去。若虹虽被选入宫，也许吉人自有天相。倘若她回来听说你死了，她还活得下去吗？！"

广孝这才默默地点头。

范云道："这里是危险之地，你不能住在这里了。我给你修书一封，到滁州去找我兄弟范常吧。你天智颖异，不可坠志。我兄弟比我饱学，你跟他读书，必能成器。"

广孝哭着点头，当即拜别范云夫妇，逃奔滁州。

广孝到了滁州，持信去范府投谒范常。

范常见广孝沉静不浮，言行知礼合度，便问其所学，广孝道："晚生学得繁杂，但最爱的是兵法战策和申韩之术。"

范常道："你看过岳武穆论战阵吗？"

广孝道："晚生看过。"

范常道："请说说岳武穆的战阵观点。"

广孝道："岳武穆对宗泽说：'阵而后战，兵法之常，运用之妙，存乎一心'，晚生以为'运用之妙，存乎一心'，就是岳武穆的战阵观点。"

范常听了，默默点头称许，又问道："为什么诸葛亮喜读《梁甫吟》？金末一位诗人说诸葛亮'《梁甫吟》成白发催'，《梁甫吟》只是一种诗体，为什么用几十年才学成？"

广孝想了想道："因为《梁甫吟》有特定的内容，是说齐国政治家晏婴'二桃杀三士'的故事，所以诸葛亮爱读。但诸葛亮用了几十年时间才把晏婴的政治策略和权术学成，因此说'《梁甫吟》成白发催'。"这是个很难答的题目，广孝答完了，恭敬地看着范常，征询范常对他回答的评价。

范常捋着美髯，笑眯眯地道："答得好。老实说，我从前对这个问题也常思不解。后来看了《梁甫吟》注解，知道它与《长相思》《华山畿》《子夜歌》等一样，有特定的内容，才一通百通了。"

广孝的回答颇使范常满意，又因是兄长托他照管的，所以范常就把广孝留在家中陪自己的儿子读书。

元顺帝一年多没捉住广孝，以为广孝定是死在哪里了。这次胡公公带若虹进宫后，向顺帝说："听说姚广孝与若虹已定了亲。"顺帝听了，怒火复燃，当即下旨，令定远府县官员到范云家去捕广孝。府县官员在定远没捕到广孝，只好依实具本上报朝廷。太监又从若虹胸前搜到了一个丝绢画像，胡公公认出是广孝的画像。顺帝大怒，就让画师刻了广孝画像，印发告示在全国张贴。

滁州府县的城门上，也贴了带有广孝画像的告示。

捉拿钦犯的告示，范常及家人们都看到了。虽然广孝到范常家向外报的不是真名，但是看到了画像的家人，还是看出广孝就是通缉捉拿的钦犯。只因范常平时对家人很好，所以谁也不肯说破。

广孝自到范常家，足不出户，整日在书房中埋头苦读，但尽管如此，范常仍很担心。

一夜，范常把广孝叫到跟前，对广孝道："公子，你能对我说真话吗？"

广孝看了范常一眼，心想："范常叔叔为什么问我这些？他是好意，还是歹意？范常叔叔是范云叔叔的亲弟弟，又是方正学子，一向对我很好，大概不会害我。"于是道："晚生愿意对叔叔讲真话。"

范常道："很好。"

广孝低着头，目光垂下，慢慢地道："我家住在长洲姚家庄。我姓姚，叫广孝。我就是那个钦犯。范叔叔，我既然选择相信你，就是你让朝廷抓我，我也不怨。"

范常道："广孝，别乱想，叔叔不会让朝廷抓你的。我问你，你怎么成了朝廷钦犯，家里有人犯了重罪吗？"

广孝沉痛地道："叔叔请相信我的话，我们都没罪，是无辜的。"

范常诧异地道："那么为什么要缉拿你呢？"

广孝道："说来话长，我父亲是当地名医，医德高尚，医术高明。只因父亲给一个叫韩于冰的叔叔治好了难症，韩叔叔出于好意，托范云叔叔请求长洲知府，给父亲送了一块大匾。从此，父亲的医术在府里有了名。前年，宫中皇太后有病，御医百治无效，就向全国征名医。知府为了讨好皇帝，就举荐了父亲。于是皇帝下诏，叫父亲进宫，父亲不敢抗旨，只得去了，可是一进宫门，皇帝就再也不让他回来。父亲念着家里，说什么也不愿在宫里当御医，皇帝大怒，就把父亲杀了，还把我列为钦犯，要抓我进宫……"

范常思索着道："原来如此。我很同情你的遭遇，你就安心在敝府住下来吧！"

广孝道："不，范叔叔，你能相信我的无辜，我就很感激了。我不能再在此住了，再住下去，就会连累你们！"

范常道："不，没事的，你安心住下来……"

广孝道："凭我感觉，叔叔今天问我，一定是听到了什么风声。我知道朝廷不会放过我。自从朝廷强迫令侄女进宫，我就知道朝廷一定会迫害我……"

范常道："我侄女被征进宫，是不幸的，可是这与公子有什么关系？"

广孝道："因为……因为我们曾发誓，互不背叛，我相信若虹绝不会顺从皇帝。这样，皇帝一定迁怒于我，怎能放过我……"

范常看着广孝道："若不遇这些倒霉事，你和若虹真是珠联璧合。可惜呀！兄长和若虹总算没看错人……兄长已把你托付给我，你就安心住下吧！"

广孝道："可是，叔叔，你到底听到了什么，能对广孝讲讲吗？"

范常道："广孝，我实话告诉你，近两天，城门口贴了捕你的告示，上面还画了你的像……"

广孝诧异，问道："画了画像？！他们怎知我相貌呢？"

范常道："这就不知道了。告示上那画像很像你，我一眼就认出来了。"

广孝道："叔叔，这样我就非走不可了！我是钦犯，从叔叔家把我捕去，会连累你们一家的。"

范常想了想道："广孝，你不要走。叔叔不怕你连累。你到我家后，没出过大门，外人不知你住在我家。那些家人都对我很忠诚，不必担心从他们口中说出去……"

广孝心想，眼下实在没有地方躲避，只得在范常家住下来。从此，他连房门也不轻易跨出。

范常有一儿一女。范公子叫洪伟，范小姐叫若凤。洪伟与广孝很要好，自广孝住进范家，洪伟再不出去玩了，天天陪广孝在家读书作文。若凤比广孝大三岁，把广孝当弟弟，对广孝很关心，时常给他换洗衣服，问寒问暖。

广孝在范常家饥寒不忧，也不寂寞，但他常思念家人，思念若虹。

范常知道广孝的心事，就托在宫中做宫监的表姐打听若虹的消息。

过了两个月，范常表姐唐夫人托人带出一封信。信里说若虹进宫后，又哭又闹，几日不肯吃喝，皇帝大怒，要拿她父母进京问罪，她这才不哭不闹了，但只说病了，不想吃喝。皇帝知道她是绝食，对她软硬兼施，命她侍寝。她说只求饿死，不愿屈从。但皇帝还是强暴了她。她平时只是吟诗，被强暴以后，就哭笑无常，把诗稿扔得纷纷扬扬，宫中的人都拾着看。唐夫人的信中还夹着一张诗笺，范常把它递给了广孝。广孝拿来一看，那纸上写着"深宫怨"三字，这正是若虹写的诗名。接下来便是一首七绝："深宫终日闭长门，满院红紫不觉春；萧郎天涯知何处，临沟空羡韩夫人。"

广孝读着这首诗，不禁潸然泪下。广孝是知道韩夫人红叶传诗的故事的，所以完全可以体会若虹悲愤痛苦的心情，不禁暗道："虹妹呀，虹妹！可苦了你了，苦了你了！"

范常见广孝对若虹如此情深，心中非常感动，对广孝道："公子，虽然若虹心里忘不了你，但深宫高墙，如山相隔，恐怕不能相见了。你已成年，也该娶妻了！"

广孝道："我们是发了重誓的。我是磊落男人，怎能顿忘誓言呢？！"

范常道："公子对若虹这样钟情，实令人敬佩，可是……你姚家……"

广孝道："广孝誓言既发，就忠贞不渝，除非若虹……就是仙女下凡，晚生也不动心！"

范常对广孝的人品非常赞赏，心中更加喜欢，便让洪伟与他结为兄弟，将他视同己出。

若凤见父亲喜欢广孝，对广孝便更有好感，常与他讨论书中的疑难。

一日，若凤正和洪伟、广孝两个弟弟在假山后伴月亭里读书，忽然听到假山前吵嚷，若凤等三人侧耳细听，原来是两个下人在吵架。

只听一个尖细的声音喊道："你是主人的什么人？你得了主人什么好处，值得这么忠心？我只是背后拿若凤那丫头说了句笑话而已，何用得着你人模人样地来管？！"

另一个声音道："哼，开玩笑？你说早晚若凤小姐是你的，你要搂着她的嫩肉睡觉。怎能说这样的玩笑呢？"

尖细的声音道："不是玩笑是什么？难道她真让我搂了睡？"

这些话，若凤都听清了，当时又羞又气，脸色煞白。

洪伟听有人用污言秽语污辱姐姐，不由怒火冲天，跑出亭绕过山骂道："范果子！快闭住你的狗嘴！你这样污辱主人，就该掌嘴！"

范果子就是那个说污言秽语的人。这人的爹爹叫范合，与范常是本家兄弟。这范合是个势利小人，对有权有势者阿谀奉承，摇尾乞怜，对一般人却摆架子，凶狠专横，是地方一霸。乡民背地里称他"范盒子"。

范合是范常家的总管，他有三个儿子，这三个儿子都仗势欺人，父子合称一狼三虎。范果子是范盒子的第二个儿子，跟随范盒子在范常家做事。这家伙像他父亲一样，也长着一张臭嘴和一颗黑心，虽是家人却不把主人放在眼里。他今年二十多岁，论年龄、辈分该是若凤的哥哥，可是这小子对本家妹妹的美色常存觊觎之心。几月前，趁着无人，他曾大胆调戏过若凤一回，遭了若凤的斥骂。自此，他便常在下人中以若凤为题说脏话。今日遭了洪伟斥骂，心中不服，便反唇相讥道："什么东西，你才多大，就在我面前摆主子架子作威作福起来？还是别那么威风的好，我就是说了又能怎么样？不过说说而已，真让我睡我还不睡呢！"

这小子臭嘴越说越难听，气得若凤心跳身颤，簌簌泪下。

洪伟平时就看不惯范家哥儿们蛮横嚣张，今日见他把姐姐气成这样，不由怒喊道："你给我快滚，我家使不了你这恶人！"

范果子虽是下人，可一向凌驾于众下人之上，从未受人斥责过，今见洪伟赶他走，便气急败坏道："你赶我走，好，我走！我一定要让你们后悔……"说完，便愤愤离开主人家，到一个酒馆里喝酒。他边喝边骂，直到酩酊大醉。

范盒子知道了这件事，便把范果子抬回家里。范果子醒来后，向范盒子叙述了事情的经过。

范盒子听了，对范常恨得咬牙切齿，眼珠一转，就生出一个坏主意来。

他对三个儿子道："他敢看不起我们，我叫他家败人亡！"

范果子道："爹，你有什么主意？"

范盒子道："他家养了个公子是不是？那公子很像一个人……"

范盒子这么一说，范果子猛然想起来了，拍手道："我想起来了，那个人很像钦犯姚广孝！"

范盒子道："他正是钦犯姚广孝。以前我念与范常本家之情，没告他窝藏钦犯罪。现在他既无情，我何必有义！告他窝藏钦犯，既得赏金，又可使范常家败人亡，出出我们胸中的怨气！"

范果子道："还是爹爹的主意好，我就去出首告范常！"

他们的话被范盒子妻子王氏听到了，王氏道："你们父子这样行事，难道不怕天理报应吗？范常家看不起你们父子，你们应自己查查原因。就是他们真看不起你们，也不应该这样做呀！窝藏钦犯罪，可是要杀头的呀，我们和范常家有何深仇大恨？！"

范盒子的三儿子范平，尤为阴毒，他对母亲道："我们为了金银，为了泄愤，谁管他杀不杀、剐不剐！我二哥出首是以奴告主，要受责的，还是我去出首告吧。"这小子是想自己得一笔赏金。

范盒子的大儿子范管道："且慢，我看出首之事不要忙……"

范平眨着小眼睛愕然道："为什么？"范家大公子一向阴险，他的话使范平很感意外。

范管胸有成竹地道："我们先放出风去，让范常害怕，必先拿金银来封我们的口，这样，我们既可先得一笔财，又可再得赏金。"

范果子道："不，我恨不得立即就出胸中怨气。这样一来，我怕夜长梦多，报仇不成。"

范管道："二弟不要性急，这样做不但可以得到范常家的金银，还可得到若凤做二弟媳……"

范管这样一说，范果子才动了心，喜道："好，好，就照大哥的意思办！"

范盒子认为大儿子的主意很好，便同意了。王氏夫人见劝阻不了他们父子，叹了一口气，从屋里走出去了。

第二天，范常收到心腹家人的报告，说范平要告他窝藏钦犯罪。洪伟赶走范果子的事，范常还不知道，心腹家人向他说了这件事，他才知道是洪伟惹的祸。

范常是刚正而有主见的人，没轻易到范盒子家去送礼，而是立即召全家人商量应付办法。

范常的夫人高氏道："我们与范合家往日无仇，近日无恨，他们想出首告发我们，无非是为了赏金。为了息事宁人，老爷何不带了伟儿去，向他们赔个不是，再多送些金银，他们就可把念头消了。"

范常道："我们与范合是本家，那范合父子虎狼之性，我很了解。今日和他们已经有了裂缝，想弥合恐怕难了。歹意既起，恐怕送些金银未必能堵住他们的口！"

广孝道："范叔叔说得对。那范果子父子既是虎狼蛇蝎，今后又常要挟怎么办？"

高氏道："可是不如此，怎么办呢？实在叫人着急！"

广孝道："他们能威胁叔父的，就是窝藏钦犯之罪。如果叔父带了我去投案，就说见了告示后，发现我是钦犯，特擒了送官。这样，范盒子的坏主意就落空了……"

范常道："广孝，你不要说了！你是无罪之人，把你送去领赏，我这圣贤之徒，与禽兽何异！"

洪伟道："广孝，你把我父子看成什么人，我们命可丢，义不可丢！"

广孝无话可说。一家人都焦急万分，一时拿不定主意。

正在这时，范合的邻居刘仁给范常家送来一封信。

范常拆开信看，信写得很简单，只见上面写道："见信快想办法，不要去贿赂恶人。他们已定好计，先诈了你们的金银，还要讨若凤，最后再出首告你们。"信后具名王氏。

范常看了信，没说话，将信递给大家看。若凤道："爹，女儿誓死也不嫁那个恶人！"

广孝道："范叔叔，你们全家的情义我广孝心领了。现在全国都通缉我，我躲到哪里去呢！既然命运如此安排，我何必还要躲藏，徒累叔父全家呢！"

范常沉思良久，道："广孝，这个办法，非君子所为，你就不必说了……"

广孝道："可是还有别的办法吗？"

广孝执意去投案，范常坚决不同意，只是紧锁眉头思考办法。

全家都凝视着他。

范常沉思良久，道："为了能躲避追捕，倒有一个救急的办法，那就是假出家。云宝寺的静玄大师与我是方外交，我可荐你到他那里去住。静玄和其师弟宗湖，都是饱学高僧，广孝若和他们在一起，对学识增长也有益处。只是这样做名义上先得出家，不知广孝愿不愿意？"

广孝道："我现在父亡家丧，若虹也被夺走，万念俱灰了，出家倒是我的好归宿，永不还俗我都愿意。只是……只是我走了，叔叔仍难免有放纵钦犯之罪呀！"

范常道："这你不必担心。你走后，我就带洪伟到外地躲一躲！"

广孝哭道："这都因我连累，使叔叔一家不能安居乐业。

叔叔、婶婶、姐姐、哥哥的恩情，广孝今生不能报，来生结草衔环也要报答！"

范常道："不要说这些，我们快打点上路吧。"

范常父子也要就此离家，到金陵的一个朋友那里去，所以三人一齐动身。临别，广孝哭着给高夫人和若凤叩了几个头，道："婶婶、姐姐，广孝今日一别，恐怕报答无日，给你们叩个头，表表心意吧！"

高夫人和若凤也都哭了。若凤道："弟弟，你保重，盼事情过后，你再回来相见。"

范常一行三人开了后门出去，悄悄上路，到天亮已离家二十多里了。三人因走得太急，都觉得累了，就坐在一个僻静的地方休息。恢复了一下体力后，他们又接着走。他们不敢走大路，只走小道。夜行，昼伏，绕关越岭，走了十多天，才到了洪都（今江西南昌）郊外的云宝寺。

范常领洪伟、广孝进了寺门，直奔禅堂，去见方丈静玄大师。

静玄大师正在参禅，听说范常来了，起身把他们迎进禅房。静玄与范常寒暄几句后，问道："范处士今日远道来敝刹，定有事指教吧？"

范常道："今日学生来是有一事托大师。学生有一朋友之子，本是善家，可是却被皇帝枉定为钦犯，捉拿甚急，请大师收留他，让他带发修行。他家还有祖父、寡母要靠他赡养，待情况好转了，再准他还俗。"

静玄大师打量着广孝，道："小施主，你家谁犯了什么罪？为什么这么小的年纪就成为钦犯？"

广孝把他父亲因不肯当御医而致罪被杀的经过对静玄大师

讲了，接着道："广孝虽是钦犯，但是从未为恶作孽，请大师慈悲，收我为徒，我一定立志潜修，光大佛门。"

静玄大师道："阿弥陀佛！善哉！善哉！帮助无辜本是我佛本分。小施主既投来，就留在敝寺吧。不过，不赐法号可以，不剃发不行。"

范常问："为什么呢？若剃发受戒，不就没法还俗了吗？"

静玄道："还俗不还俗与剃发不剃发无关。广孝小施主是为避难，假若官家到敝寺来捕人，他若不剃发，怎能报出家呢？"

范常点头。

广孝道："大师，快给我剃发受戒吧！我不还俗了……"

洪伟难舍广孝，劝道："广孝，千万不要出家，你千万不可出家呀！"

广孝半闭双眼道："阿弥陀佛！我尘缘已了，请回吧！"

范常见广孝留志坚定，就带洪伟走了。

姚广孝剃发受戒

第六回　崇道学师徒论教
　　　　　　存佛心佛道贯通

　　范常带洪伟走了，广孝在云宝寺住下来。广孝离家别亲，在外寄居惯了，因此，留在云宝寺参禅吃素，并不觉得太苦。

　　两年过去了，仍无朝廷赦免钦犯的消息，更无若虹的消息。他暗想今生不能遇赦回家，也不能再见若虹了。他心如止水，每日只是青灯古卷，诵经念佛，下决心用佛法惠万民。

　　广孝聪明有才学，对于佛经一学就透。静玄考问他佛经，他对答如流。静玄非常喜欢他，常让他陪在身边论佛下棋。

　　云宝寺在章台山南，章台山北有一个上清观，住着一个高道，俗名席应真，道号清远。这清远虽与静玄异教，但二人相处甚好。清远常来云宝寺找静玄谈佛论道。

　　广孝侍立静玄身侧，常听到清远谈道教玄机，便不由对道家产生了兴趣。一次，清远对静玄道："佛和道，都是劝善的。不过佛是让每人都成佛脱离罪恶，拔离苦海，通过修行，最后成佛，由极苦而到极乐。而道家则参天地之造化，让人清静无为，返璞归真。人只有清心寡欲，才能成为不带恶性的真人、至人……"

　　广孝听着，暗暗点头。

清远走后，广孝跪在静玄大师面前道："师父，弟子愿皈依佛门，出家为僧，但有一个请求。"

静玄大师道："阿弥陀佛！什么请求，讲给贫僧听。"

广孝道："请允许弟子在学佛同时，兼学道学。"

静玄大师不悦道："你既入佛门，怎能学道？这不是藐视佛法吗？"

广孝道："师父，虽然佛、道殊途，却都引人向善，那么二者兼学，有何不可？"

静玄大师道："你学佛不诚，怎么能有结果呢？为师不许你旁骛，你必须一心向佛，不然要受戒律惩罚！"

广孝无奈，不再请求。但是广孝偏爱道学，仍偷学道书。其实，广孝出家，只是因人生乏味，才消极遁世，并不真想成佛，也根本不信念经苦修能成为大罗金身，当然也不信学道能成神仙。不过，他对佛的报应学说持怀疑态度，认为道的阴阳学说含有哲理。"无为而无不为"，他深以为然，常在与静玄谈话时渗透道的哲学，只是总是被静玄制止。

广孝执着，认为佛、道可并行不悖，不愿放弃自己的主张，总想说服静玄大师，允其佛、道两学。

一天，静玄谈经，说到善恶报应，广孝问道："既然善恶报应，为什么好人总是吃亏，恶人总是得志，而且往往倒有好下场？"

静玄道："阿弥陀佛！广孝不可出此逆语，恶人怎会有好下场？"

广孝道："汉之孔融和曹操，二人谁善谁恶？宋之岳飞和秦桧，二人谁善谁恶？"

静玄道："阿弥陀佛！曹操、秦桧国之奸恶，世人皆知，何须问我？"

广孝道："可是其下场如何？"

静玄道："孔融、岳飞下场很惨，曹操、秦桧下场却好。不过，到来世就不一样了……"

广孝道："师父，世间的人，只能看见今生，谁能看见来世呢？所以，世人还是仿曹操、仿秦桧的多。秦桧以后，南宋又出了贾似道，比秦桧更奸佞，终于因他亡国。"

静玄道："阿弥陀佛！罪过！罪过！可是，世人不是恨贾似道而爱岳飞吗？为师记得这样一个故事，贾似道欺君误国，人们恨他，有人把怨恨宋理宗宠他的诗题在岳飞墓上：'岳王之坟西湖上，至今树枝尚南向。草木犹知表荩臣，君王乃尔崇奸相！'这不是为恶不好吗？"

广孝道："为恶不好，为恶之人，人人痛恨，可是这与佛何关？佛祖出世之前，人们也是恶恶善善哪！"

静玄无言以对，可是仍反驳道："道教对恶人不是也没办法吗？"

广孝道："道教之高在于相信自然的力量。他们讲阴阳，讲变化规律，讲相生相克，讲物极必反，让人无求无欲，任其自然。人言'千夫所指，无疾而死'。说明人们都痛恨的人，必有人杀他。这是事情的规律，而不是报应。"

静玄道："规律是好人会得到人同情、帮助，有好结果；恶人会激起人反对、怨恨，有坏结果。这与'善有善报、恶有恶报'的佛家报应说是一致的，并无区别。"

广孝道："师父，规律和报应，并不一样。佛言'报应不爽'，报应是必然的；而规律却因某种原因而例外。照报应说，秦桧是必遭报应的，可是他遇到的是康王赵构那样的君主。赵构苟且偷安，只求维持暂时的淫逸奢侈生活，怕战求和，所以和秦桧沆瀣一气，杀害岳飞。他对奸臣秦桧始终信任，封赠甚厚。秦桧作孽，没得到坏的结果，并不是天下人不想杀他，而是因为赵构对他的保护……"

静玄思索着，他虽不赞同广孝崇道抑佛的说法，却很爱广孝学识之博、议论之力。他沉默了一会儿，道："为师不同意你以报应说和规律说来区别佛、道的高下。你还有别的说法能区别佛、道的高下吗？"

静玄很喜欢广孝的辩才，故意试他。

广孝想了想道："有。佛家也讲普度众生，其实度别人只是为自己的善报，盼今生好，盼来世好。而道家只是劝人清静无为，世人无为而恶自不生，恶不生世自安定，想的是世界人人安乐，行的是自己所愿行、所该行，没有个人欲望。这是佛教和道教的区别。"

静玄想了想又道："广孝，照你的说法是，佛教念佛、行善都是为个人，没有道教伟大是不是？可是佛教提出'众生平等'的口号，还不伟大吗？"

广孝道："师父，众生平等的口号伟大，但不实际。众生里包括毒蛇、猛兽、害人之虫……这些天生不具人性的东西你能对它平等吗？人若不除之，必受其害。比如蝗虫，你不灭它，任其繁殖，它会无限地多，吃掉所有的庄稼，造成世上绝粮，连我们僧人也要饿死。"

静玄道："道家也主张不杀生，还有人放生行善哪！"

广孝道："师父，放生行善，和众生平等可不一样。被放生者，大都是鱼鸟，它们本对人无害，而且自由自在，被人捉了放在釜中烹，关在笼中养，甚是可惜可怜。人出于善心，放了它们，还它们自由自在的生活。众生平等如果放纵恶人，对人类就是一个罪过，是残忍行为！"

静玄道："广孝，你说信道之人放生是行善，那么杀生是不是行恶？"

广孝道："师父，可不能这样说。我们是人，善和恶的判断当以有利还是无利于人来衡量。有害于人者为恶，有利于人者为善。同是杀人，杀无辜之人，不利于人，谓之恶人；杀恶人，有利于人，谓之善举。杀其他生物也是这样。"

静玄辩不过广孝，但还是不同意他兼学道教。因为在中国，佛和道是竞争的。他是一寺住持，让寺内弟子去学道，等于蔑佛、反佛。不过，经过师徒几次辩论，他已接受了广孝的某些道学观点。

广孝又在云宝寺住了两年，已经十八岁了。在研读佛、道两学的空暇，广孝也常常想家，想若虹。元朝皇帝杀了他父亲，抢走了他心上人，他对元朝皇帝怀有刻骨之仇，但只能忍耐下去。

洪都这地方自唐以来，就人烟稠密，风光壮美。有诗称道它的形胜："洪都风景最繁华，仿佛参差十万家。水绿山蓝花似锦，连城带阁锁烟霞。"

五代、两宋和金元时期，洪都虽渐衰落，但仍堪称热闹城市。不只学子、雅士喜来洪都观光、旅游，那些高僧、高道，也喜来洪都各寺观谈经论道或讲经说法。

静玄大师和清远道长，与这些高僧、高道谈经论道时，必夸广孝佛、道两学的造诣，因之广孝在佛、道两教中都小有名气。

一日，云宝寺来了个年轻道姑，指名要会广孝。起初，静玄大师不同意，后因这个道姑说是嵩山少林寺的宗渤荐来的，才同意广孝去会她。

静玄想："宗渤是自己师弟，又是天下名僧，道姑得他推荐，一定不凡。"

会见安排在禅房后的碧云轩。

广孝稽首寒暄毕，见这个道姑年轻美貌，言行大方，举止有度，心想："我与她素昧平生，她来找我做什么？"于是道："小师太远来敝寺，找小僧有何见教？"

那年轻美姑道："贫尼早闻小师傅大名，特慕名来请教一个经学难题。"

广孝道："小僧学寡识浅，恐怕会使小师太失望，真是惭愧。但是，小僧愿意尽我之力与小师太讨论，请讲！"

年轻美姑道："我是道姑，小师傅是佛子，我请教小师傅一个与佛、道都相关的题。佛教讲报应，也就是说，认为有鬼神。道教不讲报应，当然就不信鬼神。请问小师傅，到底有没有鬼神呢？"

广孝想了想道："这个题目，小僧没认真想过。今日小师太垂问，只得以愚见作答。中国的儒、道、佛三教，儒教最早。儒教师祖孔子一生以言怪为乱神。这就是说，儒教不信鬼神。儒家只是一种统治术。道教的创始人李耳、庄子，原是儒家，只是他们的统治术与儒家的统治术不同。他们主张人都应该清静无为，这样国家可以达到无为而治，人们可以因无为而善，因无为而安。人们均善，国家不乱，是道家的最高理想。道家也不信鬼神，但是道家推崇无为而治，让人觉得神秘不解。而且他们的学说，总是用寓言来说理，常常虚构故事。如'庄生晓梦迷蝴蝶，望帝春心托杜鹃'之类，给人一种梦幻之感，这就给人造成一种错觉，以为他们如鬼如神变化莫测。一些方士，就把道家的始祖说成神仙，说他们长生不死。至于鬼，还没见道家书中说过。"

年轻美姑道："小师傅，那么鬼神说是起于佛教了？"

广孝道："对。儒、道之初，并不是教，只是派。只有佛，才明确是一个教。它为扩大教派，才创造了报应说。报应说讲鬼神、讲轮回。鬼神其实是佛教假造出来威吓、劝诱人的……"

年轻美姑道："那么小师傅是不信鬼神了，那么信不信佛教？"

广孝道："信，也不信。"

年轻美姑惑然问："小师傅，这话怎么讲？"

广孝道："佛教是劝善的，劝人行善，对世人有好处，因此小僧信。至于它那过分悖逆人性的地方，小僧就不信了。"

年轻美姑道："无量天尊！小师傅说的那'过分悖逆人性'的地方，究竟是什么呢？"

广孝红了脸嗫嚅着道："这个……小师太就不必问了。小僧这些话多是妄说，请小师太指教。"

年轻美姑道："小师傅高论，小道姑佩服。只是对小师傅最后的话，小道姑有些不解，还望小师傅赐教。"

广孝道："后边的话，请恕小僧不便奉告了。小师太若没别的事，请到禅房用茶，小僧还要去侍候师父。"说罢，做了个"请"的手势，便想走开。

年轻美姑嫣然一笑道："小师傅请留步，恕小道姑啰唆，我还有一事动问小师傅：'小师傅既不信鬼神，怎么与一个姑娘发下重誓呢？'"

广孝一愣，睁大眼睛惑然看着年轻美姑道："小僧发誓之事，小师太怎么知道？！"

年轻美姑神秘地一笑，道："这你勿问，你不否认有这件事？"

广孝叹了口气道："不否认。可是这是小僧未成佛子时的事了。"

年轻美姑道："听小师傅口气，好像从来就不信鬼神，那么小师傅此时可否实言相告，你们发誓时，你是真心还是假意？"

广孝又叹了一口气，慢慢道："这时候说它还有什么用呢……"显然，他很痛苦，想避开这件事。

可是年轻美姑仍问："小师傅，你还没回答小道姑的问话……"

广孝无可奈何道："事由心发，岂有假意？永远守约，不在有无鬼神。"

年轻美姑秋波流盼，看了广孝一眼，道："她既背盟，未受天谴，你又为何独自守约？这样不是太痴心了吗？"

广孝讶然看了年轻美姑一眼，心里暗道："这小道姑真怪，这么年轻，又是道姑，怎么问这样的话？！"但他还是回答道："据我所知，她并未背盟，她做了嫔妃，那是身不由己，可是她的心并未变。我并不觉得痴。"

年轻美姑道："佛子四大皆空，小师傅既是佛子，仍然钟情一个女子，岂能成佛？"

广孝红了脸道："小僧心中仍有色、有情，正是刚才说的不信佛处。"

年轻美姑慨然自叹道："若虹啊，你虽在宫中受苦，可也值了！"

广孝讶然问："小师太，你在说什么？！"

年轻美姑道："小师傅……不，现在我该叫你姚公子。我并不是什么道姑，我叫碧叶，是宫廷的昭容……"

广孝一惊，看着碧叶道："你……你是皇帝派来的？"

碧叶道："姚公子勿惊。小女子不是皇帝派来的，可以说是若虹派来的。"

广孝道："真的吗？若虹怎能派人出宫？"

碧叶道："若虹当然不能派人出宫。小女子表兄宗泐，给皇太后讲解佛经，得到皇太后的喜欢。表兄向皇太后讨了人情，才放小女子出来的。"

广孝道："原来如此。那么姐姐临出宫，见到若虹了吗？"

碧叶道："我与若虹姐妹情深，临出宫，我去看她，她哭着请求我一件事。"

广孝道："这事与我有关吗？"

碧叶道："姚公子，你猜得很对。她写了一首词，让我带给你，还对我说……"

广孝性急，眼盯着碧叶，一副侧耳倾听的样子。

碧叶道："她哭着说：'我的广孝哥痴情，一定坚守誓言。现在我背盟做了嫔妃，万不能让他为我守誓！'"

广孝道："直到现在她还关心着我，我怎能背誓呢！"

碧叶道："她说，她在宫中一个人受苦就够了，不忍让你再受苦。不要因她而一辈子不娶，使姚家绝了香烟。"

广孝听着，泪水盈眶，自语道："可是，虹妹，我明明知道你在受苦，我怎么能自己求欢呢！"

碧叶道："她所担心的正是如此。她给我跪下托我劝你！"

广孝望着碧叶，只是连说："我已出家，我已出家！"

碧叶道："我尊重姚公子是君子。这是若虹写给你的词！"说着，把一张折了多层的薛涛笺递给广孝，又补充道："姚公子看了这首词，就知道若虹对你的情意。"

广孝接过薛涛笺，展开来，只见上面用娟秀的字，写着一首《减字木兰花》：

> 守宫砂陨，自兹霜草共命运。懒作梳妆，对镜颦眉泪千行。
>
> 与君两地，身同飘零心共泣。万勿痴情，任拘恶誓误一生！

广孝见诗笺上斑斑点点满是泪痕，不禁失声痛哭。

碧叶见广孝哭了，劝道："姚公子，不要哭，若虹也许有一天能出宫来，只要你不嫌她，你们仍可成眷属的。"

广孝叹息着摇了摇头道："恐怕这只是姐姐对我的安慰。"

碧叶不再说什么，告辞走了。

原来，碧叶化装成道姑来试广孝是宗泐之计。回到少林寺，她向表兄宗泐汇报了探访广孝的经过。宗泐深服广孝所论，于是便来云宝寺见广孝。

宗泐的年龄虽不大，却是天下名僧。静玄热情地接待这位师弟，并让广孝相陪。

素筵上，宗泐对广孝道："师侄入佛门未久，听说师侄对佛、道两学都议论精辟，甚为心慕，特来请教，勿嫌师叔多事。"

广孝双手合十逊谢道："师伯瓮天之见，怎敢受大师之誉？师伯初入佛门，偷学道学，议论浅薄，还是勿难为师伯了。"

宗渤道："阿弥陀佛！学佛学道，需明旨意。对旨意的认识有深有浅，有对有错，必须讨论，才能辨明。师伯勿谦！"

广孝道："小侄实不敢在圣僧面前班门弄斧。"

静玄道："广孝，既然宗渤师叔欲垂询你佛道之旨，你就勿谦虚了。你如能回答，为师就准你昔日所请，也请宗渤大师赐你法号。师叔远道来试你，你就答吧！"

广孝道："谨遵师命！"

宗渤问："听说小师傅亦精道学，道学的精义是什么？"

广孝道："师伯以为是清静无为、任其自然，不知对不对？"

宗渤点头，又问："前人总结道家行为有一句比喻，你可知道？"

广孝道："云在青天水在瓶。"

宗渤道："阿弥陀佛！这句话倒是清水芙蓉，并无雕饰，字面意思浅显明白，它有没有深层意思呢？请师伯给贫僧讲讲！"

广孝想了想道："我想这也就是比喻天地万物任其自然的意思。云在青天，能动，就随清风流动变化。水在瓶里，不能流动变化，也就静止了。如'绿杨芳草春风岸，高卧横眠得自由'两句诗一样，都是说任其自然，本身不要求如何如何。"

宗渤赞道："师伯答得好。这实际已经探奥掘微，阐发宏旨了。贫僧再问你：佛家有五戒十律，通过这些戒律，让佛子达到什么境界？"

广孝答道："这种境界便是'身是菩提树，心如明镜台，时时勤拂拭，勿使惹尘埃'。"

宗泐道："阿弥陀佛！善哉！善哉！师侄乃年轻佛子，对佛旨理解这样精深，实在难得。能不能再说得明白一些呢？"

广孝道："大千世界，纷乱繁复。佛门弟子，应受五戒十律约束，四大皆空，身如菩提树之坚贞不动，心如明镜台之清净无尘。时时修行，不犯佛戒。"

宗泐非常高兴，对静玄大师道："祝贺师兄收得高徒！"

静玄对宗泐大师道："广孝慧质灵心，悟性甚高，只是不能一心向佛，奈何？"

宗泐问："他犯佛门清规戒律否？"

静玄摇头道："广孝尚能恪遵佛门戒律，只是佛门弟子，偏爱道学。"

宗泐道："阿弥陀佛！以师弟愚见，这也没什么。从劝善总旨来看，佛、道无别，应该互为辅助，兼而学之未必不可！"

静玄道："可是佛、道异教，怎能相容？"

宗泐道："这都是门户之争。有门户之见者，还把佛教分裂为禅宗、净土宗等，搞得互不相容，就更不能容道了。其实，一心向佛，是不该有门户之见的。常言说万流归宗嘛，佛和道都欲善世，岂不能殊途同归！"

静玄道："阿弥陀佛！师弟之论甚是。贫僧就准广孝佛、道兼学。他已入佛门四年，如今还没法号，请师弟赐一法号如何？"

宗泐想了想道："师侄学佛，又能阐扬道理，就叫'道衍'如何？"

这个法号，甚合广孝的心思。广孝赶忙跪下道："谢谢大师赐法号。"

第二天，适逢清远道长到云宝寺来访，广孝即拜清远为师。清远赐他"斯道"为字。

第七回　赠僧袍杀机暗藏
　　　　　遇险境宗泐解围

　　宗泐与道衍谈得很投机，他很佩服道衍，并不把道衍当后辈看。他在洪都住着的时候，白天与静玄、道衍、清远一起去游山，晚上谈论佛、道之法，纵论天下形势。有时论兵书战策，及行兵布阵之学，有时则吟诗作词。

　　几天后，宗泐告辞。临行时，他邀请道衍去嵩山少林寺盘桓。

　　道衍是为消灾避祸，才身入佛门的，在云宝寺一晃就住了十二年。这些年中，他潜心研究学问，涉猎极广，深得静玄大师喜爱。

　　道衍二十六岁时，静玄已经很老了，他圆寂前立下遗嘱，立道衍为衣钵传人。

　　可是，静玄大师圆寂后，大师兄空尘违背师嘱，自己做了云宝寺的住持，接着以道衍研读道学、不务正业为名，把他逐出寺门。

　　道衍无处可依，就到上清观依附了清远道长。

　　清远道长席应真，原是饱学之士，年轻时在青田读书，学业居全馆第一。他中秀才、中举人，与同学刘基一起进京科考，大有龙头之望。谁想考官与其家有仇，诬他犯规，将他逐出考院。他一气之下，出家做了道士，号清远。他云游到上清观，与原观主明修论道。他的议论精辟深湛，明修心服，便邀他永驻上清观。明修死后，他做了上清观主。

刘基中进士后，任高安县丞。高安离洪都不远，刘基与道远常有来往。刘基除精通文学外，还精通兵法战阵。清远每日清闲，也效刘基博学。

广孝跟清远学阴阳，学经济策略。清远甚喜道衍之才，把自己所学倾囊而授。清远仍恐道衍不满足，荐他去见刘基。

刘基此时已官职两迁：由高安县丞，迁任江浙儒学副提举；又由江浙儒学副提举，调任浙东行省都事。但是，元时朝廷不信任汉族官员，各级地方官府都设一个达鲁花赤（蒙古语为掌印的意思）。达鲁花赤都是蒙古人或色目人，他们独揽大权，汉族官员只是傀儡。刘基因反对招抚方国珍而与布政使有分歧，布政使向达鲁花赤进了谗言，因此刘基被革职。革职后刘基移居会稽（今浙江绍兴）。

道衍到会稽找到刘基时，刘基正带领乡民抗击山贼。近几天一股山贼占了城外的大兴观，每天到各村掳掠妇女、财物，人们对山贼恨之入骨。刘基为了乡民安定，带领乡亲们打山贼。山贼狡猾，白天打，晚上扰；此地打，彼地扰。打了几天，山贼仍很猖狂，刘基为此大为伤神。刘基见是清远荐来的学子，便道："道衍师傅，既是席年兄荐来，在下没有说的。不过，现在敝乡正有山贼侵扰，在下日夜率乡民格杀，山贼也未驱走。因此，暂时没心思与小师傅讨论所学。"

道衍道："小僧不敢与先生讨论，是来向先生请教的。先生请殚精竭虑驱贼，小僧等贼平时再聆听宏论。看先生深忧贼人之患，能给小僧讲讲贼人情况吗？"

刘基便详细讲了几日来剿贼情况。

道衍想了想道："小僧不自量力，有一计献给先生，供先生参考。"

刘基道："小师傅请讲。"

道衍道："贼人所以难灭，是因为他们据住大兴观，进可骚扰，退可守卫。常言'扬汤止沸莫如釜底抽薪'，以小僧愚见，先生应剿灭大兴观里贼首，这样贼人才会瓦解。"

刘基道："可是大兴观易守难攻，我们攻过了，未能攻下。"

道衍道："大兴观在半山，可以率乡民绕到山岭上，居高临下，使用火攻，不知可否？"

刘基想了想道："妙！这是破贼好计！"

刘基依道衍之计，果然攻破了大兴观，消灭了这伙作恶多端的山贼。

刘基看重道衍之才，每日与他切磋学问。道衍在刘基家住了六天，二人对古代几个优秀军事家的战阵思想进行了讨论。

第七天，有两个客人来访刘基。这两个客人，一个是高彬，一个是高彬的徒弟朱元璋。

此时，爆发了韩山童起义，高彬也正策谋扶保朱元璋起事响应。朱元璋年轻志大，早就觊觎元朝皇帝的宝座，他跟高彬学了一身武艺，只欠文才韬略。高彬和刘基是旧相识，深知刘基的文韬武略，就带朱元璋来请教刘基。

道衍不愿接触他们，就离开刘基家，去嵩山少林寺找宗泐大师。他下午离开刘基家，走出三十多里路，天黑到了一个小镇，觅了一个小客店住下。他在灯下看书，直到二更时候才躺下睡了。还没睡着，忽听得窗棂一响，见一蒙面人破窗而入。道衍一惊，赶忙披衣坐起，还没容他下床，就被蒙面人点了穴道，身体登时麻木，不能动弹。

只听那蒙面人发出苍老的声音："道衍小师傅勿惊，我是刘基的客人，请你回去议事。"

道衍道："我们素不相识，并未共事，去议什么事呢？"

那人道："我们虽互不相识，但是我听刘基先生说你很有韬略。我是特来请你的，并无恶意。"

道衍没说话，那人不征求他的意见，背起他来就走。天没亮，就把他背回了刘家。

刘基道："道衍小师傅不要见怪，是因我多嘴，这位高侠士才请你回来。"

朱元璋道："元朝的统治者不把汉人当人看，中原百姓陷于水火，元璋欲救万民，推翻元朝，建立新朝。"

道衍沉默不语。他对元顺帝恨入骨髓，但他还没有想过造反的事。近年来，他听说方国珍、韩山童等人率众造反，心中暗暗震动，他想：若起事，必须选择自己喜欢、敬重的人做同伙，不能盲目从事。今天遇上的事，他首先就有些反感，所以不愿意参加。他认为像朱元璋这样的人，打着拯救万民的幌子，实际上是想推翻元朝统治，自己做皇帝，与汉高祖、宋太祖一样，只让大家跟着他们起事，成功后他同样会骑在人民头上作威作福。汉高祖屠戮功臣，宋太祖借酒杀郑子明。开国功臣，有几个是有好下场的？！

朱元璋、高彬、刘基都看着他，等着他回答。道衍道："小僧庸愚，武不能提枪，文不能进策，况且，我已入佛门，'隔断红尘三千里，白云红叶两悠悠'，怎能再坠红尘，参加什么起义呢！"

刘基道："道衍师傅满腹韬略，实有经天纬地之才，做个好军师，能抵十万兵啊！"

道衍道："刘施主谬奖了。小僧只会空谈，并无实学。刘备欲匡扶汉室，只靠一个卧龙先生。如今朱施主要起事，有刘先生一个出谋划策、行兵布阵足矣。小僧袜线短材，何能担此大任呢！若济苍生，佛家有自己的方式。"

朱元璋笑道："嘿！当和尚，何必认真呢！我和师父都是皇觉寺的和尚，可是为救苍生，都弃佛还俗了。我们能还俗，小师傅就不能吗？"

道衍道："朱施主，小僧不是不能，是不愿。小僧受戒入佛门时，曾发了重誓，请不要强小僧所难！"

刘基想了想道："小师傅的才能见识，均可大用。但人各有志，不可勉强。既然小师傅立志向佛，不能俯就朱少侠之请，那就罢了。不过，请小师傅答应一件事。"

道衍道："刘施主请讲。"

刘基道："小师傅须立志为佛，不能辅保他人。"

道衍这才明白：他们追他回来，邀他入伙，无非是怕他辅保别人，成为他们起事的对手。

原来，朱元璋到刘基家，就把起事的打算对刘基和盘托出。刘基虽事元朝，但对元的种族歧视深为不满。朱元璋对他讲了反元起义计划，坚定了他反元决心，立刻答应襄助朱元璋反元。接着他又叹息道："可惜你们说晚了一会儿，让我把一个不小的人才放走了！"

朱元璋问："先生说的是谁！"

刘基答道："是云宝寺的小和尚，宗渤赐法号的那个道衍。"

高彬道:"原来是他呀,我也听说过,是佛门奇才。"

朱元璋道:"他再奇才怎能和先生比,有了先生,他走不走有什么重要的!"

刘基道:"朱少侠,这个人不能让他走。一是人才难得,失之可惜;二是倘使他今后辅助别人,岂不成了我们的劲敌!"

高彬和朱元璋都以为对,高彬这才把他追回来。

道衍听了刘基的要求,发誓道:"佛祖鉴临,我道衍绝不辅助别人。倘若失约,佛祖不佑!"

见道衍发了誓,刘基才放他走了。

道衍刚欲走,朱元璋拦住了他。他急问:"朱施主还欲如何?"

朱元璋哈哈大笑道:"勿怕。朱某不再留你。现在天暖了,你却还穿着棉衣,我赠你夹僧衣一件,作个纪念吧!"说着,拿出了一袭黄僧衣来。

道衍穿着棉衣实在觉得热了,不由点头道:"小僧多谢盛情。"说完,便接过僧衣穿了。

道衍换了朱元璋送的黄僧衣,离开会稽,直奔嵩山。

他晓行夜宿,并不觉得累。此时又是春天,一路桃红柳绿,蝶舞莺啼,他虽无兴致观赏,却也觉得畅爽。

走了一段时间,他到了嵩山少林寺。

自唐太宗敕封少林僧以来,少林寺的规模越来越大,此时,已是全国最大的寺院之一。寺院坐落在半山坡,顺石阶走到半山,就会看到迎面的那座重檐飞翘的大门楼,两扇红漆大门正敞着,门额的横匾上雕着"少林寺"三个大金字。他走到门口，有小沙弥迎住他。他报了自己的法号，说来拜访宗泐大师。小沙弥报告了执事僧，执事僧报告了宗泐。

宗泐正在会客，听说道衍来访，非常高兴，赶忙对执事僧道："快请！"又对客人告了便，也走出禅房迎接。

这客人叫袁珙，因精通数术，人称袁半仙。袁珙见宗泐大师亲自去迎接，心想一定是个年老高僧，便也跟着走了出去。

他走出房门，见宗泐接进来的竟是一个年轻僧人，便很感诧异。进屋后，他又仔细看看道衍穿的僧衣和他的脸，不由问道："这位小师傅的法号叫什么？"

宗泐大师道："贫僧给你引见，这是云宝寺的道衍师侄，道号斯道，是贫僧邀来的客人。"

袁珙仍仔细端详着道衍道："久仰大名，久仰大名！"

宗泐又指着袁珙道："这位是数术大家袁珙先生，人称袁半仙。"

道衍稽首。

袁珙谦逊道："不敢！不敢！"仍端详道衍。

宗泐道："袁先生，贫僧见你一直注视道衍师侄，莫非他有什么异相吗？"

袁珙迟疑了一会儿道："我断定这件僧衣，曾被另一人穿过。那穿它之人，有君王之相。小师傅也有异相！"

道衍听他一言道破了僧衣的来历，很惊奇地急问："先生看小僧面相如何？"

袁珙问："小师傅，是愿在下直言，还是愿在下奉承呢？"

道衍道："请先生直言。"

袁珙道："小师傅目略呈三角，面貌虎相，性必嗜杀，很像刘秉忠啊！"

刘秉忠就是刘侃，本是汉人，却是元的开国军师。他善知兵机，有谋略，曾帮助忽必烈攻城略地，杀人如麻。忽必烈尊他为子聪大师。

宗泐见袁珙直言道衍面相，怕道衍动怒，急忙道："袁先生，勿开玩笑。道衍师侄年轻英俊，怎么是先生所相模样呢！"

袁珙惶恐地看着道衍。

道衍却春风满面，暗想：刘秉忠是元的开国军师，莫非我也该做新朝的开国军师？……于是，他故意问袁珙："先生比喻不当吧，我怎敢和元朝开国军师子聪大师比！"

袁珙道："小师傅将来有过之而无不及！"

道衍稽首道："谢谢先生吉言！"

从此道衍放弃他学，专门研究韬略玄机。

袁珙是唐朝袁天罡的后裔，不只会相术，还懂阴阳八卦易理玄机。他也很爱道衍之才，给他讲了许多玄机妙理。

道衍在少林寺住了几天，就告辞宗泐大师，欲回上清观陪伴师父。

袁珙也想南游，愿意结伴而行。二人边走边谈，倒不寂寞。

一日，二人到了安庆，日长天热，都觉得累了，就在山坡下一个树林边休息。他们坐下来，掏出干粮和水袋，准备吃些东西，喝点水。忽然后面一声锣响，跑来一队持刀的壮汉把二人围住。

这些壮汉持着刀，一步步向二人逼近。

道衍道："我们是出家人，在此歇息，你们要做什么？"原来，袁珙为了招徕相面，也穿了道装充道士。

一个壮汉道："你们正是我们要找的人，我们是奉命来捉你们的！"

壮汉这样一说，道衍和袁珙都瞠目结舌没话说了。过了许久，道衍道："捉我们到哪里去？为什么？"

那壮汉喝道："少说废话，见了大王，你们就知道了。"

道衍和袁珙都不再说什么，被这队持刀壮汉押着穿过树林，直奔山岭。

到了山岭，他们被押入一座鹿砦为围的大营。进大营后又走了三十多丈，进入一个山谷。这山谷花树葱茏，怪石迷道。在一个小丘的背后有数间木板房子，他们被押进正中的一间。

他们进屋时，屋中央一张大椅上端坐着一个秀士。壮汉将二人押进屋时，这秀士打量着袁珙道："高彬，你是僧人，为什么着道装？"

秀士这句问话，问得袁珙丈二金刚摸不着头脑。但他极聪明，见秀士不住注视道衍的僧衣，猛然想起这僧衣朱元璋穿过，而高彬正是朱元璋师父的名字。想到这些，便对秀士道："大王，你一定是误会了，在下从来就是道士，不是僧人；在下也不是高彬，是袁珙。"

秀士怒道："你说谎！你们分明是高彬和朱元璋师徒二人，你以为报个假名就能骗得了本王吗？！"

道衍道："小僧道衍，不是朱元璋。"

秀士道："朱元璋是你的俗名，道衍只是法号。"

道衍道："不，我的俗名不叫朱元璋。"

秀士道："那么你为什么穿着朱元璋的僧衣呀？！"

道衍惊奇道："大王，这僧衣我穿着，怎么说是朱元璋的僧衣呢？！"

秀士冷笑道："你穿着这僧衣，我就认出你是朱元璋。"

　　听了秀士的话，道衍方知误会出在这僧衣上。但他仍对这僧衣茫然不解，问道："大王，你怎么从我穿的僧衣认出了朱元璋呢？"

　　秀士道："这还不好认吗！朱元璋是明教教徒，这衣服是黄色，黄色趋明，而且那领旁绣着'日'和'月'二字，这正是明教教徒的标志！"

　　明教是一种秘密宗教，因创教人是波斯人摩尼，简称摩教。此教因教义是反黑暗，以斗争求光明，所以又叫明教。此教南北朝时传入我国，宋宣和年间盛行。那时方腊是明教教主，他在南方起事，队伍发展到几十万人。地方官和朝廷怕这种教，恨这种教，利用谐音，称之为魔教。此教又因教徒食素，被称之为食菜事魔教。元末，明教发展很快，不少不满元朝民族压迫的人，都成了明教教徒。但明教是秘密组织，教徒都不把标志露在外面。

　　经秀士这么一说，道衍全明白了。他知道朱元璋送他这件僧衣是想害他，不由暗骂朱元璋狠毒。但他还有一事不明白，明教造朝廷的反，朝廷官府应该捉他们，可这个山大王为何要捉明教教徒呢？

　　道衍问："你是替朝廷捉明教教徒吗？"

　　秀士笑道："我做我的山大王，又不想当官，干吗替他们捉明教教徒呢！"

　　道衍又问："那么你为什么根据明教教徒的标志捉我？"

　　秀士笑道："今日你被捉，由我们处治，就可以把一切对你们讲了。我们捉你们，并不是为朝廷，而是为白莲教报仇。我叫华云龙，是白莲教的香主。本来明教和白莲教都是反朝廷的，是兄弟教，可是你朱元璋却向官府告密，让官府剿了我们的圣地，杀了我们很多教徒。全教愤怒，要求找朱元璋算账。于是教主下令，捕捉朱元璋为死难兄弟祭灵。"

秀士的话，使道衍大为震惊。如不及早辩解，就要给朱元璋当替死鬼了。可是怎么辩解呢？说自己是道衍，不是朱元璋，他们信吗？

他正无可奈何时，华云龙阴笑道："朱元璋，今日你落在我们手上，真是报应。等把你解去见了教主再说吧！"

接着便下令："把他们押下去！"

白莲教教徒对朱元璋恨之入骨，听得令下，就有几个壮汉上来扭过二人胳臂押了就走。道衍急得喊道："我不是……你们别……"那些白莲教教徒哪里听得进他的话，仍押着他们往外走。袁珙喊道："且慢……"

那些壮汉仍不停步，谁知袁珙却会武艺，一纵身就落在华云龙面前，伸手去抓他的前胸。他的动作是那么快，华云龙猝不及防，被袁珙一把抓住。

袁珙抓住了华云龙，大骂道："你们这些真假不分的浑蛋，快放了他！"

华云龙虽被袁珙抓住，并不慌乱，问道："他明明穿着朱元璋的衣服，怎么是假的？！"

道衍道："我是云宝寺的僧人，叫道衍，不信你们可以去问。"

华云龙道："谁有工夫去问？你是想拖延时间吧，我们不会上你的当。"

袁珙道："你们怕上当，可是已上了朱元璋的当了。明教是秘密教门，谁会把标志落在明处？！"

华云龙道："朱元璋的教徒标志就在明处。总教的弟兄们都看得清楚，他逃跑时就穿着这带明教标志的黄僧衣，这在教主下达捉他的命令上是写得明明白白的。"

袁珙道："这正是朱元璋自己逃避白莲教追杀，嫁祸于人的诡计。"

道衍听袁珙这么一说，更洞悉了朱元璋赠他僧衣的险恶用心，忙道："袁道长说得对，这僧衣的确是朱元璋赠给我的。"接着，他对华云龙及众白莲教教徒叙述了朱元璋在会稽赠他僧衣的详细经过。

的确，明教教徒的标志都在暗处，道衍的话也是实情。但是因无人作证，白莲教教徒们仍然不信。

袁珙放开了华云龙，对他道："下令放开道衍师傅，不然就会枉杀了我们，放了你们白莲教真正的仇人。"

华云龙疑惑地摇摇头，向白莲教教徒们一挥手道："先把他们押起来，等弄清楚了真相再说！"

听了头领的话，几个白莲教教徒一拥而上，就要动手。袁珙摆开架势道："谁敢动手，就让他横尸当地！"

方才袁珙出手的动作很惊人，众白莲教教徒已见识了他的本领，谁也未敢轻动，都观望不前。

华云龙见属下不动，怒道："你们为什么不动手，难道被他吓住了不成？！"说着，并未见其动作，已从椅子上弹起一丈多高，轻轻落在地上，脚未立稳，接着右手出拳向袁珙捣去。袁珙轻轻躲过道："袁某不愿动手，但也不能束手就擒，你若不听道衍师傅解释，不听袁某劝告，想靠人多势众抓住我们，这是妄想！"说着，他右掌一推，发了一个劈空掌。这一掌推出，只见掌风骤起，吹得前面的人衣袂飘飘。

白莲教教徒们无不吃惊。

袁珙道："我的功夫非你们十人八人能敌，如果我们是朱元璋师徒，能乖乖跟你们到这里来吗？！"

华云龙相信他的话，但自己号令既出，也不愿再收回成命。

双方僵持着，正在这时，一道身影在窗口一闪，随即进来了一个人。道衍和袁珙一见，不由惊喜地叫道："宗泐大师，你怎么来了？！"

宗泐大师道："我特来解释这场误会。"

原来，朱元璋出卖白莲教教徒之事，宗泐已经得知，他断定白莲教必与朱元璋结仇。宗泐初见道衍穿着带日月标志的黄僧衣时很诧异，但没有多想。后来袁珙说曾见朱元璋穿过这件衣服，他忽然想到朱元璋这样做定有什么诡计。后来他又想到道衍自嵩山去洪都，必经安徽白莲教的据点，恐怕要惹出麻烦，所以急忙跟随来。

宗泐大师道："华施主，贫僧是嵩山少林寺住持宗泐，这个道衍师傅是贫僧的师侄，他是从敝寺回云宝寺的，不是朱元璋。"

少林是天下武学之源。华云龙是学武的，知道宗泐大师之名，但是他仍犹豫，迟疑着道："宗泐大师是少林高僧，武功天下绝伦。大师的话，华某应该听从，可是……"

宗泐大师道："请华大王先放了袁珙和道衍。朱元璋出卖白莲教教徒之事，由贫僧负责给白莲教讨回一个公道。"

华云龙仍不答应放人，袁珙怒道："宗泐大师一言九鼎，他既答应给你们讨个公道，你还不放道衍师傅，想怎样？！"

华云龙道："我的要求很简单，假若眼前这个小和尚，就是朱元璋，就请宗泐大师评个公理；假若眼前之人不是朱元璋，就请大师维护武林道义，带朱元璋来，还我白莲教一个公道。"

袁珙还要与华云龙争着放道衍，道衍道："好，我留下。袁珙先生只是与道衍萍水相逢，并无什么瓜葛，请你们还他自由。"

华云龙道："好。小师傅说话干脆，朱元璋只是一人作恶，只要你肯留下，别人我们都可以放。"

道衍对宗泐道："那就有劳师叔了！"

宗泐道："阿弥陀佛！明教、白莲教的事情，我少林僧人就不该管，可是既然道衍师侄有求，贫僧只得破例了。不过，有两件事贫僧有言在先：一是贫僧管这件事，就得公道，假若朱元璋害白莲教教徒事出有因，而且原因可谅，贫僧放他，白莲教不得纠缠；二是我离开这里之后，你们不得难为道衍师侄。"

华云龙想了想道："好，这个自然，但请大师立字为证。"

宗泐要来纸笔，写了字据。

宗泐和袁珙安慰了道衍几句，就结伴出了山寨。

　　华云龙按着宗泐的嘱咐，不但没囚禁道衍，而且清茶素果，对他招待很好。

　　住了几天，白莲教教徒见道衍不逃，也没有不利白莲教的言行，对他的怀疑渐渐消除了，并且与他攀谈起来。华云龙没事时还找他下棋聊天。

　　对明教和白莲教，道衍只听说过，并不十分了解。有一次，他问华云龙道："华大王，听说你是白莲教的香主，对白莲教一定了解极深，你能给我讲讲白莲教的教义吗？"

　　华云龙是白莲教中文武全通的人物，对白莲教的教义教规了解很深，便立刻答道："白莲教是秘密教门，是不许对外人讲教内事的。但见小师傅是世外人，姑且对你讲讲！"

　　道衍道："华香主若不便，就不必讲了。"

　　华云龙道："秘密活动，只是怕官府，对小师傅讲讲也无妨。"

　　道衍道："那么就请讲。"

　　华云龙道："白莲教是宋代从明教衍生出来的。明教的教义是崇尚光明，反对黑暗，认为光明最后一定战胜黑暗。白莲教的教义与之相同。因此可以说，明教、白莲教是一对兄弟。但是，因为白莲教是从明教里分离出来的，因此两教一向不和。宋代明教的几代教主荒淫暴戾，违反教规，使明教濒临灭亡。教中一些有为之士，非常痛心，他们不忍明教堕落，便接过明教的教义，建了一个新教，就是白莲教。明教教主不自责反而要讨叛，闹得水火不容，鱼死网破。"

听到这里，道衍叹道："可惜，这样下去弄得两败俱伤怎么办？"

华云龙道："这的确是件可忧之事。可惜有些教徒不悟，常常互相迫害、互相残杀。"

道衍想："有人说明教、白莲教都是邪教，听其教义也很正大，怎么算邪教呢？"于是他问华云龙道："华香主既然明白两教仇视不好，何不设法制止呢？比如消除个别人制造的两教仇视……"

华云龙道："难呀，个别教徒煽起的两教仇恨之火，的确难以扑灭，我在教中又人微言轻。"

道衍道："华香主是否做过这种努力？"

华云龙注视着道衍，问道："莫非小师傅也是明教教徒或白莲教教徒？不然为什么这么关心两教之事？"

道衍很赞同明教和白莲教崇尚光明、反对黑暗的教义。崇尚光明，就是追求善和美，追求共同的平和、安乐。有了这个目标的人，如果做了皇帝，也许是个好皇帝。因此，他对两个教都有好感，对他们驱除黑暗寄以很大希望。他希望两个教均兴旺，不要互相仇视。

道衍听华云龙发问，知道自己问得太急切了，便笑道："小僧只是佛教教徒，对明教和白莲教知之甚少，哪里是明教教徒或白莲教教徒呢！小僧这样关切你们两教的事，是怕你们鹬蚌相争，朝廷坐收渔人之利啊！”

华云龙叹了一口气道："难得你这教外人这样关心我们两教之争。可惜，我们教内人却很少有人想这件事。"

道衍道："阿弥陀佛！的确可惜。如这样下去，两教早晚会互相削弱，直至灭亡。大家恐怕盼不到光明了。"

华云龙道："唉！华某也与道衍师傅有同感，可是华某自叹左右不了教政，不能制止两教相争之事呀。听道衍师傅谈吐不俗，可愿想个办法制止两教争斗，协力驱除黑暗，共建光明？"

道衍想了想道："愿意。只是需要想个好主意。"

华云龙点头。已到吃饭时间，二人一起去用饭。

自此，华云龙与道衍越来越亲密，华云龙再不把道衍当人质，更不怀疑他是朱元璋了。

道衍也在寨内住得很习惯。他见华云龙人很精明，也诚实，虽是山大王，却不胡作非为，便逐渐喜欢上他，愿意帮他想个消除两教仇视的办法。

一天，道衍正在和华云龙下棋，忽然一个白莲教教徒进来报告："报大王，外面来了一个年轻女子，自报姓名叫宁馨，要见大王。"

听了这个报告，华云龙和道衍均吃了一惊。华云龙惊的是不知这素不相识的女子为何到山寨来？道衍惊的是姐姐为何突然而至。

华云龙道："有请！"

那报事教徒刚要往外走，道衍道："且慢！"回头对华云龙道："待小僧到外面去看看，可能是我俗家姐姐！"

华云龙点头。道衍同那教徒走出中厅。

来的女子果然是广孝的姐姐宁馨，姐弟俩见面相抱痛哭。

宁馨告诉道衍，祖父在他离家后不几天就死了，母亲也哀愁成疾，一病不起，一年后去世，家里只剩下她一个人了。

道衍问："姐姐，你来这里做什么？"

宁馨拭泪道："我来是为朱元璋解释误会的。且到中厅咱姐弟叙话。"

道衍很惊讶，就领姐姐回到中厅，参见华云龙。

华云龙打量宁馨和道衍，相貌很像，知其果是姐弟。这宁馨明眸皓齿，桃腮粉面，比道衍淑雅可爱。他看罢，对宁馨道："小姐，你路途迢迢，自长洲到敝寨来，有何见教？"

宁馨道："这位是华香主吧？小女子是受人之托而来，有事和华香主商量。"

道衍很惊奇，一别几年，姐姐竟变得这样大方。他想："姐姐是因为行医的缘故，还是别的原因？"不容道衍说话，只听华云龙道："是谁托小姐而来，因什么事，请讲！"

宁馨道："托小女子前来的是高静宜，就是朱元璋的妻子。"

华云龙和道衍均感诧异："朱元璋的妻子托宁馨小姐来做什么？"

宁馨又道："高静宜知道丈夫得罪了白莲教，特托小女子找华香主谢罪，并向华香主解释……"

华云龙道："朱元璋得罪的是白莲教，高静宜为什么不托小姐去找教主，为什么来找在下？"

宁馨道："我们闻知华香主在白莲教内有威望，又明白事理，识大体。"

华云龙笑道："宁馨小姐很会说话。其实，在下在白莲教里只是个小角色，不能参与教内决策。不过小姐的话，华某愿意代向教主转达。"

宁馨道："这就好，先谢谢华香主。高姐姐说，她丈夫朱元璋向官家告密，不是想害白莲教，是因为白莲教里的李呈中等人向官家告他谋反罪。他险被捉去，一气之下，才对白莲教报复。他去告密之时，原以为官家捕几个白莲教教徒，至多也不过让他们坐几天牢，这样出出怨气也就算了，万没料到会牵连这么多人，而且遭害这么惨。朱元璋自知闯了大祸，追悔莫及。"

姐姐说到这里，道衍想："朱元璋哪里有追悔之意？！他并不是躲避白莲教，而是到处招贤求士，忙着起事造反呢……"

华云龙问道："请问，那高静宜托小姐来解释，是想让白莲教捐弃对朱元璋的仇恨吗？"

宁馨道："不，华香主。假若只为朱元璋个人免祸，小女子也不冒着危险前来为其求情了。高静宜想的是消除两教仇恨，免得两教自相残杀，死伤无辜。"

华云龙摇头道："此话未必可信。"

宁馨道："只她这样说，小女子也不信。朱元璋的第四子朱棣，只有四岁，跪下求我，说倘若我肯来，他愿意来白莲教做人质。这孩子的话，感动了小女子，小女子才来见华香主！"

华云龙想了想，又问道："可是小姐，你怎知朱元璋残害白莲教是出于报复？你与朱家有什么瓜葛吗？"

宁馨道："没有瓜葛，我们只是邻居。因此，此事小女子知得清楚。"接着，她便叙述了朱元璋告密的原因。

原来，宁馨早已嫁到长洲城里，朱元璋还俗后建的家与宁馨为邻，宁馨常去朱家行医，故和高静宜过往很密。朱元璋这人心计很深，他见天下大乱，就想乘势起事做皇帝。他阳为僧，阴还俗，娶了高静宜。他分析天下形势，认为元朝必亡，群雄皆不可惧，最可惧的对手是明教或白莲教。但是，他心里清楚起事成功，做皇帝的是教主，不会有自己的份。因此，他想制造两教矛盾，让两教互相仇杀，使其两败俱伤。这阴谋瞒着世人，也瞒着高静宜。

他明察暗访，探明一个叫李呈中的人是白莲教教徒。又知这个人贪财好赌，就和他交朋友。一天，二人在酒馆喝酒，朱元璋装着喝醉，把自己是明教教徒的身份，想推翻元朝做皇帝的打算全告诉了李呈中，并高声吟诵宋江的反诗："他年若遂平生志，敢笑黄巢不丈夫。"当时明教和白莲教都被元朝明令禁止，其教徒都在官府捕杀之列。如有人向官府告密，必受重赏。李呈中赌输了钱，贪财忘义，就把朱元璋是明教教徒，以及欲反皇帝之事，密报官府。

朱元璋料到李呈中必去官府告密，就时时警惕。果然，不几天官府就派了大队人马来抓他，他飞身上房，由房上纵到树上，又攀枝跳树逃走了。捕他的人走后，他杀了李呈中，并对高静宜和别人说："这分明是白莲教的人恨明教，想害我，我非报仇出这口气不可！"高静宜劝他，他不听，去官府报告说："白莲教安徽分舵要起事。"

官府立即围剿了白莲教安徽分舵，不少白莲教教徒因此惨死。

白莲教的人查知是朱元璋告的密，对他恨之入骨，派人去捉他，见他穿着带明教标志的黄僧衣逃走了。

朱元璋的阴谋隐得很深，连妻子高静宜都被他骗了。人们都认为他密告白莲教其心虽毒，其行虽鄙，但起因并不在他。因此，高静宜想托人为两教调停，为表诚意，愿忍痛让朱棣来做人质。

宁馨在叙述了朱元璋的告密原因后，接着道："朱元璋虽用告密手段害了白莲教，行为可气可恨，但是白莲教教徒害他于前，才引起他报复，情有可原。又感于其妻、其子之诚，因此小女子才来为其陈情，请华香主念及两教及无数教徒的生命，向贵教主求情！"

华云龙沉吟片刻道："果真如此，还情有可原。可是，朱元璋报复之事，还有谁可证明呢？"

宁馨道："宗泐大师。宗泐大师前往会稽，路过长洲，顺便调查清楚了此事。当宗泐大师问到小女子时，小女子据所知以告。他见小女子长得像弟弟，就问小女子家乡及姓名，还问认不认识姚广孝，小女子说广孝是我弟弟。宗泐大师说广孝当了和尚，法号道衍，现在正在安庆的万全山寨做人质，他说我来为朱元璋陈情时，除了消除两教仇杀，做件功德善事之外，还可解救弟弟。实在说，小女子除被高静宜母子感动外，还为见弟弟而来。"

华云龙仍在犹豫，只是默默不语。

宁馨道："华香主也太多疑了。"说着，从怀中取出一封信，递向华云龙，道："这是宗泐大师的信，华香主请看。"

华云龙看了信，又拿出宗泐立的字据对了笔体，这才点头道："非是在下多疑，实因敝教教规森严，在下不弄清楚此事，不敢多管。絮叨之处，请原谅。"

宁馨道："华香主对事认真是应该的。可是对朱元璋之事呢？"

华云龙道："在下可以原谅朱元璋。可是敝教上有教主，在下不敢预言结果。不过，在下绝不负小姐此行，立即用飞鸽传书的办法，将小姐的话如实向敝教教主报告，并陈说在下的意见。"

宁馨道："谢谢华香主。小女子与弟弟有些私事要谈，请求华香主给个方便。"

华云龙道："现在，我们对令弟的怀疑已完全消除，令弟去留随便，小姐就不必说请求之类话了。"

宁馨道："那么请允许我姐弟到山下去谈。"

华云龙道："小姐请便。不过，在下想敝教教主的答复不会太久，还是请小姐暂住此地等候为好。"

宁馨道："小女子就在万全山等待贵教教主的决定，不会离开这里。"

华云龙道："好，小姐请便吧！"

于是，宁馨领道衍到山下，对他哭道："广孝，你枉读诗书，怎么做出此种糊涂事来，姚家靠你继续香烟，你怎能出家？！"

道衍哭道："堂前尽孝，累了姐姐，我向姐姐告罪。可是出家之事，万望姐姐勿责。家遭惨变，若虹入宫，弟已心灰意冷，发誓终身不娶，遁入空门，了此残生……"

宁馨道："可是，别人这样逃世犹可，你这样做，岂不是姚家的罪人？！请你听姐姐的话，脱掉僧衣，跟姐姐回去。若怕回原籍生事，就随姐姐在城里住。"

道衍道："姐姐听我讲，非是弟弟不听姐姐的话。若虹已做了嫔妃，万无出来的可能。非若虹，弟弟断不娶妻。朝廷对我通缉仍未解除．我若还俗，必须隐姓埋名，变更容貌，过隐居生活。过这样的孤苦生活有何益处？倒不如身在佛、道之门，研究佛、道之学，倒有兴趣。"

宁馨道："弟弟，你再没一点成家之念吗？"

道衍道："姐姐，因为朝廷不让我有家，我才被迫出家。既然出了家，哪里还有成家之念呢！"

宁馨叹了一口气，没说话，过了许久，才含泪道："既然是这样，姐姐只好由你。但是宗泐大师很器重你之才华。我也以为你有才华，你遁入佛门，你的才华就再不能为世所用了，实在可惜呀！"

道衍沉思不语。

宁馨道："你怎么不说话？难道姐姐说得不对吗？"

姐姐比他大三岁，小时候比他懂事，常对他管育，因此他对姐姐的话听从惯了，直到现在还不敢违忤。此时的道衍虽口说四大皆空，胸中却装着天下苍生。他虽身在佛门，却不相信靠佛能救世济人。但是，他对姐姐只得违心道："姐姐，我已经潜心向佛，不染红尘。什么有才无才，只要我不造孽就是了！"

姐姐道："好，这我就放心了。你知道观音菩萨为什么坐莲花蒲团吗？那就是表示佛门弟子都要像莲花那样清高。现在姚家就只咱姐弟二人了，我不管你谁管你？我将来若知道你做了违背佛门之事，可不饶你！"

道衍不愿伤姐姐的心，连连答应道："弟弟一生不出佛门，永做善事！"

姐姐苦笑着，挽着弟弟的手走回山寨。

宁馨住在万全山寨，等白莲教教主的回音。

第三日黄昏，信鸽回来了，带来了教主胡闰儿的信。胡闰儿同意华云龙的意见，不再找朱元璋报仇；同时要其四子朱棣来万全山寨做人质，由华云龙监管。

宁馨见了胡闰儿的信，立即返回长洲，带来了高静宜及小朱棣。

小朱棣很可爱，道衍问他："小朱棣，你为什么愿来做人质啊？"

小朱棣答道："因为小朱棣做人质，我爹爹就不害怕白莲教了，白莲教也不害他了！"

道衍很喜爱这个小孩，背后对华云龙道："华香主，小朱棣才四岁就让他离开母亲，多可怜！倘有什么变故，小命也活不成。孩子是无辜的，请让他随母亲回去吧！"

华云龙道："在下也很怜惜这个孩子，可是放了他，教主怪罪怎么办？"

道衍想了想道："小僧有一个办法，可以把小朱棣放了，教主又无法怪罪。"

华云龙问："什么办法？请讲！"

道衍道："先留下朱棣，让我姐姐和高夫人下山，在客店等候。两日后，我带小朱棣从山后下去，到客店找高夫人，让她们一起回去。接着，你向教主报告，就说他出去玩耍，跌下山涧摔死了。"

华云龙对道衍的至诚很感动，也很喜爱小朱棣，想了想道："好啊，就这么办吧！"

第二天，华云龙当着全山寨白莲教教徒的面，送走了高夫人和宁馨，留下小朱棣当人质。两天后，道衍带小朱棣到后山

道衍与小朱棣分别

去玩，悄悄下山，来到事先约好的那个客店里，把小朱棣交给了高夫人。

临别，小朱棣哭着，扯着道衍的衣裳，不愿分开。

道衍道："阿弥陀佛！小施主与道衍有缘分，我们以后还会相见的。"说罢，毅然走了。

第九回 选儒僧巧遇朱棣
施妙计踪隐幕府

道衍在万全山下的客店与姐姐、高夫人和小朱棣分别后，欲回上清观陪清远师傅，但终觉自己是和尚，长在道观居住不方便，便不愿去了。他心想："宗泐大师学识渊博，何不去少林寺寄居，以便随时向其求教学问。"于是，道衍重新上了嵩山。

宗泐与道衍几次谈话后，深知他才识过人志趣不凡，不是老死佛门的材料，便对他道："少室山下有个藏书阁，正无人监守。阁里藏书两万多册，除佛经外，诸子百家之书均有，贫僧欲托你去监守藏书阁，不知可否？"

道衍道："敢问大师，阁里藏书，允许道衍看吗？"

宗泐道："阿弥陀佛！善哉，善哉！道衍师侄只要守住里面之书不丢即可，当然允许阅读。"

道衍道："谢谢大师给道衍安排了个好去处啊！"

从此，道衍一直住在少室山监守藏书阁。

元至正十一年（1351），明教和白莲教联合起义。当时元的民族压迫，已引起汉族和南方各少数民族的强烈反对，因而一处起义，全国响应。元朝的统治基础崩溃了，苟延残喘了十几年，终于被推翻。

当时反元起义有多股势力，势力最大的是明教。白莲教联合的韩山童红巾军，在韩山童死后，分裂成很多派，其中一派的首领就是朱元璋。朱元璋善用人，用刘基为军师，以徐达、常遇春等为大将，又有明教的支持，势力很大，成为推翻元朝的主要力量。元朝灭亡后，朱元璋又灭了张世诚、陈友谅、明玉珍诸股不服他的势力，统一了全国，建立了明朝。

这期间，宗泐大师常去看道衍，袁珙也常去访道衍，刘基仍几次派人去请道衍。华云龙带领万全山的白莲教教徒起事，成了朱元璋部下将领，他也亲自去少室山请道衍。因此，道衍虽身居少室山藏书阁，对天下大事却了如指掌。道衍虽出家，但心里始终装着天下黎民。对姐姐的许诺只是敷衍，他也曾心动过，想出山辅助一个明主，恩泽天下黎民。可是，他遍察诸路起事首领，没一个人是值得自己去襄助的。后来，朱元璋称帝了，但他终因朱元璋曾嫁祸于自己而耿耿于怀。后来，他又听说朱元璋大杀开国功臣，认为朱元璋是个善弄权术的人，因而庆幸自己没有跟随他。他把诸葛亮的"风翱翔于千仞兮，非梧不栖"的诗句写在纸上，挂在床前。

这中间，只有一件事，激起他心底的波澜。元亡后，若虹落入陈友谅之手。朱元璋灭了陈友谅，陈的后宫又落入朱元璋之手。朱元璋采纳刘基的建议，释放了陈友谅后宫诸女。道衍得到这个消息，欢喜异常，心想："如若虹被放出来，我就还俗，与她破镜重圆。"可是不久，他的美梦就被打碎了。

袁珙已入明朝为官，向明太祖朱元璋举荐道衍。袁珙来到少室山藏书阁，二人寒暄毕，袁珙说明来意，道衍没表态，只向袁珙打听朱元璋放后宫美女之事。袁珙不知道衍有何用意，就据实相告："太祖尚俭，不讲享受，对那些后宫美女有怜恻之心，灭了陈友谅后放了绝大多数后宫美女，听说只有一个因生得太美，太祖实在舍不得放，就留在他的后宫里了。"

道衍急问："这人是谁？袁先生可知道她的名字吗？"

袁珙想了想道："让我想想，可能叫若虹。"

还没等袁珙说完，道衍就拍案叫道："不，我决不出山！决不去保他！"

袁珙一怔，愕然看着道衍问："为什么？因为太祖后宫留了一个美女吗？"

道衍急红了脸，喘着粗气，不言不语。

袁珙看朱元璋与道衍均有异相，以为他们该君臣有缘，想尽力说服道衍去保朱元璋，便对他道："道衍师傅，你对太祖成见太深了！"接着说出朱元璋许多爱将爱才的事迹，还诵读了朱元璋登基后亲自写的《祝天地文》。

道衍听得不耐烦，大声说："哼！说得好听！帝位还不是靠诸功臣的血汗换来的！他一当皇帝即兴大狱、戮功臣，真可谓卸磨杀驴！如此心肠，岂能仁民？！"

袁珙见道衍怨恨这么深，知道很难请他出山，只得道："道衍师傅，袁珙不敢勉强你。我今日先回去复旨，出山之事，请道衍师傅三思！"说完走了。

袁珙走后，道衍有些后悔，心想："我一时激动，狠骂了朱元璋。他现在是皇帝，要治我的罪怎么办？就是不知道我骂他，他知道我在这里，便要频繁征召，这里也不安定了！"于是，道衍便毅然辞别了宗泐大师，离开了少林寺。

他听说清远大师已死，回上清观是不可能了。因为没有去处，他就闲云野鹤，到处寻胜览奇。

一日，道衍去逛多宝寺，正巧遇上朱元璋化装成农民，也去逛多宝寺。道衍一眼认出那人就是朱元璋，立刻躲在了屏风后面。

朱元璋见幢幡上尽写多宝如来佛号，便对寺中僧人道："寺名多宝，有许多多宝如来吗？"寺中僧人无人能答，朱元璋见群僧窘住，不由得意地大笑。

道衍从屏风后出来，走向寺外，边走边自语说道："国号大明，有更大大明皇帝吗？"

朱元璋听出这人出语不凡，追了过去辨认出是道衍，想去拉住他已经晚了：道衍已走出寺门，不知去向。

朱元璋从刘基、华云龙、袁珙口中得知道衍有非凡的学识与才智，今日听了道衍的对话，更相信了刘基等人言之不虚，对他非常渴慕，可是屡次征召道衍，道衍都不出山，朱元璋对他毫无办法，一时竟想不出道衍坚拒他的原因。

后来，高皇后向朱元璋说了一件事，他才知道了道衍对他这样坚拒的原因。

高皇后道："万岁，臣妾请求你一件事！"

朱元璋道："什么事？梓童请讲！"

高皇后道："臣妾请求从后宫放出一个人。"

朱元璋问："梓童想让朕放哪个？"

高皇后道："臣妾请万岁放的就是原陈友谅后宫中的范若虹。"

朱元璋犹豫着道："朕的后宫嫔妃，唯范若虹朕最喜欢，梓童为何要放她？"

高皇后道："万岁龙潜之时，曾惹起过白莲教教徒的仇恨，臣妾曾托宁馨调停这件事。因为宁馨的调停，白莲教才与你化解了仇恨。当时的条件是让棣儿到白莲教去做人质，也是靠宁馨的弟弟把棣儿放回来的。那个宁馨的弟弟就是道衍，俗名叫姚广孝。"

朱元璋吃了一惊，道："是他？可这与放范若虹有何相关？"

高皇后道："万岁，范若虹正是姚广孝的未婚妻。臣妾为报宁馨姐弟之德，所以请求万岁放了范若虹，成全他们。"

朱元璋非常喜欢若虹，实在舍不得放她。但他想到放了若虹，可能会使道衍改变对他的态度，因此心里有所活动，便问道："梓童，你怎么知道范若虹是道衍和尚的未婚妻？"

高皇后道："昨日臣妾去查后宫，发现范若虹在作画，画的是一幅牛婆图。一个牛婆骑在牛背上，悠然自得的样子，栩栩如生。"

朱元璋道："这样的画，也平常得很嘛！"

高皇后道："画得平常，上边的题诗却不一般。"接着，高皇后把诗读了出来：

> 玉环赐死马嵬坡，
> 出塞昭君怨更多。
> 争似阿婆牛背稳，
> 笛中吹出和家歌。

高皇后又说："因为诗的情绪感染了我，我才问起她的身世。她哭着把一切告诉了臣妾，臣妾这才知道她原来是道衍的未婚妻。"

朱元璋并不说出他的心事，沉思良久之后才道："既然梓童有此善念，朕就成全他们，明日放范若虹出宫吧！"

第二天，朱元璋果然放出范若虹。可惜道衍此时正云游天下名山，若虹出宫之事，他一点也不知道。

若虹被放出宫，回定远家乡去找父母，可是范云夫妇因思念女儿，忧愁成疾，先后去世了。她在家没亲人，就去长洲找广孝。到了长洲找到宁馨，她才知道广孝已做了和尚。若虹好一阵伤感，不知再到哪里去找广孝，也不知以后怎么生活，极端绝望中，她就在广孝家里悬梁而死了。

道衍好长时间才得知若虹的死讯，不禁痛悔交加，若痴若呆，嘴里只是不住地叨着若虹的名字。

接着，他就在家乡为若虹修墓立碑。事情办完，他便又云游天下去了。

洪武十三年（1380），朱元璋下诏，令全国通儒的和尚到京城考试。这时道衍正在少林寺，宗泐劝他应试，他也想试试自己的才能，就到礼部去了。

考试结果，他得了第一名，朱元璋赐给他大红袈裟一件。

自此他在佛界名气大噪。按说这是一种荣耀，然而他并不感觉这是荣耀，他了解朱元璋，知道这是以尊佛教、儒教为名，行反明教、白莲教之实，用以消除潜伏着的反抗势力。回寺的路上，道衍顺口吟了一首诗：

> 承蒙两次赠僧衣，两次衣同意亦一。
> 始知君王精权术，不见恩德只见欺。

宗泐听了这诗，对道衍道："阿弥陀佛！罪过，罪过！莫非道衍师侄动了凡念？这样的诗岂是佛子当吟？！"

道衍笑笑，不说话。

朱元璋一心要保住大明的基业，谋虑极深。他想让他的儿孙既通儒，又通佛，为王为帝，萧规曹随，不创新，不走样。为了让他的子孙又学儒又学佛，于是想给每个子孙配个通儒僧伴读。

高皇后崩时，朱元璋于洪武十五年（1382）选全国高僧进京，侍诸皇子诵经，为高皇后祈来世之福。

道衍被选，又正巧为燕王朱棣伴读。此时朱棣已长得威武英俊，仍如小时那么可爱。他认出道衍后，对道衍很恭敬亲热。诵经之余，燕王邀道衍到私房招待素斋。席间，燕王道："我大明虽统一华夏，征服四夷，但因父皇杀戮功臣，贤士寒心，如若沿此路下去，必将外侮无御，内乱无治，造成大祸！"

道衍口诵佛号道："阿弥陀佛！燕王千岁之言，真乃卓识明见！"

燕王叹道："唉！可叹我朱棣空有矫弊之志，无匡世之才，不敢有变道之为啊！"

道衍道："千岁莫叹，造化毓人，自有安排！"

燕王道："师傅大才，朱棣幼时结交于万全山，后知之于礼部试，能为朱棣之师吗？"

道衍道："天不空勾践，人间有范蠡。"

燕王喜极，握住道衍的手道："大师肯教朱棣，朱棣发誓，将终生以师视之！"

道衍道："千岁万不能如此！千岁忧国大志，令贫僧感动。愿与千岁志同。只求千岁得志，永怀天下苍生，余别无所求。"

燕王道："朱棣永把师傅留在身边，诸事悉听教诲。"

道衍道："这倒不必，只要千岁凡事谨遵惠民宗旨即可。"

这日，燕王与道衍尽兴而谈，直至席终才回经室。

没想到燕王设私宴招待道衍之事被太子知道了，太子将此事密报了太祖朱元璋。

历朝历代为夺皇位，常发生残酷争斗。曹丕害曹植，李世民杀建成和元吉……史书记载甚多。因此，历代皇帝最怕诸子相残，总把仇恨记在所谓教唆者头上。曹操之杀杨修，汉景帝之诛晁错，都是这个原因。朱元璋更多疑，对这件事非常敏感。所以，葬了高皇后后，朱元璋就敕封道衍为云南法相寺住持，并限期离京。

朱元璋此举使道衍非常反感，暗道："朱元璋你也太狠毒了，你越是怕我助燕王，我越是要助燕王！"

临去云南，道衍穿了朱元璋御赐袈裟，到燕王府与燕王辞行。临别，他赠燕王木鱼一只，道："望殿下祈福苍生，多诵经书！"

燕王收下木鱼藏了，道："本王定为黎民祈福，请道衍大师路上保重！"

第二天，道衍奏明朱元璋，去云南前，要先回长洲看看俗家。朱元璋准奏。

道衍离开南京后直奔长洲。他先到城里看了姐姐，姐姐又嘱咐他勿染红尘，并留他住下。他不住，一定要回原籍看看若虹的墓地。

姐姐留不住他，只得让他走。

下午道衍回了姚家庄，到若虹坟上默祭了一番，就回家打扫一下旧屋住了。

时交子夜，道衍还未睡。他正合目倒在床上，忽听窗前"噗"的一声轻响，似是一物落地的声音。

道衍当即轻轻下床，爬到床下，又钻入地下那个药窖。

从房上跳下来的是一个持刀蒙面人。他黑衣紧袖，衣扣密排，落在地上后，先守住窗口。接着又从屋上跳下两个装束相同的持刀蒙面人。这三人对视了一下，两人守在窗下，一人就欲破窗而入。突然，从屋里跳出几个人，手持利剑刺向持刀蒙面人。

从窗中飞出的人个个穿灰短衣，黑巾遮面，腰系镖囊，他们不说话，围住持刀蒙面人就刺。

持刀人问："你们什么人？为何从这屋出来？"

一个持剑人道："此时告诉你们无妨。我们是姚广孝的仇家，今日听说他回来，特来杀他报仇！"

一个持刀人问："你们得手了吗？"

那个持剑人答道："少说废话！不得手我们能出来？！"

那个持刀人道："朋友，我们目的相同。有一件事和你们商量……"

持剑人道："我们互不相识，有什么好商量！"

持刀人道："他的首级让我们取，我们给你们每人十两银子。"

持剑人道："休说梦话了。我们既把杀人之事告诉了你们，就得杀你们灭口。你们死了，你们的银子全是我们的，何须你们给……"

持刀人吃惊道："你们到底是干什么的？为什么要杀我们灭口？"

持剑人道："对，要杀你们灭口！你们认命吧！"说着一挥剑，几个持剑者齐袭上来，把三个持刀人紧紧围在中间。

双方进行了一场激烈的格斗，最后持刀者二死一逃。

格斗结束后，持剑者进屋，把道衍叫出来，举灯查看两个持刀蒙面人的尸体，见他们均藏有皇宫大内的腰牌。

一个持剑人道：“道衍师傅真是神机妙算，他们果然是大内高手，为杀你而来……”

原来，道衍见了朱元璋敕封他去云南的圣旨，就算定朱元璋必派人行刺他，所以定了这条计，并把计策放在赠燕王的那个木鱼里。燕王很机灵，见道衍赠他木鱼，知道定有他意。道衍走后，就仔细检查那个木鱼，果然发现了一封信，就照计行事，派了八个武功高手来长洲接他。

燕王派来的八个武功高手先潜入姚家，道衍让他们潜伏在药窖里。大内的杀手来杀道衍，道衍进药窖藏了，让燕王派来的高手出来对付三个大内杀手。

他们故意三杀其二，留一个回去向朱元璋复旨。

燕王派来的八个武功高手，保护着道衍秘密来到燕京。剩下的那个大内杀手，跑回南京向朱元璋报告，说道衍已被他的仇家杀了。道衍的仇家为了杀人灭口，又杀了两个大内的人，只剩他一人跑回京城。

朱元璋听说道衍死了，就不再担心，自然也就不用再派人刺杀他了。

道衍就这样销声匿迹地隐在燕王幕府里。

第十回　征元军道衍用智
　　　　　秦凯歌燕王受奖

　　道衍住在庆寿寺。燕王从府里至庆寿寺辟了一条便道，常接道衍入燕府议事，别人并不知道。

　　洪武二十三年（1390），元朝丞相咬住和太尉乃儿不花逃到蒙古的迤都山。因为明朝鞭长莫及，所以经过几年准备，他们便发动几个部落扯起大旗反明复元。

　　这时候，朱元璋的大儿子（太子）病死了，当时便立了太子的儿子朱允炆为皇太孙。朱允炆文弱不伟，过于仁慈，朱元璋恐怕他将来没有作为，心中有易立皇嗣的想法，但一时下不了决心。

　　元朝遗老反叛，朱元璋便封晋王和燕王为帅扫北，实际上是想考验考验他们。

　　燕王朱棣得到消息，便与道衍商议。道衍沉思道："这次正是展示你才智的时候，但若与晋王合着，将是良莠不分，泾渭不明。我想不如与晋王分兵而进，这样就能分出高低上下来！"

　　燕正点头同意，于是和晋王朱枫商议，分左右两路进军迤都山。

乃儿不花有智有勇，当年他见元朝大势已去，就逃往北方，占据了迤都山，征集各部落青壮年服兵役。蒙古人善骑射，乃儿不花将手下几万兵马练成铁骑，每五千为一队，选勇悍之人率领。丞相咬住善理总务，军中物丰粮足。

晋王朱棡和齐王朱榑为左路。队伍来到牙儿寨，与乃儿不花的两个骑兵队相遇。率领这两个骑兵队的是一对兄弟，一个叫也都，一个叫也雷。哥儿俩均以勇敢、善骑射受乃儿不花重用。

也都、也雷见晋王、齐王率明军来征讨，便商量对策。也都道："明军远道而来，军必疲乏，我们应乘其未安营休息之际，杀他个落花流水，让他们不敢藐视我军！"

也雷道："对，我们正好以铁骑去踏平敌营！"

哥儿俩商量好，一起吹起号角，向晋王、齐王大军猛攻。

蒙古军善骑射，弓硬箭准。他们冲到明军前先射一阵弓箭，然后挥兵器冲杀。

明军无备，有的连兵器都不在身边，就是手中有兵器的，见了蒙古兵这种声势，也惊呆了，一时不知所措，任蒙古铁骑在营中冲杀。

晋王、齐王一路劳乏，正与带来的美女饮酒，闻知蒙古铁骑踏阵，赶忙披挂出帐，命令部下将士截杀。

蒙古骑兵号为铁骑，不但人穿铁甲，马也披铁甲，明军的刀砍不伤，枪刺不进。蒙古军在马上，不避明军刀枪，纵马在明军中驰骋，猛挥手中兵刃，狠杀明军。明军逢者伤、抗者亡。

晋王、齐王仓促间无法号令全军，手中虽统有八万大军，却被也都、也雷的两个骑兵队杀得尸横遍野。

蒙古骑兵队如入无人之境，在明军中扫荡了一通，才退兵去了。

蒙古骑兵退了，晋王、齐王查点人数，死伤近万人。晋王恨将士临战退缩，战斗不力，下令杀了几个将士。其实，他自己更有惧意，便扎下营盘，休整军队，不敢再前进了。

也都、也雷将他们击溃明军的经过报告了乃儿不花。乃儿不花嘉奖了他们。

乃儿不花想："明军左路的晋王、齐王如此，右路的燕王也一样，都宜先发制人。"于是，派都统朵颜铁木尔率四个铁骑队来踏燕王军营。

朵颜铁木尔是蒙古有名的勇将，他率领的四个铁骑队更是兵强马壮。他指挥着四个铁骑队从四面冲燕军大营，以为一定能把燕军冲个七零八落，可是他们冲进的却是一座空营。

朵颜铁木尔知道上当了，但并不害怕，他以为铁骑无敌，即使中了埋伏，也能冲出。于是，他下令合兵一处撤退。当他率队行走到一个山谷时，忽被前面砍倒的树木拦住了去路。

他正要令将士下马拖走树木，两侧山上忽然滚木礌石俱下，人马立时死伤无数。

燕军在两侧山上不住投下滚木礌石，朵颜铁木尔欲战无人，只得抛下一片尸体狼狈而逃。

燕军不追，下山拖了许多死马回营，煮马肉喝酒庆功。

这都是道衍的计策。他知道蒙古铁骑厉害，又知乃儿不花狡诈且善用兵。于是，在加强戒备的同时，又派出许多谍探。当探知也都、也雷铁骑队已冲破晋王、齐王军之后，便料定乃儿不花必派铁骑队来踏燕军营盘，于是就设下空营。同时，又派人侦察好蒙古军必经之路的地形，选准山谷，设下伏兵。道衍为了震慑敌人，在朵颜铁木尔来时并不出击，偏在他们中空营之计并进入山谷后再伏击他们。这样，就使他们两次中计，受到重创。

朵颜铁木尔带残兵败将逃回，对乃儿不花述说两次中计的经过。乃儿不花叹道："可惜明将不全是晋王、齐王，燕王是我们的一个劲敌呀！"

咬住道："我们应强抑明军左路，使明军不能合力击我，然后再寻找机会攻打右路！"

乃儿不花道："丞相说得对。"于是，又拨两个铁骑队给也都、也雷弟兄，让他们加强扼守。

燕王与晋王分路进军是当着朱元璋的面讲的，双方定好，两路军从左右两路征伐敌人，让敌人顾此失彼，分散兵力，减弱抵抗力量，燕王与晋王还当着朱元璋的面，约期会合迤都山。

晋王怕自己所率军队届期不能到迤都山与燕王军会合，很是着急。但他平时过惯了"红灯绿酒，倚红偎翠"的王爷生活，所以不敢刀头舔血，拼命杀敌。于是和齐王商量，想要齐王去破敌立功。

他对齐王道："皇弟年轻有为，正当建功立业之时，皇太孙允炆仁柔，父皇常有欲废之意。皇弟若借此立奇功，将来父皇千秋之后，皇弟必可嗣位。"

齐王道："皇兄不要骗我。四皇兄燕王，才智谋略都在我辈之上，父皇若废太孙，嗣君非他莫属。愚弟庸劣，怎能存非分之想！"

晋王道："皇弟不要妄自菲薄。皇弟聪明，才智不亚燕王，只是不像燕王那样爱炫耀而已。此次分路进军，正是皇弟与燕王比才智、争功劳的好机会。此次若皇弟功比燕王大，那在父皇及满朝文武眼中便只知有齐王，不知有燕王了！"

晋王的鼓动术虽高，但无奈齐王也只图眼前安乐，并无大志，硬是鼓动不起来。他对晋王道："弟自知袜线短才，不敢存什么奢望。皇兄是楠梓之材，正可争做大器，愚弟不敢与皇兄争功，还是请皇兄献智献勇吧！"

晋王见无法鼓动齐王，也不敢一味拖延，没办法只得拔寨前进，去攻也都、也雷大营。到蒙古营前，他不敢亲冒矢石，只在后面督将士前冲，想靠人多势众，侥幸取胜。无奈将士知他胆怯，不愿奋进。围住敌营，强攻了几次，见未奏效，将士便不再卖力了。也都、也雷见明军势疲，又出动铁骑，到明军中冲荡了一次，使得明军更加不敢冲杀。晋王见兵不可用，只得后退十里安营扎寨，再也不敢前进一步。

晋王、齐王随军带来了歌伎、宫女，他们不顾劳兵费饷，过上了"城头壮士半死生，佳人帐中犹歌舞"的日子。

燕王用道衍之计，击败朵颜铁木尔后，休整了一天，就乘胜进军，在蒙古军前山脚下安营扎寨。

燕王休整了一天，就要去攻敌营。

道衍道："孙子曰：'知己知彼，百战不殆。'我们尚不知彼，不能出战。"

燕王道："师傅，什么时候才能攻寨？我怕晋王、齐王争功呀！"

道衍道："一要侦察好敌营的地形；二要了解敌人动向。这两个基本点我们还没掌握，怎能盲目去攻营呢？战斗不能靠侥幸取胜，倘落败，岂不声威陡落！？"

燕王道："那怎么办？我们万万不可落后于晋王啊！"

道衍道："我们先去观察敌人营寨，等谍探回来再商量作战计划。"说罢，和燕王一起去敌营外察看地形。

敌营扎在一个小山前，右面是沙漠，左面是一条小河，扎营处很高，周围树木稀少，只有河边树木葱茏。道衍看罢默默点头。

燕王与道衍绕敌营一周，然后回到自己的营帐。他们刚回到营帐，恰巧一个谍探回来向燕王报告军情。

那个谍探说，这个营共有三个铁骑队，合一万五千多人和一万五千多匹战马。守营的将军叫达里麻。这达里麻是丞相咬住的内弟，十分狡诈。

燕王听完谍探的报告，抬眼看着道衍，等待他的安排。

道衍道："敌营地处沙漠，靠着山丘，必然缺水。我观敌营周围树木稀少，唯有左边靠河处树木葱茏，这就是水源不足的证明。

整个营寨的地势那么高，他的营区内不可能有井，人马吃水一定全靠那条河。只要我们从上游切断那条河的水源，就会把他们渴得受不了，只是……"

燕王道："师傅，你是说河道不好填吗？"

道衍道："我们有八万大军，每人一块石、一抔土，就可以堵死河道。河道倒好填，只是达里麻狡诈，可能料到我们会去切断他们的水源。"

燕王道："他们无非是派兵把守上游，我们只要派将士逆河道而上，消灭了把守上游的蒙古军，不就可以填河道了吗？"

道衍摇头道："我看未必。达里麻也会料到这点的。另外山上非比平原，平原地区截了河道，被截的河水停止流动，会变成死水，成池成湖。可是山上却不同，你在中间拦了坝，上游的水，仍向下倾泻，截了这里，水会从那里溢出……"

燕王道："那么怎么办？"

道衍道："大家集思广益，看谁能想出好的办法。"

于是，众将便围绕如何破坏敌营上游水源想办法。最后，还是大将付友德想出了一个办法，道衍听了点头赞成。

付友德的办法是：赶走保护水源的敌军，把上游水源弄脏，使下游的水不能饮用。

道衍道："对，沙漠干旱，人马缺水，忍受不了，只得撤走。那时我们设伏，就可以一举歼灭这股铁骑了！"

燕王兴奋地道："若是消灭了这个拦路虎，我们就能在晋王、齐王之先到达迤都山了！"

于是，燕王派付友德领一千精兵去破坏水源。付友德想了想，又说："敌人保护上游，靠的是铁骑流动巡回，假若将他们的铁骑堵在营里，他们就没法保护水源了。"

燕王问道衍："师傅，有什么办法把他们的铁骑堵在营里呢？"

道衍道："俗语说，'万马奔腾畏蒺藜'。蒺藜即四个面都呈三角形的铁块，叫铁蒺藜。因为它总有一个尖朝上，马踏上去，扎进蹄里，疼痛难忍就会尥蹶子，把骑者掀下马来。我们只要把铁蒺藜布在出敌营后的河岸上，敌人铁骑就不敢沿河岸去保护水源了。"

付友德道："这办法还需再商量。敌人铁骑不敢去，可以派步兵嘛。"

道衍道："敌人没步兵，就是有，也不可怕。"

燕王立刻下令，由道衍画样，随军铁匠打造铁蒺藜。

两天后，燕军打造了几千铁蒺藜，趁夜偷偷布在敌营出来的河岸上。然后付友德率领一千精兵，到河上游去破坏水源。

敌人的铁骑果然因被铁蒺藜扎得寸步难行而退回营里。达里麻又派了一队步兵，结果被付友德的精兵奋勇杀退。敌兵退了，付友德就让明军往水里投放石灰、硫黄和各种脏物，把河水弄得气味熏天，令人、马再也不能饮用。

达里麻正在营中筹划对付明军的办法，忽然司务官进帐禀报，说明军破坏了水源，水不能饮用了。达里麻闻报，并不着慌，对司务官道："去开那条暗水道！"

那司务官出帐去了，一会儿回来，一脸颓丧的样子道："达里麻将军，暗水道里的水，也臭味难闻了！"

达里麻听了，这才着急。原来，达里麻建营之时，就已经考虑到倘敌人断绝水源，全营就要不攻自败，因此让将士从河上游开了一条引水暗道。这样，即使敌人截断近营河道，也仍然能保障军营人、马有水吃。没料明军击截河道，却用污染水源的方法，连他们暗道里的水也被污染了。

军队缺水，不啻缺粮。一连三天，付友德都在上游投撒脏物，下游的水污染得越来越严重。战马不得饮水，人渴得急了，勉强喝一口，立刻就呕吐出来。达里麻着急，将士们更是人心惶惶。

达里麻想："这样下去不行。再过些天，没净水吃，恐怕敌人不打我们，我们也走不动了！"于是，命精壮的铁骑队在前，老弱的在后，从营右面撤退。

达里麻军一出营，就有明军上前堵截。他们不敢迎战，拨马从另一面逃，结果又遇到明军堵截。他们只好避到营正面向外逃，想不到这一面却没遇到明军。跑在前面的铁骑，也没多想明军为何网开一面，只是放马奔逃，后面的铁骑也随即跟上，匆匆离去。达里麻高喊着："小心中计！"可是，他的喊声却被人喊马嘶声淹没了。

蒙古军营的正面是沙漠。铁骑在沙漠里，一驰十几里，见明军没追，才放慢速度。恰巧他们路过的地方，有一片草、一泓清水。

战马几天没喝到水，见了水，见了草，任你鞭打，再也不往前走了。将士们也都渴得难耐，索性跳下马来，趴在池边"咕咚咕咚"地喝开了。

大队人马都趴在池边喝水，达里麻没有办法。他也渴极了，跳下马来，和将士们一齐喝水。

达里麻喝了池水，觉得腹内清凉。见众将士都有了精神，不禁庆幸起来，暗道："这也许是天助！"

正在庆幸，忽听附近小丘后一声炮响。达里麻一惊，知道不妙，立即下令："上马迎敌！"

蒙古将士闻令，立即上马，准备战斗。可是，将士还没容驱马迎敌，忽然感到头晕，纷纷落马。达里麻也逞能不得，在马上晃了晃，一头栽了下来。

这时候，明军从四面八方拥上来，到了达里麻铁骑队的跟前。

道衍道："达里麻将军，你们都中毒了，跑不了了！你们的命掌握在我们手里，快下令投降吧！只有投降才有活路。万千铁骑军的生死在你一念之间，快决定吧！"

达里麻见明军总是棋胜一着，心里很佩服，便问道："你们真不杀我的铁骑队吗？"

道衍道："若杀你们，为何不动手？贫僧是救你们。只要你投降，贫僧保证不杀你们！"

达里麻道："如果是这样，我就投降！"

道衍道："实不相瞒，我们对将军还有妙用。"

达里麻道："请赐解药，我愿投降。"

道衍即让燕军给铁骑队将士解药。那些铁骑队将士毒解之后，纷纷站起，要上马逃跑。达里麻道："你们放下兵器回家去吧！"

铁骑队素来敬重达里麻，又念明军不杀之情，便脱掉盔甲，纷纷放下兵器各自去了。

燕王给达里麻吃了解药。达里麻对道衍道："大师傅，不知你们怎样处置我？"

道衍没说话，燕王道："闻知元丞相咬住是将军姐夫，请将军劝其投明，本王绝不加罪于他。"

达里麻道："某愿效力，只是怕姐夫……"

燕王道："令姐夫为蒙古智者，只要能看清天下形势，定会归顺。"

达里麻道："如信得住某家，某愿到姐夫那里劝其归顺。"

燕王道："明日孤王派人随将军同去，你看如何？"

达里麻道："王爷千岁若信得过达里麻，就让某自己去，今夜就动身，若一定派人随行，请恕某不愿奉命。"

道衍道："将军有何难处吗？"

达里麻道："正是。王爷千岁若让某自去，某可潜入其私宅，先见姐姐，再和姐夫私谈。若千岁派人同去，就表明某是明使者，去做说客。这样，乃儿不花知道我已降明，不但要捕我治罪，而且会怀疑我姐夫。真是如此，我姐夫处境必很危险。"

道衍想了想道："王爷，请让达里麻将军自己去吧！达里麻说话直率，是个信得过的君子！"

燕王道："好，就依师傅之言！"

达里麻骑马走了。燕王后悔起来，对道衍道："倘他招集旧部，将我们之谋告知乃儿不花，怎么办？"

道衍道："王爷放心！我虽与达里麻初会，但观其人诚笃，不似骗我们。若想骗我们，我们要他去做说客，为何他不爽然答应，借机逃之夭夭，却偏要我们答应条件呢？"

燕王道："他要自去，是为了好脱身，这不是明明白白吗？"

道衍道："不。他若有异心，招集旧部下，何忌我们派两个人随他？另外，我之所以主张放他，是因为即使他逃了，对我们也无大碍。他去招集旧部，也并不那么容易。他如把我们的计划告诉了乃儿不花，乃儿不花又能怎样？达里麻即使不能策反咬住，乃儿不花知道我的计划岂不更好？这样，咬住和乃儿不花之间就会互相猜疑，不能团结起来对付我们。"

燕王点点头说："是这么一个道理。"

达里麻去了几天也不见消息，人们对他不禁失望，以为他不是去投乃儿不花，就是自己逃逸了。等到第七日，他回来了，还带来了咬住的一封信。

信的大意是叫燕王去攻左路的也都、也雷营，救出他的家属，然后他就自己来降。

达里麻说："我见到咬住后，密谈了一天一夜。我说了王爷千岁大军的威势，说明军中有能人，我们万难抗拒。接着，又讲了攻破我营的经过，咬住这才心动，说：'乃儿不花骄蛮跋扈，我很难与他相处。可是，我的家眷都在牙儿寨的家里，那里是乃儿不花的心腹也都、也雷的营地。我若投降，乃儿不花定叫也都、也雷杀害我家人。'最后，才想出了这个先攻也都、也雷营寨的主意。"

攻牙儿寨救咬住的家属，然后收降咬住，这倒可行。可是破牙儿寨，是帮晋王立功，燕王不免感到为难。

道衍道："剪枝就等于伐干，我以为先伐也都、也雷之举可行。"

燕王道："耗我兵力，却帮晋王立功，小王实不愿意。"

道衍道："有大略者，应看得远一些。破也都、也雷固耗我兵力，但却也剪除乃儿不花的羽翼，使他孤立无援，我们便可一鼓而下。"

燕王仍犹豫不决。道衍又道："晋王、齐王胆怯无谋，无意争功，帮其破了牙儿寨，也必被前边关隘阻住，不会先我至迤都山的。"

燕王这才释然，于是派征虏前将军付友德带三万精兵，去协助晋王、齐王攻牙儿寨，自己拔营起寨去攻右路的察尔台。

达里麻道："察尔台也驻有三个铁骑队，守将阿儿良，是蒙古骁将，但无谋略。副将乃克脱，是我的朋友。乃克脱有勇有谋，屈居阿儿良之下很不甘心。我去信劝降，他必听从，约他里外夹攻，察尔台必克。"

燕王大喜，立催达里麻修书，差人秘密送给乃克脱。乃克脱愿意投降，并带来回信，约明军在攻营时放三声号炮，他做内应。

于是，道衍派达里麻为先锋，燕王则自统中军。临行，道衍密告燕王，要留意达里麻行动，以防中他计谋，并说为将之道，应处处谨慎，作战犹如下棋，一着不慎，就会全盘皆输。

　　燕王默默点头。出兵时，命张玉、邱福随达里麻后，如发现异常，立即处置。

　　此次达里麻和乃克脱都是真心投降，明军发了三声号炮后，达里麻即率军猛攻营寨。阿儿良披坚执锐，率铁骑迎战。不料乃克脱率铁骑从后面攻他。阿儿良腹背受敌，抵挡不住，只得率自己所属铁骑跑了。

　　燕王占了察尔台，正休整庆功，适遇付友德凯旋。原来，付友德至牙儿寨见晋王、齐王后，愿自为先锋，与晋王合攻牙儿寨。于是，大兵合围牙儿寨，从四面齐攻。付友德率一队勇士从一处突破营寨。

　　也都、也雷的铁骑队虽很厉害，但只宜野战，在营内作战并无威力。付友德带兵从一处突入，然后在营中全面开花，向外攻敌，闹得敌军大乱，也都被乱军所杀，也雷率残军跑了。

　　晋王占了牙儿寨，付友德接了咬住家眷回来。

　　燕王大喜，奖慰了付友德并让达里麻带着姐姐去见咬住。咬住背着乃儿不花来投燕王。

　　燕王安抚了咬住，让他一家团聚。咬住很感激，第二天，就给乃儿不花写信，劝他早早投降。

　　乃儿不花知咬住投降，大怒，当即调集所属铁骑，誓与明军决一死战。

　　燕王知乃儿不花不肯降，便率所属八万大军，直逼迤都山，与乃儿不花军对峙扎营。

　　乃儿不花手下有七八万大军，勇悍无比。闻知明军在对面扎营后，便亲率三万铁骑队冲来。道衍早让燕王做了防备：用神箭手专射铁骑人、马面门；让军士们隐在掩体后，以长柄刀斩铁骑马足；又在当路多处撒铁蒺藜。乃儿不花的铁骑攻了一阵，没占什么便宜，便退回营寨固守，不敢出来了。

燕王安营固寨毕，就与道衍暗察乃儿不花营寨地形，商议破敌之计。

道衍道："乃儿不花的营寨坚固，有七八万壮军死守，攻寨很难，而且也不能用水攻、火攻，所以，只能诱敌出寨，以智取之。"

燕王道："明日我们在后山设伏，以诈败诱他，看他上不上当！"

第二天，燕王命张玉讨战，令朱能、邱福在后山设伏，自率大军压阵。

乃儿不花带三万铁骑出营，与张玉战于两军营前空地上。乃儿不花非常勇猛，张玉抵敌不住，引军向后山败走。可是，乃儿不花不追，却率铁骑来攻燕王大营。

燕王早有准备，用箭封住营门，用长刀手砍马蹄，营前还有铁蒺藜。乃儿不花攻不动燕营，只得引军退回。

这天夜里，燕王又召集诸将商议灭乃儿不花之策。诸将均无计出。咬住道："乃儿不花虽有勇有智，但易被激怒。一旦发怒，便什么也不顾了！"

道衍道："他有这个弱点，就易取了。"

诸将惑然看着道衍，道衍道："我们利用他的弱点，派达里麻将军或乃克脱将军去激他，他理智一失，控制不住，定然失策。"

燕王拈须点头道："此计大好，待明日一试。"

第二日，燕王派乃克脱出阵，指名要与乃儿不花决个雌雄。

乃儿不花在蒙古军中无人敢敌，今日见乃克脱指名道姓讨战，而且乃克脱又是手下之将，不禁怒上心头，出马指着乃克脱骂道："尔蒙古人，为本尉部下，竟甘心投明，如此反复小人，也配与本尉对战吗？"

乃克脱道："你只有匹夫之勇，无良将之谋，只是窃居高位而已。我虽曾是你部下，并不服你，今日愿和你决个雌雄。"

乃儿不花道："你自求速死，用不着本尉费力，放马过来吧！"

乃克脱拍马过去，与乃儿不花战在一起。二人战了三十余个回合，不分胜负。战着战着，乃儿不花的铁骑队冲了过来。乃克脱拨马便走，道："我乃克脱，并未败给你，只是惧你手下人多势众，你敢来与我斗个鱼死网破吗？"

乃儿不花大怒，驱马追过去。但追了一程，又勒住马踟蹰不前。这时，明军中冲出一骑，跑到乃儿不花马前站住道："乃儿不花，本将见你无能，故而叛你。像你这样怯弱，怎么为帅？连你的部下也为你羞耻！"

说话之人，正是达里麻。乃儿不花见达里麻这样藐视他，不由怒道："本尉名震草原，人称北疆英雄，无人可敌，谁敢藐视？你也是该死之人，不必多说！"

达里麻道："中原有句话说：'世无英雄，遂使竖子成名。'你这竖子，在蒙古有点名气，不过因为未碰到英雄而已。'英雄'二字，含义很宽，你这装强作勇的莽汉，虽然能胜我，却绝不是真正的'英雄'！"

乃儿不花道："怎样可当'英雄'？听你这匹夫说说！"

达里麻道："只要你敢跟乃克脱和我争雄比胜，我们就佩服你是英雄。不然，在我们眼里，你连狗熊也不如！"

乃儿不花怒不可遏，拍马来杀达里麻。达里麻道："这里不是与你比高下的地方，你敢来与我和乃克脱斗一番，才算有英雄气概！"说罢，拨马便与乃克脱逃跑。

乃儿不花打马直追，嘴里喊道："前面就是刀山火海，本尉也要取你等性命！"

乃克脱和达里麻打马在前面逃，乃儿不花骑马紧追不舍。

乃儿不花的铁骑见主帅追去，也紧追过去。乃克脱和达里麻引着乃儿不花和他的铁骑队，跑过平原，进入了一个山口。

乃儿不花追到山口边，立马不前。达里麻回马道："怎么不追了？前面这片空地，就是我们给你选好的葬身之地！"

乃儿不花强忍怒火，向山口内望望，果然有一片平地。他心想："口里既是平川，就是伏有千军万马，我铁骑队也不怕！"想罢，打马过去。刚进山口，乃儿不花只觉马身前倾，接着连人带马跌进了陷阱。

这时候，朱能、邱福率伏军冲出，杀向随乃儿不花追到山口的铁骑队。

铁骑队失了主帅，犹如人无灵魂，立刻哗然而退，接着又被付友德的伏军冲得四散逃逸。朱能、邱福擒了乃儿不花，得胜而回。

燕王大军占了乃儿不花大营，然后从左路回军。乃儿不花大营已破，左路各营蒙古守军，都望风而逃。燕王与晋王、齐王会合，班师回朝。

朱元璋大喜，当着群臣嘉奖了燕王。

第十一回　争头功二次扫北
助燕王运筹兵机

燕王扫北凯旋，威名大震。

洪武二十四年（1391），燕王又督征虏将军付友德等出塞，击溃残敌。

朱元璋疑忌开国功臣，至洪武二十六年（1393），开国元勋相继被诛，只有大将蓝玉因为功高权重，朱元璋一时拿他没有办法。蓝玉在朝的权势，也成了燕王进身的障碍。

蓝玉被封为凉国公，又与太子朱标联亲。朱标活着的时候，两人常相往来。蓝玉曾对朱标道："臣观燕王举动行止，均仿皇帝。又闻善相者言，燕王有天子气，愿太子事先预防，不要让他夺了你的太子位。"

朱标道："燕王对我甚恭，绝无此事。"

蓝玉道："臣蒙太子优待，因此把此事对你密陈。但愿臣言不验，不愿臣言幸中……"

后来有人把此事密报燕王，燕王告诉了道衍。

道衍道："此等开国功臣权重，不仅使太祖忧虑，也是殿下的障碍，宜设计除之。"

燕王道："请师傅为我设谋。"

道衍道："蓝玉恃功骄恣，行多不法。臣窃闻太祖有'金樽共汝饮，白刃不相饶'的诗句。蓝玉有恃无恐，殿下只要伺机向皇上劾举、进言，必能成功。"

燕王点头，将道衍的话，牢记于心。

太子朱标死后，燕王入朝，私对朱元璋道："在朝公侯，纵恣不法，将来恐尾大不掉，愿父皇妥为处置。"接着就历数蓝玉罪状。

朱元璋本来就疑忌功臣，听了燕王之言，对蓝玉更加疑忌。蓝玉不知，桀骜如故，不加收敛。燕王随时差人搜集蓝玉罪状，奏报朱元璋。后来，蓝玉当着众臣说了一句怨言，朱元璋得知后，以蓄意谋反罪，将蓝玉满门抄斩。付友德等人因受株连也被杀。

朱元璋连诛功臣，所有守边事宜，均改令诸皇子专任。朱元璋深知燕王英武，善征战，就命他镇守朔漠。

燕王军权在握，并节制了北、西各路军马。于是，燕王借故招兵买马，频频巡边。

洪武二十九年（1396），燕王巡大宁。宁王朱权出城迎燕王入王府。

宁王大宴燕王。燕王向宁王部署边卫事宜后，问宁王："太子逝，父皇立允炆为太孙，皇弟观允炆可以当国吗？"

宁王知燕王意，回避道："弟久在远藩，不闻朝中事，亦不知允炆其人如何。"

燕王道："皇弟多心了。兄不过忧允炆将来不当国，征询诸亲王看法而已。朱家事，朱家人能说真话，外人之言不足信啊。"

宁王道："皇兄之言甚是。多得皇兄这样忧国，小弟惭愧得很，只逸居远藩，不问国事了。"

燕王无奈，只得安慰道："皇弟过谦了。皇弟戍边任重，保国安民，功劳不小，这不是勤劳国事吗？"

燕王离了大宁，对道衍道："孤欲征求诸王的看法，无奈宁王隐而不宣。"

道衍道："殿下，以臣之见，谁的看法也不必征求。只要在太祖和诸臣前树威名、露才干，就能达到目的。"

燕王点头。

这年，元朝旧将孛林帖木儿在蒙古彻彻儿山一带，组织蒙古十来个部落，集军马十万，不断侵扰明朝北部，北方守将屡上书告急。朱元璋因边远难伐，忧心忡忡。燕王得知消息，上书道："儿臣愿领十万人马，擒孛林帖木儿，向父皇献俘！"

朱元璋大喜，于是，召燕王进京，封他为靖北大元帅，节制北方各路兵马，征伐孛林帖木儿。

燕王点了十万大军，命朱能、邱福为先锋，自统中军，张玉断后。大军高张大旗，浩浩荡荡，向彻彻儿山进发。

大军路过北平，燕王又以道衍为军师，然后出长城，过荒原，跋山涉水，向北征发。行月余，过了大青山，探马回报：前面有一座蒙古大营。

道衍命安营扎寨。燕王集众将，商议破敌之策。

张玉道："蒙古多骑兵，需防袭营。"

燕王道："对。上次征乃儿不花，我们已有对付蒙古铁骑的经验，已备了铁蒺藜随军带来。张将军，你去布置撒铁蒺藜于营外。营四门备下神箭手、长刀军。"

张玉得令，出帐去布置。

道衍道："现在情况不明，尚不能用兵。应多派密探去侦察敌情。我们只有掌握了敌情才能定克敌之计。"

燕王道："这一仗一定要取胜，给敌人来个下马威。"

道衍道："所以我们必须计划周到，准备充分，没把握不轻易开仗。"

燕王领悟道衍的话，立即派出密探，并亲自去偷察敌营。

三天后，燕王画了一幅敌营布防图和一幅敌营地形图给道衍。

派出的密探也陆续回来，探得敌营内有大军两万，半为铁骑，半为步兵。守将叫额必花，是一个部落的酋长，勇猛好胜，很有谋略。

得到这些情况后，诸将都望着道衍。道衍沉思不语。

燕王道："师傅，一切情况都探明了，请定破营之策。"

道衍道："若强攻，恐怕我军伤亡太大，得不偿失。"

燕王道："欲破敌，死伤难免。"

道衍道："为将者，应怜恤将士，不要做'一将功成万骨枯'那样的将帅。"

燕王道："那么怎么办……"

道衍道："我有一条诱敌之计。按此计而行，下可以消灭一部分敌人，上可以破敌之营。"

燕王道："师傅请讲。"

道衍道："我们扎营几天，未见敌人来攻营，可见额必花用兵谨慎。他既不敢袭我们的营寨，只有用让他动心的办法去诱他。我们远道来伐他，最重要的军需物资是粮草，若粮草被毁，我们只能无功而还。我们知道这点，额必花也知道这点。我们要保护我军粮草，额必花要破坏我军粮草，我们就用我军粮草来诱他。"

众将似懂非懂，都专注地听着。

道衍顿了一顿，又继续道："假若我们把粮草屯在远离军营的显眼处，同时再少设守军，故示无防范，额必花侦知，必然动心。即使他谨慎，第一次尚不敢来毁粮草，第二次、第三次侦到的情况还是如此，他也就以为我们麻痹，必派军来毁粮。我们要准备一支劲旅，得到敌人来毁粮的警报，务必把这支敌军歼灭。"

燕王听着连连点头，急问道："师傅，然后怎样？"

道衍道："我们派一支精壮军队，化装成毁粮敌军，去骗额必花，他若放这支军队进营，就可以里外夹攻，取他大营。"

道衍说罢，众将都伸拇指称绝。

于是，燕王派将士把粮草屯在离营约三里远一个高埠处。粮草堆积如山，远远就能看得见。粮草场边，只有一些老弱军卒看守。

燕王设下诱饵，张网捕敌，可是连过两天，却不见敌人行动。燕王又等了三天，敌人还是没行动。

燕王等得不耐烦了，将领们也都扫兴，以为额必花不会上当。只有道衍仍有信心，他让大家耐心等待，不能放松警惕。

到了第八天，设伏的张玉、朱能才得到敌军毁粮的警报。张玉、朱能率伏兵从两边包抄过去，把前来毁粮的一支敌军围住。

藏在粮草场里的邱福，带五千健卒，冲出粮草场外，用箭射敌军，用长刀砍马足。敌马又都踏上了铁蒺藜，奔腾尥蹶子，把骑手掀在马下。

敌人毁粮铁骑，原以为明军并无防备，不料刚到粮草场，就遭到迎头痛击。他们一时失措，纷纷惊慌回逃，可是哪里逃得出！逃到哪里，等着他们的都是弓箭、长刀。敌人溃乱了一阵，结果都被明军杀的杀、擒的擒了。接着，脱下蒙古铁骑的装束，装备了一队人马，由智勇双全的张玉率领，去赚敌人营门。

张玉带领这队铁骑到了敌营门口，都不下马，直接往营里闯。守门的敌军把他们拦住了，喝道："站住！不经允许，不许闯营！"

张玉骂道："瞎了眼的混蛋！你们看不出，我们是本营的军队吗？！"

一个守门军校道："本营军队也不能随便出入，明军要攻我们，我们必须小心！"

铁骑中有几个人下马，冲到守门军校面前，抓住他扭翻在地道："瞎眼的狗贼，我们方才去毁敌人粮草，回来就不让进营，看我们不教训你！"说着，上前一刀，把那守门军校杀了。

其余的守门军校不敢再拦阻，明军化装的铁骑兵全部进了敌营。

张玉见自己率领的骑兵全入了营，立刻下令冲杀。

明军得到命令，驰马挥刀，寻敌砍杀。蒙古军猝不及防，吓得惊慌失措，只知躲避，不顾还击，一时乱了营。

额必花连得几次密报，都说敌军粮草屯在南岭，粮草场只有一些老兵看守。他信以为真，暗笑明军失策，当即派了铁骑去烧粮草。他正在帐中等着胜利消息，忽然营中喊杀声起，他赶忙跑出大帐去看。

额必花刚一出帐，立刻惊呆了。只见数不清的铁骑在营中横冲直撞，营中已经大乱，军兵四散奔逃。铁骑将士，个个奋勇追杀自己的军兵。初见此情形，他感然，心想："我的骑兵怎么杀我的人！？"再仔细一看，他就明白了：这些骑兵根本不是蒙古人！

额必花只是干着急，一点办法也没有。

情势疾速恶化。不知为什么，营帐中又着了火。熊熊大火燃烧，军兵们惊得鬼哭狼嚎。额必花知道大势难挽，叹了一口气，夺马逃走。可是他刚上了马，整个大营已被明军围得水泄不通了。

他冲了几次，冲杀不出，只得投降。

这次战役，全歼敌军两万人，擒了守将额必花，大大震慑了敌人，使敌人闻风丧胆。

破了敌人第一座大营，燕王率大军前进，去攻敌人第二座大营。

敌人第二座大营在一个山窝里，一面背着山崖，三面临着平地。探得敌情：守将叫真塔；营里有两万将士，半骑兵，半步兵。

道衍道："这座敌营可以硬攻，但仍需以智调动敌人。敌人被我们调动后，可一鼓攻下。"

众将都觉得有理，但究竟怎么攻，谁也不知，都屏息听着，想知下文。

道衍继续道："我们的攻法是：先从正面佯攻，把敌人的兵力都调到正面守御，使敌人的注意力集中在正面。这时再派一队精悍勇士，从后面坠崖，坠崖后在敌营中纵火为号，然后从敌营里面向外猛攻。外面攻营的将士，见里面火起，就从正面和左右两面，一齐强攻，使敌人里外难顾。"

道衍的攻营计划还没说完，燕王就拍手道："好计，好计！敌人一定顾外顾不了内，搅得敌人乱营，我们便可一举将其歼灭。"

道衍道："对，就是这个主意。我打算从敌营左面突入。要选一个武艺高强的将军，攻入营内专找真塔厮杀，缠住了他，别的敌人就容易对付了。"

燕王道："好，就令张玉将军率八千人埋伏在敌营左面，见敌营火起，立即发起猛攻，务必突入敌营。冲进敌营后把真塔缠住。"

张玉道："末将领命！"

燕王又对邱福道："邱将军选二百武功好的壮军，从悬崖坠入敌营内，然后率这二百人在敌营中间放火、冲杀，分散敌人兵力，吸引敌人注意力，配合张将军从左面突入敌营！"

邱福说声"得令"，便下去挑选将士。

接着，燕王又派了攻正面和攻右面的将领。攻正面的将领是朱能，让他多带鞭炮、钲鼓。正面佯攻和实攻时，要鞭炮齐鸣，钲鼓紧催，把敌人的兵力和注意力，始终吸引在正面。

燕王派罢诸将，又定了攻营时间。攻营时间定在当夜三星正南之时。

邱福选了二百名武功好的精壮勇士，他们个个背插单刀，身穿夜行衣，刚入夜，就带了绳索、钢钎绕道上山，到悬崖上等三星正南时坠崖。

三星正南了。朱能率万名明军，突然在敌营的正面放鞭炮，击钲鼓，呐喊连天，开始佯攻。

敌营正面守卫军校从梦中惊醒，立即各就各位，加强守备，同时派人去大帐，报告真塔。

真塔也已从梦中惊醒，跑出大帐，听了正面守营小校的报告后，立即将后备军队，全调往正面守御。

邱福率领的二百勇士，早在崖上静伏。听到正面攻营军的鞭炮声、钲鼓声，立即行动。他们在悬崖顶上打了钢钎，系好绳索。第一批五十人顺绳索坠崖而下。

敌营靠悬崖的一面，因是绝壁，无兵防守。帐内将士，也全被调去守御正面，所以第一批坠崖勇士落地时，只有两个守帐老兵发现了他们，但还没容他们叫出声，两个勇士就纵身过去，凌空挥刀把他们杀了。

第一批勇士落地后，立即隐蔽守候第二批勇士坠崖。这样，二百勇士分四批全坠入敌营。邱福即令点燃敌营中三座大帐。

敌营大帐被点燃，大火熊熊。外面攻营明军，见了信号，便开始强攻。

朱能率领一万精兵，潮水般涌向敌人正面营门，钲鼓震天，呐喊助威，以一股'黑云压城城欲摧'之势猛攻。

真塔以为明军要从正面突入，便在正面亲督防御。这时，张玉和燕王已从左右两面发起进攻。

因敌人主力全被调去防守正面，左面空虚，二百坠崖勇士又从左面守营敌军背后猛攻，牵引了左面守营敌军的战斗力，张玉率军顺利攻入左营门。

张玉冲入敌营，立即命令副将率兵从背后去攻敌人右面守营兵。他自己则率二千将士奔正面寻找真塔厮杀。邱福也率坠崖兵从背后去攻敌人右门。

在内外夹攻下，敌右门守军溃败，燕王驱大军入营。

在三股明军的强大攻势下，敌营正面守军溃败了，真塔不敢恋战，舍了张玉，落荒而走。燕王看见，一箭将他射下马来，当即被乱军杀死。

明军在营内追杀了一阵，敌军死的死、逃的逃、降的降，敌营落入了明军之手。

这一仗，明军声威更高，燕王乘胜进军，敌人第三座大营的守将害怕，竟弃营逃跑了。

燕王占了这个营盘，休整了一下，再向前就是孛林帖木儿的巢穴彻彻儿山大营了。

孛林帖木儿的彻彻儿山大营分前后两营，互成掎角之势。营内共有马、步兵六万，战将几十员。

燕王率大军进抵彻彻儿山，在山下扎营。孛林帖木儿连接败耗，早急着要与明军决一死战。所以，燕军扎营未稳，他就派几千铁骑来冲杀。但是明军有备，敌人冲杀了一阵，见明军坚不可摧，就退了。

在敌营地形和敌营情况全弄明后，燕王召集众将研讨攻营计划。

道衍道："孛林帖木儿的营在山上，又有前营与之成掎角之势，攻取不易，我们必须分两步走，先消灭前营，再消灭后营。"

燕王道："师傅神机妙算，定有成竹在胸，请对诸将详说计划吧！"

道衍不慌不忙道："他的前营，在岭下林中，军需、辎重在另一处安屯，我们可以佯毁孛林帖木儿的军需，调动他派主力去保军需，便可乘机攻他前营。"

燕王问："前营怎样攻法？"

道衍道："宜用火攻。前营在岭下林里，虽然前、左、右三面均砍去了树木，但后面仍依着树林。我们多带柴草，从后面引燃树林，他的靠林帐篷就会被火引燃。只要营内着火，敌人必乱，我们便可乘乱攻占。"

朱能道："孛林帖木儿来援怎么办？"

张玉道："恐怕孛林帖木儿不会来援前营，他若来援前营，就乘机烧他军需、辎重，让他两处不保。"

道衍道："张将军说得对，就派张将军去攻敌军需辎重营。你可见机行事，若可毁敌人军需、辎重，就变虚攻为实攻，烧了他的军需辎重营！"

张玉欣然领命。

道衍又让朱能、邱福准备柴草，在前面佯攻时，从后面去烧营。

军需辎重营是军家重地，孛林帖木儿派重兵把守。他听说明军要去毁营，还是有些担忧，便立即派去援军。

张玉见孛林帖木儿派去援军，就一面虚张声势佯攻，一面设下伏兵。

孛林帖木儿派去的援军走进埋伏圈，明军蓦地伏兵四起，向敌军冲去。

援军突然受袭，立刻惊乱，仓促间不辨明军多少，就向两边逃跑。一部分逃到军需辎重营，另一部分退回孛林帖木儿大营。孛林帖木儿听说他派去的援军遭明军伏击，非常着急，又派一万五千人赶赴军需辎重营支援，自己也做好了亲赴增援的准备。

朱能、邱福就在这时候去攻敌人前营。邱福在前面佯攻，营内敌人见前面明军攻营，便调主力去前面守御。

此时敌营后面空虚。朱能指挥明军，在靠近敌营处堆了几堆干柴，并将其点燃。干柴很容易燃烧，点燃后大火熊熊，烧得"噼啪"作响。常言说火大生风，火苗登时蹿向高空。火烤焦了树叶，引燃了树枝、树干。树木着了火，火势就更猛了。火星满天飞舞，烧断的树枝，带着火纷纷下落。在下落中片片叶子又着火，被风吹得四处纷飞，顷刻引着了两个帐篷。这两个帐篷的火，又引着了附近的帐篷。这样向前延烧，着火的帐篷越来越多，不多时，后面的帐篷几乎全着了火。

后面的蒙古兵为躲避火烧，乱跑乱叫，放弃了守卫，跑到前面。

那些战马见马厩着火，乱蹦乱叫，但是大火无情，终于烧着了鬃毛、尾巴，烧断了缰绳，接着皮肉被烧灼，战马到处惊逃，踏死营里的蒙古兵无数。

守营敌将，正在前面抵御明军，忽见后面火起，听到后面人喊马叫，急到后面去看，却都惊得瞠目结舌。原来后面靠树林处，已成了一片灰烬！

没着火的帐篷，也正面临着火的危险。敌军慌作一团，有的乱喊乱叫，有的绝望地哭泣。那些被烧断缰绳的战马，见前有寨栅，后有火海，都惊得嘶鸣乱窜，使敌营更乱。

后面大火乱营，前面的守御将士也知道了。他们人心惶惶，无心防守，有的竟退下前线去看后边自己住的帐篷。

在前面攻营的邱福，见后面火起，立即变佯攻为实攻，驱动大军，奋举刀枪，冲向前面的营栅寨门。

营栅坚固，原来屡攻不动，现在敌人一乱，防守松懈，明军一下冲破栅栏，进入营中。此时，朱能也趁着敌乱无防，从左边攻入营内。两支大军在营内扫荡一阵，又合兵围杀。

吓得魂飞魄散的敌军，乱逃乱窜，或被明军杀死，或投降做了俘虏。

孛林帖木儿一座前营，竟这样被明军毁了。明军计杀死、迫降敌人两万多人，杀死敌人将领八人。

朱能、邱福灭了敌人前营后，立即飞报燕王、道衍。道衍令使者飞马传令，让朱能、邱福立即扑灭各处的火，并假作作战之声。

朱能、邱福得令，立即将各处大火扑灭。为什么道衍要他们假作作战之声？二人惑然不解，但因是军师之令，只得齐擂战鼓，互相喊杀。

一会儿，道衍来了。他从敌将领的尸体上找到令牌，从俘虏中找出两个头领，以重金为奖，要他们去赚孛林帖木儿来救援前营。道衍对他们说："天意归明。孛林帖木儿纠集一小撮人占据一方反明，不过是螳臂当车。你们看不出吗？明师所到之处，孛林帖木儿各营盘，都迎刃而解。大势如此，希望你们认清形势，真心归明。你们若敢叛明，在孛林帖木儿面前出卖我们，灭孛林帖木儿之时，必把你们杀个鸡犬不留！"

这两个头领，原以为彻彻儿山与明京城远隔万里，明军势力再大，也鞭长莫及。想不到明朝大军来征讨，而且如此厉害。此时明军逼近孛林帖木儿大营，眼看孛林帖木儿就要势尽途穷，何敢死心保他？二人中的一人道："请你放心，我等既降明，就永做明民，决心脱离孛林帖木儿。"

道衍道："好！"接着就教给他们如何如何，打发他们去了。

这两个头领装作慌急的样子到彻彻儿山大营去见孛林帖木儿。见了孛林帖木儿，他们急道："总头领！明军攻打前营，情况危急，朵旺头领特遣我们来告急！"说着，递上朵旺的铜令牌。

孛林帖木儿认得这两个头领，对他们道："阿金、敖儿拜，军校早见前营着火，前营是不是早失了？"

阿金想起了道衍的话，道："还没失。那大火是朵旺大头领烧柴草向总头领告警的！明军即将破营，朵旺头领急切待援，请总头领赶快派兵援助！"

孛林帖木儿迟疑不语。

敖儿拜道："总头领，救兵如救火，不要迟疑了！"

孛林帖木儿道："别忙！本总已派人去前营探看情况，等他们回来，本总才能决定。倘若前营已失，派援军又有何用？！"

阿金、敖儿拜无奈，只得等待。所幸时间不长，孛林帖木儿派去探看前营的人已走进大帐。

孛林帖木儿问："快说！前营着火了吗！？"

探子答："着过火。营后树木已被烧光。"

孛林帖木儿问："火还烧吗？烧了营帐没有？"

那探子并未敢进前去看，只得含糊地答道："火已灭了，我看营中还有营帐。"

孛林帖木儿道："营帐还在？那么朵旺还在守营吗？"

探子又含糊地回答道："敌军围营，我不能近前，只听到双方的战鼓声和喊杀声。"

孛林帖木儿喜道："如此说，朵旺还在守营，摩里敦、古朵！"

两个头领站出来齐道："末将在！"

孛林帖木儿道："你二人领两队人马，火速去援前营！"

二将齐声说："得令！"

阿金、敖儿拜随他们出营。

孛林帖木儿想："彻彻儿山大营的军队，先后已派出三批援军，明军来攻我的大营怎么办？"正在为此犯难时，忽然一探子进来报道："报告总头领，山左有明军在活动！"这个探子刚报完，又一探子进帐报道："报告总头领！山右发现明军！"

孛林帖木儿听了两个探子的报告，一惊，暗道："不好！听说明将用兵如神，可能真的攻我大营来了。"于是对帐中两个头领道："阿木、阿其！快去传我将令，调支援军需辎重营的两个铁骑队回大营！"说毕，递给两个头领一块铜令牌。

阿木、阿其飞马到了军需辎重营，出示令牌，调两个铁骑队急撤。

两个铁骑队奉命撤回。他们刚一撤，张玉就率军掩杀过来。追了一程，把两个铁骑队追远，他又立即回军猛攻敌军需辎重营。

张玉率明军一阵强攻，逼近营寨，命令将士用火箭射军需辎重营内草垛、衣垛。

顷刻，几处草垛、衣垛着火，烈焰飞天。守营将士见草垛着火，慌乱惧怕，士气大减。张玉领兵攻破营栅，冲进大营，又到处点燃草堆、粮囤、衣垛、帐篷，整个军需辎重营很快成了一片火海。守营将士不敢再战，纷纷投降了明军。

孛林帖木儿派去援前营的两个铁骑队，刚走到前营附近一个山谷，蓦地明军四起，把他们围住，他们还没明白怎么回事，就见四处箭如飞蝗般射来。尽管他们人和马均穿铁甲，无奈明军弓强箭密，霎时射死、射伤不少。

蒙古铁骑被射得向后败退，两万人马，退缩在一个不大的空场上。突然敌群中"轰隆轰隆"十几声连天巨响，十几团火光迸发，敌军人马团聚之处，立刻硝烟弥漫，血肉横飞。原来道衍早叫明军在这里埋下地雷，一踏即炸。

硝烟散尽，蒙古军大乱，铁骑四处逃散。可怜一个一个均被明军斩断马腿，跌下马来，做了明军刀下之鬼。只有那些没跑的，投降了明军，保了性命。

这一战役，明军消灭蒙古军五万多人，其中有头领十五名。孛林帖木儿的全部军需辎重都毁于大火。

孛林帖木儿损失巨大，非常懊丧，但是他以为凭高据守，明军万难攻上，于是命令部下坚壁高垒，准备顽抗到底。

一般人用兵都会想到高山结营虽易守难攻，却容易被切断水源、粮草。水、粮被切断，就会不攻自破。

善于用兵的道衍，岂能不想到孛林帖木儿高山营寨的致命弱点？所以，灭了孛林帖木儿的前营，毁了孛林帖木儿的军需辎重营后，就立即发兵包围了孛林帖木儿的大营。道衍想："我们封锁孛林帖木儿的军需，断了孛林帖木儿的水源，他坚持不了多久。"

可是，道衍没想到彻彻儿山顶有个天池。孛林帖木儿的大营，就在天池一侧。孛林帖木儿很有心计，大营里有个小粮库，备着十万大军可吃半月的粮食。如今山上兵少了，粮食就相对多了。连续几天，道衍都派人去打探敌营情况，探子回来却总报告：孛林帖木儿营内并无动静。

道衍不禁大感诧异，问阿金、敖儿拜，才知山上有个天池。道衍想："若想断山上敌营之水，只得破坏天池。"于是，他冥思苦索破坏天池的办法。他思考了好久，最后才想出一个办法：用火药炸开天池的帮沿。

天池是火山坑，帮沿由岩浆凝结而成，石质很硬，锹挖不动，镢刨不动，只能用火药炸才能炸开。

道衍派大军占了天池一边，然后凿眼下药。第一炮，只炸下了一块大石。道衍命令将士再炸。

可是第一炮一响，孛林帖木儿就知道了明军的意图，立即派一个铁骑队去抢占天池明军阵地。

道衍早有准备，孛林帖木儿派去的铁骑，被明军阻击住，一直不能前进。

明军阻击住前来的敌军，继续凿眼放炮，终于将天池的一帮炸开。天池的水，汹涌着奔泻而去。两天之后，天池的水干了。

天池的水一干，孛林帖木儿的大营就完全断水了。

孛林帖木儿见营中无水，非常焦急。这时燕王派使者下书，约他第二天开战。信中说，只要他敢带大军来决一雌雄，明军就放他一条生路。

孛林帖木儿想："明军只要放我们出去，胜或败都有了出路。若再在营里困着，那人和马就非渴死不可了……"于是，他答应赴约开战。

第二天，明军果然给他们留了一个口，让他们离开营帐下山。

孛林帖木儿与燕王两军列阵对峙。孛林帖木儿的将士已三天没喝水了，所以精神萎靡。

燕王道："孛林帖木儿！你已日暮途穷，投不投降？"

孛林帖木儿道："我大元子孙，没有投降的。"

燕王道："营破之日，玉石俱焚，子女共死，徒生后悔！"

孛林帖木儿道："东西是身外物，家人我荣亦荣、我辱亦辱，焉能后悔！？"

道衍道："可是还有几万将士的性命，你不怜惜？"

孛林帖木儿道："他们为大元而死，有何怜惜？"

道衍道："孛林帖木儿，你说得倒冠冕堂皇。他们哪里是为大元而战，是为你这个野心家卖命。我们若不是怜惜这些性命，再紧围四五天，就会把你们全渴死。是我们存好生之德，才给你们这条生路，你不要执迷不悟；你若不顾惜将士的性命，没有人会保你！"

孛林帖木儿冷笑道："你休要鼓舌，他们是和我宣过誓的。"

道衍道："可是你一意孤行，不会有人再替你卖命！他们家都有父母、妻子、儿女……"说着，手一摆，立刻有无数蒙古族百姓，从明军中走出来。

这些百姓，男女老幼皆有，他们走出明军阵列，就指着孛林帖木儿的将士呼儿唤夫，或者哭喊其父。他们喊的大意是：明军对我们好，你们快过来，不要替孛林帖木儿卖命了！

这一切全是道衍之计，他是为保全孛林帖木儿将士的性命和实行怀柔之策，劝燕王这么做的。

众百姓这么一说，孛林帖木儿的兵立刻垂下兵器，向后退去。孛林帖木儿大怒，叫道："这些百姓反元，快放箭射杀，一个不留！"

可是，孛林帖木儿的弓箭手，没有一个人放箭。道衍让阿金用蒙语喊道："弟兄们听着！你们家都有亲人盼你们回去！明军有好生之德，不杀你们！快放下兵器去与家人团聚吧，不要再给别人卖命了！"

原来，孛林帖木儿为了实现野心，积极买马置械，扩充军队，竟不顾百姓死活，横征暴敛，闹得人人怨恨。今日道衍让阿金这样一喊，孛林帖木儿的军心立即瓦解了。不少敌军将士，扔了手中兵器，就往百姓群里跑。

孛林帖木儿大怒，拍马过来杀了几个，但仍镇压不住脱队者，竟有一大半蒙古将士跑到百姓中间。

道衍又让阿金喊道："没过来的弟兄们！你们可能是受孛林帖木儿的威胁，不敢过来。此时我们要杀你们很容易，可是只要你们不死心跟着孛林帖木儿，我们就不杀你们。望你们速速定夺！"

这次喊话，又使没离开孛林帖木儿的将士再也不愿狠斗，而要给自己留条生路。

阿金二次喊毕，明军里立即号炮连声，震得孛林帖木儿部下魂悸魄动。接着明军又是钲鼓齐鸣，十万军队，分做多股，张旗呐喊着向孛林帖木儿阵列冲杀过来。

孛林帖木儿的将士吓得胆战心惊，纷纷扔掉兵器，投降了不少。

此时，孛林帖木儿也为之沮丧。但他心存侥幸，想带着一队亲兵突围。可是孛林帖木儿虽勇，但他怎冲得动明军数重包围！

此时，张玉迎面把他挡住。孛林帖木儿英勇善战，本当胜过张玉，可是此时他已渴了几天了，体力下降，而张玉却精神抖擞。二人战了不足十个回合，孛林帖木儿就被张玉活捉了。

这次战斗，孛林帖木儿部下三十多名头领被杀、被擒，四万将士或亡或逃。

燕王破了孛林帖木儿彻彻儿山大营，安抚了北方后班师。

朱元璋大喜，封燕王为北部都招讨，节制晋、代、云、燕、蓟、幽、宁、辽等地各路军马。

第十二回 奔皇丧中途折回
隐练兵怒杀美姬

　　燕王第二次扫北凯旋后，回到北平休养。道衍每日陪燕王下棋、聊天，谈策略，论时势。光阴荏苒，一转眼道衍头发已由黑转白，但他志犹坚，体犹健。他想到人生苦短，常生"青云仍未达，鬓发欲成丝"的哀叹。但是，太祖不驾崩，他不敢出世。洪武三十一年（1398），他终于盼到了太祖驾崩！

　　本来，太子死后，该从诸皇子中选能继大统者继位。若以能干、战功从诸皇子中选朱元璋的继承人，则非朱棣莫属。因为朱棣智勇有大略，又有道衍的幕后谋划。洪武二十三年（1390），他同晋王共讨乃儿不花。晋王怯不敢进，只燕王奋勇当先，率部追击，把乃儿不花歼灭在迤都山。朱元璋大喜道："朕诸子中，唯燕王有雄才大略。"

　　可是，朱元璋的嗣位诏书，却立朱允炆为皇太孙，继位为帝。朱元璋怕诸王有觊觎帝王之心，遗诏让诸王各守其藩，不得擅入京师。

　　燕王在北平，知道太祖驾崩的消息后，即将道衍请到书房。燕王道："父皇晏驾了，皇侄朱允炆登基为帝。"

　　道衍道："阿弥陀佛！从此道衍可不必隐藏了！"

燕王道："师傅，我是问你我该怎么办？请为我设计。"

道衍道："你怎么办？这是你们家事，道衍外人，不该拿主意。"

燕王道："皇侄仁弱，不善治国，国一乱，百姓将受涂炭。"

道衍道："恐皇侄不能治国，千岁既有宏才，何不效周公辅成王？"

燕王道："师傅取笑了，我怎敢比周公？而且此时怎效周公辅成王？成王年幼，不能治国，允炆成年，自有主张，而且身边必有谋士宠臣，吾虽皇叔，其言未必听……"

道衍不语。

燕王又道："父皇所以立允炆为嗣君，大概是喜允炆仁惠能守成……我和允炆所见多不合，他岂能听我言？"

道衍叹道："新皇如此，如不得匡正，国家实堪忧矣！百姓实堪忧矣！"

燕王道："师傅空忧没有用。而且父皇明令各王必须守藩，不许擅入京师，即使皇侄肯纳我言，我也不能入京师辅君。"

道衍想了想道："千岁何不入京奔丧，以观朝廷情况？若至君侧，千岁可以皇叔身份伺机向他详陈治国大略。新皇若不听，再作别图。"

燕王道："师傅之言甚妙，明日我即带师傅进京。"

第二天，燕王即点了五千人马保护他进京奔丧。随行人员中有道衍和华平。华平是华云龙之子。华云龙随白莲教起事，白莲教和明教修好合并后，自请入朱元璋部。因从朱元璋灭张士诚、陈友谅有功，立国后华云龙被封都督司知，从徐达北伐，留守北方，官兼燕王左相，封淮安侯。后朱元璋因蓝玉案大杀功臣，华云龙受牵连致罪。其子华平原为李文忠部下，李文忠犯忤旨罪，病狱中，华平侍疾进药，因之坐罪。华平惧祸潜逃，被燕王收留，与道衍藏在一处。华平勇敢有机谋，燕王甚喜爱，因此今日令其同去奔丧。

燕王率领五千人马离开北平，浩浩荡荡，日夜兼程，一路关隘不敢拦阻，十几日后，到达淮安。因天已黑，便安营扎寨。

吃着饭，道衍对燕王道："千岁，我们连续行了这些天没有休息，大家实在累了。我们骑马还觉得很累，军士步行，怎么吃得消呢？"

燕王对道衍一向言听计从，点头道："常言'骑驴的不知赶脚的苦'，本王也有些累了，将士必然更累，咱就在此住一夜，明日再走。"

众将士欢喜，吃过饭各回帐篷休息。

第二天，吃过早饭，燕王刚要命令出发，忽然一个将军手捧圣旨骑马飞驰而来。到营门口，将军下马喊道："圣旨下，燕王接旨！"

燕王不敢怠慢，急忙出帐对钦差跪了。钦差高声宣读了圣旨。这圣旨仍是太祖遗诏。原来，朱允炆的谋臣黄子澄、齐泰也都很有谋略，他们怕各藩王进京，不利朱允炆稳坐皇位，便向各路派出探马谍员探听各王的动静。所幸各王都严守本藩，未敢贸然进京，只有燕王带了五千人马，意图进京。

齐泰道："诸王中，只有燕王机谋深远，而且握有重兵。他带了五千人马，千万不能让他入京。"

建文帝朱允炆道："齐爱卿说得对，朕即派钦差赍先帝遗诏阻他。"

于是，建文帝派张弸赍太祖遗诏迎燕王，张弸行到淮安，正与燕王相遇。

燕王接了旨，道："张翰林且回京复旨，本王立即回本藩。"

张弸知道燕王英毅，不敢忤他，道："张弸这就回京交旨，请王爷千岁立即回藩，勿负先帝遗诏。"

张弸回南京交旨去了。燕王与道衍、华平商量办法。

道衍道："先帝遗诏让王爷回去，我们若去奔丧，不是违抗诏令吗？依道衍之见，我们应该遵旨而回。"

燕王道："可是，我们已行至此，颓然而回，徒劳不说，不被允炆身边诸谋士耻笑吗？！"

道衍道："听说先帝定皇储之时，本来在允炆和你之间迟疑不决，最后因听了大学士刘三吾的话，才立了太孙。因此，今皇一定对你很妒忌。王爷此时不能对抗今皇，应以躲避锋芒为宜。"

原来，太子死后，朱元璋在立皇储之事上颇为费神。本来太孙承太子，顺理成章。可是，朱元璋因见允炆头长得扁，性又过柔，恐不能担负重器，为此，常怀隐忧。一日，太祖令允炆咏月。他很快吟出一首咏月诗，最后两句是："虽然隐落江湖里，也有清光照九州。"朱元璋听了，以为他无襟抱，很不高兴。后来又考允炆做对子。朱元璋出的上联是：风吹马尾千条线。允炆对的下联是：雨打羊毛一片膻。朱元璋听了，颇为生气。当时燕王在侧，上前对下联道：日照龙鳞万点金。朱元璋听了这才欢喜，拍手赞道："对得好！"自此朱元璋曾生废皇太孙、改立燕王为太子之意。偏偏学士刘三吾奏本，言立太孙合古训。朱元璋尊儒，就从其谏了。

燕王想了想，认为道衍暂避锋芒之论有理，便点头道："师傅言之有理，我们再休息一日，就回转北平。"

华平道："父死子葬，自古为然。王爷千岁有兵有理，何必颓然而回呢？"

燕王道："唉！道衍师傅说得对。现在人尚正统，以皇帝的话为金科玉律，我们之言多么有理，也被视为非理。况以兵力比，我们更不能与之抗衡。常言'普天之下，莫非王土'，一切都是天子的，我们怎能与之抗衡呢？！"

道衍道："不过，道衍只是让王爷暂避锋芒，可不是要王爷浑浑噩噩，谨守藩篱，不问世事。另外以道衍见，较量的胜负并不绝对地决定于力量强弱。历史上有不少战争可以作证，如官渡之战、赤壁之战、淝水之战……这是由天时、地利、人和诸条件所决定的。"

燕王道："可是允炆初立，百姓只知其仁，不见其害，民心向彼奈何？！"

道衍道："因此我们必须奉旨回燕地，坐观其变，等待有利于我们的时机。"

于是，燕王带着五千人马，偕道衍、华平返回北平（他们也自称为燕京）。

回到燕王府，道衍对燕王道："常言'没有雷霆手段，则空有菩萨心肠'，我们要实现惠民大志要靠力量，我们必须招兵买马，秣马厉兵。非有如此力量，就不能与人抗衡，没有力量与人抗衡，就要受人摆布、宰割。"

燕王以为然。

从此，燕王偷偷招兵买马，让道衍秘密训练军队。

　　燕王府就是元朝故宫。院很深邃，后苑更是僻静。燕王隐选得力将校，调来精壮军卒，罗致奇才异能之士，交给道衍，在后苑练习行兵布阵和实战格杀。华平武艺高强，燕王让其教将士拳脚、刀枪。

　　训练军队是秘密进行的，倘若泄露，必遭族诛。因此，道衍做了严格规定：被选诸人，如私自外出或喧闹外泄者，斩；怠慢军训，故出差错者，责八十军棍；府人未经许可，随便进后苑者，斩。

　　道衍效儒家的因材施教，把被训练之人分为数类。将校学兵法、阵图，战士学列阵变化，全体将士都练武、习战。

　　初时，有的将士不重视道衍的规定，混乱而无成效。燕王见了很担忧。

　　道衍道："领兵作战必须军令如山。将领必须言必信、行必果。训练军队，也是如此。王爷听说过孙武斩吴王二宠妃的故事吗？"

　　孙武是中国古代的军事家，是《孙子兵法》的作者。一次，吴王令他在厅外操练阵法，以吴王诸妃做将，让他演练阵式变化。吴王的两个宠妃，倚君娇宠故意不听他调遣，乱他阵式，他令武士把二人推出去斩了，于是人人惧怕，严遵调令，演练获得成功。

　　燕王知道这个故事，也知道道衍讲这故事的用意，便对道衍道："师傅也可效孙子依法行令，如有违犯，虽世子也严惩不贷！"

　　道衍道："王爷有如此决心，道衍就可给王爷一支训练有素、可以以一当十的军队了！"

　　第二天，道衍指挥将士变阵。有两个将领，一叫庞奇，一叫唐瑞，仗着跟燕王征伐有功，一向骄悍。这日操练懈怠，多次出错，造成阵容混乱。道衍大怒，唤出二人道："你二人如此怠慢，违我军令，可知罪吗？！"

二人昂然答道："只是训练，又非实战；我等不违令，所以并不知罪！"

道衍道："操场如战场，训前既颁法令，就须严格执行。怠慢军训，故出差错者杖责八十——拉下去立即执行！"

道衍下了军令，跑上一帮侍卫武士，倒剪了庞奇、唐瑞双臂，向外推了就走。

庞奇、唐瑞大叫道："我们都是战场上闯过生死关的，些许小事，就责我们，可恼，可恨！"

道衍怒道："这等骄兵悍将，纵之终要误事，给我推出去斩了！"

华平道："道衍大师息怒，庞奇、唐瑞对抗军令，罪当斩首，但念其骁勇有功，请赦死罪！"

道衍道："他们有功，已经赏了，作战骁勇，将士本分，此时违犯军令，就当严格责之，以儆效尤。多赦致乱，军令如山，绝不轻饶！"一挥手，令武士推出庞奇、唐瑞斩了。

武士提来庞奇、唐瑞首级，道衍指两个首级道："如何训练，各有明令，哪个违忤，严惩不贷。我们各就各位，继续操练！"说毕，手中小红旗一摆，继续演练阵法。

自此之后，演练阵法时，众将士均严格守位，遵从调度，于是阵式整齐。

事后，燕王道："初时，小王还怕师傅是佛子，不能严格执行军法，今见师父斩庞、唐二人，小王无此忧矣！"

道衍道："杀人行残，凡具人性者，均不欲为，但此二人不杀，会因他们死我多人，故临事当思不能因小而失大的道理。"

燕王道："师傅甚通佛旨，杀人时，心中也思及佛吗？"

道衍道："正因我精通佛旨，才知人不能成佛。佛乃善世之学也。但不能没人性，佛言绝七情六欲乃作伪。试想人皆无七情六欲，即同草木，还有什么善恶之分！另外，如世人皆为佛，均绝七情六欲，人类岂不灭绝！道家的阴阳学说，还讲孤阴不生、孤阳不长，佛家则把人的情欲看成犯罪，岂不是大违人性！因此，道衍学佛，只学其善世之处，对于不利于世人之恶类，绝不慈悲怜悯！"

燕王道："师傅对佛旨理解这样精深，这才为圣僧，非凡僧之拘俗可比。"

华平道："在下听说，道家也不许娶妻生子呀！"

道衍道："那也是庸道。道家学说的奠基者为老子、庄子，他二人就皆有妻室。民间就有庄子扇坟之故事。说是庄子成仙后，想试其妻之贞，就装死，然后化作一个英俊书生，说是庄子朋友来吊唁，住在庄子家。夜里书生调戏庄妻，二人定情。葬礼完毕，庄妻就要与那书生结婚，那书生说必须等庄子的坟土干后。庄妻嫌坟土干得太迟，就去扇坟，庄子又化作一行路人，问庄妻扇坟原因。行路人代她扇坟，结果越扇越湿……庄子若绝了七情六欲，又何必在乎妻子的贞不贞呢？！"

燕王笑道："可是道士为什么不娶妻呢？"

道衍道："这大概是因为道士住道观，就没法娶妻。因为娶妻就要生子建家庭，还怎样学道呢！庄子讲清静无为，又说'无为，则无不为'，这'无不为'不明明说可以做一切，也包括娶妻吗？"

燕王道："师傅佛学得深，道也学得深。越学越深，则不受各种限制，小王则可以不忌佛、道清规，无事不可和师傅商量了。"

道衍道："我自来依附王爷，就已经无事不可商量了。"

燕王道："好，京城里来了信，说京城情势紧张。晚间我到师傅寝处，再和师傅商讨应付办法。"

道衍点头，道："好。"

这天晚上，道衍晚睡，等待燕王。约二更，燕王来到。二人到密室里坐定，燕王把京城送来的密信拿给道衍看。

原来，朱允炆继帝位后，年号建文，怕诸王不服他，甚感忧虑。当时诸王均是建文叔辈，各拥重兵，多行不法。建文帝召近臣齐泰、黄子澄商量。

齐泰、黄子澄给建文帝出了个削藩之谋。齐泰道："陛下之忧，在诸王权重，若找借口削了他们的权，陛下不就可以高枕无忧了吗？"

黄子澄道："诸王中唯燕王拥兵自重，也有谋略，对陛下威胁最大，但先削他的权，必激其反，若各王助他，就如奔鲸触罗，仓促难制。我们可以先削他王之藩，最后再削燕王，他也就无力反陛下了。"

黄子澄是建文帝之师，建文帝听了他的话，开始削藩，先张贴诏告，令士民上书言诸王不法。于是收到不少告状。建文帝根据士民的状子，废了齐王、湘王、代王、岷王，还逮捕了周王朱橚。周王与燕王乃同母兄弟，逮周王意在株连燕王。

这封密信，是燕王安排在南京城里的一个密探写给燕王的。道衍看了信道："今皇逮周王，剪枝意在伐干。项庄舞剑，意在沛公，这是很明显的。主公面临危险，若不想束手就擒，枉做砧上鱼肉，就必须急做准备。欲加之罪，何患无辞，建文迟早加罪于你。"

燕王道："此种形势，小王也看出了。我们不能束手就戮，师傅请早做准备。后苑的军士训练得怎样了？有克敌制胜的把握吗？"

道衍道："有。我们现在之军，可当二三倍之敌。只是人多，兵器不足，而且现有的兵器笨重锈钝，多不应手。"

燕王道："师傅，那该怎么办？"

道衍道："只有自己打造。"

燕王道："那怎么行！打造兵器，叮叮当当响，外人得知，岂不露了马脚？！"

道衍道："若想不被人知，我有一个办法。可在后苑房下掏洞成室，建炉于地下打造。打造兵器的小院，周围垒厚厚的墙垣，墙上放满瓶甄之物，让人不能越过。"

燕王道："师傅之法，固可以避过外人的眼睛，可是恐怕仍有声音传到外面。"

道衍道："王爷读过《李愬雪夜平蔡州》吗？那文章写道，近城有鹅鸭池，李愬军偷偷攻城，怕城中元济之人听到，就击鹅以乱军声。"

燕王道："师傅是说我们也学李愬军？这个主意真是妙极了！"

道衍道："我们要在那小院里多蓄鹅鸭，派人不停惊扰，使鹅鸭不断发出叫声，这样就可把锻造兵器声掩盖了。"

燕王道："师傅，你先画出地洞图样，筹划好一切事项，我立即着人操办。"

　　道衍道："我明天就把计划写出，交给你看。"

　　第二天，燕王就照道衍的计划，安排人掏地洞，垒围墙，请匠人，买鸭鹅……操办一切。

　　不几天，万事俱备，就动工打造兵器。道衍也更加紧训练将士。

　　道衍清楚，建文帝怀疑燕王有野心，一定派密探观察动静。因此，训练军队和打造兵器都必须绝对严密。道衍心细，一再对后苑将士下严令，不许他们外出，也不许向外泄漏情况。还让燕王传谕家人，有谁窥视后苑或者私进后苑，杀不赦。

　　一月过去，已经打造了不少兵器，后苑的将士战斗素质也有很大的提高。

　　可是一天，道衍正在训练军队，忽见苑门口进来两个女子。从服饰看，一个是嫔妃，一个是使女。那嫔妃婀娜妩媚，风情万种，标致极了，进了后苑，就观看道衍演练阵式。

　　道衍先依着手势讲解，然后挥旗指挥将士布阵。几队穿着红、黄、蓝、白、黑各色衣服的士兵，随着道衍挥动的小红旗跑来跑去，非常壮观。

　　那美女看了，笑道："这是干什么？哦，是布阵吗？这样跑来跑去真好玩儿！"

　　道衍打量这美女，知道她定是燕王的嫔妃，就装着没看见。听了她的话，道衍吃了一惊，暗道："她看出我们在演练布阵，如到外边乱讲，怎么办？"这嫔妃若收敛些，偷偷看一眼就悄悄回去，或许道衍尚可放过她。可是，她这一多话，把道衍惹怒了。

　　自他在后苑训练军队，没有一个人敢去窥视，这嫔妃是第一个。他想："这个人若不杀，燕王的禁令就成空话了，以后定有别人进苑来看操练。若这样，也就保不住秘密了！如不杀她，她出去泄露了练兵之事，我们立刻就将大祸临头。"想着想着，便对侍卫武士道："快去把违犯禁令、擅自进苑的那两个女子捉来见我！"

一群武士跑过去，把两个女子拉来。那个使女吓得哭哭啼啼，全身战栗。那嫔妃却不在乎，对道衍道："和尚，我逛后苑关你何事？你为什么命人捉我？"

道衍道："你不知燕王的禁令吗？"

那嫔妃冷笑道："知道！知道！可是千岁只禁别人，不禁我玉妃。另外，这后苑是我家的，我逛后苑，谁要你管！？"

道衍道："燕王千岁的禁令是禁一切人的，你故违禁令，当斩——拉出去斩了！"

武士们知道这美妇是燕王的宠妃，没人敢动手。

道衍怒喊道："你们为什么不动手，藐视我这幕宾的军令吗？！"

众武士知道道衍令严，不敢再迟疑，推着玉妃就走。一会儿，一颗血淋淋的美人头，献在道衍面前。道衍对那使女道："你是丫鬟，主子让你来，你不敢不来。我知你进苑是身不由己。你虽犯禁，但我不杀你，你提着这人头去见王爷，就说她犯禁，被我杀了。"

杀了玉妃，道衍心里惴惴不安，心想："玉妃是燕王的宠妃，被我杀了，燕王怪不怪我呢？燕王怪罪怎么办？！"他着实忐忑了一阵子，最后想到："我杀玉妃为了谁？如果燕王怪罪我，这样的人，何必保他？！"他这样想，心就平静了。他知道燕王定会为玉妃之事而来，就坐在屋里等他。

道衍在屋里等了很久，燕王也没来，他百无聊赖，就拿起桌上的《伍子胥论》翻看。看了一段，他想："伍子胥对吴有大功，可是终因太忠实，被太宰伯嚭进谮，死在属镂剑下。可见君王保不得，都当如范蠡功成而退。"他自叹道："君王都是夫差、勾践吗？燕王是怎样的人？……"他正浮想联翩，燕王来了。燕王见了他的面，劈头道："师傅，你不该杀玉妃……"

道衍方才想着夫差杀伍子胥、勾践杀文种之事，正为忠臣寒心，忽听得燕王埋怨他，不由怒道："阿弥陀佛！贫僧错了，请王爷千岁原谅！"

燕王听得出，他说的是反话，知道他误会自己的意思了，赶忙解释道："师傅，小王并不是说你杀玉妃杀得错，而是说你这时候不该杀她。"

道衍诧异道："为什么？"

燕王道："玉妃姓倪，就是'妙人儿（"儿"的繁体字）倪家少女'那个'倪'。说实话，玉妃美丽妖娇，本王甚爱她，但埋怨师傅不该杀玉妃倒不是因为小王舍不得她。为了我们的大事，她犯了禁，就该杀，本王也不姑息她。可是她有个哥哥，叫倪谅，也在本王府做事。此人一向行为乖张，我看在玉妃的面上不甚计较。今日我听说你杀了玉妃，就去看他有什么动静。可是他的屋子早空了。所有珍物已经被带走，只在桌上给我留了一个纸条。上写：'你们杀了我妹妹，我绝不善罢甘休，你们等着，看我的厉害！'他若一气之下到允炆那里举报我们招兵买马和造兵器，允炆岂不来征伐我们？！"

道衍道："阿弥陀佛！善哉，善哉！原来如此，我错怪王爷了。"

燕王道："师傅，错怪不错怪不用说了，倪谅怀恨我们，他必去京都允炆那里搬弄是非，我们怎么办？"

道衍道："假若朝廷见疑，只有一条路好走了……"

燕王问："师傅，走哪条路？"

道衍道："先发制人，杀向京城。"

燕王听了倒吸一口凉气，许久默默无语。

第十三回　临危难燕王装疯　起杀心建文密诏

燕王虽未下决心起兵，但反心已动。他按道衍主意，花重金结交宫中太监，因此虽身居北平，京中消息却无一不知。

是时，建文帝深疑燕王有反意。四川岳池教授程济上书，假借星宿之变，言北方将有兵变战祸，暗寓燕王反意。书到御前，建文帝佯作不信，说程济妄言，饬四川地方官将程济拿解进京。程济入京后，建文帝不杀，假囚牢中，暗去探问。

又有京都府断事高巍上书，切言削藩之利，并陈削藩之法，暗喻怎样处置燕王。

建文帝表面上退回奏书，却将该奏书抄录下来，置于内室，与齐泰、黄子澄商量。

黄子澄道："先发制人，不如讨燕，燕王若灭，诸王皆不足虑。"

齐泰道："燕王反迹未彰，此时讨之，师出无名。请圣上遣将扼守北方南关。调燕藩护卫兵出塞，剪其党羽，再寻衅讨罪，这样才能杜绝众臣非议。"

建文帝采纳齐泰之言，任工部侍郎张昺为北平布政使，都指挥谢贵、张信为北平都司。加派宋忠为北平都督，在北平南郊结营扼守。调燕邸卫兵和燕王属下兵统去守御北方。命都督耿瓛练兵山海关、徐敏练兵临清，严行戒备北方之变。又飞召燕王帐下都指挥关童等进京。

常言"天子喜怒近臣知"，这一切情况都由太监中的密探报告了燕王。燕王此时起兵准备未足，不敢妄动，心中非常不安。

道衍看出燕王处境危险，便对燕王道："建文虽尚未加罪千岁，但其意已明，千岁甚危。为今之计，莫如韬晦上书言病，去其疑惧之心。"

燕王点头道："只有如此。"从此，装疯装病，不理府事。

然而，建文帝对燕王戒心仍未除，时常派人暗探。

道衍又对燕王道："如想去建文帝戒心，莫如遣三位世子进京。"

燕王思之良久，实在想不出别的办法，只得忍痛行此下策，以祭太祖周忌为名，入京拜祖庙。

建文帝召见朱高炽、朱高煦、朱高燧三位世子，问及燕王情况，三位世子甚恭谨，建文帝这才稍去戒心，祭完太祖庙，任其在京滞留。

三位世子祭太祖毕，齐泰对建文帝道："燕王反意已露，现在装病，只是韬晦之计。请陛下留三位世子在京做人质，这样燕王父子牵心，才不敢轻动。"

黄子澄也道："三位世子进京，是我牵制燕王良机，陛下若留为人质，燕王则可任陛下摆布，不敢妄动。"

建文帝听了齐泰、黄文澄之言，便将三位世子留在京中。

燕王自遣三位世子进京后，父子连心，日夜思念。密探向他报告，建文帝有羁留三位世子之意，他更加悬念，便问计于道衍。

道衍道："千岁若想三位世子归，必须去建文之忌。千岁只要不忌讳谶语，上书说千岁病危将亡，乞让三位世子急归，与千岁诀别，建文知千岁将死，忌心顿释，便可使三位世子归来身边。"

燕王听了道衍的话，立即向允炆上书，尽用凄言悲语说自己病入膏肓，乞允炆念叔侄之情，放三位世子回来，与他见最后一面，他也可向三位世子交代后事。

建文帝见燕王之书，召齐泰、黄子澄商议对策。

齐泰道："燕王病危，未知虚实，不如仍留三位世子在京，以防不测。"

黄子澄道："燕王若真有病，留三位世子在京，不但无用，而且必遭非议。若燕王只是思子谎报，也不如遣三位世子归，使他麻痹。"

建文帝仁柔，以为黄子澄的话对，于是下旨，令三位世子回归北平。

圣旨刚下，忽见魏国公徐辉祖入见。徐辉祖是开国元老徐达长子。徐达三子一女，女为燕王妃。燕王三位世子，皆为此女所生，与徐辉祖是甥舅关系。徐辉祖忠于建文帝，知建文帝令三位世子归，急来入奏。他对建文帝道："臣三甥中，唯高煦勇悍无赖，非但不忠，而且要叛父亲，他日必是后患，不如把他留在京中，免得他入燕胡作非为。"

建文帝见圣旨已下，不愿更改。徐辉祖见建文帝不愿更旨，就告退回家。建文帝又召徐达第三子徐增寿和驸马王宁问计。徐增寿、王宁与燕王情谊甚厚，所以都替燕王美言。

徐增寿道："高煦虽强悍，但家姐管教甚严，不会出事的。"

王宁道："魏国公之言，有离间圣上与高煦兄弟关系之嫌，臣愿以爵位保高煦不生事。"

于是，建文帝决意放归三位世子。

果如魏国公徐辉祖所说，三位世子中，二世子高煦最勇悍无赖。他知道大舅在建文帝面前出了不利于他的主意，非常愤恨，心想："大舅可恨，我又没做对不起他的事，为何恨我？我非给他个警告不可！"临行，他潜入魏国公府，盗了一匹名马，加鞭疾驰而去。徐辉祖发现高煦盗了马，派人去追，高煦早已跑远，追赶不及了。

高煦渡过长江，料徐辉祖的人追不上他了，这才不再疾驰。他恨建文帝羁留他们，沿途杀了不少吏民。他到了涿郡（今河北涿州），见涿郡风光甚好，想在此多休息两天，游览一下风光。

涿郡古时称博陵，桃树最多，春天来临，桃红柳绿，风光旖旎。相传唐朝崔护游春，看见农村一个小院，树花甚美，院中一美丽少女使他一见钟情。回去后对此景此女，一直念念不忘。但因忙着到京城赴考，没时间再访此家。第二年考中进士而归，正是春天，他急急去那个小院访那少女，却见那小院人去树留，桃花寂寞无主了。他甚感慨，吟诗一首题于门旁："去年今日此门中，人面桃花相映红。人面不知何处去？桃花依旧笑春风。"

后来，那家人来旧院探望，发现崔护题诗，那少女和诗一首，遣人去送给崔护，二人终成眷属。

高煦很爱崔护的这首诗，也知道这个故事，所以对涿郡农村的美很向往。

他对驿丞道："我们要在此住几天，你要看好我们的马。"

那驿丞道："驿站只准住官差，不是客店。三位公子请到客店去住吧！"

高煦怒道："什么？驿站只住官差？！我们是堂堂燕王公子，奉旨离京，住不得吗？"

驿丞是齐泰、张昺的亲戚。张昺到北平做布政使就是为了限制燕王的势力发展，此事驿丞也知道。此人城府浅，嘴巴尖，刻薄地对高煦道："这年月世子的牌子不亮了，尤其是燕王的世子。三位不知朝廷在削藩吗？三位离做庶民已经不远了，还亮这块牌子做什么？"

高煦听了怒不可遏，心想："真是'龙困浅海遭虾戏，虎落平原被犬欺'。一个小小的驿丞，敢大胆地奚落我等世子，今日我要你尝尝我们的厉害！"这样想着便手握剑把。就在长剑要出鞘时，手被大世子高炽握住。

高炽低声对高煦道："二弟，且忍住！不要忘记父王和道衍师傅的话！"

这一切都被驿丞瞧在眼里。这小子不知天高地厚，又道："哟！还要抽剑，别装凶吓唬人好不好？！"说着一声冷笑，望着高煦，脸上现出轻蔑的表情。

高煦再也按捺不住，他推开高炽的手，抽出剑，恨恨骂道："你这尖嘴小人，今日我不杀你不解心头之恨！"说着一剑向驿丞刺去。

驿丞没料到高煦真敢杀他，见高煦真的要杀他了，后悔也就晚了。他吓得脸色大变，不等他呼叫，长剑已刺入他的胸膛。

高炽、高燧见高煦杀了驿丞，知道闯了大祸，但抱怨已无用，只得道："咱们快跑吧，见了父王再想办法。"

高煦也没兴致去游涿郡风景了，三人骑上马，跑回北平。

燕王见三位世子回来，方始放心，满面春风道："允炆放你们回来，真是天佑我了！"

三位世子回到父王跟前，心里也踏实了。他们对燕王述说了入京返燕的经过，燕王捋着美髯听着。当高炽说了高煦杀涿郡驿丞一事后，燕王脸上的笑容消失了，将美髯的手停下，道："恐怕这次惹祸不小。"

高煦不以为然道："我堂堂世子，杀个小小驿丞算什么？！"

燕王道："此时非比昔时，此时朝廷正在削藩，且正在寻我们的罪过……而且你知道你杀的那个驿丞是谁吗？"

高煦道："一个不入流的小官吏，他是谁又怎样？"

燕王道："他是新来的那个北平布政使张昺的妻兄，你杀了他，张昺定与我们结仇！"

高煦道："张昺是朝廷派来对付我们的，他与我们结仇不结仇，都一样。"

燕王不再说什么，对高炽道："着人去请道衍师傅！"

高炽出屋去吩咐下人，一会儿道衍就来了。

燕王把允炆放归三位世子，高煦在涿郡杀驿丞的事叙述了一遍。

道衍道："朝廷要加罪千岁，今又杀驿丞，这回可找到借口了！"

燕王道："师傅，朝廷遣归三位世子，可能对我们的忌心已减了。"

道衍道："遣归三位世子，不过是建文做的姿态，以使千岁减少对他的戒心。这正是欲擒故纵之计。今日杀涿州驿丞，张昺必向朝廷奏报，并述千岁之罪，必言过其实。建文闻此等奏报，岂不震怒？要消弭此事，恐怕太难，唯今之计，只有避祸。"

燕王道："怎样避祸呢？"

道衍低语道："效孙膑在魏避祸——装疯。"

燕王面露难色，一时未语。

道衍道："装疯很难，可是非如此不能避祸。要装，还必须装得像，若被人看破，祸反而来得更快。"

燕王仍默默无言。

不几日，燕王府的官校被张昺、谢贵捕了，押解进京后，斩于西市。

建文帝又下诏，痛责燕王纵子罪。

燕王见形势危急，这才真的装起疯来。他披发垢面，忽哭忽笑，言语癫狂，人莫知其意。他痴行街头，夺取市人酒食，有时倒在脏地上，一日不起。

燕王发疯的消息不胫而走。张昺、谢贵时时注意燕王动向，所以燕王发疯，他们很快就知道了。

张昺、谢贵装着问病，来察看燕王发疯是真是假。时已初夏，天气又闷又热，只见燕王屋里还生着火炉，炉火正旺。燕王穿着大皮袍，坐在炉旁，正伸着手烤火。他见张昺、谢贵进来，忙说："两位来了，天气太冷，快来烤火！快来烤火！"说完一阵嘻嘻傻笑。

张昺、谢贵怔怔地望着燕王，一时找不出合适的话来说。

燕王站起来，拉着张昺、谢贵道："两位先生，天太冷了，快来烤火！快来烤火！"一边说，一边把张昺、谢贵拉到火炉边。

张昺、谢贵被烤得浑身燥热，大汗淋漓，急忙挣脱燕王的手往后退去。谢贵道："王爷千岁！王爷千岁……你不认识我们了吗？我们是……"

还没等他说完，燕王就抢着道："认得认得！你们是太上老君、玉皇大帝……不是，不是，你们是牛头马面、蛇妖狐怪……"

张昺、谢贵对看了一眼，张昺问："王爷千岁！王爷千岁！你真的不认识我们？"

燕王道："认识，认识，你们是黑白无常前来追魂夺命，是不是？你们快拿酒来，快拿酒来！"接着唱道，"醉乡路稳宜常至，他处不堪行，不堪行。"

他这样满口荒唐地东拉西扯，竟把张昺、谢贵给骗住了。

二人使了个眼色，就扫兴地离开了燕王府。

张昺、谢贵不敢谎奏，欲商量写一封奏书，把在燕王府看见的情况上报朝廷。

可是燕王装疯骗得了张昺、谢贵，却瞒不了一个人。这个人就是燕王长史葛诚。

葛诚风流倜傥，器宇轩昂，能诗能文，聪明有才干。燕王很器重他，提拔他为长史。但是因为一件事，燕王责罚了他，于是他与燕王之间产生了裂隙。

去年夏天，葛诚到燕王后花园去会他表妹白玉燕。玉燕是燕王后院女官，生得千娇百媚，万种风流，与葛诚是姑表兄妹。原来两人青梅竹马，两小无猜，年龄渐长，已互有情意，欲结成美眷。可是后来玉燕迁家，二人被迫分开。别后，葛诚埋头读书，大比之年进京赴考，中进士后被派到南方做官。玉燕随父迁家落户北方。这样，二人劳燕分飞，音信断绝。后来，白家家道中落，玉燕自度找不到可意的丈夫，就到燕王府应考女官。玉燕有才有貌，一试中选。

也是天缘巧合，想不到后来葛诚被调到燕王府做长史。分别了多年的表兄妹，终又重逢。

此时，葛诚已经妻妾成群，但对玉燕仍热烈追求。表兄妹在燕王府邂逅，又激起了二人心底波澜。

葛诚想："表妹虽徐娘半老了，可是仍似绰约处子，若能娶她就不虚此生了！"

葛诚很有心计，不对表妹说有妻妾、有子女。玉燕想："是上天安排我与表兄重续旧好，各遂凤愿。与表兄重逢，我就不再'独对春风，自叹落红无主'了！"

二人第一次相见后，又约期第二次相见。从此，约见频繁，到后来，就一日不见如隔三秋了。

这一次约定后花园相见，葛诚已打定主意，要向玉燕求婚了。

二人见面后，葛诚道："燕妹，你知道元好问说的'问世间，情是何物'吗？"

白玉燕摇头。

葛诚道："这首词很好，让我背给你听……"接着他就背了那首词。

葛诚背罢，玉燕的秋波已隐隐有泪光。玉燕道："表哥，从前我们不正是'天南地北双飞客'吗？"

葛诚道："表妹，我们正是。唉！几回寒暑翅就老啊！"

玉燕哭道："妹还未嫁，我们成婚吧！"

葛诚道："可是妹妹我辜负了你，我已经有了妻室。"

玉燕哭着怨道："你……你为什么成婚？你心中忘掉我了吗？"

葛诚道："我没有。可是父母相逼……我糊里糊涂就……我真悔……我真悔……"

玉燕无可奈何地道："唉！是我命该如此，我不嫌你……只要你一生对我好。"

葛诚道："妹妹，这还用说吗？"

玉燕看着葛诚道："难道你没有三房四妾吗？"

葛诚一怔，连忙摇头否认道："没有，没有，只有一个妻室。"

玉燕追问："你不骗我吗？现在你为官了，为官者均三妻四妾呀！"

葛诚迟疑了一会儿，道："可是我不，我心中还想着妹妹呢！"

玉燕道："你保证永远爱我吗？"

葛诚道："我发誓，我若对不起妹妹，不得好死！"

玉燕赶紧用手去堵葛诚的嘴，可是他誓已发完。她怨道："谁要你发这么重的誓啊？我不愿你死，因为我要和你生死相随的啊！"

这时二人的感情已到高峰，蓦地，葛诚一下把玉燕抱住，玉燕轻推了葛诚一下："哥，不要……"

葛诚是风流场中老手，知道女子这半推半就就是已被自己征服了。他满心欢喜，正欲……忽然花丛后一阵脚步声，过来两个燕王府家人。

葛诚一惊，赶快停止动作，可是他们互相拥抱的情形还是被两个家人看见了。

有个年轻的家人道："葛长史，王爷请你有事。我们到处找不到你，你却在这里……干这勾当！"

玉燕羞愧地捂着脸哭着跑回后院。

葛诚很惶恐，给两位家人连连作揖道："都是表妹她……她勾引我……我才……难以自控做出如此非礼之事，望两位在王爷面前替我遮瞒！"

那个年龄大些的家人道："王爷千岁是最忌属下不规矩的，尤其是与后院……"

葛诚脸色吓得苍白，给两个家人跪下道："两位若肯为葛某瞒过此事，我情愿……情愿孝敬每人五十两银子……"

两个家人道："葛长史说话算数？"

葛诚道："绝不食言！"

两个家人带着葛诚去见燕王，果然没提后花园之事。

过了几天，两个家人去找葛诚，葛诚手头正紧，他以为此事已经过去了，就不提银子之事。

两个家人心里明白，这是葛诚想赖这笔账，他们心中有气，但没法讨要，就常常盯葛诚的梢，在他们又约会见面时，把他们捉住，报告了燕王。

燕王此人，性格刚毅，对后院管理很严，所以欲严惩葛诚。道衍知道了，劝道："对此事，王爷肯听道衍一句话吗？"

燕王道："师傅，小王无事不听师傅的，此事岂能例外？"

道衍道："男女爱情之事，他们若都愿意，王爷应成全才是。"

燕王点头答应。他先命人把玉燕叫来，问她与葛诚之间的事。

玉燕将守宫砂让燕王看了，并道："妾与葛诚是表兄妹，自小青梅竹马，暗许终身，望王爷开天地之恩，成全我们……"

燕王道："本王成全你们倒可，可是你知道他已有一妻三妾、一群儿女吗？"

玉燕道："王爷千岁此话当真？！他说他只有一妻……"

燕王道："葛诚是本王属下，对他的家庭我岂能不知？他有两个年轻美妾，他骗了你。"

玉燕哭道："他……他不该此时骗我！我好命苦……"哭着跑回后院。

燕王叫来葛诚，也只指责了他不该欺骗玉燕的感情，对他乱府规之事，并未深责。

从此，玉燕再不与葛诚约会。葛诚本家有娇妻美妾，囿于府规，也不再觊觎表妹了。

玉燕知道葛诚骗她后，心如止水，不再生波了。

可是，燕王自见玉燕之美后，也很思慕，常到后院找玉燕闲聊。玉燕看出燕王追求之意，她不愿做王妃，也不敢冷拒王爷，就把袁凯的《白燕》诗抄了，挂在寝房。

袁凯是洪武年间的才子，以写《白燕》诗闻名，人称"袁白燕"。诗为：

> 故国飘零事已非，旧时王谢见应稀。
> 月明汉水初无影，雪满梁园尚未归。
> 柳絮池塘香入梦，梨花庭院冷侵衣。
> 赵家姊妹多相忌，莫向昭阳殿里飞。

玉燕抄此诗，不过是让燕王见了能望而却步。谁知燕王半生在外征战，归藩后又忙于事务和耽在后院享乐，不知此诗是袁凯写的，以为是玉燕自咏，便更生渴慕之心，后来不顾玉燕反对，把她收入后院为妃。

葛诚知燕王把玉燕纳为妃，非常嫉恨，虽表面不敢显露出来，但心里常想报复。

燕王谋反的内情他知道，但是他的家口都在燕王手下，不敢公然反燕王，只得等待机会。

这次燕王装疯，装得真的一样，却偏偏被葛诚看出破绽。一是为什么燕王发疯正是圣旨严责，张昺、谢贵、宋忠齐临北平，'黑云压城城欲摧'之时？二是燕王为什么白天疯，黑夜不疯？三是为什么燕王疯成这样，家里不为他延医？因此他判断燕王的疯是装的。那天，张昺、谢贵来府中观察燕王动向，葛诚借着送张昺、谢贵的机会，对张昺、谢贵道："燕王的病和疯都是装的，公等小心，不要被他骗了！"

张昺、谢贵这才知燕王装疯，便立即将此情详奏入京。

此时，正逢燕王该进京诣君之期。燕王装疯，就派百户邓庸入京。此时，倪谅已入齐泰幕府，齐泰即将邓庸拿住，交给建文帝亲自审问，并让倪谅上殿做证。

邓庸害怕，就将燕王谋逆之举一一供出。

建文帝大怒，于是下圣旨给张昺、谢贵，令其逮捕燕府官属。

建文帝怕张昺、谢贵逮不了燕王，又下密诏给燕府长史葛诚、指挥卢振，让他们为内应。

齐泰道："北平都指挥张信，为燕王信任，可命他乘燕王不备时擒之。"建文帝于是又给张信下了密诏。

张信与燕王的感情甚深，对燕王的才智、谋略甚为了解。接了密诏，他衡量再三后，便径入燕王府，说有要事密禀燕王。

燕王召入张信，但仍卧在床上不语不动。

张信拜倒床前。

燕王仍手指着张信，张着口不说话，作疯癫状。

张信顿首道："殿下不必如此，有事尽可告臣。"

燕王还瞪着迷惘的眼睛道："你说什么——？你说——什么？"

张信道："臣有心归服殿下，可是殿下却故意瞒臣，真令臣失望，实告殿下，密旨令臣擒王，王果有疾，臣当执王解京，交皇上审处。否则应早为计，勿再瞒臣。"

燕王一惊，起床下拜道："你真是我家的恩人啊！请受我一拜！"

张信忙答礼，取出密诏给燕王看。

燕王立刻请来了道衍。

第十四回　定暗号突杀二使
装神仙戏弄宋忠

道衍看了密诏劝燕王起兵，燕王一时拿不定主意，思量着成败利害关系。倘事不成，身败名裂，牺牲千万人的生命。燕王不是鲁莽之人，这样惊天动地的大事，他怎肯草率地决定呢？过了良久，他叹道："丈夫临事，应当机立断，九死不悔。但是臣伐君，须传檄天下，张布其罪，即所谓吊民伐罪。现在允炆未见可伐之罪，我们师出无名啊！"

道衍道："建文固无可伐之罪，师出无名，天下万民不会响应。但是，我们要诿罪于齐泰、黄子澄等人，张布他们削夺藩封、分裂皇族、包藏祸心之罪，诸王都恨建文削藩，必来相助。合诸王之力，足以颠倒阴阳，何患事有不成？！"

燕王又想了许久，鼓掌道："这就师出有名了。咱出兵'靖难'，军队就叫'靖难大师'！"

这样，燕王主意已定，准备起兵。

建文帝等了几天，不见捉住燕王的捷报，心里焦急，令倪谅到北平来给张昺、谢贵和张信传密诏，催他们快捉燕王。倪谅到了张信那里，张信先把他擒了，秘密送到燕王府。燕王拷问他，他熬刑不住，说了实情。事情急迫，燕王决定立即起事。

道衍道："此举关系重大，必须大家勠力同心。千岁当许以重愿，动员大家，这样才能争取到敢死之士。"

燕王以为对，便召集属下群臣道："允炆听信奸臣谗言，欲分裂皇族，剪灭朱姓，无辜加罪诸王，现在又迫害本王，已派都指挥张信，赍密诏来捕燕府群僚，解京问罪。事情急切，召大家来商量，不知诸同僚有何主见？"说罢，请出了张信，对燕府百官出示了朝廷密诏。

大家见了密诏，均色变。因为大家清楚：建文帝忌恨燕王，但燕王倒不至于死，而他们却无生路。朱元璋常怕藩臣教唆诸藩王犯罪，明制规定：若藩王犯罪，众藩臣全斩。

道衍、华平一齐对燕王道："千岁果毅多谋，请设法救救大家！"

燕府僚属全给燕王跪下，乞求燕王设法保大家性命。

燕王流泪叹道："都是小王连累诸位，心中真是不忍！可是昏君无辜加罪本王，不久，本王也要赴京就戮，何能保大家性命！？"说罢大哭，燕府百僚均哭。

道衍道："我们束手被解进京是死，合力起兵去清君侧，诛奸臣，兵谏君王，事不成也是死，何必等死？我们倘能勠力同心，即使起事不成，也能退据一方保全性命。愚计如此，不知诸位有何主意？"

大家素知燕王实力，也知燕王才智，便道："道衍师傅说得对，王爷若能带大家起事，我们就有了生路，请千岁救大家！"

燕王道："本来臣下起事，虽反的是昏君，也担叛逆之名。本王宁愿被戮，也不愿担此恶名。但今日本王不愿连累大家，只得这样做了。古有言'胜者王侯败者寇'，我们若成功则为功臣，若失败则为贼子，大家愿随本王起事者留，不愿者，可自去逃命！"

大家听了燕王的话，都很感动，齐道："我们都愿随千岁起事！"

燕王很激动，庄重对天发誓道："诸卿这样爱本王，本王对天发誓：成功之日，愿与诸位共指山河、裂土分茅，倘不兑现，天地殛之！"

道衍领大家跪了，庄严发誓道："吾等誓死效忠燕王，谁有异心，天地人神共诛！"

宣罢誓，刚要下令调集所属军队，忽报朝廷钦差已带兵围了燕府。

原来，张信降了燕王，建文帝并不罢休，又派张昺、谢贵为钦差，带万名卫士，来捕燕王官属。

张昺、谢贵到了北平，先亲督卫士，将燕王府围了个水泄不通。然后命燕王接旨，交出众官属。燕王问道衍："师傅，该如何办？"

道衍道："王爷可称因病不能接旨。谅张昺、谢贵不敢入府捕人。"

燕王派人到门口传谕："王爷千岁有病，不能视事，一切事情等王爷病愈再处理。"

张、谢无奈，只得等待。

燕王愁容满面道："本王属下大军多在营地待命，府中侍卫和后苑之军，合起来也不过五千。外兵甚众，我兵甚寡，怎么办？"

道衍道："臣知替王爷千岁在外领兵之将张玉、朱能，以及同臣一起训练军队之人华平，都在府内，千岁可令三人商议：府内的将士能御外军否？"

燕王点头，让张玉、朱能、华平到一密室去商量。

一会儿，三人回来，张玉向燕王奏道："臣等对比了双方实力，分析了此时形势，以为敌众我寡，若力战胜负不定。若设计擒住张昺、谢贵，外军失去指挥，人数再多，也溃败无疑。"

燕王道："好。要擒张昺、谢贵，哪位卿家有计？"

道衍道："臣有一计，只要如此如此，张、谢必被擒！"接着，他走近燕王，附耳低语了几句。

过了几日，燕王忽称疾愈，亲临东殿，受百官参见祝贺。燕王让诸官各回自己房间勿出。退殿后，即遣使去对张昺、谢贵道："两位贵使到本王府中来收官属，本王谨遵圣旨，已谕所属各官待罪府中，请贵使来府，依所列姓名，一一收捕，回朝交旨。"

张昺、谢贵怕燕王有诈，不敢轻入燕王府，因而迟疑不决。

燕王见张、谢两钦差不来，便派袁珙去催。此时袁珙已被道衍召来，任职燕王府。

袁珙被遣，与师弟金忠到府外钦差帐中，谒见毕，对张昺、谢贵道："敝主获罪圣上，不胜惶恐，无奈前日病重，不能视事，恐打草惊蛇，发生意外，未敢奉旨。今日病愈，已将所属各官缚住，请两位钦差大人到府中收验。迟恐有变，望两位大人迅速入府。"

张昺、谢贵见不能再迟疑了，遂与袁珙、金忠去燕府。来到府门，管门官道："王府有府规：任何官员谒王府，均不得带随从护卫，还必须步行入内。"

张昺、谢贵既到府门，已不便回去，只好让卫士在门外等候，自己随袁珙、金忠走入王府。

张昺、谢贵走到东殿，见燕王扶杖出来，笑脸相迎。张、谢谒见毕，燕王道："两位贵使来本王府传旨，本王因病未得招待。今日本王病愈，请两位贵使赏本王薄面，让本王尽尊敬之意，吃顿便宴再回京。"说着吩咐摆宴。

张昺道："王爷千岁盛情，我二人实在不该却，但圣命在身，不敢延留，今日之宴，我二人心领了，等以后有机会，再叨扰王爷吧。"

燕王把脸一沉，怒道："如此说两位贵使是不赏本王脸了？！"

张昺、谢贵吓得一惊。谢贵机灵，怕惹恼了燕王，不能顺顺当当奉旨，且燕王此时虽不得势，但他们官卑职微，也奈何不了他，便忙赔笑道："既然王爷千岁赐宴，是我们的荣幸，我们盛情难却，只得叨扰了！"于是，对张昺使了个眼色，二人便在客席坐了。

燕王这才道："这就对了。你们看得起本王，本王才欢喜。"说罢，吩咐上酒上菜，自己坐了主位作陪。

酒过数巡，燕王道："两位贵使很有口福，适西北有新瓜进献，请卿等与本王共尝时鲜。"

谢贵、张昺停箸作礼道："谢王爷厚爱！"

燕王命人端上一盘西瓜。已切成块的西瓜绿皮红瓤、瓤裂籽离，令人口馋。但是燕王并不让张昺、谢贵吃，而是自己拿了一瓣吃着，并对张昺、谢贵怒骂道："平常百姓，尚知对兄弟宗族周济。本王为天子亲属，性命竟危在旦夕！世界这样没公理，天下还有什么事不可做呢！"

燕王言罢，掷瓜于地。

瓜瓣坠地，两廊中登时拥出无数持剑壮士，抓了张昺、谢贵。

燕王掷杖于地，站在张昺、谢贵面前道："我哪里有病？我是被奸臣所迫，以至于此。今已擒获奸臣，杀之以泄吾恨！"说罢，往外一挥手，壮士们将张昺、谢贵推出殿外，先用剑刺死，然后砍下首级。

燕王掷西瓜为号，擒张昺、谢贵，均是道衍的计谋。道衍见燕王杀了张昺、谢贵，命武士将首级扔出门外。

门外卫士正等得焦急，忽见门内扔出张昺、谢贵首级，非常害怕，连二人首级也没顾拿，就四散逃了。

围燕王府的将士，听到张昺、谢贵被杀的消息，顿时溃散。

北平都指挥彭二听说燕王杀了钦差造反，急骑马入城里察看，看见张昺、谢贵的首级，又急忙跑回都门召集三千人马飞驰而来。刚到端礼门，燕王的军队已经来了。华平率后苑将士一鼓作气，冲散了彭二的北平守备军。彭二率残兵仓皇逃遁。

道衍对燕王道："主公该趁势安定北平，北平掌握在我们手里，就可进退有据了！"

燕王点头，于是令张玉、朱能、华平、邱福率王府卫士和后苑军队去攻北平守备府、北平布政司，以及为防燕王设的都督府。

守备彭二逃了。守备军无主，燕军一攻即溃。布政司只有差役、捕快，也被燕王军兵不血刃就占了。只有建文帝新派来的都督宋忠扼守南关，指挥军队顽强抵抗。

朱能攻不下，张玉又去增援。朱能和张玉合攻，还是攻不下。刚刚攻克了守备府的华平、邱福又去增援，仍攻不下。张玉派人向燕王报告情况。

燕王问道衍，道衍道："为将之道，不在勇，而在谋。张玉、朱能、华平、邱福诸将都骁勇有余，谋略不足。宋忠为先帝遗将，奉建文钦命来北平防我们叛变，一怕逃跑丢人，二怕逃跑被建文降罪，因此只得做过河卒子，拼命向前。对这样的人硬攻，除非有比他多几倍的兵力……我们此时的兵力小于他，怎能与他硬碰硬呢？要败他，只得智取。"

燕王道："师傅，怎么智取呢？"

道衍道："要智取必须深刻了解对方，不然就无法用智。孙子兵法说'知己知彼，百战不殆'，就是这个道理。据臣所知，宋忠有两个弱点：一是才智不足，而喜用诈；二是附庸风雅，迷信神佛。宋忠的这两个弱点，我们只要能利用其中的一个，就可以施智了。"

燕王摇头道："难，他的这两个弱点，我们都难利用。"

道衍道："臣在王府隐匿这些年，尚未被外人知晓，而且自谓有神仙术，能够骗得宋忠。"

燕王喜道："师傅要亲自去胜宋忠？"

道衍道："臣正是这个意思。不过臣要求我主两件事。"

燕王道："师傅请讲。"

道衍道："一是要求先把张玉、朱能、华平三将调回，使宋忠丧失警惕；二是让臣到红叶庵去邀一个人来。"

燕王问："师傅去邀谁？"

道衍道："臣到红叶庵邀人，邀的是谁王爷应该知道。"

燕王想了想叹道："想起来了。原来是去邀她呀！为什么？"

道衍道："主公不要问为什么，请允许我把她请来。"

燕王犹豫。

燕王说的她，是碧叶。原来二十年前，碧叶去找道衍，明是替若虹给道衍传信，实是答应了若虹的要求来与道衍订终身之约。但是，她见道衍始终忠于若虹，就没敢提自己的婚事。她虽没以身许与道衍，却将心许了道衍，发誓终身不嫁。她没有家，只有宗泐一个亲人，为生活方便，就化装成道姑。

她聪明多才，又清丽绝伦，因而自视清高，睥睨世间俗人。她既无追求，也无事可做，就化缘为生，放浪形骸，寄情山水。一日，她到了北平，正在街上闲逛，遇燕王打猎回来，燕王的马跑了，撞倒了碧叶。

燕王见撞倒了人，赶忙勒住马，俯身去搀碧叶，这才看清了撞倒的是个年轻美姑。

碧叶虽徐娘半老，但风韵犹存。燕王被碧叶的美貌所惊，扶起来就舍不得放手了，对随从侍卫道："去找一顶轿子把这位小师太带到府上治疗！"

碧叶恐燕王不怀好意，忙道："贫尼并未受伤，不必给贵府添麻烦，请放开我，让我走！"

可是，王爷让带回府去，谁敢放她？她被扶入轿中，抬到燕王府中。

她被碰倒，燕王去搀她时，她不知是燕王。到了燕王府中后，她方知自己遇到的是一位王爷。知道了被抬进王府，她非常害怕。她讨厌宫廷生活，所以才从元宫出来。从元宫出来，又入燕王府，岂不是出笼之鸟又回笼中……

碧叶有才有识，不愿听凭命运安排，当燕王到她的客房中去看她时，她对燕王道："施主把贫尼抬进贵府意欲何为？"

燕王道："我的马把小师太撞倒了，我不能置之不理。小师太请放心，本王并无恶意。给你治好了伤……小师太愿留愿走任凭自便。"

碧叶道："贫尼已近中年，那个'小'字在名前非宜。而且贫尼是出家人，怎能留在王府里？"

碧叶聪明，她不愿留在王府，所以故意强调自己老了，而且是个出家人。

燕王道："本王看清小师太面貌之时，便惊小师太是人间绝色，心甚倾慕。师太若肯做王妃，本王不嫌你老，也不嫌师太曾做道姑……"

碧叶道："贫尼心如止水，不羡人世间荣华富贵。"

燕王道："学道成仙有什么好？！嫦娥成了仙，李商隐不是说她'嫦娥应悔偷灵药'吗？另外，不是有'愿作鸳鸯不羡仙'的诗句吗？！"

碧叶惊慕燕王知识的渊博，并不觉得他庸俗、霸道，但是她道："我已出家，而且已蚌老珠黄。施主请勿留我，放我走。此来倘若传扬出去，施主是自毁清名。"

燕王道："我是对小师太陈说爱意，哪里有留难小师太的意思？"他始终以为碧叶说自己老是故意以此推辞，因此仍叫"小师太"。他又道："小王已经申明，不以你出家为忌。唐朝的武则天、杨玉环不都做过道姑吗？唐高宗、唐明皇不嫌，小王也不嫌！"

碧叶曾在元宫中生活过，宫中之事她很清楚。她知道，燕王虽说不留难，但不发话让她走，侍卫是不会放她走的。正在窘急，道衍走进屋里。道衍与燕王关系密切，除燕王后院外，他都可以不经通报而入见。他进屋见燕王正在纠缠碧叶，就上前为碧叶解围道："师姐，久违了，怎么到了王爷千岁的府里？"

碧叶正要说话，燕王抢着道："是本王的马撞倒了这位小师太，怎么，小师太是师傅的师姐？！"

道衍道："王爷应该称她为老师太了。她不仅是道衍师姐，而且还是道衍俗家时的干姐呢！"

道衍这么一说，燕王才信碧叶说的不假，便自我解嘲道："原来师太是仙人驻颜有术，小王还以为师太是二十几岁丽人呢。师太既是道衍师父的师姐，小王更当照顾。师太若嫌云游劳累，就请到西山红叶庵住下。"

道衍感念碧叶替若虹传信之情，至今未忘她的好。因念及她不再年轻云游不便，便劝道："师姐，红叶庵是王爷千岁自家的庵堂，那里环境幽静，你就长住庵堂为千岁一家祈福吧！"

碧叶聪明，道衍称她"师姐"，她就知道衍保护她之意。今见道衍也留她住红叶庵，便稽首道："谢王爷千岁照顾，贫尼就留在红叶庵，虔诚修道，为王爷千岁一家祈福。"

从此碧叶就住在红叶庵，真的出家做了道姑，法名碧叶。

燕王到红叶庵去看过碧叶两次，碧叶恐他常去纠缠，就画了一幅离枝黄花红叶图，并在上面题了一首诗："黄花秋叶两萧萧，写入丹青不动摇。东风也有助霜意，吹得离枝四处飘。"

燕王又去，看见了这幅题诗的画，知道诗是写给他看的，不由怅惘了许久，从此再也不到红叶庵去了。

燕王懂诗，他知道"黄花洁傲知时节，红叶悠悠任自然"。诗中把他的纠缠喻作助霜东风,明白表示,他如再去纠缠,她将离开红叶庵,四处漂泊。

因燕王与碧叶有这段历史,因此道衍言欲邀碧叶,他怕见面尴尬,所以犹豫。

道衍道:"主公,你看碧叶的才貌如何?"

燕王道:"举世无双。"

道衍道:"因此,只有碧叶与我同去,方能骗得宋忠。"

燕王点头道:"她若肯去,是我们的造化!"

道衍道:"碧叶深明大义,臣去邀她,晓之以理,她会答应的。"说罢走了。

道衍到西山红叶庵,见了碧叶,要她扮仙姑,一起去骗宋忠。

碧叶道:"道衍师傅,记得碧叶初见你时,你出家意坚,碧叶非常敬佩。你既不恋红尘,不慕名利,为何参与他们朱家之争呢?"

道衍道:"人在世上生活,每个人都连着整个大千。朱家之争乃皇权之争,所以连着芸芸众生啊!"

碧叶道:"无量天尊!道衍师傅,你说得太玄妙了!"

道衍道:"道衍始终把碧叶师太当作可尊敬的人之一,怎敢在你面前故弄玄虚?!碧叶师太请想,谁家不要谋生?'谋'的意义是什么?还不是与人争!"

碧叶暗暗点头。碧叶是很佩服道衍的,因此觉得他的话很对。

道衍道:"皇帝与百姓的关系更大,有一个关心苍生又善于治国的好皇帝,是百姓的福。历史上就有'贞观之治''开元盛世'之称。如果一个黯弱的皇帝当国,那么,奸臣当道,外国侵略，百姓怎不苦难临身？！道衍不才，以苍生为念，才参与了此事！"

碧叶点头，又问："听说建文皇帝仁惠，未见失德，你为何保燕王呢？"

道衍道："碧叶师太，你知道朱元璋多次征召我，我坚决不保他的原因吗？"

碧叶道："朱元璋不失为人间明君。既是明君，你为什么不去帮他建功立业，贫尼确实不知原因。"

道衍道："朱元璋和历代君王比，也算是个有为的皇帝。但他曾伤害于我，我铭刻于心，所以不保他。后来又知他登基后屡兴大狱，大杀开国功臣，我的朋友华云龙就受到牵连。后来，他又从陈友谅后宫掳来若虹，充他后宫，我对他更反感。朱元璋这人极端自私，他不以天下苍生为念，只愿后代守成，所以选了仁柔的孙子朱允炆嗣位。朱允炆虽未见失德，但是他内不可驭下，外不能御侮，这样的君王当国，迟早要招致天下大乱或外敌入侵，给天下苍生带来灾难。"

碧叶问："你辅燕王，能保他永利天下苍生吗？"

道衍道："燕王强毅有才智，必为治国之君。燕王性虽残，但待下至诚，我自信能匡扶他成为一代明君！"

碧叶道："如此贫尼就相助于你。唉，我自幼对人矜持，独对你矜持不住，不知为何。"

道衍笑笑道："阿弥陀佛！大概贫僧与碧叶师太前世有缘。贫僧功成身退后，定去隐居庆寿寺与碧叶师太为邻。"

碧叶脸色怅然，叹道："那还有什么用，那还有什么用呢！"

道衍知道碧叶这话的含义，不愿再说这个话题，赶忙道：

"碧叶师太，我逛一逛西山，你赶快化妆。你见过画上的西王母和女娲吗？就化妆成那个样子。"

碧叶点头。道衍走出来，他并未去逛西山，不过是给碧叶留个化妆时间。

道衍自己也找个僻静的屋子化了妆，然后去找碧叶。

道衍走进碧叶的屋里，碧叶也已化完了妆，二人对看了一眼，都笑了。

道衍扮成了一个道长。碧叶见这个道长身穿八卦道袍，手执拂尘，仙风道骨，精神矍铄，不禁赞道："道衍师傅倒很像个得道的真人！"

道衍道："碧叶师太取笑了，我正在作假，哪里是什么真人！"说得二人都笑了。

道衍仔细看碧叶，只见她纨衣轻垂，云鬓高环，铅黛不施，仙气飘飘。道衍道："碧叶师太，天然无修饰，才是真人！"

碧叶道："我七情六欲犹在，算什么真人？！"

道衍道："其实，有七情六欲者，才算真人；言无七情六欲者，该谓假人。"

碧叶红了脸道："那么，道衍师父也有七情六欲了，为什么不成家？"

道衍道："因为我的七情之一已经给人了，对别人再没这种情，谁与我结合都不会幸福。"

碧叶叹道："若虹虽红颜薄命，但是与你定情，也不枉一生了！"

道衍道："然而是我负了若虹。我若不出家，若虹也不会死，她若活着，我的人生可能是另一个样子……唉！往日已成回忆，说它作甚，我们走吧！"

碧叶暗叹了一口气，不说什么。二人离了红叶庵，直奔宋忠大营。

战事方过，宋忠营垒警戒森严。道衍领碧叶到宋忠营门，对守门军校稽首施礼道："各位施主请了！"

守门军校见道衍、碧叶均飘逸不凡，忙回礼道："请了。两位仙人，有什么事吗？"

道衍道："请去报告宋都督。我们是蓬莱岛真人。知道宋都督英勇抗逆，特来帮助！"

守门军校皆知宋忠好仙，忙道："两位神仙稍等。我们去报告宋都督！"说着一人进去报告，另外的人递了凳子过来，让二人坐了。

时间不长，那进去报告之人带了一个银甲将军出来。这人五十多岁，黄脸黑须，小眼睛晶亮闪光。他走到门口，对道衍、碧叶道："末将宋忠，听说两位仙人到了，特来迎接，仙人请进营！"

道衍一手往后一甩拂尘，一手在胸前做合十状，口宣道号道："无量天尊！将军请！"

宋忠把道衍、碧叶带入营中让进大帐，吩咐军校给道衍、碧叶设座、倒茶。寒暄毕，宋忠道："燕逆早蓄反志，今日造反，手下兵强将勇，甚是难敌。末将效忠朝廷，拼死守营，浴血激战一昼夜，逆兵才退。末将正忧逆贼重整旗鼓再犯，适两位仙人来，真是天助！"

道衍道："圣天子百灵相助嘛！必是将军忠勇感天，所以将军危急，小仙与麻姑仙子，均有感应，特自蓬莱来援。"

宋忠喜道："真是谢天谢地！有两位仙人来，末将无忧矣！等消灭燕逆，凯旋之日，奏明圣上，给二仙修建庙宇，塑造金身，让二仙从此永享人间香火！”

碧叶道："助天子灭逆贼，本是仙人本分，非为享受人间烟火啊！"

宋忠打量碧叶，问："听这位真人说，女仙乃麻姑仙子，末将小时即闻麻姑献寿的故事。上仙既是麻姑仙子，不知今年高寿？"碧叶气质飘逸，隐然有仙气，所以道衍谎说她是麻姑仙子，迷信的宋忠信以为真。

碧叶本是才女，读书甚多，读的书中有不少神话故事，编神话骗迷信的宋忠并不难，便道："小仙也不知年岁，只记得沧海两易桑田，黄河数次改道。彭祖生时，小仙曾去化过缘，七仙女找董永时，小仙给她指过路。"

碧叶往下说着，自己心里觉得好笑，可是宋忠竟深信不疑，听得目瞪口呆。碧叶说到这里，他惊讶地道："哎呀！看仙姑年纪轻轻，貌似少女，竟活了千万岁了！"说着，纳头便拜，又拉住碧叶衣袖道，"上仙请收宋忠为徒！请收宋忠为徒！"他这样纠缠碧叶，闹得碧叶很窘。

道衍道："宋将军，你若有仙缘，仙子自会度你。此时不要纠缠，不然亵渎了仙子，她一气走了，谁来助你灭贼？！"

宋忠这才不再求碧叶收他为徒，对道衍和碧叶道："不知两位仙人怎样助末将？"

道衍道："这位麻姑仙子会仙术，能呼风唤雨，撒豆成兵，有我们在，你营门不必守了！"

宋忠道："营门不守，逆贼势大，岂不攻进我营？"

碧叶道："小仙正是要让他们攻进来。他们若全攻进来，我撒一把豆，就把他们全灭了。小仙只怕他们不攻进来，那样，他们这里几个，那里几个，小仙有多大本领，也不能全部歼灭他们……"

道衍道："请宋将军快下令撤防，故意引逆军进来，靠我们仙家法术灭他。"

宋忠迟疑嗫嚅着道："可是……可是……这样……"

道衍看出宋忠犹豫，激他道："莫非宋将军不愿小仙们助你？！"

宋忠道："愿，愿。可是……"

道衍道："我们助你多杀十个八个逆军，能济什么事？！我们是要用法术将其全歼，让将军毕其功于一役！"

宋忠这才下了决心道："好，好。末将下令撤防，并派人四处张扬：我们的岗哨全撤了，纪律松弛，一攻即破！"

碧叶道："这样就好。不过小仙要求两件事。第一，小仙作法，也如诸葛亮借东风那样，要设一个坛，坛周遍插旛旗，严禁凡人偷看。只要有人偷看，小仙之法就不灵了。"

宋忠道："一定，一定。有偷看者斩。"

碧叶道："第二，将军所属全部将士，必须相信小仙。有一人怀疑小仙，则小仙法术不灵。"

宋忠道："末将立即去晓谕将士，不许怀疑两位仙人，哪个私下存疑坏了我的灭敌大事，定斩不饶！"

道衍道："无量天尊！善哉！善哉！宋将军如此虔敬小仙，很使我等感动，如将军部下人人虔敬，功必成矣。"

于是，宋忠下令撤了营中一切防备，并忙着派人设坛，派人四处张扬。又晓谕将士，不许怀疑仙人。

只一日时间，坛就筑成了。适营门军校来报："逆军又来攻营，声势非常浩大。"

道衍装道长戏弄宋忠

宋忠不敢怀疑麻姑仙子的法术，下令道："假意抵抗，放他们进营！"

将士们遵令，假意抵抗了一阵，就放燕军进了大营。

燕军进了宋忠大营，骁勇异常，四处冲杀，立刻将一座大营冲得七零八落。营内兵将，伤亡惨重。但宋忠仗恃仙人有法术，虽然败象已明，也不为意。他正等着，忽见燕军拥了仙人经过宋忠帐前，只听道衍骂道："你这庸俗的蠢材，我们好意前来相助，你却叫部下将士怀疑，致使我法术不灵，落入逆贼之手。坑死我们了，坑死我们了！"

宋忠见法术不灵，只得下令抵抗，可是已经晚了。燕军已如潮涌来，即将逼近中军大帐。他见大势已去，只得率领所剩无几的残兵败将逃跑。

整座宋军大营，全被燕军占了。

这一切都是道衍的安排。宋忠的大营破了之后，道衍仍回燕王府，碧叶仍回红叶庵。

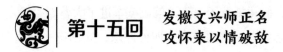

道衍来见燕王，燕王喜道："宋忠败走，全赖师傅。小王平定北平，师傅功劳第一。"

道衍道："王爷，先勿说这些，北平已定，快出榜安民！另外，赶快调集全部军队，宣誓兴师。还要写一份讨伐檄文，传布天下。"

燕王道："小王立即调集军队，安排人写安民告示。那篇檄文，就请师父代笔吧！"

道衍并不推辞，道："好，这篇檄文我写，王爷快去准备别的事吧！"

燕王写了安民告示，与北平士民约法三章，城中立刻安定下来，士农工商，各复其业。

过了三日，燕王已将所属军队调齐，一切准备就绪。第五日，在燕王府外广场上祭旗誓师。

十万大军，随所属各部穿各色号服，列成方阵，旗幡招展，盔甲鲜明，刀戟森森，声势浩大。

燕王穿铠甲，戴帅盔，宣布为靖难都元帅。

道衍穿军师装，庄严宣读了《靖难伐奸檄文》：

皇考太祖高皇帝，艰难百战，定天下，成帝业。欲传万世，永福黎民。封建诸子，巩固宗社，为磐石计。奸臣齐泰、黄子澄，包藏祸心，剪灭金枝。数月间齐、湘、代、岷、周诸王，并被削夺。尤可恨者，逼湘王全家自焚，械周王父子囚徒。稍念太祖之德，存仁厚之心，胡宁若此？察此等毒虐，均非圣上之心，实奸臣之所为也。可是诸王凋残，奸臣之心犹未足，又欲加害于燕王。吾守于燕藩二十余年，奉法守分，恭谨仁民，时以君臣大义骨肉至亲，恒思加慎，为诸臣范。然奸臣跋扈，加祸无辜，构陷致罪，剪除为快。杀我家臣，刑我部下。又分派宋忠、张昺、谢贵于北平城内外，甲马驰突，钲鼓喧阗，围我府第，欲逞残虐。是可忍，孰不可忍！故施反抗，扑杀奸臣张昺、谢贵、宋忠等。

我与皇上之父孝康皇帝，同父母兄弟也。皇上圣仁，断不至全忘至亲，伐干剪枝。致我其煎豆泣者，奸臣也。我皇考太祖训令有云："朝无正臣，内有奸恶，则亲王训兵待命，天子密诏诸王统领镇兵讨平之。"春秋有言云："不去庆父，鲁难未已。"孤哀大明之难，记高皇之训，起兵以清君侧、讨奸臣，此万世大业。求安盛举，希我同志，勠力同心。四方义士，齐来襄助。剪除奸孽，共享安康！

道衍读罢檄文，由华平领燕兵宣誓辞。誓词是：

消除祸难，靖我山河，戟指京城，入清君侧，勠力同心，誓除奸孽，如有异心，人神共灭！

华平喊一句，十万燕师齐举拳喊一句。十万之师，喊声如雷。

宣罢誓词，人人振奋，个个威风。

燕王宣布各部将领、军队纪律完毕，下令镇兵回营，卫兵回府。

接着，燕王削去建文年号，仍称"洪武三十二年"，封道衍为军师，总策全军；封张玉、朱能、邱福为都指挥，分帅各部。

次日，燕王召众将计议出师。

道衍道："我军欲向南京，必须先定北平近郊，保我军无后顾之忧。今我虽占北平，但通州、蓟州、遵化等地均未奉王化，特别是宋忠逃后，占据怀来。诸处不平，我师南出，终受牵制。因此，南下诛奸之前，必须先占据北平附近各州县。一是可翼卫北平，保燕藩根基安固；二是可供应我师军需。"

燕王以为对，于是道衍遣将调兵。

道衍派张玉领三万大军攻通州，派朱能领三万大军攻蓟州。他说道："通州指挥房胜平庸无能，只要紧攻，他就招架不住。攻下通州，立即挥师东进助攻蓟州。蓟州都指挥马宣强悍，必须全力猛攻，挫其锐气，令其气馁胆寒，然后攻之可下。你二人必须照我安排，不得有违。你二人攻下通州、蓟州后，合兵一处，再占遵化。"

张玉、朱能二将领命去了。

道衍又道："邱福、华平！"

华平、邱福出班道："末将在！"

道衍道："命你二人率新募北平镇兵三万，攻打居庸关，得手后再驱师怀来，袭杀宋忠。"

华平、邱福道声得令，转身欲行。

　　道衍道："且慢！"二将站住。道衍道："听说宋忠的兵，原是北平戍卒，都是从北平一带征去的。他们惦念家乡，并不愿作战，可效张良用四面楚歌败项羽之法，瓦解他的军心。你二人点完兵后，可令军兵晚行二日，各回家省亲，并让他们分别给怀来兵带家信和东西。贫僧也与你们同征居庸、怀来。"说罢，扭头对燕王道："王爷，你就带兵守北平吧！"

　　燕王道："有劳诸将了！你们去吧，孤王为卿等准备庆功！"

　　华平和邱福这才去新军营点兵。

　　道衍督着华平、邱福，率领三万大军，浩浩荡荡出北平，过南口，矛头直指居庸关。

　　居庸关守将余瑱闻燕兵来攻，并不在意，他以为燕军多是刚招募的新兵。这些新兵均是为钱当兵的游民，这样的兵不过是一群乌合之众，没有什么可怕的。他想御敌于关门之外，免得关内眷属受惊，于是带关内大军在关前迎燕军。

　　居庸关之兵和华平带领的燕兵前锋在关前相遇，立刻爆发了一场激烈的战斗。道衍估量余瑱在关前参战的兵士约有万余，心想："主将带领主力在此参战，关内一定空虚。"于是叫过邱福道："你率三千精兵，绕道去攻居庸关，攻下居庸关后，放火烧敌人营寨，然后回兵攻余瑱。"

　　邱福道声"遵令"，便领三千人马去攻居庸关了。

　　居庸关只剩了三千老弱残兵，守关之卒来不及关门，邱福就率燕军攻进了关，占了中军大帐，并在关内放起了大火。

　　关内的老弱残兵已被燕军冲杀得七零八落，见几处火起，不由更乱了。副将吕虔见大势已去，跪地向邱福投降。吕虔一降，关内的兵就降的降、逃的逃。邱福定了关内，立刻挥师杀向关前。

余瑱一开始就低估了燕军。两军一交锋，他才知道了燕军的厉害。因为，燕军新兵里也有后苑老兵。他们战斗时几人布成阵式，敌人一进了阵便不能进退，只有挨打的份儿。各自为战的散兵也作战骁勇，以一当十。战了一会儿，余瑱军就败势显现。余瑱正在着急，忽见关内火起，接着见一燕将随"邱"字大旗向他冲杀过来。这支队伍，虽只几千兵，但他们敲锣呐喊，击鼓助威，声势很大。余瑱已被华平杀得心慌意乱，见邱福来夹击，自知难敌，就带领残兵向怀来方向逃去。

道衍令华平、邱福合兵一处，进居庸关休息，然后带了缴获的辎重、军器去攻怀来。

余瑱逃到怀来，被宋忠接进。宋忠给余瑱设宴压惊。席间，余瑱对宋忠讲述燕兵如何厉害。

燕兵的厉害宋忠早已领教过了，但他道："余将军勿怕，彼若来，本督有计，管叫他们死无葬身之地！"

余瑱道："宋帅若能败燕军，真是奇功一件！"

二人兴奋，喝得尽兴才罢席。

第二天，宋忠集合队伍，对他们讲道："你们都是北平人，你们的家属都在北平。新近传来《邸抄》（一种官场报纸），上面有消息说：'你们的家属都被燕军杀了，积尸盈途，血染街红，惨不忍睹。'有愿为家属报仇者与我同仇敌忾，奋勇杀敌，给亲人报仇雪恨！"接着，就让军士传看《邸抄》。

将士们听了信以为真，个个磨刀擦剑，欲与燕军拼命。有一个叫林欣的小军官，是燕赵侠客柳方之徒。他听说燕军杀了他家亲人，愤恨极了，发誓道："不杀尽燕兵，誓不姓林！"

原来，林欣家中有母亲、妹妹、妻子和两个儿子。他特别爱母亲和妻子。他从小丧父，全靠寡母把他兄妹养大，又供他读书科考，投师学武。他曾暗发誓言：服完兵役，就回母亲身边膝下承欢。他妻子是他师父柳方的女儿，名叫柳若烟。柳师父只有一个女儿，爱如明珠，就让她跟着自己练武。林欣去学武后，就成了她的学武伙伴。二人一起练功，一起切磋武艺，感情越来越亲密。林欣的家乡有个恶霸叫赵常三，恨林欣不拜他为师，强逼林欣比试武功，并在比武时暗下毒手，要置他于死地。恰师父柳方路过看见了，飞身去救徒弟，打死了赵常三，自己也受了重伤。弥留之际，他将若烟托付给了林欣。

林欣甚爱若烟，就向若烟求婚。若烟也很爱林欣，但自知长得不美，只愿以兄妹相称，不愿结为夫妻。

林欣知若烟心事，对她道："我明白你的心。长得丑怕什么！娶媳妇又不是买画挂着！我爱你是真心的，难道怕我会变心不成？"

若烟看林欣心诚情重，就答应与林欣成婚。成婚后二人相亲相爱。若烟对母亲孝，对妹妹惠，一家和美。后来若烟生了两个儿子，林欣享尽天伦之乐。可是，明朝为防内乱，强征青壮年当兵服役，林欣被征，只得离家别亲，入伍当兵。

林欣懂文会武，当兵后升了小军官。他在军中人缘好，威望高，手下团结着很多兵士，林欣一发誓，很多人便跟着发誓。

宋忠见林欣带头发誓，尤为嘉奖，升他为副将，让他带一支三千人的敢死队，杀燕军报仇。

华平领燕军前锋到了怀来，正与林欣的敢死队相遇。双方一交锋，燕军就吃了大亏。常言道："一夫拼命，百夫莫制。"敢死队选的均是精壮士兵，又发誓杀燕军为亲人报仇，他们都带着仇恨猛冲猛杀。燕军与怀来兵都是乡亲，无冤无仇，恨不起来，因此被林欣的敢死队打得落花流水。

道衍在后方督阵，一见形势不妙，赶快鸣金收兵。

燕军听到鸣金声，立即回撤。林欣率敢死队追杀过来，被邱福指挥燕军从两翼拦住。

华平带燕军退回本阵，查点人数，死了三千多人。他非常懊丧，上前请罪。

道衍道："胜败乃兵家之常，华将军不要介意。"

道衍召诸将集聚帐中，分析敌情。

华平道："敌军似是与我们有仇恨，状如疯虎，勇不可当。他们作战时，有人还大喊给亲人报仇！"

邱福道："我也看出怀来军与居庸军大不相同。攻居庸军如摧枯拉朽，可是怀来军却坚不可摧。"

道衍想："怀来军在北平时，也没有这么强的战斗力呀，怎么逃到怀来才几天，就有这么强的战斗力呢？"他觉得蹊跷，让诸将回去休息。他一个人在灯下冥思苦想，还是想不出原因。

最后，他决定用"四面楚歌"的办法试一试。他命中军召来邱福，让他从军中把怀来军的家属或亲戚全挑出来，让他们到怀来军营四周去喊话，涣散怀来军军心。

这些与怀来军有亲属关系的燕军，到了怀来军营四周，敲了一阵锣，以手做喇叭筒状，对着怀来军营喊道：

"怀来军弟兄们听着，我是毛成的表弟，姑母家给表兄带了信，让表兄快回家！"

"怀来军弟兄们听着，请你们转告刘谷，我是他的朋友，他母亲病了，正盼着儿子回去！"

"怀来军兄弟们听着，我是王忠的兄弟，嫂嫂思念哥哥，日夜哭啼，盼着哥哥回去！"

燕军们卖力地高喊，可刚喊了几句，怀来军营中就锣鼓齐鸣，把喊声都盖下去了。

第二天，双方又开战，怀来军仍勇猛如前。幸亏道衍让燕军布好阵式，怀来军冲入阵中，左冲右突，攻不破阵，才退回去。

第三日又战，道衍嘱咐华平，要不惜任何牺牲，捉个怀来军回来。

这日收兵，华平果然捉来了一个怀来军。

这个怀来军二十五六年纪，昂首而立，毫无惧色，被推进道衍大帐后，仍骂道："该死的燕军！今日被你们捉来，为何不杀？把我带到这里干什么？"

道衍道："在战场上，我们是对手，我不杀你，你要杀我。现在不是战场，你不威胁我们的生命，我们与你无冤无仇，为什么要杀你呀！"

那怀来军"哼"了一声道："我们的家属也与你们无冤无仇，你们为什么杀呢？现在我与你们有怨有仇，让我活着就要杀你们，杀燕王！"

将士们愤怒，拔出刀欲杀那个怀来军，被道衍制止了。

道衍道："这位壮士，话要说明白，是谁杀了你们的家属啊？我们燕军弟兄，都与你们是老乡，真个与你们无冤无仇，你们的家属安然无恙，谁也没被杀呀！"

那怀来军道："你们杀就杀了，既杀了还装什么！杀了我们的家属，还怕我们与你们为仇吗？！"

华平道："燕王平定北平，与百姓约法三章，我们燕军对百姓秋毫无犯，真的没杀你们的亲人……"

邱福道："我们燕军有纪律，放下武器的敌人也不许杀，杀你们的亲属做什么？"

那怀来军道："那《邸抄》上写得明明白白，我们的家属全被你们杀了，上面写着：'积尸盈途，血染街红，惨不忍睹。'这还有假吗？哼！果然被宋都督料到了，你们杀了我们家属，还怕我们报仇，装假不认，前夜到我们营外喊话，今日又当面说谎，真卑鄙！"

原来宋忠诈术很精，布置严密。他怕空口说燕军杀怀来军家属人们不信，就造了份假《邸抄》让怀来将士们看，并说："燕军杀了你们的亲人，怕你们拼命报仇，必不敢承认，或者还要要别的花招儿，骗你们放下兵器，然后再杀你们！"

前夜，燕军将士去喊话，怀来将士以为果然如宋忠所料，是在要花招儿，故非但不动心，反而大生反感，故意敲锣打鼓，不听燕军喊话。

道衍见这怀来军反燕情绪这样强烈，知道解释没有用，只能另想办法。他想了想问道："你叫什么名字？家乡在哪里？是否敢说？"

那怀来军道："大丈夫行不隐名、坐不瞒姓，还有什么不敢说！我叫石光，家在东郊朝阳门里仁寿坊。"

道衍对邱福、华平道："去查一查，军中如有仁寿坊的弟兄，带来见我。"

邱福、华平领命出帐，一会儿带来了两个年轻燕军。

邱福、华平让这两个年轻燕军参见军师毕，华平对道衍道："这两个是我部下弟兄，一个叫刘正文，一个叫单信，家都在仁寿坊。"

道衍指着石光对刘正文、单信道："这位壮士家也在仁寿坊，你们认识吗？"

刘正文、单信仔细看看石光，都不敢认他。可是石光却道："刘正文，我是石光，难道你认不出了吗？"

刘正文又一细看，道："你是石光？长这么高了，模样也变了好多，若不是你报名字，我还真不敢认你！"

石光道："我们是老乡，你们要对我讲真话。我的父母、家人，是不是让燕军杀了？"

刘正文看着石光，欲言又止，许久才道："你的家人没被杀害，都很好。"

石光见他说话吞吞吐吐，急问："你要讲真话，我的父兄是不是被燕军杀了？"

刘正文被逼得无奈，低声道："是，你的父兄是被燕王杀了，可是……"

石光还没等刘正文把话说完，怒喊道："我的老乡讲了实话，你们还有什么话说？燕军杀了我的父兄，我做鬼也要杀你们报仇！"

道衍、华平、邱福诸人，万没料到刘正文会说出那样的话。

华平怒道："刘正文！你讲的可是实话？你讲假话，看我怎样处治你！"

刘正文吓得战战兢兢，低着头，什么也不敢说了。

华平益怒，拔剑在手道："刘正文，你故意坑害燕军，留你何用！"说着，就要杀刘正文。

道衍道："且慢！"说着离座走到刘正文身边，对刘正文道："刘正文，你要讲真话。咱的军法规定，对将帅讲假话，可是死罪！"

刘正文"扑通"一声跪倒在地道："军师饶命！军师饶命！是华将军让我们讲真话，小的才敢说……"

道衍道："石光的父兄，真的让燕王千岁杀了？"

刘正文看看华平，低着头不敢说话。

道衍道："刘正文讲吧，只要是真话，我不降罪于你！"

刘正文这才低声道："小人讲的是真话。石光的父兄石从礼、石宸，真的被燕王杀了，这事大概仁寿坊的人都知道……"

石光恨恨地道："他不替你们遮掩，你们还有什么话说？别装了，快杀了我吧，到阴间见我父兄，一起杀你们报仇！"

道衍很窘，沉思了一会儿，反倒镇静了。他看出刘正文说的是真话，但也听出刘正文说的石光父兄被杀，不是因他们是怀来军的家属，而另有原因。他问单信："这位弟兄，你的家也在仁寿坊吗？"

单信答道："回军师，是。"

道衍道："你知道石光的父兄被杀之事吗？"

单信道："小的不认识石光，但是听刘正文说石从礼、石宸是他父兄。我知道这件事，他的父兄确实让燕王千岁杀了。"

道衍道："他的父兄是什么原因被杀，你知道吗？"

单信道："知道。因为石从礼、石宸被燕王千岁杀时，仁寿坊贴了宣布他们罪状的告示。"

石光先是一怔，随即又张目对单信怒道："不许你胡说，我父兄不会犯罪！"

单信道："我没有胡说，我是亲眼看见那告示的。石光，你可别恨我不为你父兄隐讳，他们是仁寿坊里的恶霸……"

石光截断了他的话，对刘正文道："刘正文，这小子说的是不是假话？"

刘正文道："他说的是真的，咱仁寿坊里有一个林欣——他也在怀来军里。他妹妹林屏生得很美，被你哥石宸看上了，派人去说亲，林屏拒绝了他，他就把林屏抢到你家去，你父逼林屏与你兄成亲，林屏不从，便骂了他们父子。他们父子大怒，你父亲就让你兄强奸了林屏。林屏跑回家，对母亲和嫂嫂哭诉了你父兄的罪孽。林屏的嫂嫂柳若烟会武术，到你家去讲理，教训了你哥，你父气不出，黑夜纵火烧了林家，林欣的母亲、妹妹和他的两个儿子全被大火烧死了，只有柳若烟会武功，才从窗子里跳出。柳若烟告到北平布政司，布政司不敢管。柳若烟黑夜闯入燕王府，向燕王告了状。燕王审问实了，判了你父兄的斩刑。"

石光听了刘正文的话，这才低了头。许久，他抬头道："你们能让我见一见柳若烟吗？"

道衍道："可以，我们也正要请这位柳若烟姑娘。"

石光道："我不管你们要不要请她，我只要自己去一趟……"

道衍想了想道："可以，你走吧！"

石光道："你们不怕我跑吗？"

道衍道："燕军的纪律是不许虐待已放弃抵抗的人。我们又不想如何你，何怕你跑？你去吧！"

石光不说什么，从道衍中军大帐走出去。他先到家，看见家里别人无恙，问父兄因何死的，家里只说被燕王杀了。他没哭，去找柳若烟。他见了若烟，直说自己是石光，想问父兄的死与若烟是否有关联。

若烟道："他们都是因我告状而被杀的。但是燕王有法，他们是因作孽死于法，非死于我。不过，你若找我报仇，我情愿。"

石光叹道："唉！是他们……可恶，该死！嫂嫂，我与你没仇！"

柳若烟道："那么你走吧，我们两无关系。"

石光道："不，嫂嫂，我们有关系。我与林欣大哥是拜把兄弟，你是我嫂嫂，我有事求你……"

柳若烟道："什么事？"

石光道："我的父兄对不起林家，我愿向林大哥谢罪，怕林大哥他鄙弃我！"

石光这人脾气强硬，却知是非、明善恶，不随他父兄。他真觉得没脸去见林欣，但又怕失了林欣这个朋友，故求柳若烟说情。

柳若烟道："难得石兄弟这么深明大义，我给石兄弟写封信带给林欣，向他说明你的磊落义气。"

石光道："还有一件事要对嫂嫂讲，林大哥他被宋忠骗了，他以为你们全家都被燕军杀了，正为宋忠卖命杀燕军呢。"

柳若烟道："林欣真糊涂，燕王对百姓秋毫无犯，怎么能滥杀我们！现在燕王安治北平，使北平路不拾遗、夜不闭户，他怎能与燕军拼命呢？"

石光道："那么，我带嫂嫂到怀来燕军大营走一趟，去帮着燕军解释此事。"

柳若烟道："好。"说完就跟着石光前往怀来燕军大营。

道衍见石光带了柳若烟来，非常高兴，夸奖了石光深明大义，并感谢他们来为燕军解释。

当夜，石光说是从燕营逃跑回来的。他见了林欣，把柳若烟的信给林欣看了，并跪下向林欣请罪。林欣把他拉起来道："他们是自己作孽，与你无关。你能这样重义气，还是我的好兄弟。"

石光把柳若烟来燕营的事说了。

林欣道："等在两军阵前让她道出实情，拆穿宋忠的骗局。"

过了两天，两军约战。怀来军到了阵前，遥见燕军前队的旗帜如昨，可是旗下列着的却不是燕军，而是怀来军的父兄及其子弟。柳若烟也在旗下，见了林欣，喊道："林郎！燕军没杀我们，你们不要受骗！"

林欣怒道："宋忠骗我们，我们不给他卖命了！"说着丢了兵器，到燕军阵前，来会柳若烟。众怀来军都后悔受骗，乱喊乱骂着，争抢着跑到燕军阵前来会亲人。

怀来军列阵未定，就失去了大半，剩下的也不想拼命了。宋忠正在着急，燕军海潮般地涌过来，宋忠来不及指挥，怀来军就被燕军冲溃了。

宋忠逃奔入城，门不及闭，燕军就一拥而入。

燕军四处搜索，在茅厕里找到宋忠，将其擒住，押到道衍面前。这时候余瑱也被擒住，二人一并被杀。

道衍进了怀来城，休整几日，安排了地方军官，就率军回北平去了。

第十六回 征南军智取真定
袭卢龙诈取大宁

道衍带华平、邱福回到北平，不几天，张玉、朱能也合兵一路，回到北平。

道衍这一路军破居庸、怀来，擒杀都指挥宋忠、余瑱。

张玉、朱能这一路军破通州，陷蓟州，占遵化，杀都指挥马宣，降指挥房胜、蒋云、郑亨。

两路军大获全胜，燕军声威大振。卢龙、榆关、开平、龙门（今山西河津）、上谷（今北京延庆）、云中（今内蒙古托克托）诸守将，均来降服。镇守宣化府的朱穗，因恐遭兵祸，竟逃奔南京去了。

建文帝在南京，惊闻燕王起兵攻占北方的警报，非常惊恐、气恼，于是祭告太庙，削了燕王爵位，废为庶人，发诏通告天下。又封太祖时宿将耿炳文为征燕大将军，驸马都尉李坚、都尉宁忠为副帅，率师讨燕。

黄子澄又奏请命安陆侯吴杰，江阴侯吴高，都督都指挥盛庸、潘忠、杨松、顾成、徐凯、李文、陈晖、平安等，分道并进。又从狱中放出程济，封为军师，随诸将北征。

建文帝传谕山东、河南、山西三省，供应北征军需。

诸将临行，建文帝道："昔日萧绎举兵入京，曾号令军中说：'一门之内，自逞兵威，实属不祥。'尔等此次讨燕，也要善体朕意，勿使朕落个杀叔之名。"

诸将喏喏而退，各去准备北征事宜。

两天后，诸将准备完毕，耿炳文率三十万大军，逢山开路，遇水搭桥，直奔真定（今河北正定），与各路将领会合。

不几日，诸路人马齐集真定，耿炳文令徐凯率本路人马驻河间；潘忠率本路人马驻莫州（今河北鄚州镇）；杨松为先锋，率本路人马九千人驻雄县，与潘忠为掎角之势，互相呼应。

燕王平定了北平附近各州县，即欲挥师南向。燕王留道衍辅三位世子守北平，一为巩固北方，留退身路；二为供应军需。

燕王临行，问策于道衍。

道衍道："王爷才智谋略足以当南征大任，但臣有三条愚见，愿陈于王爷仅供参考。"

燕王道："孤王正欲问计，请讲！"

道衍道："今已探知建文废王为庶人，封耿炳文为帅来讨，并调安陆侯吴杰、江阴侯吴高及盛庸、潘忠、杨松等八路大军分道共进，来袭我们。兵法云：'知己知彼，百战不殆。'我们必须对敌情了如指掌，才能定出克敌办法。"

燕王道："对。孤王即令张玉前往真定探个虚实。"

道衍道："岳武穆论战阵曰：'战而陈之，兵家之常，运用之妙，存乎一心。'王爷读过兵书，但运用之妙，需多加体会。常言，兵不厌诈，需多用计谋，少去硬拼硬杀，以便保存实力。此次用兵，不比王爷从前带兵。从前带兵胜败只是荣辱功过，此次出兵，胜败关系燕之存亡、王之生死，王应慎之。"

燕王道："师傅说得对，孤王牢记。"

道衍道："宁王地与燕毗邻，若并宁王之地，则可与南方对峙。

听说建文削了宁王护卫，这正是为丛驱雀、为渊驱鱼。王应相机取宁王地，等我们成事后再封赏宁王。此事虽与南征无关，我临时想起先告知于王，望早做考虑。"

燕王道："我一定伺机取宁王之地。"

道衍道："臣就想了这么多。等臣安排好了北方，筹足了粮草，亲自送去济师，那时再为王筹划良谋。"

燕王一切都准备好了，只等张玉回来，再根据他探的情况，计划作战方略。

不几日，张玉从真定回来，燕王急问道："张将军，为什么现在才回来？探得虚实否？"

张玉道："情况很不好探，我买通了几个人，总算探来了。臣探得的情况是，耿炳文年纪已经老了……"

燕王插言道："耿炳文不年老也不为惧。他也是大明开国功臣，高皇所以独留他，就是没把他放在眼里。"

大家点头，赞道："王爷千岁真是知人之谈。"

张玉道："潘忠、杨松有勇无谋，行军安营，全无纪律，看来俱不足畏。"

燕王道："这就好。允炆派这些人征我们，真是天助我们！"

副军师袁珙道："军师说过，兵欲不败，必须粮道畅通。我军欲南下，必须先取潘忠、杨松，才能通粮道。"

燕王道："此言甚是。我们就移师涿州，进屯桑娄，伺机攻雄县、莫州。"

燕王想："军师说过，我们应保存实力，这是很重要的。雄县有九千人，我们若硬攻，即使能胜，得死伤多少人？"他正想着，一个谍探匆匆来报说："杨松与南军正在饮酒赏月。"

燕王思考了一阵，对张玉道："张将军，孤王命你带一万精兵，偃旗息鼓，人衔枚，马勒嚼，悄悄逼近雄县，然后以迅雷不及掩耳之势发动猛攻。"

张玉说声"遵命"，出大帐点了一万精兵，悄悄渡过白沟河，疾驰雄县。

到了雄县城下，张玉对将士布置了一下，规定了暗号，然后发暗号通知围城燕军悄悄入城。

这夜正是中秋，天高月明。杨松正带领众将士赏月，他们大口饮酒，大碗吃肉，大都喝得迷迷糊糊，醉倒酣眠。突然，城内金鼓齐鸣，喊声大震。杨松和南军将士从睡梦中惊醒，见燕兵已经满院皆是。不少南军还没弄明白是怎么回事，就做了刀下之鬼。

杨松赶忙迎敌，可是已晚，九千兵将，已死的死、降的降。他带着几个亲兵，冲突了一阵，也被燕兵杀死了。

张玉见杨松已死，搜索了战场，即迎燕王进驻雄县。

燕王对众将道："潘忠近在莫州，如果得知雄县危急，一定率师来援。朱能，孤王命你带精兵两千，去月漾桥畔池中埋伏。"

月漾桥在两个大荷池的中间。此时桥两旁池中水满，荷花正开，荷叶接天，绿成一片。人在荷中埋伏，人行桥上也难发现。

潘忠不知雄县已失，只听探子报告雄县被围，于是前来救援。他带领军队跨过月漾桥，直奔雄县。此时，张玉已在城外列阵迎战。潘忠急驰而来，走得人困马乏。张玉以逸待劳，早已做好战斗准备。他一声令下，就冲向潘忠的军队。

潘忠见燕军冲来，下令迎敌。可是燕军势猛，他们招架不住。潘忠的军队又一向无纪律，几个士兵临阵脱逃，引起全军溃退。潘忠自己支持不住，也跟着退了下去。

潘忠后退，因为马快跑在前头。他带着败军，刚跑到月漾桥前，忽然朱能的副将谭渊由水中跳出，当桥而立，大喝道："谭渊在此，还不受缚？！"

潘忠还没看清谭渊面目，已被谭渊手起刀落，砍倒在马下。

朱能领着兵士出水，擒住潘忠，捆在桥上。

此时潘军腹背受敌，只得纷纷投降。

燕王遂拔雄县之营赴莫州。燕王初战告捷，非常高兴，大赏三军，休息三日后，又议进兵。

张玉道："何不直趋真定？南军各路失调，我军乘胜进攻，一鼓可下。"

燕王以为攻克真定，可以一举震动天下，让南将气馁，于是点头答应。燕王命张玉率两万大军为先锋，命朱能领一万大军断后，命邱福、华平各领一万精兵为左右翼。调拨已毕，发炮起兵。

三声大炮响过，燕兵人人振奋。旗手高张大旗，向真定进发。

张玉带领大军正往前走，忽见一个军官模样的人从右边跑过。张玉带几个亲兵骑马过去，并未费力就把这个人擒住，并立刻押到燕王面前受审。这人不敢隐瞒，说自己是耿炳文的部下，名叫张保，是来探雄县、莫州情况的。

燕王想起军师之言，以为硬攻不如智取，于是想出一条利用张保之计。他亲给张保解缚，对张保道："张将军勿惊，本王南讨，不过是为了诛奸臣、清君侧，将军等朝廷良将，放下兵器，并非我敌，愿将军看清形势，襄助本王诛奸，以靖朝廷。"

张保道："千岁为靖朝廷，小人愿降。"

燕王大喜，嘉慰张保几句，问他耿军情形。

张保道："耿炳文统各路军共三十万人。此时已到达约十三万人，分驻在滹沱河南北岸。"

燕王道："你既诚心归顺，我放你回耿炳文帐下去吧！"

张保道："小人诚心降千岁，不愿回去，也不敢回去。"

燕王道："你就说误入我军，被我擒住，趁看守松懈，偷了马匹跑回。所有雄县、莫州战况及我军动向，均如实对耿炳文讲！"

张保道："小人去骗耿炳文则可。王爷千岁的军情，小人不敢告诉耿炳文。"

燕王道："本王要你这样说，你就这样对他说。"

张保想了想道："好，小人就照千岁的意思去说！"说罢转身离去。

张保去后，朱能道："大王直趋真定，本该乘他不备，为何让张保回去实告？"

邱福也道："自古'兵不厌诈'，千岁怎能将我们的军情告诉敌人？"

燕王笑道："众卿有所不知。以前未知耿军情况，所以欲袭他不备。今已知他半营河南、半营河北，怎能还执行以前的偷袭计划呢？这样我们偷袭河北的耿营，河南的耿兵必来援助，怎能成功呢？军师说战阵、兵法、计策都是死的，'运用之妙，存乎一心'，此说甚是。"

众将点头。

张玉惑然问："大王趋真定，扎营不攻，另设计谋就是了，为何让他知道我军行动呢？"

燕王道："本王想，耿炳文平庸，知我行动计划，恐怕河北之兵不能敌我，必拔河南之营并归河北，这样我们才可一举尽歼。另外告诉他雄县、莫州败状，是想先声夺人，挫他锐气。"

众将这才明白燕王之计，无不拍手称妙。

燕军到真定城外，燕王令张玉带数骑化装成南军，捉来了两个耿军，讯问耿军情况。那两个耿军说："耿炳文已将南岸之兵移到北岸了。"

燕王知耿炳文已中计，立刻令张玉、朱能、谭渊诸将，绕过城西南攻击耿军大营。

耿炳文率南军出战，与张玉部相遇。张玉率军奋击，战斗非常激烈，战场上烟尘笼罩，喊杀连天，刀光剑影，血肉横飞。正在争持不下时，忽然轰隆一声炮响，震得山摇地动。炮声方落，一阵喊杀声中，燕王率数千名面貌凶恶的彪形大汉冲向耿军。

这支异军来得突然，又面貌凶恶，骁勇无比，犹如神兵天降，惊得耿军慌乱失措，阵式顿时散乱。这支异军在耿军中来往驰突，所向披靡，如入无人之境，片刻间杀得耿军死伤无数。耿军无心恋战，有的东逃西窜，有的弃甲投降，副元帅李坚、宁忠，都督顾成，都成了燕军俘虏。耿炳文支持不住，逃进真定城，闭门不出。

燕王带的这支异军都是化了装的。原来军师与他谈过，主将临敌，必须先慑敌胆，宋朝狄青面貌文秀，每次临战，必带面目狰狞的青铜面具。他今日想起军师之言，就挑选了一批身躯壮伟的大汉，令其化了装，自己率了，冲来杀敌。此举果然奏效，竟靠它打败了敌军。

燕王指挥将士围了真定，命张玉到城下叫骂挑战，耿炳文就是龟缩在城内，坚不出战。燕王令诸将率兵攻城，一连三日，还是没攻下来。

燕王无奈，派快马驿传送信向道衍问计。道衍也用驿传的办法送来回信。信中说："立即撤军。"

燕王见了道衍的信，马上宣布撤军。

朱能道："大王初战大捷，攻破真定后，可以克邯郸，下扬州，以破竹之势，直捣南京，这时撤军不是功亏一篑吗？"

燕王道："军师信中说，真定三日未下，说明我军实力已尽，不能攻克真定。再在此待下去，空靡饷劳师，一旦城内援军抵达，反易败归，不如乘我锐气未尽，暂回北平养精蓄锐，另作别图。"

诸将这才无异议。于是燕王撤兵回了北平。

建文帝得到耿炳文战败的奏报，非常懊恼，便召来齐泰、黄子澄计议。

建文帝愁容满面道："耿炳文为先帝老将，屡经战阵，尚且战败，燕逆这样厉害，怎么办？"

黄子澄道："胜败乃兵家常事，陛下不要忧虑。臣思曹国公李景隆，材堪大用，不如封他为讨燕元戎，替换炳文。"

齐泰道："景隆是文官，能文不能武，断不可用，用必误事。陛下应记历史上赵括、马谡之鉴。"

黄子澄道："齐太尉怎能以偏概全。赵括、马谡是书生为帅之特例，文人为将帅者历来不乏其人。三国诸葛亮、北宋范仲淹，不亦是文人为帅吗？"

建文帝道："眼下事迫，不容物色最当人选了。"于是拜李景隆为大将军，赐给通天犀带。

李景隆率师出京，建文帝亲到长亭饯行，并行推辇大礼。

李景隆至真定，耿炳文交割印信钱粮，卸任自归。李景隆退还德州，收集耿军将士并新调诸路人马，共五十万大军，然后进驻河间。

燕王闻知建文易帅，李景隆将五十万大军进驻河间，便喜对诸将道："从前汉高祖用兵如神，尚不能调十万之兵，景隆竖子，有什么才能，竟给他五十万之众？允炆这样昏庸，岂不是自取败亡？！"

燕王的话刚说完，有校尉进来禀报道："探马报说，明将吴高率军进攻卢龙。"

道衍道："请大王麾军往援！卢龙失，不仅永平府一境不保，而且会切断我与榆关通路。"

邱福道："我们驰援卢龙，倘李景隆乘虚袭北平，怎么办？"

道衍道："景隆不足畏，我军出援卢龙，正欲诱他来攻。先破吴高，后破景隆，统在此举。"

燕王道："军师之言，正合孤王意。还是留军师与三位世子守北平，孤王率军往援卢龙！"

卢龙本古孤竹国都，为历代节度使驻地，城池险固。

吴高所率南军一攻未克，就在城外屯军。吴高本来胆小，探马又报燕王率十万大军压来，竟吓得弃了辎重，逃向榆关。

燕王见南军逃跑，挥军追击，一路斩杀，杀死南军数千，直追至榆关。

李景隆闻燕王出援卢龙，果然率大军奔袭北平。

大世子高炽惊慌，道衍道："北平城巍峨坚固，易守难攻。南军远来，军需不继，只要我们坚守几日，其围自解。"

高炽道："无奈城里兵少。"

道衍道："燕王千岁向来有惠于北平之民。我们可以扬言：南军要屠城。城内之民，惧城破之日惨遭屠戮，必然与我们同舟共济，坚守城池。"

高炽这才释忧，照道衍之计，派兵士到城内各处去传布南军欲屠城的消息。

北平的百姓怕南军破城后屠城，连妇女、老人也帮助守城。他们砍伐树木，拆毁墙壁，用作滚木礌石。南军攻城时，精壮汉子推滚木礌石，妇孺老弱抛砖头瓦砾，全城固若金汤。李景隆久攻不下，只得在北平城外迁延时日。

道衍见李景隆不退，又让高炽夜遣勇士，坠城劫李景隆营。李景隆因无准备，被高炽派去的勇士攻得乱了营。

李景隆从梦中惊醒，不知燕军攻入人数多寡，吓得急忙逃跑。他直逃到十里以外，方敢停步。

南军将士见元帅这样懦弱，没人再去攻城。只有一个叫瞿能的都督，非常气愤，自率二子及精骑千余，猛攻张掖门。瞿家父子勇敢，士卒用命，眼看就要攻上城墙。可是，李景隆嫌他擅自行动，对他满怀猜忌，责他孤军冒进，勒令缓攻。

瞿能无奈，只得停止攻城。

道衍惧怕瞿能再次攻城，连夜让战士在张掖门城头泼水。时值冬天，第二天结水成冰，城墙光滑不能再登了。瞿能叹了口气，只得作罢。

李景隆攻城不下，班师无名，就在北平城外驻扎下来。

燕王在卢龙赶走了吴高，直追到山海关。山海关守将不敢接纳吴高，吴高只得从海上逃生。

山海关外，就是宁王之地。到了这里，燕王想起了军师收宁王、并宁地的话。他想："成大事，不拘小节。凡事应有远见，不如先并了宁地，日后再封赏宁王。"于是对众将道："我们移师关外，潜袭大宁！"

燕王的命令，大出诸将所料。讨奸檄文，写得明白，因为奸臣削藩，燕王才遵祖训伐奸臣，宁王也是朱家兄弟，为什么也要去偷袭他呢？

原来，大宁是宁王朱权的封地。宁地东控辽左，西接宣府，所属骑兵骁勇善战，宁王又善谋，所以宁地稳固。宁王既不反建文帝，也不反燕。燕王发兵靖难，建文帝恐宁王参与谋划，故下诏召他还京师。宁王拒不受命，建文帝就削了他的护卫。诸将以为宁王与燕王无隙，所以燕王决定潜袭大宁，都无不惊讶。

张玉道："宁王与我们无隙，非我们之患。北平被围，请燕王权衡缓急，停止袭宁，回救北平。"

燕王道："本王现在暂取宁地，借作根据地，也许用得着。将来我们再还，刘备不是还借过荆州吗？我和宁王是兄弟，先借宁地有何不可——回救北平之事，孤王已有算计。"

诸将这才无异议。张玉又道："听说宁王善谋，恐怕难取。"

燕王道："此时取宁,正是机会。宁王因抗命,被削了护卫。孤王乘宁王与朝廷有隙,贻书给他,并潜师随后……"

燕王简说了取宁办法,诸将仍不相信,只是惑然望着他。

燕王又道："我们从刘家口径去大宁,数日可达。听说大宁城内,只有老弱据守,所有将士,均派往松亭关戍守。我们袭取大宁,抚慰将士家属,松亭关便可不战而取。北平有军师辅世子守卫,深沟高垒,李景隆纵有雄师百万,也难攻取,待我取了大宁,回救北平,尚不为迟。"

诸将深服燕王谋划。

燕王命向导带路,大军从近路翻山,直奔大宁。

燕军至大宁城下,燕王布置妥当后,自己单骑入城,来到宁王府。

燕王报了姓名后,被管家请进客厅,可是却不见宁王来迎。燕王问管家,管家说宁王访友未归。

燕王想:"以宁王的身位,以宁王的谨慎,怎会轻离藩府去访友呢?莫非有诈?"他坐下来耐心等待。

又等了一会儿,还不见宁王,他就走出客厅,到院子里查看。管家要陪着他,他拒绝了。

燕王走到宁王的书房,见房门紧锁。踱到内宅院门,等了许久,见一个丫鬟出来。燕王搭讪着上前套问,丫鬟也不知宁王行止。院子没人,只厨房里有人,他就踱到厨房里。厨房两个厨子正在做菜,菜肴精美。他搭讪着对厨子道:"师傅好手艺,菜做得又香又美。"

厨子笑笑道:"将就吧,没点儿手艺能在王府里站得住!?"

燕王道："做这么好的菜给谁吃？"

厨子顺口道："除了王爷谁有这样的口福……"他还想往下说，另外那厨子看了他一眼，他一怔，就把话收住了。

燕王知道再套不出什么话，也就不问了。他走出厨房，在院子里闲踱。一会儿，一个书童儿走进厨房，用托盘端了几盘美味走出来。

燕王远远地跟着那书童儿走。那书童儿走过第二个门，进了正房，又往左拐了。燕王跟过去，见有个左侧门，过了这个门，进了一个偏院。这偏院被中间一道短墙一分为二，南面是假山荷池。墙中一个月亮门，过月亮门北面是一个花园。时值冬天，花叶凋落，燕王看见那书童儿正走在花木间小路上。

燕王走进花园，遥随书童儿。可是那书童儿转过一个花间亭榭就不见了。

燕王怕失掉追寻线索，急走到亭前，可是小径断了，看不见人，他知道那书童儿一定是走进隐处了，就在那里仔细察寻。找了许久，燕王才发现一口干井，井口下是一级一级的台阶。燕王顺着台阶下去，在井底拐了几个弯，又转而向上，走进了一个屋子。

这屋里宽敞明亮，布置典雅，俨然是一间书房。

燕王见那书童儿正往一张紫檀木方桌上摆菜。背桌的一面坐着一个儒士装束的人，正是宁王。

见了宁王，燕王想："人言'宁王多谋'，看来的确不错。"他对宁王道："皇十七弟，你很神秘，忍心把我拒在外面，自己在此独享佳肴吗？"

宁王见燕王找到他，吃了一惊，但他很机灵，立即道："原来到府找我的是四皇哥？小弟不知是四皇哥到，多有冷落，请恕罪！"

燕王道："皇十七弟，你为什么这么神神秘秘？"

宁王叹道："四皇哥，我要明哲保身啊！"

燕王道："想不到父皇薨后，我弟兄零落若此……"说着眼眶盈泪。

宁王也激动，二人相抱痛哭。哭了一阵子，宁王问："四皇哥，你来敝藩何干？"

燕王道："允炆对不起我。现在他派重兵围了北平，北平早晚会被攻下。允炆他对我有杀机，皇十七弟多谋，请念兄弟之情，设法救我，为我上表请赦！"说罢，泪水潸潸。

宁王也对着燕王唏嘘叹息，安慰燕王道："四皇兄不必过分忧愁，小弟这就上表进京，请求允炆赦免皇兄！"

燕王肃容，道："谢十七弟！十七弟相救之恩，没齿不忘！"

宁王道："我们是同病相怜，同舟共济，何用皇兄谢？"因为兔死狐悲，物伤其类，宁王动了真感情，忘了韬晦避祸，当即取了纸笔为燕王上表求情，写得言辞委婉，哀切感人。

宁王写表毕，开书房前门，设宴款待燕王。

接连数日，城外的伏兵大多已化装入城。

张玉、朱能、华平入城后，即各带重礼去联络宁王将士，先献上礼物，又代燕王许他们升官。这些将士重利不重义，都愿帮助燕王。

一切准备妥当，这夜二更天时，张玉在宁王府外，放了三个双响的爆竹。这是定好的暗号，燕王听到，非常高兴。第二天，燕王便说悬念北平，想归燕藩，特向宁王告辞。

宁王送燕王至郊外，并在长亭置酒为燕王饯行。

第一杯酒，燕王接过喝了。第二杯酒又递到燕王手中，燕王端在手中未喝，却举目四顾。

宁王惊讶道："四皇兄为何持杯不饮？"

燕王忽掷杯于地道："伏兵何在？"

言方毕，突然一声锣响，立刻喊声骤起，冲出无数燕兵，拥到宁王前面。

宁王气急，怒道："四皇兄，你好阴险！"

燕王道："兄不过是暂夺宁地一用，将来定完璧归赵，十七弟勿急。"

宁王道："四皇兄，快放回我。我还有众将，劫了我，你们是走不掉的！"

燕王道："他们都愿助我，十七弟不要指靠他们了，请看，他们都在袖手旁观。"

宁王大喊："都指挥朱鉴何在？快救孤王！"

话音刚落，就见一个四十多岁的红脸将军，带着一队壮兵冲过来欲夺宁王。

张玉、朱能、华平见他们要救宁王，冲过来围住了宁兵，接着便是一场混战。宁兵兵寡势弱，朱鉴被张玉一刀砍死。宁兵见主帅已死，便降的降、逃的逃了。

宁王见了垂头泄气，颓然道："引狼入室，悔之晚矣！"

燕王装作没听见，命燕兵拥了宁王入城。

燕王入城后，贴了安民告示，又打开仓库，将物资发放给松亭关将士家属，让他们给松亭将士写信，极言燕王优待之情。

燕王安排好了大宁，就带了宁王、宁府妃姜、世子及所有珍宝，直奔松亭关。燕军到了松亭关之时，关上将士已接到家信，都愿降燕。

　　燕王大喜，奖慰一番，派兵分守要害。接着他将大宁降兵编入各军，然后带领大军，浩浩荡荡驰援北平。

第十七回　伐南军道衍用计
　　　　　　遭败绩燕王拒谏

　　燕军行至五峰山，被滦河阻拦，只得扎营。时当冬末，天气尚寒，雨雪纷飞，河水虽已解冻，却无舟可渡。

　　燕王甚急，带领众将到河边察看水情，商量渡河办法。大家正想不出渡河办法时，燕王忽觉颈后一股寒风。他抬头一看，见西北昏黄，天有卷云；又见营前旗帜被风吹向东南。燕王知道，这是西北风将到的预兆，不由心头一动，想起道衍对他说过的话。

　　道衍与他密谈起事时曾说过："要起事，必须有人辅保。要想让人保，必须让人相信你才是天命所归的真主。如陈胜、吴广起事，吴广事先将'秦当灭，陈当兴'的竹书放入鱼腹中……"

　　燕王想起道衍的话，立即当着众将仰天笑道："上天鉴之，若燕当兴，今夜河水结冰！"

　　诸将士见河水滔滔，无人相信燕王的话，有的还窃窃私语。燕王只作不见。

　　是夜，果然北风大作，天气骤冷。第二天早晨到河边一看，见滦河上下，顿失滔滔，结冰甚厚。

　　诸将喜道："天助燕也，燕王当兴！"将士均向燕王祝贺，欢声雷动。于是，全军踏冰渡河。

　　此时，李景隆见北平攻不下，就留十万大军围城，自率四十万大军赴山海关，欲寻燕王决战。此时，李景隆已得知燕军渡河，即令先锋陈晖前去截击。张玉率燕军迎战，一阵冲杀，陈晖大败。

　　张玉驱兵追杀，边杀边喊道："天兴燕王，河水结冰！"

　　燕军皆以为天助燕王，人人精神抖擞，奋勇向前，气势不可阻挡。

　　李景隆军未战先馁，望风披靡，全军崩溃。

　　自午至申，燕军接连攻下李景隆七座营寨，李景隆见难阻燕军攻势，连夜带兵逃了。

　　燕王麾师到北平城下，见城外尚有南军很多营垒，立即发起进攻。城外号炮连天，杀声震耳。道衍听到城外炮声、喊杀声，料是燕王领兵回援，也打开城门，杀向南军营垒。燕军里外夹击，大败南军，只杀得尸横遍野，血流成河。

　　南军大部被杀，只剩下几个将士，星夜南逃，追上李景隆的残部，同返德州去了。

　　李景隆逃到德州，查点人数，人马损失四分之三，非常懊丧，便在德州屯驻，拟待来春再战。

　　此时，忽闻有圣旨下来。李景隆以为朝廷要治他丧师辱命之罪，按军法处斩，吓得面如土色，战战兢兢去接圣旨。宣读完圣旨，李景隆不禁大为惊诧，原来朝廷不但没治他的罪，反加封他为太子太师。他莫名其妙，急忙叩头谢恩。

　　原来，李景隆的败报进京，恰好黄子澄接了。黄子澄想："若将李景隆战败的实情奏报，李景隆必获重罪，我也难逃荐

燕王观天象预言结冰　众将士踏冰渡河

人不当之罪。"他就将奏报匿了，反而向建文帝奏报：交战获胜，不过因时当冬季，南兵不耐寒冷，不便行兵，所以暂回德州，待来春再举兵。

建文帝信以为实，遂封李景隆为太子太师。

李景隆不知黄子澄代他隐瞒败情，因而不解兵败反升的原因。不久他接到黄子澄的密书，方知原委，对黄子澄非常感激。黄子澄书中劝勉他明春再举，正合他的心意。

于是李景隆飞檄各处，调集军士。至第二年春，各处兵马齐集德州，总计五十多万。

李景隆再聚南军欲攻北平之事，早有探子报告了燕王。燕王召诸将商议。

朱能道："军师辅三位世子，以悬殊的兵力守住了北平，现时我们实力雄厚，军威大振，李景隆乃败军之将，纵有几十万大军来攻，怕他什么？！"

邱福道："朱将军说得对，我们深沟高垒，等待他来，北平固若金汤，李景隆能奈我何！？"

诸将均称是。

道衍道："李景隆固然难破北平，但他若掐断我们的交通，久围不撤怎么办？北平十几万大军、百万百姓，吃什么？！"

道衍这样一说，诸将均目瞪口呆，没话可说。

燕王道："军师有何妙计拒敌，请讲。"

道衍道："以臣之见，王爷不如先将李景隆的军队调出，再调回，让他疲惫之后，再设计歼之。"

燕王道："可是，李景隆岂能尽如我算，听我们调动？"

道衍道："只要我们如此如此，李景隆这无谋书生，必能听我们调动。"接着他又悄悄地对燕王一一详告。

燕王道："军师奇才也。"

第二天,燕王集十万大军于广场,誓师西征。他说:"我们去攻打太原、大同。那里的晋王、代王都怨恨朝廷,如果能与晋王、代王联合,我们就可统晋、代、燕、宁之兵,攻打南京。"

誓师毕,燕王率大军大张旗鼓地出了北平,直奔大同。

李景隆集齐了各路五十多万大军,正要出发讨燕,忽闻燕王在北平誓师,欲去联合代王旧部攻打大同。今燕王已率十万大军前往大同去了!

李景隆想:"燕王已得宁地,势力更大,再得代藩,北方半壁河山,已全属燕了。如果我在半途截杀燕王,让他的计划胎死腹中,岂不更好?"这样想着,便立即准备下令驰援大同。但是军令未发,他又犹豫起来,想:"朝廷派我来讨燕,我就是攻不下北平,也必须在北平一线扼住燕军。我若擅离此线,万一燕军南下袭京,岂不获罪?"正犹豫之际,忽然军校来报:"有一个叫金忠的人要见元帅。"

李景隆一时想不起金忠这个人,后来才想起,金忠是个相士,曾给他相过面,也曾与他有过一席之谈。金忠曾劝他说:"大人主贵,现在人世动乱,大人若能应运,弃文就武,将来必能为国立功,王侯可至。"如今,他果然成了太子太师、领兵元帅。从这席话看,金忠确有远识卓见,于是吩咐军校道:"快请!"

军校出帐,一会儿带金忠进见。金忠拜见于李景隆,李景隆赐座、让茶。

李景隆问:"先生为何而来?"

金忠道："知元帅讨燕，特来为元帅献谋。"

李景隆道："先生之意若何？"

金忠道："燕王西征去了，元帅何不追而歼之？"

李景隆道："燕逆善用兵，恐不易歼。"

金忠道："前燕逆侥幸取胜，皆是用道衍军师之谋。现在燕逆因胜而骄，骄则刚愎，无人与谋，不足惧了！"

李景隆道："但是，本帅奉旨讨燕，若放弃扼制北平一线，燕逆一旦南侵，岂不担疏忽之罪？"

金忠道："上次伐北平，是胜是败，元帅自知。这次伐北平，敢保能胜吗？北平深沟固垒，易守难攻。若久攻不下，迁延时日，劳军耗饷怎么办？况且，皇上若以此推彼，追究上次之败，元帅如何处之？"

李景隆面呈忧色，但是又道："燕逆西征，北平兵少，较易攻破，怎会迁延时日？"

金忠道："北平城高，一夫守城，百夫难破，因此守城不在兵之多寡。北平兵少，正是易守处。守兵少，则耗粮少，故可久守；守兵多，则耗粮多，城中粮尽，不能久守。昔日安禄山围睢阳（今河南商丘以南），张巡非因畏惧不能守，实因粮尽不能守，因此城陷。元帅若以守兵少而易攻，在下以为会自误。"

李景隆突然问道："先生现在何处高就？"

金忠道："金忠不才，仍浪迹江湖，并无所事，只在北平城内遇见道衍和尚，并与之交谈！"

李景隆愕然道："莫非先生是来做说客的？"

金忠道："元帅不要紧张，我只是为你好，给你通个消息，出点主意！"

李景隆道："你来为本帅通个什么消息呀？"

金忠正色道："元帅可知燕逆已与道衍有裂痕了吗？"

李景隆摇头道："本帅听说燕逆与道衍和尚最称莫逆，对道衍言听计从，怎么会产生裂痕呢？"

金忠道："燕逆其人豺狼之心，同胞兄弟尚相欺诈，怎能相信异姓？他们早因一个叫碧叶的美貌女子而闹得貌合神离。"

燕王诈取大宁之事，李景隆知道；碧叶偕道衍骗宋忠之事，朝野也有传闻。因此，金忠说燕王与道衍闹矛盾，李景隆有些相信，于是道："请先生把燕逆与道衍闹矛盾之事详细讲来。"

金忠道："那个碧叶，本是个元宫嫔妃。少林寺宗泐大师，是元顺帝的替身僧，因她是宗泐大师的表妹，被宗泐从元顺帝宫中讨出。道衍的未婚妻也被抢进元宫，与碧叶是干姐妹。因为这个，碧叶与道衍感情甚深，道衍大有因她还俗之意。不幸碧叶之美，被燕逆发现了，欲逼碧叶为妃。碧叶恋着道衍，坚决不肯，一气之下就出家为尼。因此，道衍与燕逆之间心存芥蒂。"

李景隆道："听说那个道衍比燕逆大好多岁。碧叶既是道衍的恋人，也该年龄不小了，燕逆府中美女如云，为何能看中她？"

金忠道："方士炼的药食可以长生，是骗人的，但是药中确实有一种食之能让人永葆青春之药。碧叶大概是吃了这种药或是用了什么方法。总之，她年龄确是不小了，却驻颜有术，仍如二十多的丽人，因此燕逆偏看中了她。"

李景隆道："哦！原来如此。"

金忠道："燕逆要招代王旧部攻大同。道衍认为大军远离北平，如遇到有谋之帅，以大军切断他的回路，就会把他围而全歼。燕逆刚愎，不听道衍之言，竟自率兵去了。"

李景隆听金忠介绍后，沉思不语。

金忠观望着李景隆迟疑不决的神色，站起身来道："在下言已尽，告辞了！"

李景隆道："先生，你何不留在本帅帐下，为朝廷效力？"

金忠道："在下先请元帅原谅，我辈闲散惯了，不愿受人羁绊，如元帅至诚相邀，肯于信任，也许不定什么时候，会来麾下供事。望元帅早做决定，免得贻误时机。"说罢去了。

金忠走后，李景隆思忖再三，越想越觉得金忠话对。讨燕逆是根本，若把燕逆秘密围于途中，让燕逆突围不出，困也能把他们困死。就是燕逆到了大同，只要还没攻下大同，他就可里外夹击，歼灭燕逆。他暗暗说："作为一个有谋的将帅，不能错失良机。"于是，第二天，李景隆下令，大军从德州出发，顺着去大同之路追击燕王。

五十多万大军，加上辎重粮草，真是声势浩大极了。可是，一路没见到燕军的踪影。到了大同，也没有燕军，李景隆不免有些生疑。

李景隆真的受骗了。原来，燕王广场誓师，兵发大同，以及金忠做说客，都是道衍之计。

燕王根本就没带十万大军，而且到了大同郊外，就突然神秘地消失了。因此，李景隆率五十多万大军，从德州至大同跋涉了一千几百里路，连一个燕军的影子也没有看见。

李景隆正要回军德州休整，突然接到谍探报告，说燕军在紫荆关出现。李景隆又率大军直扑紫荆关。

大军到了紫荆关，燕军又离去了。李景隆不知燕军去向，正要再回德州休整，谍探又报燕军在居庸关出现。李景隆又驱师居庸关，可是又扑了个空。接着听说燕军回了北平，他知道这样疲惫的军队是攻不下北平的，只得再回德州。

李景隆的军队经过这样折腾，已疲惫不堪。将士又多是南方人，南归心切，很多人抛了铠甲，以便速行。一部分羸弱老兵因不能熬受冻饿，也多半死亡。他带兵回到德州，全军只剩三分之二了。

李景隆怕皇上怪罪，休整了月余后，又调武定侯郭英、安陆侯吴杰等北上。此时，李景隆手下大军六十万，列阵数千里，到真定遇到燕军的抵抗，就安营扎寨。

李景隆挥师北上的事，真定守将报告了燕王。燕王闻报，对诸将道："李景隆等人昏庸无能，想来谋我，真是妄想！大家且严装待命，敌来即击，怕他什么？！"

道衍道："最好先控制白沟河，扼住要害，以逸待劳。这样御敌于城门之外，也可减少北平城的损毁。"

燕王点头道："军师之言甚善。"当即传令进驻白沟。

燕军到了白沟，安营后做好了准备，等着南军到来。

第三日，燕王侦知李景隆前锋、都督平安，即将前来。

燕王道："平安竖子，从前曾经跟我出塞，今日敢来冲锋，我亲自去破他！"

道衍道："士别三日，当刮目相看。恐怕今日的平安，不比当日了，王爷不要掉以轻心！"

燕王听了，并未在意。他带领将士渡过五马河，直抵苏家桥。

　　燕王率军正行，忽听惊天动地一声炮响。炮声响过，两旁伏兵骤起，当先一员大将，挺矛冲进燕军阵里。此将正是平安。随后又有瞿能父子跃马而来，刀光闪闪，威风凛凛。燕军猝不及防，向后倒退，一时旗靡辙乱，溃如落潮。

　　燕王见状，正在着急，忽见燕军队里，三将挺出，抵住平安与瞿能父子。这三员燕将，甚是骁勇，与南军三将正战个棋逢对手，不分轩轾。

　　六人战至日暮，也未分胜负，双方鸣金收兵。

　　燕军的这三员骁将，一是内官狗儿，一是千户华聚，一是百户谷允。燕王见他们挽救了危局，奖慰一番，并道："等班师后再给你们酬功颁奖！"

　　燕王对此次失败耿耿于怀，愤然道："这是孤王起兵以来的第一次惨败。平安竖子竟敢谋我，我非踏破他营盘，将其犁庭扫穴不可！"

　　袁珙道："临别，军师嘱咐臣，要臣谏王戒骄戒躁。臣以为，平安、瞿能父子均能用谋，宜小心才是。"

　　燕王道："可是我不杀他们，不能复振我们军威！"

　　袁珙道："听说李景隆和魏国公徐辉祖均已到苏家桥。南军众多，虽李景隆无谋，但南军中也必有能谋者，大王还是谨慎用兵为是。"

　　燕王不以为然，道："兵胜靠威，非取大胜，不能挽回军威。孤王因败畏葸，军威岂能复振？李景隆帐中均竖子，不足惧，袁卿不要长他人威风，灭自家志气！"

　　袁珙见燕王固执，就叹了一口气，不说话了。

　　第二日，燕王亲率大军攻南营。见平安、瞿能父子都在营前，燕王想杀之逞威，便对众将道："谁杀了他们，孤王记大功，有重赏！"

燕将听了燕王的话，一齐奋勇扑向平安与瞿能父子。

南军三将抵敌不住，退回本营。

燕王哪里肯舍，挥军追杀过去，想就势踏平南军营盘。他们正追，突然脚下"轰隆轰隆"响，震得地动山摇。燕军中顿时硝烟滚滚，土石纷飞，炸死、炸伤无数。燕军大乱，四处逃散。惊乱中，第二排火药又响，燕军又死伤不少。燕军胆裂，连忙后退逃跑。燕王后悔不听袁珙的话，杀了几个南军，不能解恨，只得亲自断后，跟着后退。

燕王带着残兵败将逃了一程，天色已黑，四顾手下，跟来的只有三骑，不禁叹息。又行了一会儿，忽然天变，只见愁云惨淡，树木苍茫，竟不辨东西南北。正在着急，忽闻前面有水声，知道定是到了白沟河，心想："此时河中无舟可渡，后面追军来，怎么办？"

可是到了河边，却影影绰绰见岸上有无数人马，河中也有船。见此情形，燕王不由心中一冷，暗道："南军在此截我，我命休矣！"

燕王正在害怕，岸上之兵却已发现了他们，立刻有一将军带一队人马冲来，燕王来不及拨马逃跑，就被围住了。燕王正要做困兽之斗，忽然那将跳下马来，拜道："大王千岁，末将华平迎接来迟，令千岁受惊了！"

见了华平，燕王这才心定，急问："华平，你在北平留守，怎么来此救孤王？"

华平道："是军师派末将来接应大王的。军师在北平，闻知大王被平安等算计，非常担忧；又闻知朝廷派徐辉祖到李景隆帐中佐助，已与平安会合，更加担忧。军师怕千岁有失，故派末将到此接应。"

燕王道："孤王悔不听军师之言，有此惨败。现在随我来者，只剩下三骑了！"

华平道："千岁勿悲，末将来后，已杀退追兵，召集了我方散军。虽有很大伤亡，但无关大局。现在散失的众将士，齐在岸上，请大王过去休息！"

燕王这才稍稍安心，随华平至岸上军中。

张玉等众将见燕王来，均过来参见。燕王查点将士，见损失狗儿等三将及军士五千，非常痛心。

张玉安慰道："胜败乃兵家之常，大王勿悲。且回北平休整军队，以利再战！"

燕王道："我既出师，大败而归，必被天下人耻笑。不取胜，怎能回去？当下之计，也得创敌一阵，令南军将帅知我锐气未伤！"

华平道："军师让末将转告大王千岁，今日南军势盛，应暂避锋芒，回北平秣马厉兵，养精蓄锐。等遇歼敌机会，再争取一举破敌。"

燕王固执道："等我创敌一阵，再回师！汝等不必再言！"

第二日，燕王升帐，令张玉领中军，朱能领左军，华平领右军，房宽为先锋，邱福为后应，率全部兵马，渡河抵南军营前列阵，叫阵讨战。

可是不管燕军在南军营前怎么讨战，却不见南军出战。南军不出，燕军已渐渐懈怠。燕王见状，甚觉诧异。正要亲自叫战辱骂，忽然后军大乱。回马去看，见平安与瞿能父子，从后边杀来。是时邱福见后方没事，也到前方去参加讨战，平安等率南军杀来，燕军后方无将，故而大乱。

燕王见后方大乱，正要过去亲自迎敌，只见华平已率兵过去，抵住南军三将。

平安与瞿能父子把华平围在中间，华平以一敌三，全无惧色，只见他左冲右突，东挡西杀，与敌周旋，但终因寡不敌众，渐渐险象迭现。燕王欲去救他，可惜已经晚了。华平被瞿能一枪刺落马下，平安飞马过去，一刀将其杀死。华部众军，见主将死了，立即溃乱。

众将见了，均有惧色。独燕王大喝一声，自率健卒数千，冲入南军，舍命冲突。张玉等将见燕王如此刚勇，也鼓起勇气相继冲上。

这时南军营门大开，数将冲出，双方在白沟河畔展开一场恶战。只见战场上烟尘滚滚，人喊马嘶，愁云惨淡，日暗天昏。

两军正在混战，忽听南军营中一声炮响，又有一股劲旅冲出，势不可挡。燕军抵挡不住，阵势大乱，向后败退。

燕王刚要制止，忽坐骑中箭，把他蹶倒在地。南军见燕王倒地，各个争功，奔过来擒拿。燕王大急，忽见身旁一骑兵中箭，倒毙马下，那马溜缰欲驰，燕王急跑过去，一把拉住，纵身上马，突围而出。

燕王跑到白沟河畔，正要上堤，忽听后面一人大呼道："燕逆休走！徐能来擒你！"

前有河阻，后有追敌。燕王大急，猛然情急智生，扬鞭做招呼状。

徐能疑有伏兵，收住马缰，踟蹰不前。

徐能这一迟疑，逃散的众燕将驰集燕王身边保护。燕王见众将齐集，复回马背水而战，正遇平安率南军杀来。

平安勇猛异常，一口刀使得神出鬼没。战了一阵，平安一刀将燕将陈亨杀死。平安奋勇难挡，猛冲过去追杀燕王。燕王正在着急，忽见白沟河中数船靠岸，高煦率无数燕军，冲上岸来，截住平安厮杀。

燕王见来了援军，复振精神，回身再战，又杀得难解难分。

燕军人少，南军将士是燕军数倍，战斗持续下去，南军有替换歇息机会，燕军却一直奔波激战，未得休息。

时近中午，眼看燕军劳累不堪，如再坚持下去，必致全军覆没。燕王正在进退两难之际，忽从白沟河的船中跳出一人，高喊道："大王千岁！大王千岁！快快收兵，退向河边！"同时，船中传出收兵锣声。

燕军听到收兵锣声，急向河边奔去。燕王听到锣响，未及多想是谁发的收兵信号，也急趋过去。

平安见燕军败退，挥军猛追过去。南军势众，无人抵挡，眼看就追到河边。忽然船里一声铍响，立刻各船都有几十个弓弩手从舱里出来，开动连弩箭的机关，千万支弩箭，飞向近岸南军。

南军猝不及防，立即有千百人中弩倒地。南军被箭雨阻住，勒马不敢前进。

南军停止前进，船上的箭也停射了。平安以为船中箭尽，又驱南军追击。可是南军一追，船上又箭雨横飞，又有无数南军被射死射伤，平安的左臂，也被箭擦伤。

平安见难以追击，只得退军而归。

南军退远，才见船中走出一个和尚，此人正是道衍。

道衍参见燕王毕，急吩咐调船架桥。各船上都带来了长木板，不大一会儿，就以船为架，架起一座浮桥。燕军尽从浮桥上过去，又拆了浮桥，在白沟河岸上扎了营寨。

诸将来见燕王。燕王自责自己刚愎自用，对诸将道："孤王两次违背军师之言，不纳诸卿意见，故遭此惨败，失去了华将军！今日若不是军师亲自来接应，孤王生命难保！孤王以此为鉴，今后事事听从军师之言！"

道衍道："诸葛亮还有街亭之失、斜谷之败呢，大王偶有小败，算得什么！请不要介意，待我军休养几天，等元气恢复，再争雌雄不迟！"

燕王点头，叹道："只有如此！"

第十八回　设火阵诱敌深入
见灵牌燕王撤军

　　燕王扎了营寨，与南军对垒白沟。军士练兵，将帅论战，燕王天天与道衍在一起密谋。

　　道衍道："历史上几次以少胜多的战例，都是等待时机，出奇制胜。敌人兵多，我们兵少，不稳操胜券，就不出战，因为战斗就要有消耗。我们人少，不能同敌人比消耗，因此不要轻易出战。"

　　燕王道："对，可是五六十万敌人对我们虎视眈眈，我们战不能胜，退不安全，劳军于此，怎能赶允炆下台？"

　　道衍道："等臣想一条计谋，诱敌入圈套，一举歼灭李景隆部，使我军能由守转攻，直指南京。"

　　燕王点头道："全依师傅。"

　　于是，燕王加固营垒与南军对峙，并不出战。南军为灭燕，急欲与战，每日叫骂讨战。南军越急于讨战，道衍越不让出战。

　　一天，道衍思谋已定，让燕王约战。

　　两军在营垒前列成阵式。双方主将立在门旗之下。燕王对李景隆道："孤王不讳言，前时我军略受小创，近日方始恢复。今日孤王要与你这竖子决一雌雄，誓洗前时之辱！"

李景隆冷笑道："燕逆，你看！我天师挥袖可遮雨，投鞭可断流。你若识时务，赶快悔罪请降，圣上仁惠，念你骨肉至亲，尚能免你死罪；若再执迷不悟，兵败在即，那时身败名裂，玉石俱焚，后悔已迟！"

燕王道："勿说大话！这里兵败，孤王尚可回北平固守，等待时机东山再起。北平不保，尚有宁地可据。君侧不清，奸臣不除，祸难不靖，孤王决不收兵！"

李景隆道："燕逆，恐怕你想得太天真了！今日本帅就要把你压成齑粉，绝不给你留再起机会，不信，你就试试看……"

燕王道："你这无谋竖儒，尚敢说这样的大话，你凭什么？"

李景隆道："我只凭六十万大军。你现在离了巢穴，我大军一挥，就可以排山倒海之势把你压垮！"

燕王道："孤王就领教你这排山倒海之势！"说罢回阵，用剑一指喊道："中军、左军、右军，给孤王冲阵！"

张玉、朱能、邱福听到燕王命令，各率一军，冲向南军阵列。

李景隆未说话，被众将簇拥着，立于门旗之下。南军阵中，平安和瞿能父子与燕军中的三员大将捉对厮杀，两军兵士也激烈格斗。战了约半个时辰，双方仍未决出胜负。

燕王对李景隆喊道："李景隆！这就是你的排山倒海之势吗？孤王领教了！"

李景隆道："莫急！本帅这才让你领教！"说罢令大旗一晃，南军中猛然一声炮响。

这是全军冲锋的信号。南军听见这一信号，杀声四起，几十万大军，各举兵刃，如潮涌般冲向燕军。

南军几十万大军倾巢而出，果然具有排山倒海的声势。燕军人少，抵敌不住，转头向后逃去。

燕军不入营盘，一直逃向后方。

燕军的后方是一片几十里没有山丘、没有村庄、没有树木的大平原。李景隆想："他们向哪里逃？是天该绝燕！"他不信会有伏兵，竟驱动大军直追过去。

李景隆的大军人多势众，因是乘胜追击，毫无忌惧。追出七八里路，前锋眼看就要追上燕军，猛然一声炮响，燕军顿时不见了。

南军突然看不见燕军，非常惊愕，不由惑然发愣。他们茫然四顾，却见四周有许多柴草车停在那里。他们还没从惊愕中清醒过来，猛然间，数声巨响，震得山摇地动。硝烟弥漫中，只见南军中血肉横飞，一片惨叫。平静的大平原，霎时成了一片火海。大部分南军被炸死，没炸死的，也都衣发着火，烧得焦头烂额，懵懵懂懂地在火海中乱窜，纷纷夺路而逃。可是在火药爆炸的同时，周围的柴草车已全部着火，恰似一条环堵的火墙，把路全封死了。而且在火墙之外，围得密密匝匝的燕军，正准备截杀。

这是道衍的一条妙计。道衍故意在这平原上环形挖沟，埋了硫黄火药。燕王则以言语相激，引李景隆驱兵追击入彀。

李景隆果然中计。这一役，入彀的南军将士几乎无一生还。瞿能父子俱亡，只有平安冲出，单骑落荒走了。

李景隆因是文官不敢放马，落在后面，故侥幸得免，带着卫士逃回大营。

这边战斗结束，燕王立即带着燕军攻进南营。守营的徐辉祖抵挡不住，只得弃了营寨，与李景隆逃向德州。李景隆逃得匆忙，连御赐的玺书斧钺也一并丢了。

燕王不追，将南军丢下的辎重、器械，集在一起，堆如山丘，将南军抛下的粮草归为己有。

燕王大喜，在真定大赏将士，休整军队。

燕王白沟大捷，声势大振。过数日，燕王攻德州，未到城下，李景隆已闻风而逃。燕王兵不血刃，占了德州。

此时，山东参政铁铉，正督军需物资赴李景隆军前。走近德州，听说李景隆战败逃跑，急忙赶到济南，与山东的参军高巍兵合一处，共同死守济南。

李景隆从德州逃跑后，不敢回朝，也来到济南，扎营城外。

燕军占了德州之后，又循李景隆逃跑方向追来。追到济南城外，便进攻李景隆大营。李景隆十余万军队仓促迎战，又被燕军杀败。李景隆单骑逃走。于是，燕王围了济南。

燕王想用威抚并用的办法攻取济南。道衍想了想道："可以修书一封，晓以利害，但我们必须做好攻城的准备。"于是，道衍写了一封信，派人送入城内。

信的大意是：燕王南伐是为了靖难。燕王与建文之争是朱家家事，铁铉、高巍不要插手。又说，识时务者为豪杰。如果燕王胜了，你们是助伪，就是奸臣。希望你们看准今日之形势，权衡应该保谁。

铁铉和高巍看了道衍的信，商量对策。铁铉道："建文皇帝是高皇太孙，奉高皇遗诏嗣位，名正言顺。我们保建文帝为大明忠臣。燕王反建文帝就为逆，我们若保燕王即为逆党。愚意以为如此，不知高参军意下如何？"

高巍道："愚下之见，正与明公相同。愚下至死也不保燕王，不做乱臣贼子！"

铁铉道："兄台节操，让铁某敬佩。铁某亦誓与此城共存亡。兄台若愿意，咱俩歃血为盟，对天发誓。"

于是，二人歃血为盟。铁铉饮了血酒道："皇天鉴临，我山东参政铁铉，生为明忠臣，死为明忠鬼。誓为朝廷守济南，城在铁铉在，城亡铁铉亡。若背誓，上天是殛！"

高巍也饮了血酒，发了誓。

铁铉道："现在济南已被逆军切断交通，成了孤城。济南又没有南京、北平那样的深沟高垒，欲守此城，必须万众一心，众志成城。所以我们应宣告众将士，勠力同心，共同抗燕。"

高巍道："正该如此。我去召集众将，宣誓守城。如有异志者，斩！"

铁铉道："我想只要申明大义，众将定与我们同心协力。"

第二天，铁铉召集诸将于厅中。铁铉与高巍对众将士分析了当前济南面临的严峻形势，也分析了坚守济南的重要性，最后激励大家合力防守。

此时都督盛庸正屯兵历城，也来济南共商大事。他们也都慷慨涕零，宣誓反燕王、保建文帝。

诸将很受感动，誓与铁铉共守城池。

盛庸道："燕逆有军师道衍相助，用兵如神。耿炳文率三十万大军驻真定，燕逆攻两日而下。李景隆统六十万大军于白沟，燕逆一役而全歼。因此，守济南，扼燕贼，困难重重，我们应该有周密准备！"

铁铉道："取义成仁今日事，我们的决心就是：以死固守！"

高巍道："燕逆造反时，曾宣读所谓靖难檄文，我们也应该写一篇讨燕檄文，以号召天下响应，取得广泛支援。"

众将道："若写讨燕檄文，就靠高参军的手笔了。"

高巍并不推辞，道："高某虽才薄，但义之所在，不敢有辞。"

铁铉道："守城最怕之点是缺粮，今济南粮足，无此忧虑，只要大家合力坚守，定能阻扼燕逆南下。"

大家商量完毕，立即准备守城事宜：一是训练军队，教以守城之法；二是加高、加固城墙，日夜警惕防守，城上安报警装置，一处有敌攻城，立即警报全城，分兵往援；三是打造防守兵器，如长柄刀、枪、火药、弓箭；四是设置滚木礌石。

当下几个将领分了工，各去准备。

第二天，高巍的伐燕檄文写好了，当着将士宣读，并张贴城内外各处。

高巍写的檄文是：

> 燕逆朱棣，却效燕啄皇孙，觊觎神器。擅削帝号，兴兵叛逆，启天下苍生之祸、肇社稷动乱之源。借口诛朝廷"奸臣"，实为篡权夺位。
>
> 朱棣虽高皇贵胄，已成乱臣贼子。春秋之义曰：乱臣贼子，人人得而诛之。仰城中全体军民士商，同仇敌忾，共守城池，共灭敌焰。

诸事毕，铁铉又派人将讨燕檄文送去燕营，算作对道衍的答复。

燕王知铁铉守城坚决，非常愤怒，昼夜猛攻济南。无奈城内坚守，每次攻城，都是空死无数将士，铩羽而归。

燕王与道衍商量，道衍道："济南城内南军将士齐心固守，靠硬攻恐怕难以攻下。济南临水，是不是可谋用水攻。"

燕王点头称是，就带了道衍绕济南城，察看济南地形，计划用水攻城，归来后，就用三万大军运土石填济河，又拦河筑了一道大坝，在济河靠城一侧，将大堤决开一口，令其倒灌城内。

济河被拦腰截住，不得畅流，河水越憋越高。水如山洪暴发，奔腾咆哮，泻入济南城，半日之间，济南城内外，变成了水泽之国，水深达数尺，房屋、器物、粮草尽淹水中。

济南军民，人心慌乱，惴惴不宁。

铁铉非常忧愁，于是贴了安民告示，晓谕民众。告示写道："城中军民，不要恐慌，本司自有良策。静待三日，便可破敌。"

城中军民对铁铉素甚信赖，见了告示，不知他有什么办法退敌，只得安心等待。

铁铉写了一封信，暗暗遣人送交燕王。

信中词卑，言孤城难守，愿意投降，欢迎燕王入城。

燕王看罢信，非常得意，立即对送信的使者道："本王准降。待本王入城后，即可纳降。"使者走后，燕王低头沉思。此时，道衍去济宁一带察看地形尚未归来，燕王没办法跟他商量，只有自己苦苦思索。

铁铉见燕王准降，就命令部下，撤了守城器械，又召集城中父老数十人加以教练，出城前往燕营。

这些父老徒手步行，至燕军营外，要见燕王。

燕王闻有数十父老要见，有些诧异，遂出营巡视。这些父老见燕王出来，都跪伏道旁。

其中一人涕泣道："朝有奸臣，使大王蒙受霜露，跋涉至此。大王系高皇帝子，民等乃高皇帝百姓，哪敢违大王命？但民等不知兵事，骤见大兵压境，一时未识大王为国为民之苦心，误疑大王有心屠戮，故冒犯抗拒。大王如真心爱民，请消城中洪水，退师十里，单骑入城，民等必箪食壶浆，以迎王军。"说罢叩头。

燕王见城上守军尽撤，诸父老又俯伏于地，一副诚惶诚恐的样子，心里高兴，温言抚慰道："本王已体察众父老之诚意，甚为欣慰。诸位请起，回城去吧！本王答应你们所请。"

众父老这才谢恩，互相搀扶着起来，又与燕王行礼，然后回了城中。

诸父老回营，直奔铁铉大帐，对铁铉讲了燕王接见他们的经过。

铁铉道："我代表全城百姓谢谢诸父老。"

第二日，燕王下令拆了拦河大坝，又宣布撤军。自己只率精壮卫士数名，同跨良马，出了大营。

道衍从济宁回来知道了这件事，急忙出营追上燕王道："大王，城中敌情不明，一旦生变其祸不小。请大王回营商量！"

燕王道："只有铁铉来信投降，孤王尚且有疑，可是数十名城中父老之言情真意切，使孤王不再有疑。"

燕王去意坚决，道衍见阻不住他，无奈道："大王冒险入不测之地，要小心珍重！”

燕王道："师傅放心！铁铉是被我们淹得无奈而降，现在大兵临城，他断不敢使诈。况他城上防备已撤，定是向我们显示诚意。"

道衍道："但愿如此。常言'防人之心不可无'，望大王千万不能大意！"

燕王道："我已答应他们准时赴约，若不赴约，城中人讥我畏惧，谓我寡信，叫我今后如何面对百姓？"他想说"君临天下"，终于没敢那样说，改说了这样一句并不能表他心意的话。

道衍道："大王去吧，倘城中有诈，臣立即挥军进城迎救大王。"

燕王想了想道："好，我去了。"说罢，带了数骑入城。

城门果然大开，门内，那数十名父老列队伏地恭迎，高呼道："欢迎千岁，欢迎千岁！"

父老后面，也有无数南军，手无器械，举手向燕王欢呼道："欢迎千岁入城，欢迎千岁入城！"

燕王见状，消除了疑心，得意扬扬，徐徐入城门。他走在最前面，马刚要入城，却听得后面有喊声："千岁慢入城，千岁慢入城！"

燕王回头，见是一个军校跑来。燕王大声问军校道："唤孤王什么事？"

那军校道："军师让小的来唤回千岁，说城中太静，恐怕有变！"

燕王勒马，彷徨不定。

此时，门内的父老道："济南民众欲见千岁，犹如阴天盼日，大王千岁勿疑，请进城受礼！"

燕王观察城内外，并无异象，于是道："回去告诉军师，请他放心！"说罢，又拍马而进，入了城门。

燕王遥见父老军士后面，沿长街百姓均焚香净道，于是更加放心。

燕王正在扬扬得意，忽听门洞上"唰"的一声响，又"哐啷"一声，只觉一股凉风向下袭来。燕王情知有异，立即带马后撤，只见一块大铁板足有千斤，从上面压下。他不由"咦"的一声，惊出一身冷汗。

幸亏铁板下落时，被系绳上的结子绊了一下，落势略缓了缓；也幸亏燕王反应快，撤得疾，坐骑又是驯熟良马，一勒即退；等那铁板落下，他已退出身去，只见马头被铁板砸中，立刻被压扁了，血浆满地。燕王的身子被摔出很远，一个卫士急忙俯身把燕王提上马，向门外飞驰而去。

燕王被卫士们保卫着，逃至护城河桥，见桥下有许多南兵在拆桥板。只因桥板钉牢，一时未被拆下，弄得板桥摇摇晃晃。燕王情急，扬鞭打马，竟从摇摇晃晃的桥板上冲了过去。后边几个卫士，也效燕王过桥，竟有三四骑掉入河里，被南兵杀了。最后一骑，是因南军拆了桥板，掉入河中的。人马落入水中，再也没上来。

道衍见城中有变，急忙驱兵攻来。但他们跑至护城河边，护城河桥已拆，把他们阻在河岸。

此时，铁铉已立城头，对道衍道："请道衍军师赶快退回去！不然赐你们一阵箭镞！"

道衍无奈，只得率兵退回燕营。

燕王逃回燕营，大怒道："可恶，可恶！快给我淹城，淹城！把济南城全淹没！”

燕军受命，立刻筑坝决堤，“哗哗”河水又灌进城里。可是此次洪水，未使济南城泛滥成灾。原来，在燕王撤军的这天夜里，铁铉已派人挖通了一条暗河，不但将城中的积水全部放出，而且新放进来的水也全部泄出，点滴不存。

燕王以为济南军民难逃劫难，心中暗暗觉得恨泄。过了一天，他估计济南城定被洪水冲得房倒屋塌，城中之人定成鱼鳖之食了。可是，派去的探子回来报告说，济南城十分安定，未见灾情。燕王听了，不由一怔，他讶然失声道：“为什么前次放水，城中被淹，此次放水，不见灾情呢？水流到哪里去了呢？”于是，又派人侦查，最后才得到实情：水顺一条暗河泄出去了。

燕王见用水淹不了济南，并不甘心，又请道衍出谋划策。

道衍道：“要堵那泄水河道，必须走近城墙。城上南军用箭防守，所以河道难堵，看来用水攻不成了！”

燕王道：“那么，怎么办？不惩治他们，孤王实在不能泄愤！”

道衍道：“水攻不成，改用火攻嘛！”

燕王道：“南军防守甚严，我们不能近城，怎么用火攻呢？”

道衍道：“可用火炮攻破城墙，然后大军从缺口冲入！”

燕王惊问：“我们没有火炮呀？”

道衍笑道：“我到济宁去，说是察看地形，其实我是去征集乡间铁木工匠，照我画的图纸打制火炮的。一旦水攻不成，就用火炮。”

燕王道：“师傅怎不早说？火炮怎么造法？”

道衍道："此事一要快，二要保密，所以没告诉任何人。这种火炮，只用粗木截成段，把粗木段上端掏空，下端留一个小眼，再在粗木段外面打上铁箍儿就成了。使用时，上端装石子，下端装药，再把药捻儿安在底部，用火点燃，筒内火药爆发，便可将石子射出去。"

燕王击掌道："师傅共打了多少火炮？现在哪里呀？"

道衍道："共打了一百门，今天刚刚派兵取来，放在后营！"

燕王喜极道："既然有了火炮，何愁济南不破？！"于是，二人又做了周密安排，把百门火炮，齐聚北门之外。

燕王见大炮架好，便下令开炮。于是，燕军百炮齐发，登时响声震天，硝烟弥漫，大小石块，呼啸纷飞，射向济南城北门。这炮石甚是厉害，击中城墙，立刻城砖陷裂，只是因为当燕兵架炮之时，城上南军箭手，用强弓劲弩射击，使燕军架的炮离城门稍远了一些。所以，第一排炮发，虽有惊天动地的声势，使南军惊魂落魄，但威力尚小，城墙没有倒塌。

燕军随着发炮，乘南军躲在垛口下避炮之时，发动攻势，并把火炮向前推进。正要发第二排炮，忽见北门左右的墙上悬了几块大木牌，每块牌上都写着"太祖高皇帝之灵位"八个大字。字很醒目，城下的人，都看得清清楚楚。

大明律载：亵渎太祖神牌，都要犯大不敬之罪。当时这种罪最重，轻者杀身，重者灭族。如炮击太祖神牌，这还了得？！因此虽有百门火炮，却谁也不敢点燃药捻儿了。

燕王虽恨朱元璋未传位给他，但他也不敢冒天下之大不韪，公然亮出反朱元璋的旗帜，他见城门悬了太祖神牌，也不敢下令开炮了。

　　道衍道："悬太祖灵牌于城门，明明是铁铉的缓兵之计，大王何必上他的当？！太祖灵牌应该由皇亲虔敬而设，供之尊位。铁铉自制的太祖灵牌，明明是假的，大王何必因此自缚手脚？假若他把南京城都悬满了太祖灵牌，难道我们就不攻城了吗？大王若中他的计，我们就徒在此劳师耗饷了！"

　　燕王为难道："孤王若下令炮打灵牌，人们就会以此加孤王罪状，恐怕连大明诸王也要恨我！"

　　道衍叹道："可惜功亏一篑呀！"

　　燕王道："望师傅能了解我的苦心吧！"说着流出两行热泪。

　　道衍默默点点头，心中暗道："铁铉之计的确太毒，连我也谋逊一筹啊！"

　　燕王面对朱元璋的死神牌，吓得不能开炮。道衍知道他打着"靖难"的旗号，启用洪武的年号，是求个名正言顺，所以就依从了他，带了燕军将士回营。

　　铁铉在城里派将士运砖运土，修补被火炮击破的城墙。城墙经过修补，坚固如旧。燕王望着济南城，破城无术，空自着急发愁。

　　困在济南城里的铁铉更是忧愁。天天十几万大军要吃粮，济南城中的百姓也要吃粮，虽然给李景隆筹集的粮草全被铁铉运到济南，但也供不起几十万张口。这样坐吃山空，就是济南有一个粮山，也是顶不住劲儿的。困守孤城，独立无援，一切军需费用无法靠朝廷补给。如不想办法破敌，就要被燕军困死。他暗想："我不能坐以待毙，必须想办法解围。"

　　铁铉将自己的想法告诉了高巍和宋参军。

　　高巍道："现在都指挥盛庸的那路军在历城，与我们遥遥相望，成犄角之势。我们若约得盛庸出兵，与我们内外夹攻，必破燕军。"

　　宋参军道："燕军最忌者为都督平安，如果令盛庸发一队兵，打平安旗号，则燕贼更加胆寒。"

铁铉道："此计甚妙，但济南被围得水泄不通，怎样派人与盛都指挥联络呢？"

宋参军道："当燕军初围济南之时，末将与盛都指挥都被围城中，盛都指挥坠城而下，突围回去领军。我军骁勇之士甚多，盛都指挥能坠城突围，我们派个骁勇之士，不是同样可以出去吗？"

铁铉道："对对，不知谁可当此重任？"

宋参军道："末将举一人，能当此重任。此人叫张能，人称皂旗张。他身有举鼎之力，而且能武术，有智慧，原是都督瞿能的部下，瞿能父子战死于白沟，他发誓要为瞿能父子报仇。派此人给盛都督送信，必不致辱命！"

铁铉道："好。待我修书一封，就遣张能去送。"说毕，铁铉取过文房四宝，铺纸于案，提笔蘸墨，刷刷点点写起来，片刻即成。

宋参军道："末将这就派张能赴历城盛都指挥营。"说罢欲行。

高巍道："必须嘱咐好张能，此信重要，万不能让燕军知道内容，倘他不能突围，必须把信毁掉。"

宋参军道："高参军说的是。"说罢，转身而出。

张能接了命令，装好了信，收拾停当，背插单刀，坠城而下。他双脚落地后，俯身冲向吊桥。城上守军与其配合，放下吊桥，让他冲过去后，又重新吊起。

张能过了桥，就在树丛里掩身，躲着燕军的巡哨，等燕军的巡哨过去了，再向前潜行。当他穿过最后一个帐篷时，与燕军巡哨相遇，厮杀了一阵，砍倒了几个巡哨，向历城方向奔去。

过了两天，夜里三更时分，燕军的南面大营背后，突然号炮连天，金鼓大作，两队大军攻营来了。一队大军打着"盛"字大旗，另一队打着"平"字大旗。

在燕军南面营盘受敌时，城内南军也号炮连天，金鼓大作，大开南门，去攻燕营。南军互相呼应，里外夹攻，其势甚是威猛。燕军从梦中惊醒，仓促应战。因是腹背受敌，顾此失彼，所以立显败迹。燕军见了"平"字大旗，更是未战先悸，不敢迎战，仓皇躲避，时间不长，南面的两座营盘便被南军攻破。

燕王闻知南军内外夹攻南面大营，非常着急，即派大军增援。

道衍道："南军内外夹攻，终是难援，大王不如采取围魏救赵之策，派大军故作声势去攻历城，这样盛庸和平安即可退去。这是釜底抽薪的办法。"

燕王依道衍之计，立刻飞驰东西两大营，令张玉、朱能分率东西两面大军，从两侧驰援南面燕军，派邱福率一支大军奔袭历城。

燕军营中三股大军出发，使南军非常慌乱。原来，南军中只有"平"字大旗，并无平安军，那股军队，都是盛庸军扮的。盛庸正率兵奋战，忽听燕军三处炮响，知道燕军必从三处攻他，急忙调集所有部下做抵挡准备。忽又接探马来报，说燕军向历城方向驰去，不由一惊，盛庸的粮草、辎重、军器全在历城大营。历城如果丢失，他就无处立足了。于是下令，全军回救历城。

盛庸军一撤，铁铉的军兵顿时势小力微，还没等到燕军从两侧来攻，就急急退回城里。

原来，邱福率大军攻历城只是故作姿态，待盛庸的大军回撤之后，便虚杀了一阵，就领兵回来了。

这一仗，燕军损失了两座营帐、千余兵马。燕王甚是忧愁。

道衍道："南军守城甚坚，我军士气已衰，不如暂回北平，容图后举。"

燕王听了道衍的话，同意将大军撤回北平。

铁铉、盛庸听说燕军撤了，便出兵追击。但燕军有序而撤，并不慌乱。铁铉和盛庸追到德州，见无机可乘，不敢再追，由着燕军安全撤走。

德州城的燕军知燕王北还，又见铁铉、盛庸的大军虎视城外，料难固守，就弃城而出，追随燕王去了。

铁铉、盛庸退了燕师，收复了德州，便向建文帝上表奏捷。

建文帝见表，心中大喜，对群臣大加褒奖，降旨封盛庸为历城侯，封铁铉为兵部尚书。

铁铉、盛庸在德州见了皇上晋封圣旨，非常高兴，便大赏三军，摆宴庆功。

未过几天，皇上又降圣旨，拜盛庸为平燕元帅，领兵北伐。于是，盛庸令副元帅吴杰进军定州、都督吴凯进军沧州。

不几日，定州、沧州皆下。定州、沧州、德州遥为掎角，合图北平。

消息传到燕王府，诸将不免惊慌。道衍对燕王低语了一阵，燕王轻轻点头。

第二天，燕王召集众将，下令出击辽东。众将各持异说，燕王只是不理，派张玉、朱能为先锋，自己亲统中军，邱福为后应，择吉日起兵。

过了几天，择了黄道吉日，教场点齐人马，大军出北平，直奔辽东。

第二天夜，燕军到了通州，天黑不能行军，就在城外扎营住下。

眼看大军东进、离北平越来越远，将士更是忧心忡忡。张玉对朱能道："眼下南军在我们南门口鹰瞵鹗视，大王偏不在意，驱师向东，真让人忧心。"

朱能道："是啊！铁铉、盛庸二人，不是耿炳文、李景隆，他们一旦攻打北平，不是儿戏。倘北平有失，大事去矣！"

二人商量了一阵，就进燕王大帐见燕王。张玉道："现在盛庸受命，拥大军在德州窥视北平，大敌当前，我们应在北平准备抵御。怎么大王偏要出师辽东，舍近图远、伐缓忘急呢？！"

朱能也道："张将军说得对，请大王乘出师未远，回军北平，防备南军。"

燕王听了，笑而不答。他屏退了左右，才对二人道："这是军师声东击西之计。"接着，对张玉、朱能又低语了一阵。

张玉、朱能这才如梦方醒，不由鼓掌称善。第二天，张玉、朱能率大军，过天津，奔直沽（今天津市内狮子林桥西端旧三汊口一带），疾速循海河南行。

这时，将士又惊诧起来："大王誓师东征，为何向南？是不是走错了路？"

燕王道："你们以为我欲东反南，走错路了吗？昨夜我见白气二道，由东向南而去。所以改变主意，改征东为伐南了。

众将士听了燕王的话，以为这是天兆伐南，因而对胜利充满信心，别无异言。

张玉、朱能率师疾进，遇着南军探骑，尽行杀灭。这一昼夜，行军二百余里。到第二天黎明，燕军抵沧州城下，并立即发动猛攻。

沧州镇帅吴凯，探得燕军去攻辽东，毫无戒备。此时见燕军骤然来攻，急忙命军士上城防守。众将士以为燕军是神兵从天而降，又慌又怕。

张玉率燕军冲到沧州东北角，亲率将士架了云梯攻城。城上南军将士死守，云梯上的将士纷纷被砍裂头颅、砍断手指，血肉飞溅。但张玉勇不可当，仍率燕军抢登城墙，终于杀却守军，跃上城墙。

吴凯知道城不能守，便想："城终不能守，不如保存兵力，立即退出。"于是，与都督程暹、都指挥俞琪等开城出逃。

他们走了不远，遇着燕将谭渊带五千精壮燕军当路列了阵式。谭渊横刀立马，对吴凯道："我等奉军师令，在此等候多时了！你们前有雄师，两侧又有伏兵，还能跑吗？"说着他用手向两旁指去。

吴凯等向左右看去，果见左右两侧呼啦啦尽是燕军旗帜。吴凯等见了，以为中了埋伏，心里惶惶无主，下令冲了一阵，被谭渊率军拦住，一阵追杀。南兵逃的逃、降的降。吴凯、程暹等见状，只得束手就擒。

谭渊实际只带了五千兵马，左右并无伏兵，只是虚设旗帜。手下的五千兵马在战斗中也有伤亡，他想："这些降兵降将，若知虚实，起来反抗，便难以收拢。为了保险，莫若全部杀了！"他与副将商量，副将也以为他的想法对。于是，杀意立决。

谭渊让将士掘了一个大坑，至夜间，把三千多南军降卒全部驱入坑中，并用锹往坑中填土。三千多南军降卒，全被活埋了。

燕军行刑时，坑中悲哭哀号，惨不忍闻。持续一个多时辰，叫声才歇绝。

谭渊坑杀了全部降卒，把吴凯、程暹等打入槛车，押去见燕王。

燕王听了谭渊奏报，心中大喜，对谭渊大加嘉奖。

道衍道："燕军有令，不许屠俘杀降，谭渊擅杀降卒，应按律治罪。"

燕王道："谭渊杀降卒，是为了保险，虽犯军令，情有可谅！"

道衍道："军无令，不能成军。以任何原因犯令均不可赦！"

燕王道："谭渊不杀降卒，降卒叛反，可致我军反胜为败，因此谭渊坑杀降卒，以绝后患，情有可谅。"

道衍道："既犯军令，就是罪过。南军降卒断不可杀。大王若想成事，必须示仁爱于天下，今谭渊坑杀降卒，大伤人心。大王若不执军令，天下人以为大王唆使其行为，必失天下人之心，这是很不好的事啊！"

燕王语塞，许久又道："孤王起大事，欲为天下人行仁。战场上权衡轻重，并不是乱杀无辜啊！再说这些降卒也杀过我们的人！"

道衍道："既已降，就不再是敌。活他们有两利，杀他们有两害。一是他们每人都有亲友，活他们其亲友与我们友善，杀他们其亲友与我们为仇。因此，杀这些对我们并无威胁的降卒，是给我们增添数倍仇视我们之人。二是优待降卒，可以使敌军望风归降，减少我们的敌对力量。虐杀降卒，致使敌军坚决与我们为敌，即使无路可走，也必是困兽犹斗，与我们拼命。大王你细想过吗？"

燕王知道衍讲得有理，但他天性残忍，又刚愎自用，既奖了谭渊，就不愿改口降罪，便笑着道："师傅，俗语说'慈不领兵，义不理财'，你是否有些心慈了？"

道衍见燕王如此，摇摇头不愿与他再争。

燕王下令将所有俘虏和辎重全部解送船中，派燕军押送，从直沽经天津送往北平。

燕军在沧州休息了一日，第二天，又率军南征至德州城下，并下令攻城。

盛庸很会用兵，闻燕兵破了沧州，来袭德州，不想迎锐而战，下令坚守不出。

燕王亲督大军攻城，盛庸守城有方，燕兵猛攻几次，均被拒回。燕王只得放弃德州，率军奔临清、大名，经汶上趋济宁。

济宁原为盛庸的扎营地。燕王曾在此败军，因此恨这里的百姓，军士一路抢劫，他置之不理。

道衍见了，对燕王道："大王欲成大事，应心胸扩展。军士抢掠百姓，应严加管束！"

燕王道："此一路皆敌区，掠敌区财物，省得被南军所用，有何不好？"

道衍道："这样影响不好，天下百姓是一家，何分敌区和我区！"

燕王不以为然道："这里人心向南军，给他们一点颜色看看，又有何妨？"

道衍道："此事传扬出去，全国皆知。况且南军若借此大肆宣扬，对我们更不利！"

燕王这才不语了，同意道衍的主张。

果然，盛庸、铁铉以燕军坑杀降卒、抢掠财物之事，大作宣扬。盛庸在德州，集结原来的铁铉部下，顾成、李文、陈晖、徐凯各路南军并吴杰、吴高两路南军共四十多万人，移军东昌，准备与燕军决战。

盛庸誓师守城，恰好平安率其所部也到。原来，平安在白沟单骑逃走后，召集了逃散的旧部，因为找不到李景隆，就率军南行，准备回南京求救兵。走到德州，正遇盛庸在德州大集南军，他听说了，就带所部前来效命。

盛庸见平安率部前来，非常高兴。他佩服平安能征善战，威名卓著，便任平安为副元帅。

一天，他把大军集合在广场。四周旗旛招展，中设大台。他穿元帅装立在台上，宣布燕王叛逆朝廷罪和祸国殃民之罪。他说："燕逆残暴不仁，形同桀纣，在沧州一举坑我三千多降卒，现在坑中白骨累累，风腥云愁。三千多被杀弟兄，家里都有亲人倚闾相望。他们已放下武器，竟被燕军杀了。此等残忍，人间少寻！他若成事，怎能惠民？燕逆不爱百姓，还有例证。此次自沧州西行，一路纵军掳掠，所经之处，十室九空，人人咒骂，视同贼恶。我皇朝将士，人人有家，若让燕逆成事，我家何存？！因此，本帅誓与你们同心协力共讨逆贼，保我皇朝，卫我家乡，功在社稷，利在自身！愿我将士，共立誓言！"

众将士听说燕王杀降卒，兔死狐悲之感油然而生，痛恨燕王残忍，决心同仇敌忾，共破燕逆。于是，全军将士庄严宣誓："皇朝将士，勠力同心，铲除逆贼，保国安民！不灭燕逆，誓不罢休！"

将士宣罢誓，盛庸杀牛置酒，犒劳三军。将士们喝过酒，人人激奋，欲寻燕军决一死战。

程济是盛庸行军军师。这天夜里，程济对盛庸道："此时虽然士气可用，但若与燕军力战，仍是胜败难测。若想确保我军必胜，必须用计。"

盛庸深以为然。二人拟好出奇制胜之计后，便写信与燕军约战。

在德州时燕军数日讨战，盛庸均闭城不出。现在盛庸来信约战，燕王立即答应兵回德州。燕王这人，自谓自己用兵有方，对盛庸怀着怒气，他想："今日我倒要掂掂你盛庸的分量，我不信两军对阵你能胜过我！"

第二日，燕王率兵来到德州城外，只见盛庸背城列阵，军容甚壮。燕王久经战阵，并不在意，他也挥军列阵。

燕王列了阵，对盛庸道："竖子下书约战，今日敢见雌雄吗？"

盛庸道："哼，今日我奉诏讨逆，焉有不战之理，除非是你认罪归顺。"

燕王道："胜者君王败者逆贼，多说无益，下令开战吧！"

盛庸道："好，两军同时发号吧！你以何为号？"

燕王道："发炮为号！"

盛庸道："很好，我的开战信号也正是发炮！你若敢战，那就请发炮吧！"

燕王道："好，你准备战斗吧！若不能战，龟缩回城也未为晚！"

盛庸道："我既约战何不敢战，倒是你面有惧色。皇上乃是先皇高祖所定，你反皇上就是高祖叛逆……"

燕王喝道："住口！一派腐儒之言。允炆任用奸臣，违背祖训，故而有锄奸臣、清君侧的靖难之师。"说着，挥手下令，点燃信炮。

信炮响过，燕军立时由横队变成几个纵队，每队一个旗手，旗手后一个将领。将领手挥兵刃，带领本队向前冲去。

南军发了信号，也变了队形。前排军士突然分开，露出后边排列着的火器、弓弩。

燕军猛向前冲，收军不住，直迎着火器、弓弩。南军见燕军冲来，立刻火器、弓弩齐发，只听"轰轰"一阵火炮响，火球、石子、铁块在燕军队里满处飞进。战场上硝烟弥漫，充满硫黄味和酸臭味。原来，南军的火炮里都有引火的硫黄球，弓弩上都蘸了毒药。

石子、火球、毒弩飞过，燕军倒了满地。硫黄、火球引着了燕军阵地上的秋草、树木，立时成了一片火海。那些被毒弩射中的燕军，无论伤在何处，都立即死亡。

燕王见状，愤怒极了。他不避危险，不顾丧师，亲率精骑去冲南军，想把南军火器、毒弩摧毁。道衍想阻止他，已经晚了。燕王刚冲到南军阵前，南军的第二排火器和毒弩又发射过来。燕王带领的燕军，几乎全部倒地而死。

燕王因愤怒失去了理智，第二次重创仍未给他足够的教

训，他又第三次领一批燕军冲上去。这次他勇猛疾前，没容南
军装完第三轮火药，已冲到南军跟前，南军不能再发射了。
盛庸见燕王已经冲过来，立即发信号，分开两翼，任燕王冲入
阵中。

燕王冲入南军阵中，立刻被南军密密麻麻围了数层。

这时燕王情知中计，挥剑左冲右突，想夺路杀出。

盛庸冷笑道："燕逆，你已被包围，冲不出去了！本帅告
诉你，你之所以没被射死，是因皇上念骨肉之情，下旨不让将
士杀你，不然你身上早千疮百孔了。今日被围，插翅难逃，束
手就擒吧！你再反抗，刀剑无眼，若被乱军杀了，可休怪皇上
没有仁心啊！"

此时，燕王不敢再逞强。他的确觉出，两次身在炮火、毒
弩之中，将士全死，只他无恙，定有原因，便想："既然是这
样，我何不借此脱险？"

于是，燕王大叫道："我是燕王，我是燕王！谁敢杀我，
祸灭九族！"

此话果然生效，南军将士果然不敢杀他。他飞马驰骋，手
持长剑左冲右突，所到之处，虽然遇到阻挡，但无人敢杀他。
燕王有恃无恐，来往冲杀如入无人之境。

但是，尽管他所到之处，无人敢杀他，但因包围如铜墙铁
壁，他怎么也冲不出来。

燕王冲到一个小丘前，几个南军上来拦他。他道："我是
燕王，快放我行！谁敢杀我，祸灭九族！"

一个南军道："你的额上又没刻字，谁知你是不是
燕王？"

另一个南军因为他哥哥被谭渊活埋了，所以要杀燕王为哥

哥报仇。他大喊道："他是假燕王，我们杀了他！"另一个南兵，又高喊："就是真燕王，他掳掠百姓，滥杀成性，我们也要杀了他，为国除害！"

正当南军的刀就要落在燕王头上时，忽然阵外跑来一队人。为首的是个道士，他用剑架住了南军的刀。

跟在道士后面的和尚道："好大的胆！连王爷你也敢杀，想违抗圣旨不成？！"

那道士道："快退下！谁动杀王爷之念！立教你们死！"

有个南军仍要杀燕王，举刀向前，那道士手腕一翻，就把那南军的刀磕飞了，然后回身一剑，把那南军刺死。

和尚道："谁再敢杀燕王，以他为鉴！"

这道士即是袁珙，这和尚便是道衍。道衍见燕王已失去理智，知道劝阻不了，必致惨败，就找了袁珙来挽救危局。南军不明袁珙与道衍的身份，却都知道建文帝有旨，不许阵前夺皇叔性命。因此袁珙、道衍闯入阵中，保护燕王，一时唬住了南军。

道衍对袁珙道："道兄，带他走！把他交给盛元帅，以表我们的功德！"

袁珙会意，假意擒住燕王，推了就走。几个南军目瞪口呆地看着袁珙和道衍把燕王带走，无人敢追。

袁珙和道衍带燕王走了一段路，袁珙放开燕王，截了一匹马给燕王，来到一棵树下，找到了他俩的马，就打马向阵外逃去。

有几个南军愣愣地看了一阵。一个南军叹惜道："我们如擒了燕王，去见元帅一定给记大功！可惜，到手的功劳，被他们夺走了。"

另一个南军疑惑地道："他们是什么人？和尚、道士来沙场做什么？他们为什么管朝廷的事？"

又一个南军道："此事蹊跷，我们要赶快去禀告元帅。"

几个南军都同意，便将和尚、道士擒走燕王之事报告了盛庸。盛庸立刻派快骑去追赶。燕王、袁珙、道衍跑出未远，就被南军围住。

道衍不会武功。袁珙、燕王既要全力对敌，又要分神保护道衍。眼看三人就要被擒，忽然大将朱能、周长冲破敌阵驰来救援。

朱能冲入敌围，拥了燕王、道衍、袁珙向外冲，这时南军第二批快骑又追到了，幸好二世子朱高煦与大将华聚冲溃了南军快骑，燕王才得以逃出。

燕王率军回到北平，查点人数，军马失了大半。将领中，先锋张玉阵亡。

张玉自随燕王扫北，成为燕王膀臂，后随燕王起兵靖难，收真定，战白沟，每战必随，立功最多。

燕王知张玉战死，痛哭流涕，不能自已，大呼道："如此惨败，皆我之罪，皆我之罪！"

诸将道："胜败兵家之常，大王勿自责！"

燕王道："胜败常事，不足计。孤王是悔恨因我之失，亡了张玉啊！艰难之际，失此良辅，实在痛心！"

燕王德州大败，情绪低落，不断追悔道："此次失败，皆我一手造成，恐怕大势已去，是我断送了大事！"

诸将唏嘘叹惜。

道衍道："大王，前车之覆，后车之鉴，能吸取德州失败教训则可，但不可因此消沉。记得德州战前臣说的'二人相

燕王战败被围困，道衍、袁珙设计相救

克'的话吗？'二人'者，即为'德'字。今德州遭败，已成过去，此后必阵阵胜利。"

燕王点点头，但已想不起道衍所说的话。不过，他明白道衍的心情，便随机应变道："是我忘了师傅的话，今后我们要重整旗鼓，准备东山再起。"

其实，道衍哪里说过"二人相克"的话呀，不过是见燕王意志消沉，编此谎话来鼓励他振作起来。

从此，燕王秣马厉兵，养精蓄锐，准备再战。

第二十回

扬石灰大败盛庸
烧粮草震惊建文

　　建文帝闻德州大捷，欣慰非常，供献牛酒，领百官一起去祭告太庙。齐泰、黄子澄二人都非常高兴。

　　建文帝在燕王发出"靖难"檄文时，因畏于燕王声势，明着罢了齐泰、黄子澄的官，暗中却仍把他们留在身边出谋划策。这次德州大捷，燕王败退北平，又要复齐泰、黄子澄官职。李景隆白沟兵败，被召还京师软禁待罪。此时建文帝欣喜，心想："今后可永弭兵燹，李景隆辈也就免受池鱼之殃了！"他打算让他们官复原职，也不再追究李景隆的丧师辱命之罪。

　　御史大夫练子宁、宗人府经历宋征、御史叶希贤，均奏李景隆失律丧师，且怀二心，应正罪以谢宗庙。黄子澄也上书请诛李景隆，以谢天下。

　　建文帝不准。此时是建文三年（1401），建文帝大祈祖坟、圣庙，准备大庆。

　　燕王乘此时机，又起兵南下。燕王临行，自撰祭文，哭奠阵亡将士道："孤王起事，已与诸公共指山河、裂土分茅为誓，想不到中道维艰，诸公先亡，成果不能共享。诸公刀枪无畏，矢石不避，为孤王而亡。诸公命亡，孤亦肠断。为慰英灵，只有自强。孤王此时唯以清泪、酒浆奠祭诸公，希诸公英灵不泯，佑孤王成功，孤王必优待诸公亲属，以报诸公恩德。同时给诸公置祠立位，让诸公永世享受供俸。"读罢祭文，燕王脱下战袍，点火烧了，名为给"阴魂御寒"。诸将士及其家属见燕王如此，无不感泣。将士们个个奋激，愿为燕王捐躯效命。

这一切都是道衍的主意。道衍见人心可用，立即请燕王出师南征。

燕军从北平出发，偃旗息鼓，疾驰潜行，只三日便到保定。

燕军破了保定，才有探马报到南京。建文帝吃惊，立即停止了庆贺，命盛庸率诸路军严行堵截。

燕军过了保定后，燕王与诸将商议前方应先攻哪里。

邱福道："不如先攻定州，攻取定州，方树我军声威。这叫先声夺人，慑敌胆魄。"

道衍摇头道："德州是伪朝拒我的根据地、盛庸的行辕。我们出师即攻德州，才显我们志壮力强。"

燕王以为道衍的话很对，即移师东指德州。正行之间，忽有探马来报，盛庸已率大兵，进驻夹河。

燕王即要挥师踏敌之营。道衍道："知己知彼，方能百战百胜，现在敌情未悉，即挥师贸然进攻，岂能胜券在握？"

燕王于是自率三骑，走近盛庸营旁偷看，看见盛庸结阵甚坚，不由想："幸亏军师阻止，不然贸然攻营，非失败不可。"刚欲拨马回营另定良谋，不意已被盛庸营哨发现。盛庸接报，立派千余将士追赶。

燕王见众多敌骑呼啸追来，并不慌忙，命从者三骑先行，自己张弓搭箭，立马迎敌。见敌骑驰近，燕王连射数箭。他箭无虚发，每发一箭，便有敌兵应弦坠地。南骑见燕王如此箭法，立刻勒缰退却。燕王见追骑退去，才拨马加鞭，纵马回营。

燕王知盛庸营坚，守军警惕性高，不敢驱大军进攻，只率步兵万余冲击南军阵营。南军见燕军来冲阵，便以盾牌做掩蔽，坚守营帐。

燕王早做了准备，攻营战士使的都是长矛，钩住盾牌，互相牵扯，相持不下。道衍见攻营燕军已牵制了南军将士，即令邱福率一军乘隙攻入。

燕将谭渊，见敌阵营中烟尘滚滚，想必被燕军攻得溃乱，急欲上前争功，正要冲入敌阵，恰一员南将迎面扑来，执着长枪截住他厮杀。不数合，南军那将虚晃一枪，拨马就走。谭渊贪功，哪里肯舍，策马追去，不防被那将回马一枪，刺中咽喉。他身子晃了晃，跌落马下。偏将忙来相救，又被敌将拔剑一挥，砍作两段。

这南将叫庄得。南军见庄得如此勇猛，均高声喝彩，因而人人振奋，个个奋勇。

燕军见谭渊和偏将相继被杀，纷纷后退。庄得乘势驱杀，燕军大败。

燕王且战且退，刚退出敌阵，正遇朱能受军师所遣率铁骑前来接应。朱能给燕王带来道衍一封密柬，燕王拆开看了，就令朱能前行，自己率一队燕军岔入河坡小路，绕到南军背后。

南军正全力追杀朱能军，不防燕王率军从后面杀来。南军骤然受攻，顿时大乱。

燕王击破南军阵营，与朱能等会合，齐攻南军。

南将庄得，见燕军转败为胜猛攻南军，一时性起，不顾死活，向前乱闯。南军骁将楚智、张能也随庄得向燕军冲杀。

燕王忌庄得、张能、楚智勇悍，挥军把他们围了，下令放箭乱射。庄得身中数箭，倒地而死。

张能即皂旗张，在燕军箭雨乱射下，犹摇着皂旗，来往冲突，顿时身上也集矢如猬。他至死仍手执大旗，直立不倒，燕军见了不敢近前。

楚智手持双刀，左砍右杀，杀死燕军十几人，眼看就要突围而出，忽然一箭飞来，被射中右肩。箭上有毒，伤口立刻变黑，他痛不可支，倒在地上，被燕军杀了。

燕军大胜，追杀了一阵，天已黑了，怕中埋伏，只得撤军回营。

燕王回到营帐，众将俱来参见、道贺，但燕王不欢，对众将道："今小创敌军，我军也有伤亡，盛庸的大军不灭，我军难捣南京，此次胜利，并没有削弱盛庸的军力。"

诸将都无计可施，燕王忧愁不解，大家不欢而散。

过了几日，道衍夜里去见燕王，燕王问："师傅黑夜来见孤王，一定有要事吧？"

道衍道："大王若想破盛庸军，明天有个机会。"

燕王道："师傅，快讲！"

道衍道："道衍今日观天，见东北昏黄，黄云翻卷，明天巳时必刮东北风，我们可以利用这个机会。"

燕王道："请师傅明白讲，我们好周密准备。"

道衍道："我军阵营在东，盛庸阵营在西，我们明日约战，列成东北阵式，空位西南留给盛庸军。我军每人备生石灰一包，交战时间选在大风起时。大风一起，我军先扬石灰，眯了敌人的眼睛，等敌军只顾揉眼，失去战斗力时，我们再驱军猛攻，定可一举攻垮盛庸军。"

燕王大喜，第二日与盛庸约战。将士临出战前，每人发石灰一包，揣在怀里备用。双方列成阵式，燕军占东北方位，留了西南方位给盛庸军。盛庸军不知所算，列阵西南与燕军对峙。

双方列成阵式，燕王先找盛庸对话，以拖延时间。约到已时，见天上黄云翻动，门旗上旗角向西南飘摆，便道："今日两军要战个强存弱死，真存假亡，开战吧！"

盛庸道："哪个怕你，发号吧！"

燕王又故意延迟了一会儿，见东北风已大起，才令发炮。只听"轰"的一声巨响，燕军听到信号，立即冲向敌阵，与南军战在一起。这时空中"呜呜"声响，狂风大作，卷起的黄沙如万狼齐吼。燕军乘风撒了袋中的石灰，刹那间烟雾弥漫，天地无光，石灰蔽天。

南军面对风头，立刻被扑面的石灰眯得睁不开眼，强睁开眼睛，又被石灰眯了眼睛。

生石灰见水发热，立刻将眼睛烧得又酸又疼，泪往外涌。他们只顾揉眼，不顾战斗，有的人糊里糊涂做了刀下之鬼，有的揉着眼睛格斗了几下，因为眼睛失明，攻防不力，而被杀伤，不大一会儿，盛庸的军兵就被杀戮大半。

燕王见盛庸阵破，立即驱军攻打盛庸大营。燕军冲入敌营，南军争相逃跑，盛庸制止不住，一座大营，全丢给了燕军。

盛庸军直逃到滹沱河口，燕军仍在追赶。南军害怕，纷纷跳水，溺死者不计其数。只有盛庸的一队亲兵，始终不乱，保护着盛庸仓皇逃去。

盛庸逃走，不敢隐匿，只得将败状据实申报朝廷。

建文帝接了败报，惊惶失措，叹息着道："朕悔不听翠红之言，早除燕逆，也悔下旨让诸将不杀燕王！"

原来，建文帝接到失败奏报之时，正因翠红自尽而伤感。翠红姓王，是宫妃，十八岁入宫，二十岁得幸，貌比西施，才比宋玉。她早知燕王有异志，劝建文帝及早剪除，以防后患。建文帝不信她言，斥她离间骨肉，降她为宫娥。后来，燕王北平起兵发难，黄子澄为她申冤，建文帝欲复她宫妃之位。可是，翠红不甘做宫妃，自缢而死。建文帝常忆翠红之才识，对她的死叹惜不已，他想：翠红为言燕逆而死，今后应谕诸将不要对燕逆姑息！

建文帝对着败报，毫无办法，只得召齐泰、黄子澄密议。

齐泰道："自燕逆起兵，我各路军先后损失百余万。欲剪燕逆，兵源不足，请陛下降旨募兵，以备伐燕。"

建文帝道："卿言甚善，朕即降诏。"

黄子澄道："燕逆起兵，虽'项庄舞剑，意在沛公'，却声言'除奸'，臣等为绝他口实，请贬外地。"

建文帝道："燕逆'醉翁之意不在酒'，朕流贬二卿，燕逆照样不收兵，朕正依靠二卿，怎忍外放？"

黄子澄道："陛下圣明。陛下若知臣等不奸，可明放暗留，以瞒燕逆，免他有出兵借口。陛下这样做了，就可派人与燕逆议和，看他的反应。他若罢兵，陛下再找机会除他。"

建文帝点头。第二日，建文帝便以离间皇亲罪，谪齐泰、黄子澄于远州（今四川茂县），但暗中仍让他们藏在宫内，又派钦差让燕王罢兵。燕王接见了钦差后，与道衍商量如何答复。

道衍道："听宫廷密报言，有个叫翠红的宫妃，曾劝建文早剪除大王，以绝后患。建文不听，反斥责翠红，并把她降为宫娥，翠红因之自尽。建文因翠红之死伤悼不已，悔不早除大王。可见，他贬齐、黄二奸都是假的，并不是真不疑大王了。"

燕王道："那么，孤王该如何回复允炆？"

道衍道："大王可将他一军。请他收了盛庸、吴杰、平安等各路军兵，以观建文态度。"

燕王道："好。"第二日，燕王照道衍之言，对钦差讲了。

钦差回京将燕王的要求奏知建文帝。建文帝委决不下，就召问方孝孺。

方孝孺是建文帝侍讲学士。孝孺幼时机敏，博闻强记。他有才学，藐视空谈，常以"明王道、治太平"为己任。高皇帝重其才，封汉中教授。蜀献王闻其贤，聘为世子师，尊以殊礼。建文帝不忘遵太祖嘱，国家大政方针常常咨询于他。建文帝好读书，每有疑，即召他讲解。临朝奏事，臣僚面议的情况，都由他在御案前批答，燕王起兵后，诏书檄文皆出自他手。

建文帝召来方孝孺，把燕王的罢兵条件对他讲了。方孝孺道："现在天将有淫雨，燕军千里驰骋，势必不战自疲。今宜令辽东诸将，入山海关攻永平；真定诸将，渡卢沟桥讨北平。这样，燕逆必回救北平。那时我们领大军蹑后，就不难擒住燕逆了。"

建文帝道："方卿分析甚是。朕即下旨诏告辽东、真定两路，依卿言行动。"

方孝孺道："请陛下佯与燕逆下书，拖延时日，等我们想出完善之策，大军调集齐了，便可一举剪灭他，一鼓荡平北平了。"

建文帝大喜，即派大理寺少卿薛岩为钦差，持诏赦燕王罪，让他罢兵回燕藩。

没等薛岩进见燕王。南军吴杰、平安在藁城正与燕军相遇，展开激战。

吴杰、平安各率本部夹击燕军，燕军死亡甚众。燕王的大旗被箭矢射得七孔八洞，旗手也被射死，燕王被卫士护在中间，才没中箭。

燕王无法退敌，正在着急，忽然大风骤起，飞沙走石，摧枝折树。双方都无法再战，南军只得退走。

燕王见南军尚未扎营，在大风中无处可依，于是抓住战机，挥兵冲杀。南兵阵乱，立刻大溃，几个将官也被燕军擒去。

吴杰、平安只得仓皇逃往真定。至真定查点人数，计损兵数万人，其中一万多南军成了燕军俘虏。

燕王吸取谭渊坑降卒之教训，优待战俘：愿留者从军，不愿留者回家。

燕军藁城大捷，士气更加旺盛，正在此时，薛岩持诏入燕营。燕王听罢诏书，出帐与道衍低语了一番。燕王回来，怒对薛岩道："你临行时，皇上还有何言？"

薛岩答道："皇上还说，殿下如早晨解甲，朝廷晚上即可班师。"

燕王冷笑道："此话恐连三岁小儿也不能诳，还要前来诳我吗？”

薛岩吓得索索战栗，不敢说话。

燕军众将哗然大笑，纷纷要燕王杀了薛岩。

燕王道："历来两国相争不斩来使，何况他是奉诏来此呢！尔等休要胡来！"

道衍进来对燕王道："可让薛使者看看我军各营。"

于是燕王派将领着薛岩，观看燕军各营。

薛岩见燕军营内严整，营帐相接百余里，矛戟森森，旗帜飘飘，不禁吓得汗流浃背，心中忐忑。

燕王留薛岩数日，薛岩欲将所闻所见上奏朝廷，便向燕王乞求回京。

燕王答应，对薛岩道："替我传语皇上，我父即皇上之祖父，皇上父系我之兄长，我立藩北平，富贵已极，还有何望？且与皇上没仇恨，只因权奸谗构，削藩治罪，我才不得已发兵南来，今幸蒙诏罢兵，不胜感激。但奸臣尚在，大军未还，我军心存惶惑，未敢退散。望皇上立诛权奸，遣散各军，我愿率先皇诸子归罪阙下，恭候皇上处治。"

薛岩唯唯听命。燕王命军校送他出境。

道衍道："大王之言，只能骗建文，却不能骗过方孝孺。建文若用方孝孺之计，必仍派将攻我。我们应按既定之策行事。"

燕王道："这个方孝孺也该入奸臣之列。"

道衍道："臣以为方孝孺与齐泰、黄子澄不同。方孝孺是我朝奇才，大王须敬之。将来大王成功，也宜善抚，万不可列为奸臣，妄加刑戮。"

燕王点头。

薛岩到京，方孝孺先与薛岩见面，详问薛岩使燕见闻。薛岩据实述告，方孝孺嘿然冷笑。

建文帝召见薛岩。薛岩详述了入燕所见及燕王之言，又道："臣看燕军确实强大，不易破灭。"

建文帝对孝孺道："果如这样，是我们削藩错了。齐、黄二人，误朕太甚了！"

孝孺道："陛下使薛岩宣谕燕逆，薛岩反为燕逆做说客，真是怪事！薛岩之言如何可信？！"

建文帝犹豫不决，对如何答复燕王的要求拿不定主意。

吴杰、平安虽然失败，但并不服输。他们正各自招集溃散将士，断燕军的粮道。

断北平的粮道是逼垮燕王的最好办法。因为粮道一断，燕军军心必然动摇。

燕王得知消息深感忧虑，便听道衍之计，具表一封派将军武胜到京城见允炆。

信的大意是：朝廷已许罢兵，但吴杰、平安诸将却拥兵未撤，并去绝燕粮道，显然有违诏旨，要求朝廷从严惩办。

建文帝看了此信，颇有罢兵之意，便将燕王的信给方孝孺看，并道："燕王是高祖亲子，是朕亲叔父，若逼他过甚，如何对得住宗庙神灵？"

孝孺大声道："陛下正是为宗庙社稷才讨他，怎么是对不起宗庙神灵？陛下真的罢兵，兵罢很难复聚。若他长驱犯阙，如何对付？臣劝陛下勿被所欺，速诛武胜，与燕逆决绝，那时士气一振，自必得胜。"

建文帝听孝孺之言，绑了武胜，囚进狱中。

燕王得知允炆听方孝孺言，囚了武胜，非常气愤，对道衍道："这方孝孺，坏我大事，可恶至极！"

道衍道："跖犬吠尧，各为其主，大王勿怒。大王欲起事，必须褒忠臣孝子，励君子勇士。望大王不仅此时不怪方孝孺，将来也不要加罪于他……"

燕王仍恨恨道："可是孤王实在压不住怒恨！"

道衍道："大王发动靖难以来，双方死伤不下百万人，争的是政权。如以这些人之生命争得政权后，仅因泄个人怨恨而杀人，那就是一个暴君，连臣也觉心寒。"

燕王无语，许久，才问道："南军欲断我们粮道，掐断我们的供应，岂不是要扼死我们？！"

道衍道："我已想好以其人之道还治其人之身的办法，用围魏救赵之计，使吴杰、平安自撤！"

燕王道："师傅欲断他们粮道？"

道衍道："对，如毁了他们的粮草，平安、吴杰两支孤军自会退去。"

燕王点头，即派李远率轻骑六千余人，去毁济宁、谷亭的南军粮草。

李远受道衍之计，令六千将士均改换南军服装，飞速驰往目的地。

南军以为李远所部均是自家军队，未予防范。李远部寻了机会，偷偷点火，燃了济宁一处粮草。

南军守粮将士见粮草失火，非常惊恐，都慌忙救火，一片忙乱。此时，李远又率部悄悄退出火场，去谷亭粮囤边纵火。不大工夫，谷亭的粮草也全部着火。两处粮草被烧，大火熊熊，火光冲天。南军慌忙逃命，眼睁睁看着数十万担粮草被毁于一旦。

李远见计划成功，率部大杀一阵方回。

与李远烧粮草的同时，道衍又派邱福、薛禄带兵攻打济州（今山东济宁）。

邱福、薛禄受军师之命，各带兵七千，从南北两面同时发起攻击。

济州守将并无准备，又不能南北兼顾。邱福先从南面攻破。守将见南面城破，急调兵去堵截燕兵，造成北面空虚，薛禄得以攻入北门。守将见城不能守，带残兵弃城逃了。

邱福与薛禄入城后，合兵一处，依道衍命令，又偷袭沛县。一举占了沛县之后，即去烧南军停泊在运河中的粮船。燕军杀败南军护粮兵，将南军粮船数千艘，以及一切军资、器械全部烧毁。运河上一片火海，河水沸腾，鱼鳖尽死。

因为道衍早做了防范，吴杰、平安未能掐断燕军粮道。

南军几处粮草军需被烧，建文帝得报，非常震惊，颓然道："这将如何是好？难道天将绝我？！"

方孝孺道："陛下勿忧，臣有一下策，可使燕逆自败。"

建文帝道："方卿快讲！"

方孝孺道："陛下知道安禄山父子与史思明父子故事吗？我们何不效法？听说燕王大世子高炽仁柔，燕王说他不随己，因之不喜欢他。陛下若潜派使者遗书高炽，封他为燕王，永远驻燕。这样，他父子必相忌生隙，互相残杀，自取失败。"

建文帝知道安禄山、史思明均被其子弑死的故事，不禁称方孝孺的离间计甚好。于是建文帝即令孝孺草书，令锦衣卫张安持书至北平。

燕王世子朱高炽知道父亲不喜欢他，曾多次请教于道衍。道衍总是微笑道："事事谨慎。"

这一日，高炽正在书房看书，宫人向他报告，朝廷派密使要见他。他想了想道："你去回他，就说我有病，不能见他，让他去见父王。"

宫人走后，一会儿又回来，道："那人说，朝廷有要事，要对大世子讲，并有密诏一封，交给大世子亲启。"

高炽想："不知皇上派使前来为了何事。若有阴谋，我何不报告父王，借此讨父王喜欢！"于是，让宫人把张安带进内室。

张安叩见大世子朱高炽，取出密诏交给他。

高炽问："皇上下密诏给我何事？"

张安道："小的给王爷千岁贺喜，万岁封大世子为燕王了！"

高炽想："父亲是燕王，皇上又下密诏封我为燕王，这分明是离间之计。"于是，他立即下令将张安拿下，准备连同未启封的建文帝密诏，一并送到燕王面前。

原来燕王三个世子果有邀宠之争。燕王内府总管黄俨一向谄事三世子高燧，与高炽不甚相合，他风闻张安来意，即遣人飞马报燕王。

燕王接报，对高炽大生疑心。当时高煦随征，便问高煦道："以你之见，朝廷遣使密见你大哥为何？"

高煦本性狠戾，又常想袭王位，哪里还顾手足情谊？！于是阴险地道："父王还用问吗？皇上与燕有事，该派使节来见父王，今派密使去见大哥，显然是有阴谋。"

燕王点头，即要遣人到北平抓高炽。道衍道："大王，此事应慎重处理。朝廷派密使见大世子，肯定是有阴谋。但大世子为人恭谨，不会与朝廷有联系。臣敢保大世子忠于大王！"

　　燕王道："军师岂不知我家父子故事？此事不能不防。还是先囚了大世子，防止内变为妥。"燕王正要派人去北平囚高炽，忽然军校来报，说大世子派人押送朝廷钦差和皇上密诏来见大王千岁！

　　燕王急令将来人带上。

　　高炽派来的人押了张安，呈上密诏。

　　燕王见密诏尚未启封，心中先喜。待他拆开看了密诏，不禁惊喜道："险些冤枉我儿……"遂命将张安拘禁，并立即复书给高炽，对他大加慰勉。

　　方孝孺的离间计失败了，只好让建文帝下诏催盛庸进军伐燕。

　　此时建文帝又从南方招募了十几万军队，统交盛庸调拨。盛庸手下又有了几十万大军，兵力尚可与燕军匹敌。只是因燕军烧了沛县军需船后，扼制了漕运之路，故不敢进军。为此，盛庸焦虑异常。

　　后来，盛庸想出了一个调回燕王大军之计，于是，传檄给大同守将房昭，令他引兵入紫荆关，占据易州（今河北易县）西水寨，窥视北平；又派人到真定，令平安从真定出兵，攻打北平。

　　燕王这时正在大名，得到情报之后，他按军师道衍之计，派朱能前去截击平安，自己则亲率大军去打房昭。

　　房昭被燕军围在易州，多日不能突围，于是派人向真定乞援。道衍算定真定南军必去援助房昭，便在齐眉山下设伏。

　　真定援军走到齐眉山下，忽听金鼓大作，两旁冲出无数燕军。真定军大惊，立刻乱逃乱窜，被燕军斩杀无数。

　　房昭知援军被歼，自度势穷援绝，难以固守，只得弃寨突围。燕军截杀了一阵，房昭逃往大同。

平安这一路军，走到半路，也中了朱能的埋伏，退回真定。

燕王得了许多辎重，回到北平。

建文帝屡闻败讯，无计可施。忽然想起太祖临崩，曾有遗嘱委托梅殷，要他力扶幼主。他只得有病乱投医了，即召梅殷入朝商议军事。

梅殷是汝南侯梅思祖之子，通经史，善骑射，娶了朱元璋之女宁国公主为妻，素得朱元璋宠爱。朱元璋弥留之际，梅殷也在身侧，太祖嘱咐他道："诸王强盛，太孙稚弱，烦你尽心辅佐，诸王如有犯上作乱，应为朕出师讨罪。"梅殷顿首受命。

梅殷奉诏入朝。建文帝提起太祖遗言，说明燕王反意，要他领兵遏阻燕军。梅殷道："国难当前，我愿为国捐躯，抗拒逆贼！"

于是，建文帝命他出镇淮安，募集淮安兵驻守淮上，防扼燕军。

宁国公主是燕王姐，她知燕王叛变朝廷，致书责燕王，说他不该违背太祖遗训，忘记君臣大义。

燕王看了宁国公主的信，付之一笑。

建文帝令梅殷镇守淮上，心里稍安。他早听说很多太监不法之事，忙中偷闲想整治一下吏治。

明朝自朱元璋始，常命太监出使外省。外官想结交这些宠宦，多有奉承，因此这些太监钦差，格外骄横，所到之处，恣肆侵暴百姓，致怨言四起。建文帝对这些太监钦差很恼恨，只是因形势严峻，只得将太监种种不法之事放在心里，无暇整治。此时，他晓谕臣民，任何人均可上奏朝廷，揭露宦官种种不法。他又给地方官下旨，将太监钦差在外省收受贿赂、侵凌百姓之事奏报；严令各级官吏对犯法太监依法惩治。

太监们对建文帝怨愤。有一个叫崔果的太监惧罪，逃出宫外，直奔北平去见燕王。

崔果对燕王报告道："京城之军已全部调出，以拒大王千岁，现在京城空虚，大王千岁应赶快派兵攻打。"又说，"我等渴盼大军解救我等倒悬之苦。"接着，又献攻城之计，并告他们的接应办法。

燕王大喜，欲出兵直取南京，便和道衍商量。

道衍道："崔果的攻城之计，未必可取；靠那些宦官接应，未必可靠。但是，乘京城空虚，直攻南京却是上计。大王既想赶建文下台，这样频年用兵，何时得了？早该直趋南京，临江一决。"

燕王道："南京并不难攻，但占了南京，也仍有朝廷四镇之兵攻打我们，恐难站稳脚跟。"

道衍道："大王若取代了建文，号召天下，则名正言顺。那时大王再展宏图，治天下以惠万民，自然四海归心。到那时，虽存伪朝四镇之兵，也不足畏，我们集全国之兵力，以顺伐逆，还有谁敢抗拒我们而自取覆灭呢？！"

燕王大喜道："孤王能得师傅，是天赐我成功。孤王有今天，师傅功劳第一。孤王若取天下，必重封师傅！"

道衍道："道衍没室没家，要封赏有何用？道衍保大王，是望大王能利天下苍生啊！道衍不要大王封赏，只要大王将来赐惠天下万民。"

燕王道："师傅心中无私，所忧在百姓，很让孤王感动。

孤王若登大位，绝不敢忘天下苍生！"

　　道衍道："战争之事，受各种因素制约，情况瞬息万变。今攻京城胜败难料，为了使大王退有所据，臣愿与大世子留在北平，以便把北平经营好。将来一旦占了南京，北平便可作为兵强民富之区向全国展示。万一攻南京不下，我们也可以北平为根据地，与朝廷分庭抗礼，隔江而治。"

　　燕王道："师傅思虑缜密，有师傅经营北平，孤王出军，无后顾之忧了。而且，师傅这么大年纪，孤王也不忍让你再随军忍受风霜之苦了。"

　　道衍道："军情复杂，望大王多留心，臣把可能出现的各种情况的处理方法陈于大王，望大王参考。"接着，就详细讲了遇到什么敌人、什么情况、什么地形以及要怎样处理，等等。

　　燕王道："孤王谨记，师傅放心。"

　　道衍道："臣有一事相求，请大王允诺。"

　　燕王道："师傅请讲。自师傅随孤王奔波至今，师傅之言，孤王无不从，何需用'求'字？"

　　道衍道："道衍这是恐怕大王为难，不肯答应。"

　　燕王道："师傅尽管讲就是，无论什么事，孤王无不答应。"

　　道衍道："我们所谓奸臣者，乃是明之忠臣，希大王明了旌忠斥奸之意。得国之日，对忠于建文之臣，勿多加屠戮。"

　　燕王没说话，许久才道："师傅对忠臣的理解太宽了吧，我谓忠臣，忠我之臣也。如师傅、张玉等是，忠允炆之人，孤何能旌？若旌此类人，岂不是奖励反我？！"

　　道衍道："大王，臣对忠臣之理解并不宽。其实忠奸的分界，不在以谁为界，也不在成败，而在其行是为民还是为己，是善还是恶，是非还是是。所以越以伍子胥为忠臣，元以文天祥为忠臣。如方孝孺等，虽保建文，实忠臣也，希大王护之。"

燕王想了想，点头道："遵师傅之言就是了！"

于是，燕王誓师，率四十万大军择日出发。燕军一路驰突，势如破竹，所向无阻，连陷东平、济阳诸州县。

建文帝闻警，非常惊慌，命魏国公徐辉祖驰援山东。

辉祖星夜前行，听说都督何福大获全胜，平安也在北阪胜了燕军，心下大慰，便急驱军至齐眉山，与何福合阻燕军。

此时，燕军也至齐眉山，两军激战，自午至酉，不分胜负。

燕军骁将李斌正率众冲击南军，忽被流矢射中马首，马倒被杀。此时，徐辉祖驱一股亲兵冲上来，突入燕军阵中，无人敢挡。

原来，徐家本武术世家，其亲兵精武术。这股亲兵，刀剑翻飞，威力很猛，燕军气丧，随即退散。

徐辉祖驱兵追杀，燕军大败，退走数十里，方敢停住安营。这一仗，燕将死了李斌、王真、陈文三人，损兵数千。

燕军众将请燕王回师休整，伺机再动。燕王道："兵事贵气，有进无退。稍稍失败，何至于退兵？！公等只看目前，何识大计！"说罢又道，"诸位欲渡河北归者，请站在左边；不愿北归者，站在右边！"

众将闻言，迟疑了一会儿，开始移动位置，结果多数站到左边。

燕王怒道："尔等既不愿南行，任从自便！"

朱能见了，调停道："诸位没听说过汉高祖遗事吗？汉高祖十战九败，垓下一战，终有天下，今我军尚胜多败少，如何便生退心？"

诸将尴尬无言。燕王见将士情绪低沉，几夜衣不解甲、夜不安寝。

燕军厌战的消息传出后，南军诸将非常高兴。京中大臣听到这消息，都以为燕王难违众意，必然遁回北平。众臣还说京师不可无良将镇守，应召魏国公回京。

建文帝听众臣所议，召徐辉祖回南京。

辉祖一退，何福势孤。燕王得知辉祖回京的消息后，喜道："允炆调回徐辉祖，分明是舍弃何福之军了！天予不取，是一种罪过，我们要乘机灭掉它！"

燕王想起道衍临别嘱咐，便派朱荣、刘江等将，率轻骑截了南军粮道，毁了何福水源。

何福军中无粮、无水，支持不住，只得移营灵璧。

燕王断定何福必然移营，便在中途设伏奇袭，杀何福军数千。燕王又探知灵璧缺粮，必有南军送粮，于是又设伏劫粮。

平安运粮赴灵璧何福营，率马步兵六万为卫，令粮车居中，陆续进发。将到灵璧，突然一声炮响，两侧均有燕军冲出，夹击南军。

平安慌忙下令抵敌，自己舞刀纵马，砍杀燕军。但燕军人多，前仆后继，战了半日，未能退敌。平安便命弓箭手放箭，一阵箭雨射倒燕军百余名，燕军始稍退。平安方欲驱粮车前进，忽见燕王督军亲至，来势很猛，一时不及拦阻，被燕军横冲入阵，把运粮军截为两股。

平安大急。正危难之时，幸亏何福闻知平安到来，前来接应，才使粮车未被劫去。

平安、何福合击燕军，酣战多时，燕王突然率兵退出。

平安、何福以为燕军退了，不用再防范，便慢慢押着粮车前往灵璧。行约数里，天色微昏，暮霭四合，野景苍茫。前面丛林参差，浓密错杂，辨不清枝干，只是黑压压的一片。见到这情形，平安一怔，对何福道："这里隐伏危险，军队应小心行路，谨防敌人突袭！"

何福道："平将军，你太多心了！燕军的伏军已经退了，怎会还有埋伏？"

平安道："燕军有道衍出谋，行动诡诈，神出鬼没，此处情况险恶，还是小心些为好。"

何福道："平将军说得对。常言'小心不多余'，我们就去传令，小心行军。"

可是，还没容下令，突然一声炮响，震得南军将士心虚胆悸。

随着这声炮响，林间钲鼓齐鸣，喊杀连天，千军万马冲杀而出。

南军猝不及防，立刻被冲得七零八落。此时南军被炮声、呐喊声、钲鼓声，吓得东藏西躲。他们不知林中还有多少人马，谁也无心恋战，竟乱窜乱逃起来。

平安、何福都是勇将，他们遇险不惊，放马冲入燕军，舞动大刀，寻敌格杀。一时间燕军逢者即伤，挡者即亡，他们所到之处，燕军纷纷后退。

平安、何福正在扬威，突然驰来一名年轻燕将。这燕将骁勇无比，带着一队燕军，挡住平安、何福。这年轻燕将不是别人，正是燕王二世子高煦。高煦率兵截住平安、何福，其他燕军追杀溃散的南军去了。

平安、何福奋勇抵挡高煦。此时，燕王又率燕军杀来。平安、何福见难保粮车，自知恋战无益，便带着残军夺路逃了。

平安、何福逃到灵璧。他们的粮车尽失，还伤亡万余人、战马三千多匹。南军个个唏嘘，颓丧极了，只得在灵璧闭寨坚守。

当夜无事。第二日，南军众将商议行止。平安道："灵璧营中，粮草已尽，大军不能复留，我们必须移军别处。"

何福道："移军是势所必然，可是我们到哪里去呢？"

大家都不知该到哪里去好，只是哀叹。最后还是平安道："既然大家都认为该移军，我倒有个去处，大家商量可不可去？"

一将领道："平将军请讲！"

平安道："汝南侯梅殷，现屯四十万大军于淮上。我们到淮河两岸筹粮，也可以和梅军有照应。"

何福道："到淮河两岸筹粮，一可扼制燕军，二可与梅军呼应，这样甚好。只是燕军在窥伺我们。我们营盘分散，若不一齐移营，必被敌人发现；若被敌人发现，我们必被截杀。"

平安道："这好办。只要我们定一暗号，统一行动，即使敌人发现我们移营，我们也已到了路上。敌人若追，在路上战斗，那就难知谁胜谁负了……"

大家都同意平安说的办法。于是，规定了暗号，准备行动。

不想，这暗号被燕军的暗探探去了。这次燕军南征，虽然军师道衍没随行，可是行军作战的一切事项，仍依他临别嘱咐行事。

这次在灵璧，城外双伏劫粮车，就是燕王根据道衍的临别嘱咐想出的妙计。道衍反复说知己知彼，方能百战百胜。这次道衍又嘱咐道："每次准备作战，都要充分了解敌情，最好是往敌营中派暗探……"

燕王信服道衍，把他的话牢记在心，临战就参照。此次就是通过暗探送来的情报，得知平安、何福两军移营暗号。

燕王军知道了南军的移营暗号，是放三声炮，然后一齐移营，于是就在移营途中设伏。

南军听到三声炮响，各营迅速收拾营帐，装载物资，向淮上开拔，却乖乖地全进入了燕军的埋伏圈。南军因为全无戒备，燕军出击时，虽勉强抵挡了一阵，也无济于事，最后大部被歼。

这次战役，南军损失惨重，兵卒约损失三分之二。副总兵陈晖、侍郎陈性善等三十余名将官或战死或被擒，连著名骁将平安也因马蹶，摔在地上，被燕军擒住。只有何福一人，率残兵逃去。

败报传入南京，建文帝闻之大惊，叹道："我朝精锐，悉数伤亡，我们从此要一蹶不振了！"

黄子澄闻报，大哭道："大势去了！我辈万死也不足赎误国罪名。"他和齐泰商量后向建文帝上书，请调辽东兵十万，至济南与铁铉会合，截击燕军归路。

建文帝闻奏，同意他们的奏折，飞调总兵杨文赶赴济南。杨文奉调，率十万大军，浩浩荡荡直奔济南。不意走到半路，被燕将宋贵截杀。辽兵溃散，杨文被擒。

燕军经过这几次大捷，军威大震，便长驱而下，攻打泗州（今江苏泗洪）。

泗州守将周初望风而降。

燕王入城，下榜安民，看望城中父老。

城中父老十分感动，燕王遍赐酒肉，亲加慰劳。父老皆喜，拜谢而去。

燕王正欲渡过淮河，探骑来报：盛庸领马步兵数万、战船数千，正在淮河南岸严阵以待。燕王想到道衍的话，不敢贸然渡河，就固寨养兵，以待良机。

燕王等了几日，心中着急，忽想了一个主意。他立即写了一信，遣使到淮安见驸马汝南侯梅殷。信中说要进香淮南，恳求他让道。

梅殷知道这是燕王假途灭虢之计，对来使道："皇考有训，禁止进香。不遵先命，便是不孝。他不忠不孝，还进什么香呢？"

使者把梅殷的话回报燕王，燕王大怒，复致书梅殷道："本藩出兵到此，实为扫清君侧。天命所归，何人敢阻！不早醒悟，后悔莫及！"

梅殷得书，非常愤怒，竟将来使耳鼻割去，然后对来使道："暂留你口，归报燕王得知，君臣大义，他不知晓吗！？"

使者回报燕王，燕王见梅殷削使者耳鼻，这是对他的羞辱，十分震怒。但他想起道衍的嘱咐，没有发作，而是移军凤阳，从凤阳渡河。

凤阳知府徐安，听说燕王兵到淮河，命令拆淮河浮桥，匿所有船只，断绝水陆交通。

燕王见不能渡河，只得扎营驻下。这天夜里，燕王睡不着觉，反复思考，终于想出了一条好计。

第二天夜里，燕王自引军士来到盛庸营对岸，命令军士点燃火把，张旗鸣鼓，推木筏下水，故作渡河之状。

南军见了，以为燕军要抢渡，赶忙整备兵械，登船设防，只待燕军渡河时于中流袭击。哪知燕军鼓噪多时，并没有一筏渡河。南军看出燕王只是虚张声势，便各自还营暂息。

南军刚回到营房，还没睡觉，忽然营外杀声骤起，接着是很多燕军杀来。燕军大吼："燕军从天而降！"吓得南军魂不附体。

这支燕军不是从天而降，而是朱能、邱福受了燕王密计，带着骁勇将士数百人，西行二十里，从上游乘了渔船，偷渡淮水，绕至南军营前，奋勇杀入的。

盛庸也被惊起，慌忙出帐上马，准备格杀，不意燕军乱发火箭，他的马被惊，把他掀在地上，致他跌伤了手足，几乎不能动弹。亏得手下亲兵把他扶起，搀扶着他到了河岸，他登了一条快船逃了。

常言"蛇无头不行，兵无主自乱"，盛庸一逃，立刻全营大溃。

朱能、邱福一面在南军营中驰突扫荡，一面夺了南军船只，送到北岸。

燕王得船，率军飞渡过河，上岸与朱能、邱福军夹击南军。

燕王尽得盛庸战船，连夜即攻陷扬州。

这一役燕王又大获全胜，杀死南军都指挥崇刚、巡按御史王彬，得了南军全部战船。

第二日，燕王在扬州庆功。燕王满面春风，举酒对众将道："诸爱卿，你们说此次大捷，谁的功劳最大？"

诸将立即答道："自然是大王千岁，千岁运筹帷幄之中，奋战沙场之上，其功哪个能比！"

燕王却摇头道："不对，不对。孤王是让你们论诸卿之功劳。诸卿为孤王效力，孤王何能自己论功呢？"

诸将想了想，有人又道："论诸将的功劳，自然是朱、邱两位将军了。若没两位将军偷袭敌营，夺敌之船，我们哪有此次大捷！"

燕王道："朱能、邱福两位将军，固然功不可没，但是并非他们所谋。他们之功劳，究竟逊于设谋者。"

燕王的话，把大家都说得惑然不解。计是燕王谋，燕王又不要功，那么功劳最大者是谁呢？

燕王的话，只有副军师袁珙明白。他对燕王道："大王，功劳最大者要算道衍大师了！"

燕王这才点头道："袁爱卿说得对。张良能'运筹帷幄之中，决胜千里之外'，军师也正是如此。盛庸拥兵备船拒我渡河的情况，军师早料到了，并授我破敌之法。因此，破敌之计虽是我出，实是军师所教。"

诸将这才豁然开朗，但还是有人道："军师虽预谋在先，但执行全靠大王，没有大王的英才，此计还是不能成功。"

燕王好大喜功，听了当然高兴，对诸将道："当然。战之求胜，需要谋勇兼备。孤王今日言此，也就是要诸卿今后作战，要谋而后勇。"

诸将点头称是。

宴罢，燕王率军水陆并进，至高资港。燕军齐集高资港（今江苏镇江丹徒区西）内，舟船满江，旗帜蔽日，鼓声震天，好不威风！

高资已近南京，京都震恐。建文帝忙遣御史大夫练子宁、侍郎黄观、修撰王叔英等，分道征兵勤王。

　　然而，各镇守将各怀惧意，观望不前，有的竟讨好燕王，有意归顺。

　　建文帝非常忧急，无奈之中，只得密召方孝孺、齐泰、黄子澄商量对策。

　　齐泰、黄子澄也无计可施。

　　方孝孺道："今日事急，不如先答应燕王割地议和，暂行缓兵之计。等到各处募集了兵马，再决胜负。"

　　建文帝流泪道："可是，何人可使？"

　　孝孺道："不如遣庆城郡主。"

　　建文帝想了想道："好。"于是求吕太后下旨，遣庆城郡主前往燕营。

　　庆城郡主是燕王从姐。庆城郡主至燕营后，燕王见了先哭了，接着庆城郡主也哭。哭罢，燕王方问道："周、齐二王何在？"

　　庆城郡主答道："周王已召还京师，齐王仍在狱中。"

　　燕王叹息不止，自语道："皇父薨，我弟兄何以这样不幸？"

　　庆城郡主道："皇上也很后悔，已下免罪诏书愿意赐地封赏，向皇弟谢罪。请皇弟罢兵吧！"

　　燕王道："皇考分给之地，尚不能保，何望割地？而且我率兵来此，无非欲谒祖陵，朝见天子。谏复先皇制，请求赦诸王，使奸臣不得蒙蔽圣聪。倘如是，我即解甲归藩，仍守臣礼。"顿了顿，燕王又道，"但是，这是那些奸臣出的缓兵之计。今日议和，明日聚齐人马再战，白让姐姐奔波往返。因此我若答应罢兵，就是坠奸臣计中。我非愚人，不用来骗我！"

庆城郡主见燕王这样回绝她，不便再说什么，就起身告辞。

燕王送庆城郡主至营外，又对庆城郡主道："姐姐回去，为我谢皇上，我与皇上至亲相爱，并无歹意。只请皇上从此悔悟，休信奸谋。"

庆城郡主道："皇弟本应如此。皇上真的已悔悟，不会再听外人言了。"

燕王又道："还请姐姐转告诸弟妹，我几乎不免于难，多亏宗庙神灵保佑，我才能到此地步！我定能让他们免罪，相见当不远了！"

庆城郡主回到京城，将燕王的话对建文帝述说了。建文帝知燕王并无和意，便向方孝孺问计。

方孝孺道："长江天堑，可挡百万兵，陛下不必害怕！"

方孝孺的话还没说完，一个锦衣卫进来奏报，说苏州知府姚善、宁波知府王进、徽州知府陈彦回、乐平知县张彦方、永清典史周缙，各率兵前来勤王。

建文帝这才稍稍放心，便一一召见，温言慰勉，令各出屯城外，又命兵部侍郎陈植前往江上督师。

这时燕王进军瓜州，命中官陈狗儿偕都指挥华聚，领前哨兵出浦子口。

盛庸、徐辉祖已回京师，驻兵近郊。听说陈狗儿、华聚来侵浦子口（今江苏南京浦口区），徐辉祖道："燕军一路猖狂，必须败他，以挫其锐气。"

盛庸道："公言甚是。盛庸愿为前部，摧毁其军。"

徐辉祖道："吾以大军为后盾，务求必胜！"

盛庸的伤已痊愈，即提刀上马，领本部军马迎击燕军。遇陈狗儿，两军激战。盛庸奋勇向前，气压敌军，陈狗儿渐渐不敌。恰华聚赶至上来助陈狗儿，双方这才战平。

这时，徐辉祖催大军至。徐辉祖的亲兵队，个个会武术，直冲上去，锐不可当，一下子把燕军冲溃。南兵见胜，气势高涨，呐喊连天，吓得燕军胆寒，四处逃散。

这一战，燕军损失三万多人。燕王闻报，知南军元气尚未大伤，盛庸、徐辉祖又会用兵，怕耗兵糜饷，想议和北还。

这时，次子高煦引兵来到，带来了道衍书信。道衍劝燕王不要回军。信中道："此时建文朝正如危重病人，千万不能给其养息机会。"信中又道，"高煦勇敢可用，可留下随军立功。"

燕王大喜，手抚高煦背道："愿你建功立业，让诸将佩服。"

高煦听了燕王的话，眉飞色舞，请求出击盛庸军。

燕王答应，命高煦率带来的精兵五万人迎战。高煦勇猛，他所带新兵，经过道衍训练，个个也机智勇敢。

盛庸军抵挡不住燕军的锋锐，一战便退回营中。

正在这时，兵部侍郎陈植到营，他慷慨陈词，激励将士。但此时军心已动摇，将士暗想："天命归燕。燕军势盛，就是我们拼死，也抵抗不了……"

陈植见他的话激不起士气，便怏怏回到驻地。这时他部下都督陈瑄，竟私受燕王书信，领舟船去降燕王。陈植麾下另一个姓金的都督也欲反叛，被陈植察觉，责了八十军棍。姓金的都督一气之下杀死陈植，率众降燕。

燕王问明底细，具棺盛殓陈植，并遣人送灵柩回他家乡安葬。

南军见燕王如此仁义，都不由暗暗佩服燕王。

接着，燕王誓师竞渡。江中舳舻衔接，旌旗蔽空，喊声震天，钲鼓声远达百里，南军皆心悸色变。

盛庸急令众军抵御，谁知，未曾交战，已先披靡。

燕军前哨登岸，只有健卒数百，就把盛庸军冲乱。盛庸未能招集乱军，燕军第二批数百健卒又登岸冲杀，南军更惧，霎时溃散。不久，燕王随大军渡江，引军追杀南军数十里。盛庸单人独骑落荒而逃。

燕军乘胜攻下瓜州，直逼镇江。

第二十二回 破江防寻图遇故
取镇江以假乱真

　　盛庸单骑逃了。燕王想乘胜攻下镇江后，休息几日，再进攻南京城。

　　可是，镇江已由徐辉祖派兵固守。后来，盛庸又招集部下，前来协助防守，镇江固若金汤。燕军屡攻不下，被阻江右，只得缓想善策。

　　燕王实在着急，恰好道衍从北平赶来。燕王大喜，对道衍道："孤王一路顺利，就要进逼京城，不想在此被阻，甚是焦急，请军师为我谋划。"

　　道衍道："京师与瓜州甚近，占了瓜州再攻下镇江，建文京城难保。可是，镇江城坚，又是京城水陆咽喉，徐辉祖必倾全力来保，困难必会更多。"

　　燕王满面愁容道："难道镇江就不能攻取吗？孤王被卡在这里，实在焦虑！"

　　道衍道："欲攻镇江，请大王移营江左，卡住京城与镇江的水陆通道。这样可以切断京城对镇江的物资供应与军援，使镇江变成一座孤城。独力无援，镇江必难久守。"

　　燕王道："虽是这样，镇江还是一时不能攻破呀！"

道衍道："请大王先移营盘，破镇江之计，等臣见机行事。"

燕王听了道衍的话，下令移营。

步兵移营，尚不困难。水军移营，却不那么容易，数千船只，壅塞江面，需要调度恰当。

镇江城边，有横江铁索拦截江面，水中有矛刺扎船。船坞里有南军船只，可以随时出击。

燕军前面的两只船行至城边，一只被横江铁索拦住，一只被水中矛刺刺破一洞，船帮漏水，倾斜沉没。前面的船只不能进，后边的船只就被阻住。水师统领非常着急，只得报告了燕王，燕王便问计于道衍。

道衍想了想道："水师可暂停移营。先用两只铁皮大船，撞毁水下矛刺。船上应带钢斧，用来砍断横江铁索。扫除了障碍，船就可通行了。"

燕王按道衍主意，召集了随军工匠，在两只大船的船底及船侧钉了铁皮。

不几日，两艘铁皮大船装备好了。燕王下令用铁皮大船开辟河道。

第一艘铁皮船前进中不慎遇到了那艘沉船，被那沉船的桅杆挡住。铁皮船上的将士，拴了绳索，把那沉船拖到一边。铁皮船接着向着河中矛刺的位置奋力撞去，只听水中发出"哐当"一声闷响，船震了一下，被挡住了，但未漏水。于是再用力猛撞，水中又发出"哐当"一声闷响，船震了一下又被挡住。第三次冲撞，亦复如是。第四次猛撞一下，船居然过去了，说明矛刺已被撞得缩在水中，不会再碰到船底。

燕王得报大喜，命令第一只船暂停，等到第二只铁皮船毁了横江铁索，再一起前进。第二只铁皮船碰上横江铁索，船被拦住，船上将士用钩拉上铁索，用钢斧猛砍。但铁索环链太粗，斧砍不开。将士报告燕王，燕王就拿了龙泉宝剑去试。这龙泉宝剑能切金断玉，削铁如泥。燕王来到船上，用宝剑砍了几下，果然把环链砍断。

燕王见铁索已断，心中欢畅，以为水中障碍已破，可以乘风破浪前进了，于是下令开船！谁知船刚行了一箭之地，两只铁皮船又被水下之物挡住，而且怎么撞也撞不动了。那里水深流急，不能下水去探，想不出办法前进，燕王只得又让船只返回。

船不能前进，燕王非常着急，又去问道衍。道衍也没办法，只是说："大王先让水师暂且扎营，待我偷查一下江防布置出自谁手。只要打听到此人，再从他身上想办法。"

燕王道："真是苦了师傅了！"

第二天，道衍打扮成行脚僧样子，踽踽行在路上，很容易地混进了城门，来到镇江城内。夜晚道衍住店，与人聊天攀谈；白日进茶坊酒肆，与人搭言扯闲。住了几天，终于得知江防设计出自一个能人之手。此人是滁州人，姓刘名祥玉，是刘基的外孙，因好读书，幼时曾寄居在刘基家，遍读了刘基藏书，后闻刘基不白而死，愤不仕进。徐辉祖知其才，布置江防时，让他画图设计。

道衍了解了这些情况，决定访一访刘祥玉。刘祥玉此时住在京城魏国公府。道衍去南京装作化缘，来到魏国公府刘祥玉家。

刘家家人布施他斋饭，道衍吃了仍不走，要见主人刘祥玉。

家人道："我家主人深居简出，岂能见你？"

道衍道："阿弥陀佛！善哉，善哉！烦你们通报，就说贫僧是刘基的故人。"

家人进去报告，一会儿回来对道衍道："我家主人问大师傅法号。"

道衍道："贫僧没有法号，你只说贫僧道行水外就是了。"

家人报告了刘祥玉。刘祥玉想了想道："有请！"

原来，刘祥玉颖思敏慧，他已解出"道行水外"的含义就是道衍，因为他曾听外祖刘基说过道衍这名字。外祖说道衍才智过人，祥玉对道衍仰慕已久，因此很想见他。

道衍进了刘祥玉书房，打了稽首。

刘祥玉问道："敢问，你就是道衍大师吗？"

道衍道："阿弥陀佛！贫僧正是。"

刘祥玉道："大师曾认识外祖父刘基吗？"

道衍道："贫僧有缘，往时曾受教益于刘施主。"

刘祥玉道："唉！可惜，可惜！外祖他已被奸臣害死了……"

道衍道："阿弥陀佛！糊涂，糊涂。"

刘祥玉道："大师你说谁糊涂？你的话倒令我好糊涂。"

道衍道："糊涂，糊涂！施主糊涂更好，糊涂更好！"

刘祥玉惑然道："大师请你说明白！"

道衍道："想杀你外祖的，不是别人，而是朱元璋。"

刘祥玉惑然道："大师，你错了，我外祖是开国功臣，为明朝打天下，出了不少良谋。"

道衍道："施主听说过'狡兔死，走狗烹'这句话吗？你外祖是开国功臣，可是正因为他是开国功臣，朱元璋才杀他。朱元璋杀了李善长、蓝玉、付友德、冯胜，他们哪个不是开国功臣？你外祖同冯胜一样，也是被朱元璋药死的。只不过药死冯胜是他亲手下毒，药死你外祖则是暗令胡惟庸下毒。中山王徐达是朱元璋同乡、同学、朋友、亲家，可是也被他药死。很多功臣都被族诛，而且大肆牵连。蓝玉一案，竟杀了一万五千人，你外祖没被扣上什么罪名，也就不错了！"

刘祥玉道："太祖如此狠毒？！"

道衍苦笑一声，说了当年朱元璋害他的经过。

刘祥玉听了恨恨道："原来如此！连中山王徐达也是他害死的？！这样狠毒的人，谁还保他？！我未考进士，没做他的官，倒是对了！"

道衍道："可是你做魏国公的宾客，也就是间接做了他的官呀！"

刘祥玉道："不，我在魏国公府，只是做客，不是做官。"

道衍不好挑明刘祥玉布江防图之事，便避开此话题，问刘祥玉道："施主家在哪里？"

刘祥玉道："在下家在滁州。"

道衍道："滁州有一个叫范常的，施主可知道？"

刘祥玉道："莫非大师认识范常？范常乃家乡贤哲。滁州之人无不知道范常，在下知之尤深。"

道衍道："施主为何深知范常？"

刘祥玉道："因为范老是敝祖母的父亲。"

刘祥玉的话，使道衍一喜，想不到刘祥玉竟与自己有瓜葛。他想："范常只有一个女儿，那就是若凤。他说他祖母的父亲是范常，那么他祖母定是若凤了。若凤曾与自己有姐弟之谊，岂不是与他有联系？！"便忙问："施主的祖母是否讳字若凤？"

刘祥玉愕然问："大师怎么知道？"

道衍道："说来话长，容后再讲。我且问施主，贵祖母可康健否？请代贫僧向贵祖母问好！"

刘祥玉道："承大师关心，敝祖母尚康健。现随敝人住在京城，大师若想见祖母，可随在下一见。"

道衍道："阿弥陀佛！善哉，善哉！谢谢施主！"

刘祥玉领道衍来见祖母。他的祖母果是若凤。当若凤认出了道衍就是广孝时，不禁惊喜交集，一时说不出话来，只是落泪。

原来，若凤对广孝很有感情，一直把他当弟弟疼爱。广孝从她家逃出后，她常为他担心。今日见广孝站在面前，可是已变成了和尚，回首往事，想到人世沧桑，竟不胜感慨。

道衍见了若凤，想到范常一家对他的恩情，想到若凤对他的感情，时隔这么多年，这些恩情，竟无有报答，也不免伤感。

二人叹息了一阵，各自拭了泪，讲述别后经历。原来，在朱元璋起事时，军马驻滁州，范常去谒见朱元璋，二人相谈甚洽。自那时起，范常就做了朱元璋的幕僚，若凤也与当地乡绅之家定了亲。这家姓刘，结婚后若凤生了一个儿子。长大后经范常做媒，娶了刘基之女。此时若凤的家毁于战祸，丈夫和儿子也都随家毁而亡。若凤跟着祥玉生活，祥玉对母亲及祖母均孝顺，衣食倒也无忧，只是他们无家可依，身如飘萍，常感惆怅。

若凤叙述完了经历，道衍道："广孝感姐姐一家恩情，但身入空门无法报答，常默诵经卷，祈神佛福佑姐姐一家，想不到姐姐也身世凄凉。"

若凤哭道："人无回天术，天命难违呀……"

道衍道："姐姐言之差矣，人应该看得远些。常言道'人无远虑，必有近忧'，此话不无道理。"

若凤聪明，知道道衍言有所指，问道："弟弟，你看姐姐有什么不对吗？"

道衍道："广孝蒙姐姐一家大恩，愿意直言。我想姐姐一家，应离开徐家，离开京城，寻个安身之所。"

若凤道："你是说，久寄人篱下，会遭人冷落？"

道衍道："这也是可忧虑的事。可是弟之所言不是指此。"

若凤道："请弟直讲！"

道衍道："现在燕王大军直逼京城，魏国公事主不察，将来恐有祸事。"

刘祥玉道："魏国公与盛元帅，在镇江扼守，燕军被阻镇江，京城尚无近忧。"

道衍道："大厦将倾，非一木所能支，徐辉祖与盛庸守镇江遏阻燕军，虽一时能守扼，但大势已定，他们之力终不能挽住狂澜。"

若凤道："弟弟所言甚是。燕王已经打到镇江，一城能守到何时！但是魏国公是忠良之裔，又是贤哲，况且待祥玉甚厚，在此危难之秋，岂能离去？"

道衍道："魏国公徐辉祖贤倒是贤，但并不哲。以广孝见，连其父徐达也不哲。"

若凤道："弟弟小时就喜欢议论，今复如是。中山王徐达，一代良臣，天下钦仰，怎么不哲？"

道衍道："以弟观之，其不哲有二。常言'良禽择木而栖，良臣择主而事'，当初他保朱元璋，而朱元璋就不能算是良主，这是一不哲。"

若凤道："太祖贤明，可比贞观，怎么不是良主？"

道衍道："为君之道'仁义'二字。太祖法比秦苛，不仁也，大杀功臣不义也，这样的君王怎谓良主？徐达为其效死，不是不哲吗？"

刘祥玉与若凤默然不语。

道衍道："假若徐达为天下苍生想，功成之后，应该急流勇退，但他功成不退，这是二不哲。他假若能做范蠡，功成身退，可塑金身。可是他做了文种，就难逃属镂之刑了。"

若凤道："听你言，莫非徐达也是太祖所害？"

道衍道："宫中传出的话是这样说。说是徐达背部生疮，朱元璋带蒸鹅探疾。其实背疮最忌食蒸鹅。朱元璋走后，徐达明白朱元璋这是效勾践遗属镂剑给文种之意，哭而自裁。是不是被其所害，他儿子徐辉祖最清楚，因此我谓徐辉祖为不哲。"

若凤道："哲当如何？"

道衍道："哲当誓不事朱元璋。应选一良主事之。"

若凤道："弟以为当今建文帝与燕王二者比，谁良？"

道衍道："以人性论，建文优于燕王。以良主论，燕王优于建文。国君之贤在于治，国家治则万民安乐，这才是大仁。柔而不治，看似仁，但只是对少数人之仁，对多数人为不仁。燕王强而能治，众士皆倚，人心所向，将来必有天下。如此时选择不好，则是自取其祸也。"

若凤望着刘祥玉，默然不语。

道衍道："广孝因与姐姐情近，冒昧直言相陈，不知姐姐以为如何？"

若凤无言。刘祥玉道："可是建文帝为正统之君，名正言顺，燕王为叛。"

道衍道："人之选君，应选其贤，不论正统。桀、纣为正统，可是无道，武王代人伐之。晋惠帝为正统，可是庸愚，贤者弃之。况且正统怎么来？朱家若尊正统，岂能有明？君王讨叛之谈，都是欺人之言，让人尊正统，是愚人害人。"

刘祥玉无语了。

道衍道："眼看京城不保，徐辉祖愚保建文以抗燕王，为祸不远。请姐姐一家离开徐家，别作良图。"

若凤道："弟弟素有机谋，请为姐姐一家谋划。"

道衍道："弟之愚见，恐怕令孙未必肯听。"

若凤道："吾孙不愚，明哲之言，岂能不听？！"

祥玉道："大师，请讲！"

道衍道："欲求富贵，离徐家去投燕王；不求富贵，离徐家置身于事外。"

祥玉道："这不难。祥玉之所以没去求官，就因为外祖死之不明，憎恨朝堂。现在我们即可离徐家而去。"

若凤道："玉儿言之甚是。我们离开京城，寻一僻地过隐居生活。"

道衍道："贤甥读书一场，满腹珠玑，隐居一生，岂不可惜？况且贤甥也不能这样一走了之。"

祥玉道："大师，请问为何？"

道衍道："听人言，阻燕王水师于镇江的江防布置图就是贤甥所画。此事未了，你就这样走了，燕王得国，岂不找你？！那时'普天之下，莫非王土；率土之滨，莫非王臣'。不管你躲到哪里去，燕王都会找到你！"

祥玉道："那么，大师说怎么办？"

道衍道："解铃还须系铃人。还要贤甥自己处理好这件事。"

祥玉无言，许久道："请大师给祥玉拿主意。"

道衍道："贤甥画江防布置图，既能布置，必有法破解。贤甥若重画一幅江防布置图，并注明破除之法，献给燕王。燕王若凭图破了镇江的布防设置，不但不加罪于你，反而会重赏你。那时贤甥想做官，可辅燕王为官；不想做官，带着燕王赏赐，建一处庄园隐居，岂不安定无虑？"

若凤道："此法甚好。只是祖母不想让你为官，你意下如何？"

祥玉道："祥玉也愿隐居，不愿为官。"

道衍道："我与燕王有旧，可代贤甥致意燕王，燕王必有重赏。"

若凤道："我一家今后之生计，就全仗弟弟了。"

这日，道衍就住在祥玉家里。祥玉找出镇江江防设计图草稿，依草稿重新画过，然后一一注明破除之法。

第二天，道衍携图来见燕王。他不说原江防布置图是刘祥玉画的，只说刘祥玉愿帮燕王破坏镇江的江防布置。

燕王大喜，道："我水师顺利移营之后，要重赏刘祥玉！"

于是，燕王下令攻城，以吸引敌人。道衍依着刘祥玉在江防布置图上注明的破除之法，顺利地破了那些布置。原来，横江铁索有明与暗、松与紧数条，水中矛刺有单矛、双矛、直插和斜插近千个。道衍带一千精兵及工匠，乘两条铁皮大船，按着图样将江中阻船、毁船设置一一清除了。而后两条铁皮大船来往行驶了数次，证实再无障碍，燕军水师才千帆齐发，向右移营，从而扼住了京城与镇江之间的水陆交通。

道衍给刘祥玉讨了一笔重赏，带了去见若凤。若凤谢了道衍。道衍提议若凤带祥玉到长洲姚家去住。若凤同意，准备带祥玉修葺姚家房屋居住，也好岁岁去给广孝先人扫墓。

若凤一家告别道衍出京奔长洲。临别，祥玉道："祖母常夸舅祖学识，心甚羡慕，今见舅祖果然远识卓见，心甚佩服。祥玉至长洲后，安顿了祖母和母亲，定来舅祖处读书。"

道衍道："道衍短识浅见，何能令贤甥学习？但是道衍的知识，均你曾外祖昆仲所赐。倘你愿学，不敢推托。"

若凤不知道衍为燕王军师，担忧他老年无依，道："弟弟已届迟暮，出家为僧，年老何人俸养，现在你不是钦犯了，不如还俗，让祥玉继承你……"

道衍正保燕王，岂能还俗，便道："祥玉如不嫌委屈，就过继给我，守我家之业，等我老年再回家养老。"

若凤道："若过继给你家，就姓姚。"

道衍道："姓什么都一样，只要扫祭我家祖坟即可。"

若凤道："你给他取个名字吧！"

道衍道："就取名为'继'吧。我入空门，姚家绝后，就取这个名字，表示我家有人继承即可。"

祥玉拜别了道衍，起程上路。道衍刚回到燕营，就有军校报告：徐辉祖率一队亲兵突围回了京城。道衍急至大帐，与燕王计谋破镇江之法。

道衍道："我们水陆大营已掐断了南京与镇江的交通，京城的援军、军需都不能至镇江。现徐辉祖已回京城，盛庸便成釜中之鱼、瓮中之鳖，我们灭盛庸取镇江已指日可待……"

　　燕王急道："但是，京城里的南军还可从后面攻击我们，若与镇江的盛庸配合里外夹攻，就会给我们造成重大损失。我意应急取，迟恐生变。"

　　道衍想了想道："盛庸所以不战，也不弃城，正是指望京城出兵，里外夹攻我们，我们正可设计诈他。"

　　燕王道："师傅请详细说给大家听听。"

　　道衍道："我们可下诈书给盛庸，骗他里外夹攻。届时让我军扮京城南军从背后来攻我们。盛庸见京城来援，必率兵出战，等城门一开，我们再率兵攻城。盛庸进不能胜，退无可据，只能束手就擒。"

　　燕王和众将听了，都说好，于是依计而行。

　　燕军先化装成南军两个信使，在城外与燕军厮杀一阵，然后射书入城。

　　守城军士拾到书信呈给盛庸。书信是徐辉祖写来的，约他见援军到来，便打开城门，从里面夹击燕军。

　　到了约定日期，一队燕军扮作京城派来的援军，来攻燕营。敲鼓呐喊，声势甚是浩大。

　　起初，盛庸还不敢打开城门。可是后来他见南军奋勇，甚是厉害，杀得燕军阵营渐乱。又见一南将冲破燕军，奋勇杀近城边，怒目大叫道："盛将军！盛将军！我军已将燕军击溃，你快出城夹攻，破敌就在今日！"接着又喊，"如贻误战机，魏国公要劾你误国之罪！"

　　盛庸听了喊话，不再犹豫，便集合军队，打开城门，冲了出来。

　　盛庸一马当先，率军冲入燕阵。他见从背后攻打燕军的南军锐气正盛，已把燕军冲乱。他的大军刚往外冲出一半，那股南军已冲溃了燕军，两军合在了一处。

盛庸大喜，以为合兵掩杀，稳操胜券。不料这股南军，刚和他接触，就反戈相击。与此同时，突然钲鼓大响，喊声四起，那些溃败的燕军，竟个个奋勇挥刃，转身冲入城门。

盛庸见势不妙，赶忙拨马回军，可是已经晚了，城已被燕军占了。"从京城杀来的南军"脱掉了外装，全变成燕军，把南军团团围住。

盛庸发现中计，已志丧气馁。他城不能入，战不能胜，只得带了残军，杀出一条血路逃了。燕王取了镇江，道衍又回北平去了。

建文帝闻镇江失守，非常焦虑，只得召方孝孺商议。

方孝孺道："现在将帅临阵退却，军心低落，应速斩李景隆，以励军心！"

建文帝不忍道："景隆忠于朝廷，虽丧师惨败，朕何忍诛之？！"

可是，朝廷大臣听了方孝孺的话，也以为李景隆误国。李景隆上殿，他们各举象笏，没前没后地乱击，把李景隆打得头破血流。

建文帝喝道："住手！朕未下旨，尔等反了吗？！"众臣这才停手。建文帝又道："李景隆，你看国家至此，有何法挽救？"

李景隆俯伏丹墀，战战兢兢，叩首不已，到最后才道："以罪臣看，只有议和。"

建文帝听了，连声叹息，良久方道："唉，为今之计，只有如此。朕派你与兵部尚书茹瑺，再到燕营议和。"

李景隆与茹瑺领旨，离了朝廷往燕营议和。

此时，燕营已扎在京畿。李景隆与茹瑺到燕营大帐，见了燕王伏地叩头道：“臣李景隆、茹瑺叩见大王千岁！”

燕王冷笑道：“公等来此何干？”

李景隆连连叩头道：“奉主上命，特来乞和。千岁准和罢兵，愿割地南北分治。”

燕王不待李景隆说完，即道：“我从前未有越轨举动，却遭无端加罪，削为庶人。公等身为大臣，未闻替我解释求情，现在反来做说客吗？我现在要土地何用？况且，现在割地何名？皇考明明已给我燕藩，却由奸臣拨弄，下诏削夺去了，不然何有今日？！必须交出奸臣，我才罢兵。天日在上，决不食言！”

李景隆、茹瑺见燕王恨恨之意难消，不敢复言，叩头退出，回京复旨。

建文帝闻燕王不准和，更加忧急。他知道燕王志在神器，即使杀了齐泰、黄子澄，也不见得息兵。于是，他又让李景隆去试探燕王态度，就说罪人齐泰、黄子澄已经贬谪流放，但都在逃，等拿住后即交给燕王处治。

李景隆面有难色，建文帝即诏在京的安王朱楹偕李景隆同去。

燕王听说朱楹来了，便开营门迎接入内。安王朱楹和李景隆将建文帝的话对燕王讲了。

燕王道：“楹弟以为皇上的话，是真是假？”

朱楹心知燕王不可骗，又不能讲实话为难道：“四兄明鉴，你的看法错不了，不必问弟了。”

燕王道：“我此来，只欲得奸臣，全无他意。”说罢，便设酒宴款待。

宴罢，朱楹离开燕营后，觉得不好向允炆交代，只好不辞而别，回他的藩地去了。李景隆不敢跑，硬着头皮回报建文帝。

听了李景隆的讲述，诸臣才知议和无望，有的道："常言'千金之子，坐不垂堂'，燕贼逼京，京城危险，天子龙体应效唐玄宗、宋康王，暂离京城，以避燕贼锋芒。"有的道："皇上到了一个安全地方，也好调兵遣将！"

方孝孺独排众议，奏道："京城国之根本，岂能轻弃？！城里尚有精兵二十万，城高池深，粮食充足，足以固守。只要拆除城外民居，伐尽城外树木，驱民运木入城，令燕军无可依据，这样坚壁清野，燕逆将不战自走！"

建文帝依计而行，令民拆屋伐木。时方盛暑，居民不愿拆迁，南军就纵火焚屋，大火连日不息。不日便将城外房屋拆光、烧光，将树木伐净。

方孝孺又奏道："可令诸王守城，使燕逆投鼠忌器，不敢强攻。这样，城内就安全了。"

建文帝依方孝孺之奏，就命在京的谷王、伊王等诸王率兵民分段防守。

齐泰、黄子澄欲出京到南方募兵，建文帝怕他们走了，万一燕王向他追讨，无法搪塞，因此犹豫未决。但是，齐泰、黄子澄未待建文帝批准，便自去了。齐泰奔广州，黄子澄奔苏州。

建文帝知道齐泰、黄子澄私自出京，叹息道："祸因他们而起，如今事如此，他们竟弃朕远遁了！"说着，懊丧不已。

正叹息，忽有黄门官报："燕军已到城下了！"

建文帝一惊，焦急万分，急召方孝孺问计。方孝孺道："臣亦无法，只有坚守待援，万一不济，只有为社稷而死。"

建文帝听了方孝孺之言，更加惶急。正在无可奈何时，御史魏冕跟跄趋入，奏道："左都督徐增寿密谋欲为燕逆内应。"

建文帝一怔，但又想："徐增寿是中山王徐达之子，魏国公徐辉祖之弟，父兄皆大明忠臣，他不可能叛朕附逆呀！"这样想着，便犹豫不决。此时，又有一大臣入内奏报徐增寿欲反。

建文帝这才信了，大怒道："想不到徐增寿是无父无君之人，快拿来见朕！"

虎贲将军领命，带一队羽林军到左都督府，捉了徐增寿带到殿上。

建文帝指着徐增寿道："先皇待你徐家不薄。朕也不曾薄待你，委以左都督重任，想不到你竟无父无君，响应燕逆，甘当乱臣贼子，你可知耻知罪吗？！"

徐增寿冷笑道："哼！你朱家有天下，是谁的功劳？是我父亲和那些开国功臣。你祖父竟将那么多开国功臣全杀了，连他们的老幼都无辜而死。我父亲是他同乡、同学、朋友和亲家，也被逼死了，还说待我家不薄？！"

徐增寿为什么欲为内应？原来这是道衍临回北平时，留给燕王之计。道衍让燕王写信给徐辉祖、徐增寿兄弟，激他们反对软弱的建文帝。徐辉祖谨慎，怕丢了魏国公之爵位，未敢行动。徐增寿年轻好激动，又与姐夫燕王感情素厚，知燕王有反建文帝之志，于是想做燕王内应，推翻建文帝。

徐增寿说罢，建文帝怒不可遏，抽出佩剑，把徐增寿砍死在殿堂上。

建文帝怒尚未息，忽然翰林院编修程济跑入殿中，大叫道："不好了，不好了！燕军已入城了！"

建文帝杀了徐增寿，意志坚定了些。他不信燕军会来得这么快，自语道："为什么他们来得这么快？莫非真有内应吗？"

程济道："京中诸王和李景隆等，开了金川门迎接燕王，所以京城被陷。"

建文帝愤然流泪道："罢！罢！罢！朕并未薄待这些王公，为什么他们竟如此负心？朕真无话可说！"

程济道："万岁，不要惆怅，我朝不乏忠臣。御史连楹，假装叩拜燕王马前，欲刺燕王，不幸独力难成，已被杀死。"

建文帝道："有此忠臣，悔不重用。朕已知过，不如从孝孺殉了社稷吧！"说罢，就要抽剑自刎。少监王钺在侧，忙跪地奏道："万岁不可！臣有话说……"

建文帝问道："你有什么话？请讲！"

王钺道："从前高皇遐升之时，曾留有一箧，付与掌宫太监，并嘱咐他道：'子孙若有大难，可开箧一视，自有方法'……"

程济插口道："箧在何处？"

王钺道："藏在奉先殿左侧。"

程济道："大难已到，快取先帝遗箧一看。"

建文帝立即命王钺带人去取箧。王钺带了四个太监出殿。

顷刻，王钺领着太监抬了一个大红箧进殿。

这箧是木质的，四周全用铁皮包着。锁心灌了生铁，锁不能开。大家着急。建文帝以为箧内定有可以退敌的良方，命王钺取来大铁锥将箧敲开。

谁知铁箧被大铁锤敲开后，却使建文帝大失所望。箧里既没有退敌的锦囊妙计，也没有可以制敌之良器。里面只有三套僧衣、三张度牒。三张度牒上的名字，一叫"应文"，一叫"应能"，一叫"应贤"。除此，并有剃刀一把、白银十锭及朱书一纸，纸上写着：应文从鬼门出，余人从水关御沟出，薄暮可会集神乐观西房。

建文帝见了这些物件，心中明白了，叹息道："命该如此，我还有何话可说！"不过，他想必须对后宫有个交代，就让众臣稍待，自己直入后宫。

建文帝仁柔，后宫诸妃均对他表示情深，连宫女听说大势如此，也都愿从他而死。

建文帝劝她们道："我不死，众卿也不要死。我们也许不是永诀，望众卿保重！"说到最后，竟变成了哭声。

建文帝一哭，诸妃再也控制不住，个个泪水潸潸，襟袖皆湿。建文帝正与众妃泪眼相对、难割难舍之时，忽然一个老道士飞身越过宫墙进来。

人到命危，自然胆大。建文帝问："你是谁？越墙进宫，想干什么？！"

那道士道："贫道袁珙，是燕王军中的副军师。"

建文帝道："朕听说你们军师算无遗策，莫非派你加害于朕！？"

袁珙道："非也，军师已回北平，不在军中。军师临行对袁珙有密嘱，要袁珙来劝陛下不要轻生，不要恋位，并让我给你指条脱险道路。"

建文帝惑然看着袁珙问："你们为什么要救朕？"

袁珙道："恻隐之心而已，别无他意。我们与你无仇，夺你天下是为天下苍生安定，非为杀你。不要延误了，你快走！”

建文帝这才不再迟疑，对袁珙道：“朕把命交给你，你日暮后在神乐观西房等朕。若真想救朕，就指一脱险之路；想捉朕去邀功，亦任凭你。”

袁珙道：“袁珙一定在神乐观候着陛下。”说罢，飞身上房而去。

建文帝出后宫，来到大殿。群臣正等得着急，见建文帝出来，均围过来。

建文帝道：“朕诸事毕，给朕改装吧？”

程济即取剃刀为建文帝剃了发。户部大臣杨应能，因名字与度牒同，愿与建文帝同走，也剃了发。监察御史叶希贤道：“臣名希贤，宜把应贤的度牒给我，让我也随皇上出家。”于是也把发剃了。

三人脱了衣，摘了冠，换上僧装，藏好度牒。建文帝回望着宫殿，两眼清泪盈睫，举头沉思良久，轻声道：“不意这样好的宫殿，竟丧在我手——焚化了吧！”

内廷侍卫举火焚宫，宫内一片惨叫之声。建文帝大哭一场，便欲动身。他身边五六个大臣伏地大哭，齐声道：“臣等无能，致君受辱，臣等愿与圣上在一起！”

建文帝很感动，流泪道：“尔等如此忠于允炆，允炆甚感激。只是人多不便出走，尔等各自求生去吧！”

御史曾凤韶牵住建文帝衣襟道：“臣愿一死，报陛下之恩！”建文帝怕群臣依恋，延误时间，也不及回答曾凤韶，就转身走了。

鬼门在太平门内，是内城一个矮洞，外通水道，仅容一人出入。建文帝伛偻先出，随去之人也陆续出门。门外正有小舟等着——大概是朱元璋早有安排。舟中有一穿道袍老人叩头口呼万岁，催促上舟。

建文帝问他姓名，他答道："臣名王升，乃是神乐观住持。"又道，"太祖皇帝有密诏，让神乐观日夜备舟候此。"

建文帝惊叹太祖皇帝有如此妙算，不禁唏嘘不已。王升又催促建文帝与随去之人登舟。舟随风驶，大约一个时辰，便到了神乐观。王升把建文帝等引入观中。袁琪早已经来了。等了一会儿，杨应能、叶希贤等人也来了。

杨应能、叶希贤等人是从御沟来的，见了建文帝跪呼道："万岁，臣等护驾来迟！"

建文帝含泪道："我已为僧，此后应以师弟相称，不必行君臣之礼了！"

他们哭着答应道："是。"

兵部侍郎廖平道："大家随万岁出走，本是一片诚心，但随行之人至多不过五人。剩下的都远远跟着，有事即去援助，不知好不好？"

建文帝点头称是。

袁琪道："我知城内布防情况，可引你们走出险地。"

建文帝点头。大家休息计议了一会儿，就随袁琪离了神乐观，向南去了。

诸王及李景隆打开金川门，迎入燕王。燕王率大军直奔皇宫。魏国公徐辉祖抵抗了一阵，率兵走了。燕军长驱入宫，未遇阻拦。

文武百官，多数迎谒燕王马前。燕王接见百官毕，立即骑马去监中看望周、齐二王。兄弟三人见面相对涕泣，伤感了一阵，随即并辔出了监门。

燕王召集百官议事。兵部尚书茹瑺先至燕王御前谢罪，并说："请大王登基！"

燕王不理，问道："少主何在？"

茹瑺道："皇宫着火，臣想少主必定晏驾了。"

燕王佯装蹙额道："我无端被难，不得已起兵自救，意欲效法周公，名垂后世。不意少主不谅，轻生捐躯。我已得罪天地祖宗，哪敢复登大宝？请另选才德兼备的亲王继承皇考大业吧！"

茹瑺又顿首道："大王应天顺人，何谓得罪？我等百官均愿大王继统，请大王勿负众望！"他未说完，一班大臣都俯伏在前，黑压压跪满一地，齐声道："天下系太祖的天下，殿下系太祖的嫡嗣，论德论功，均应登大宝。"

燕王欲答应就位，但想到道衍的嘱咐，又推却道："孤王只欲起兵诛奸臣，倘就大位，天下人岂不误以为孤王觊觎神器？尔等不是陷孤王于不义吗？！"说罢，固辞不已。

群臣知道燕王是在假推却，仍然跪地不起。

燕王道："明日再议吧！"

第二日，群臣写了劝进表，又找了父老百人，跪地劝进。燕王命扶起百姓，动身入城。编修杨荣迎谒道："殿下今日是先谒陵呢，还是先即位呢？"

燕王想了想道："因奸臣所阻，皇考驾崩之时，孤王未得送葬，请引孤王至皇陵！"于是，众人陪同去谒皇陵。

燕王谒陵毕，暗想："道衍军师说，不践起兵檄文，就是不到火候。草草即位，会人心不服，皇位不稳。即位不急，须等到火候。"于是，一面令诸将严密守城，一面悬赏通缉齐泰、黄子澄、方孝孺等人。

入城以来，燕王遵道衍嘱咐，安抚军民，抚慰王公大臣。

过了几天，捷报传来：南方各路皆平；徐辉祖、梅殷等均不再抵抗；齐泰、黄子澄等皆获。文武百官又称贺劝进。燕王觉得火候到了，便召集诸王公大臣道："自孤王进京，诸王及群臣合词劝进。怎奈固辞不获，只得勉循众志。希诸王、大臣与我协力同心共济社稷，以福万民。"

诸王及百官唯唯听命，并扶燕王即皇帝位。

燕王即位，下令清宫三日。他心中怨恨允炆，将诸宫人、女官多半杀死。

燕王召见曾得罪允炆的宫人及太监，询问允炆尸体在哪里？因烧死多人，肢体残缺，面目全非，宫人、太监谁也不能证明哪个是建文帝。有个宫人指着马皇后宫中的一具尸体道："奴婢似见焚宫前，建文曾在这里，这具残骸一定是他。"

燕王命人从灰烬中把残骸拨出。那尸体满身焦烂，四肢残缺，辨不出是男是女，只觉得惨不忍睹。燕王也装作凄然道："痴儿，痴儿！为什么这样呢？"

此时，翰林侍读王景在侧，燕王问他建文帝如何埋葬，王景道："皇上在位而亡，当以天子礼葬之，才合制。"

燕王不愿，但想起道衍的话，便点头允诺。

于是，以天子礼葬了这具残骸。埋葬毕，忽有一人满身缟素，在皇宫前伏地大哭建文帝，声震宫阙。

燕王在宫中听见，大怒，即令武士擒进。燕王一看，认得是方孝孺，不由态度转和道："方孝孺，你好大胆量，朕正要拿你，你却自己前来送死。"

只因道衍临别时，曾嘱咐燕王定鼎之后不要嗜杀，否则恐伤人和。他特别嘱咐道："方孝孺乃华夏人望，品格方正，如有抗忤，亦不要降罪。"因此，燕王本来盛怒，欲对敢哭允炆之人不问即诛。可他见是方孝孺，就只轻描淡写地说了几句威胁话，迫其转变。

可是，方孝孺却昂首大声道："纲常大乱，斯文扫地。活着还有什么意思？！"

燕王道："你愿死，可是朕偏要让你活着！"燕王知道方孝孺一时不能转变，便吩咐武士先押方孝孺入狱。

第二日，燕王命方孝孺门徒廖镛、廖铭入狱劝方孝孺归顺。

方孝孺怒斥道："你们跟我数年，难道尚不知大义吗？！"

廖镛等被骂回，燕王仍不生气。

不几日，燕王欲写即位诏书颁布天下，廷臣一致举荐方孝孺。燕王召方孝孺。

方孝孺仍身穿缟素到大殿，大哭建文帝不已。

可是，燕王不怪，走下龙椅劝慰道："允炆已死，先生不要自寻苦痛。朕也很哀痛。朕进京来，原来只是欲效周公辅成王。"

方孝孺诘责道："成王安在？！"

燕王道："他自焚死了。"

方孝孺道："何不立'成王'子？！"

燕王道："国家安定，须靠能治国的成年人，立个孩子，对国家不利。"

方孝孺道："何不立'成王'弟？"

燕王语塞，红了脸，许久才道："立谁为君，此朕家事，先生不必管。"

方孝孺还要诘责，燕王示意内侍把纸笔递给方孝孺，婉言道："先生一代儒宗，今日朕即位颁诏，烦先生起草，幸勿再辞！"

方孝孺掷笔于地，且哭且骂道："要杀便杀，诏不可草！"

方孝孺当着文武百官如此顶忤燕王，燕王脸面无存，不由怒道："顽固儒生，即使你不怕死，也不顾九族吗？！"

方孝孺厉声道："你便灭我十族，我诏也不能草！"说至此，俯身拾笔在纸上大书"燕贼篡位"四字，掷于燕王道："这便是你的即位草诏！"

燕王见了，气得脸色立变，扶案而起，怒视着方孝孺道："你敢呼朕为贼吗？好……"立刻对近侍道，"用刀撬开他的口！"

近侍领命，用刀撬开方孝孺之口，刀创到耳，缟素之衣被血染红。燕王仍恨恨道："先把他收监，让他亲见十族惨死！"此时，燕王已失去理智，全忘了道衍的话。他下诏逮捕方孝孺十族（九族加朋友、门生），计八百七十三人，一律杀死。杀了这些人后，燕王又命将方孝孺牵出至聚宝门外，处以极刑。

燕王杀了方孝孺十族，气犹未泄，适齐泰、黄子澄先后被解来。燕王让带到殿上，亲自审讯。二人俱言削藩是为国家和宗社着想，抗辩不屈。燕王大怒，同时处以磔刑。

兵部尚书铁铉，也被捕入京，带至殿上。他毅然背向燕王而立，燕王强令他扭头一顾，铁铉终不扭头。

燕王恨恨道："你倔强，看我有法治你。"于是，命近侍将他耳鼻割下，叫人炒熟端来，塞入铁铉口中，问道："肉味可好吃？"

铁铉大声道："忠臣孝子肉，怎么不好吃？！"

燕王益怒，下令就在殿上将他处以磔刑。铁铉至死骂不绝口，燕王愤甚，又命将碎尸投入油锅中炸为焦炭。

户部侍郎卓敬，右副都御史练子宁，礼部尚书阵迪，刑部尚书昭暴、侯泰，大理寺少卿胡国，苏州知府姚善，御史茅大芳等，都被罗织罪名，陆续被捕。他们不屈，都惨死于酷刑。同时，还祸及九族。

先后死难的建文忠臣有百多人。

东湖樵夫，姓氏不传，每日负柴入市，口不二价，惊闻建文自焚，竟伏地大哭，弃柴投湖而死。

左佥都御史景清，素有名望，燕王令他留任。他欣然受命，也随百官奉承燕王。别人讥笑他言行不一，他也不在意。两月过后。他以为燕王对他不再提防，想刺燕王。

一日，燕王临朝，突见景清长衣而入，有些起疑。朝散后，景清忽奋跃上前，持匕首行刺。燕王即命左右将他拿下。

燕王怒斥道："你好大胆！"

景清慨然道："欲为故主报仇，可惜不能成事！"

燕王大怒，道："你敢行刺朕，看我剥你的皮！"立即命令刽子手，在金殿上剥了景清的皮。景清将口中之血喷出，直溅燕王御衣，至死骂不绝口。

燕王怒甚，将其躯体肢解，悬皮于长安门，后又诛灭其九族。

自是建文旧臣，除归附燕王者外，死的死、逃的逃。魏国公徐辉祖，与燕王为郎舅亲戚，燕王不忍加诛，亲自召问。

辉祖垂泪，一言不发。燕王就命法司审治，迫他引罪自供。辉祖仍一言不发，只索笔写了"父为开国功臣，子孙免死"数字。

燕王看了大怒，但想到他是元勋后裔、国舅至亲，不好加刑，便削爵勒令归家。

燕王处理了徐辉祖，又想到驸马梅殷还驻兵在淮上，便迫令他的夫人宁国公主咬破手指，写信让其归来。梅殷得书大哭，问使者建文帝下落。

使者道："有人说建文帝已自焚，也有的说他已逃走！"

梅殷喟然叹道："君如不死，我就不死等待少主回来。"这才与使者一起回到京城。

燕王闻梅殷到，下殿迎接道："驸马劳苦了！"

梅殷道："劳而无功，徒自汗颜。"

燕王默然，心中很是不乐，暗道："这样不识时务，等我慢慢设法处置你。"但是此时不便加罪，便令其归宅与宁国公主团聚。

燕王始终怀恨允炆，于是下诏凡建文帝所留政令条格，一概废止。

第二十四回
探胞姐羞拒门外
助徐后立贤后宫

燕王残杀建文旧臣之后，道衍偕世子高炽来南京。道衍听说燕王如此残忍地杀害方孝孺、铁铉、景清诸人，心里很难过。道衍知道夺权斗争是残酷的，死人难免，但他认为战后不该多杀人，更不该太残虐。燕王这样用酷刑，而且灭人九族、十族，实在不应该。道衍想："燕王如此酷毒，这与殷纣王、安禄山何异？他这样蛇蝎心肠、豺虎性格，只用来对付反对他的少数人吗？！假若对天下苍生亦如此，我辅了这样的暴君为帝，岂不是罪孽？！但是，既然辅他做了皇帝，推翻就不容易了。况且推翻了他，代他做皇帝的又是怎样的人？"

为此，他思忖良久，也想不出好办法。最后，他想："燕王若能实践他的政治主张，尚不失为一个好皇帝。对待反对势力不能手软，但不应太残忍。我应该规谏于他。他若听，我就留；他不听，我就学范蠡、张良，功成而退。"

道衍这样想着，即去见燕王。他委婉地讽喻燕王不该多杀逞威，更不该让天下人听着心寒。他道："陛下初登皇位，应树立尧舜之风，争取人心所向。秦始皇未必不是有雄才大略的君主。他统一度量衡，统一货币，统一文字，修万里长城，这些事对百姓都有好处。但是就因为他太残暴，只讲刑杀，所以激起人们的反抗，终于怀玺未暖，二世而斩！"

燕王默然，点头道："师傅说得对，朕是一时失去理智。但是我也有想法，恐怕不严加镇压允炆余孽，他们会东山再起……"

道衍道："陛下，你想错了。建文无论是死是逃，他都难以死灰复燃了。陛下不知'皮之不存，毛将焉附'的话吗？建文当朝，他有百万军队、百员战将，我们尚能打垮他，现在他不在位了，而且陛下实行惠民之政，天下归心，还怕什么？！"

燕王点头道："寡人知过了！寡人正式登基后即大赦天下，包括允炆的旧臣和罪臣家属。"

道衍道："陛下这样，将来才能成为一代圣君。臣愿做魏徵，陛下能做唐太宗容臣直谏否？"

燕王道："朕也有一面镜子了。朕有过，师傅只管谏，朕可赦你丹书铁券。如有过，即骂朕，也不罪你！"

道衍谢过。

道衍帮助燕王把一切准备就绪后，燕王即正式登基，改建文四年为洪武三十五年（1402），以来年为永乐元年（1403）。

燕王大祀天地于南郊，颁即位诏，大赦天下。

从此，燕王称永乐皇帝，历史上称成祖。根据道衍推荐，成祖封侍讲解缙、编修黄淮为文渊阁大学士，命侍读胡广、修撰杨荣、编修杨士奇、检讨金幼孜一同入阁参与机务。接着他又大封功臣，并对战斗中殉难的将士追封、抚恤。

周、齐、代、岷四王恢复原爵，各自归藩。谷王朱穗因开城门有功，被厚加赏赐，改封为长沙王。

　　对于宁王朱权，当年燕王曾袭夺宁地，并答应"事成后平分天下"。可是，燕王登位后却绝口不提，只把他留在京师。宁王不愿在京中，乃上书乞封苏州，成祖不许。宁王复乞封钱塘，成祖又不许。宁王屡不得请，竟屏去从兵，只与宫中数人前往南昌，因卧病不起，久不还京。

　　道衍道："宁王在南昌不归，分明有不满之意，但平心而论，是陛下负宁王。以臣之见，不如把南昌封他，改宁王为南昌王。"

　　成祖道："也好吧！"于是改宁王为南昌王。从此，朱权在南昌韬晦，构筑精庐，读书鼓琴，不问外事。

　　成祖立徐氏为皇后。她是徐达长女，性文静，好读书。靖难兵起时，道衍辅世子高炽据守北平。道衍不在时，一切部署多由徐氏悉心规划。她被立为皇后，便上言道："南北战争，兵民疲敝，此后宜大加体恤。所有贤才，皆高皇帝所遗，可用即用，不问新旧。"成祖听了，觉得与道衍之谏相同，因而深为嘉纳。成祖三子，皆徐氏所生。后位既定，应立太子。高煦从战有功，不免自负，意图得太子位，便暗中运动淇国公邱福与驸马王宁。二人密见成祖，请立高煦为太子。成祖也以为高煦性格类己，有意立他为储君，独兵部尚书金忠力争不可。

　　金忠是道衍推荐的，在军中参谋军务，功绩卓著，因此被封为兵部尚书。他援引古今废长立幼诸祸端，侃侃直陈，毫不隐讳。

　　成祖也很信任金忠。金忠反对立高煦为太子，不免令他左右为难。

　　此时，北平已改成顺天府。高炽随道衍进京问候父皇完毕，立即回了顺天府。成祖三子中，只有高煦随侍成祖。他与京城党羽大肆活动，常与解缙提及此事，解缙答应为他美言。

道衍以为高煦暴戾、残忍，不如高炽仁厚，于是悄悄去见徐皇后，征求她对立太子的看法。徐皇后也愿意立高炽为太子，让道衍去见解缙，要他向成祖进言。解缙到底听了道衍之言。

成祖也为皇储未立而忧虑，一日，为立储君事宜，问及解缙。

解缙应声道："皇长子仁孝性成，天下归心，请陛下勿疑！"

成祖不答。

解缙又顿首道："皇长子且不必论，陛下也不顾及好皇孙吗？"

解缙这么一说，成祖果然动心。原来成祖已有长孙，名叫瞻基，是成祖取的名。瞻基是高炽之妃张氏所生。分娩前夕，成祖曾梦见太祖授以大圭，镌有"传之子孙，永世其昌"八个大字，成祖以为是瑞兆，很是高兴。弥月之时，成祖令抱出此儿注视，见其英气满面，以为此儿正符梦兆，所以特别钟爱。及成祖得国，瞻基年十岁，他嗜书好文，智识杰出。成祖试其才，誉不绝口。成祖爱瞻基，近臣皆知。解缙不愧为明初才士，他这样一说，成祖果为所动，但未下决心。隔了数日，成祖拿出一张《虎彪图》，命廷臣应制作诗。

解缙见图，援笔立就，呈上成祖。

成祖看解缙之诗，乃是一首五绝。其诗道：

虎为百兽尊，谁敢触其怒？

唯有父子情，一步一回顾。

成祖看毕，不禁感叹，又问及黄淮、尹昌隆等人，大家均主张立长。成祖于是决定立长子高炽为皇太子，封高煦为汉王、高燧为赵王。

这样高煦应去云南，高燧应去北平。高燧本与太子留守北平，奉命后没什么异议。独高煦怏怏不乐，常对人道："我有何罪？乃徙我至万里以外？"于是，滞留不行。

高炽立为太子，与道衍奉命入京。成祖见了高炽，不过淡淡地问了数声，道衍在一旁坐下。成祖常言，道衍师傅当为靖难得国第一功臣。只是道衍不愿被封官，成祖无奈，只让他做太子少师，并命复其原姓原名，辅教高炽。

道衍无事，禀明成祖到长洲去探望亲旧。道衍功成还乡，无限荣耀，乡亲都欢迎他。姚家门楣生光，热闹非常，独姐姐宁馨家没人来，幼时好友王宾也不来看他。

夜里，乡亲散尽，道衍在灯下对若凤和姚继唏嘘道："我几十年未归，亲人已无。我最亲者，只有姐姐宁馨，最近者只有好友王宾。可是姐姐和王宾都不来看我，真令我惘然难解！"

若凤劝慰道："弟弟莫过意，他们不来，也许不知，或适出门在外。明天你亲往探问姐姐，也就是了。"

道衍道："数十年，我思念姐姐不止，今日回家，就为来看姐姐，岂能不见姐姐。我明日一定亲往一趟！"

第二日，道衍亲至姐姐家，姐姐闭门不见。道衍不知何故，哭着求见。宁馨派人出来，对道衍道："我的兄弟做了和尚，我没有太子少师的兄弟。"

道衍没法，只得又回姚家。隔夜，道衍换了僧装，又去见姐姐。

宁馨仍不见他，经家人力劝，才出庭哭着对道衍道："你既做了和尚，就应该清净绝俗，为什么又保燕王？"

道衍辩道："姐姐，你知道，弟做了和尚，乃势所逼，并非心愿。惠利万民才是我的志向啊！"

宁馨道："实现志向亦可，为什么保暴君大开杀戒，害死那么多好人？你罪孽深重，尚不自知，今日居然还俗，来访亲戚，以为人们羡你贵显？我是穷人，不配做你姐姐，你去吧，休来缠我！"

道衍不敢与辩，知道辩也没用，当即汗流满面，踉跄退出。他惘然若失，去访故友王宾。

王宾亦闭门不纳，但在内高声道："和尚错了，和尚错了！"

道衍道："王兄，请你指示，我错在哪里？"

王宾道："参禅自思，错处自知！你去吧，我没你这个朋友！"

道衍伤心极了。他知道，他的行为，无法让世人理解。有些人，只羡他的荣华，不管他的行为，只有亲近之人，才鄙视他之行，不羡他之荣。可是，他的志向，他的心，连姐姐和朋友都不能知。

他离了王家门，欲回姚家，走在半路他想："人们不理解，我回家有何用？！"这样想着，便没回姚家，而是直奔京城去了。

回京后，他心灰意冷，着僧衣，住在庆寿寺，非召不入朝。成祖劝他蓄发，他不受命。赐府宅及宫人，他也都不受。

从此，不喜参与成祖政事。

成祖虽然接受了道衍劝谏，但心里仍对忠于允炆的旧臣耿耿于怀。此时，建文旧臣已尽，盛庸势穷投降，仍留镇淮安。当时为招降纳叛，笼络人心，成祖封他为历城侯。李景隆因迎降有功，加封太子太师，所有军国重事，皆令计议。又封前北平按察使陈瑛为副都御史，署都察院事。

陈瑛，滁州人，建文初受职北平，密受燕王贿赂，私与通谋，后为佥事汤宗所劾，谪配广西。此时他得成祖宠至京，小人得志，骄狂无比，且生性残忍，遇案事多牵连无辜。京都监狱，囚犯壅塞，彻夜号冤。有时用酷刑，陪审之人皆掩泣，陈瑛独谈笑自若，并常对同列道："此等人若不处治，皇上何必靖难？"

未几，他又受成祖密诏，诬劾盛庸心怀异谋，于是，先将盛庸削爵，又欲派陈瑛逮捕审理。

盛庸想："我哪里有罪，这分明是成祖忌我。我若被陈瑛那厮审理，焉能申辩？！不如一死了之。"于是自杀。

朱元璋开国功臣耿炳文有子名浚，娶了懿文太子长女。建文帝授耿浚为驸马都尉。燕王入京，耿浚称疾不出，也被处死。

耿炳文自真定败归，郁郁家居。陈瑛又与他有旧隙，便捕风捉影，说炳文衣服、器皿有龙凤饰，心怀不轨。陈瑛将本奏到成祖前，正中成祖的下怀。成祖正猜忌耿炳文，便立即派锦衣卫去抄耿炳文的家，并捕耿炳文入狱。耿炳文年将七十，自思汗马功劳徒成流水，况且面对的是仇家酷吏，何堪再去对簿，索性服毒死了。

李景隆做了一年来的太子太师，也被陈瑛联合周王劾他谋逆。成祖遂将他夺职禁锢私第，所有产业全部归官。这还是成祖想起道衍的话，才没杀他。

自此，陈瑛势焰愈盛，迎合成祖愈甚。一日，他忽想到驸马梅殷与成祖不协，遂又上了一道表章，劾奏梅殷蓄养亡命之徒，与女秀才刘氏勾结，用邪法诅咒成祖。成祖即命户部尚书裁减驸马仪仗人数，又命锦衣卫执梅殷家人充戍辽东。

永乐三年（1405）冬，成祖召梅殷入朝。都督谭深奉成祖命，与指挥赵曦迎接梅殷，三人并辔至草桥下，梅殷被挤入水中淹死。谭、赵二人返报成祖，只说梅殷投水自尽，成祖故意不问。

都督许成，详知谭、赵二人谋杀梅殷的底细，便原原本本上奏成祖。

成祖怕惹众怒，不敢包庇，只得将谭、赵二人逮捕，命法司讯实惩办。宁国公主闻着凶信，竟趋入殿中，牵着成祖衣大哭，硬要成祖赔他驸马。成祖不便发作，只得耐着性子好言劝慰。公主只是哭闹不息，还是徐皇后出来调停，才劝得公主回宫。

徐皇后奏道："梅驸马惨死，宁国公主悲痛难抑，不杀谭深、赵曦，宁国公主一定不依，请皇上立诛谭深、赵曦，封梅驸马二子为官，算作偿命的办法。"

成祖不得不从，即封梅殷二子为都督及都指挥，并下旨将谭深、赵曦正法。

梅殷之死因，徐皇后已从谭深、赵曦口中审知。她想："主上这样毒狠、嗜杀，岂是为君之道？！但是，主上刚愎自用，没有哪个大臣能够劝谏。若劝主上，非道衍不可。"于是，徐皇后装作降香，去庆寿寺见道衍。

道衍接入徐皇后，行跪拜礼。

徐皇后赶快扶起道："少师请起！少师这么大年纪，不必拘君臣礼。"

道衍站起道："道衍既为朝臣，君臣之礼焉能废？"

徐皇后道："没有少师，就没有今天。少师功高盖世，就不必拘礼了！快请坐，快请坐！"

道衍不坐，道："皇后面前臣怎敢坐？"

徐皇后道："皇上尚且赐少师坐，在本宫前，怎不该坐？少师若不坐，就都立了讲话。"

道衍素敬皇后，只得坐了。

二人落座后，徐皇后道："本宫闻，少师久未入朝，只潜心佛经吗？"

道衍道："现在太平，臣聊以佛经消遣，便也偷闲隐世了。"

徐皇后道："何谓太平？少师若真为佛子，太平祸乱，心中皆无，那就罢了。可惜，以本宫见，少师不是佛子，学佛只是为了避世，应该看到太平背后的不太平。少师此时，心意消沉，只是……"

道衍道："皇后娘娘误解臣了。臣这不是穿了僧衣在念佛吗？"

徐皇后道："少师，本宫不是佛子，但也知道，穿了僧衣，并不一定就是佛。"

道衍道："皇后所见甚是。但是，臣此时确是离却红尘，一心向佛了。"

徐皇后道："少师既辅太子，就是红尘未了。请少师不要再瞒本宫。本宫实是有要事求少师。"

道衍道："皇后千岁请讲。"

徐皇后道："皇上方入京城，大杀罪臣，杀戮太重、太残，天怒人怨，自少师讽谏，皇上似有悔悟，稍收敛些。近几个月少师隐居寺中学佛，皇上故态复萌，几个建文忠臣，又相继遭害。本宫忧皇上杀戮不已，将无遗类，故来求少师，再去劝谏皇上。"

道衍道："此时不比夺权时，夺权时皇上用得着臣，肯听臣谏。现在权已到手，皇上可恣意使威，不再听臣话了。"

徐皇后道："少师辅皇上这些年，皇上的脾性你该知道，尽管他刚愎性残，可是恩怨分明，绝不忘旧。皇上尊你为少师，把你当作镜子，你的话，他不能不听。"

道衍道："其实，临入京，臣已劝其戒杀，建文旧臣，只要忠者，亦应褒扬。"

徐皇后道："可是皇上一离开你，就把你的话全忘了……"

道衍道："第二次臣又进谏。皇上已答应止杀，可是仍杀了这些忠臣。"

徐皇后道："所以，只要皇上离开少师，就性残嗜杀，可见少师可使皇上性格迁善，本宫就是因此来求少师。"

道衍道："皇后娘娘言重了，臣何身位，敢受皇后一个'求'字！"

徐皇后道："本宫来求少师，犹怕'求'之不动。为了忠臣义士得以保日，为了皇上不失去民心，为了社稷稳固、百姓安定，如果少师不答应本宫，本宫情愿跪请……"

道衍被感动了。徐皇后是成祖皇后，却想保建文忠臣。其身在皇宫，却想着天下百姓，如今特从宫中出来求他，他怎能不答应呢？！于是，道衍道："臣何敢让娘娘千岁跪请，我答

徐皇后请求道衍劝谏成祖

应就是了。娘娘千岁有为天下百姓之仁心，道衍何曾没有？如没有这个心，道衍就不再入红尘了。不过，我曾两次谏皇上，这次怎么再提起此事呢？！"

徐皇后道："少师若愿谏皇上，倒有一个好机会。"

道衍道："阿弥陀佛！什么机会？请娘娘千岁快讲。"

徐皇后道："建文帝曾编《太祖实录》，可是半途而废了。皇上要重修《太祖实录》，拟请少师主编。那时少师可直陈对忠奸的看法，并评论太祖大屠功臣的得失。"

道衍急道："皇后娘娘，请你向皇上替臣辞却此任，劝谏皇上命他人主编，臣实在不愿意担任此职。"

徐皇后道："为什么？"

道衍道："千岁博通古今，一定知道实录并不是实写。这样的虚录，臣不愿编它。"

徐皇后道："少师所虑亦是。不过本宫窃观皇上之意，编《太祖实录》，不妨实录；倘编皇上实录，可实写不得……"

道衍答道："娘娘千岁英明。"

徐皇后道："不过，皇上就是皇上，与一般臣民不同。我们只要看他利不利天下百姓，其余的，就不要苛求了，特别是妻对夫、臣对君。"

道衍想了想道："娘娘千岁说的是，臣知道该怎样修《太祖实录》了。"

徐皇后道："本宫还有一事求少师。"

道衍道："什么事？请娘娘千岁讲！"

徐皇后道："关于辅教太子之事……"

道衍道："道衍无能，实不愿多管。辅教太子的乃是你们呀！"

徐皇后道："少师，你错了，这不只是我家家事，而是关系天下苍生的大事。高炽、高煦、高燧三子均本宫所生，对他三人性格，本宫了若指掌。高炽虽孝顺仁厚，但将来要为仁君，必得辅教。"

道衍点头道："对。"

徐皇后又道："所以，本宫求你离开庆寿寺，真正做太子少师。为了皇上听少师之谏，也应讨皇上喜欢……"

道衍愕然道："娘娘千岁，难道让道衍做谄媚之徒！？"

徐皇后道："皇上好大喜功，少师不妨效吕不韦编《吕览》，召集文士，编一部《永乐大典》！"

道衍喜道："著书立说，有益后世，这倒是好事。可是皇上未必愿意。"

徐皇后道："本宫可代少师奏明这件事。希望少师编这本书时，让太子高炽也参加。这样可以让太子增长才智见识，也可在少师身边受到辅教。"

道衍道："即使皇上不听臣言，臣也愿尽力。皇后娘娘懿德风范，臣一向敬重。请效唐长孙皇后，多做讽谏，与臣双管齐下。"

徐皇后道："本宫才德都不能与长孙皇后比，但早暗效之。"

道衍道："有娘娘千岁如此，国之幸、民之福。臣不才，愿替皇后娘娘作歌劝化皇上，以尽绵薄。"

徐皇后道："皇上有少师辅弼，才是皇上之幸、万民之福。"

徐皇后降完香，离庆寿寺回宫。

不几日，道衍作《内训》二十篇，献给徐皇后。徐皇后将

《内训》写了，遍赐诸宫妃。自己也搜女宪、女诫及古人嘉言懿行，做《女箴》颁行天下。

书成，徐皇后召诸命妇入宫，赐冠服、金珠，每人赠《女箴》一本，并婉谕道："妇人事夫，不止照顾他饮食衣服，还须随时规谏。朋友的言语，有从有违；妻子的言语，多婉顺，可以纠正丈夫过失。我旦夕侍上，多以民生为念，汝等也宜勉力奉行。"赐宴毕，遣诸命妇归，独留陈瑛妻李夫人，具体嘱咐。

自是道衍受命重修《太祖实录》，又上书编《永乐大典》，请让太子高炽佐助，并请成祖从全国名士中选编修。

成祖大喜，一切允准。道衍选当时名士解缙、黄淮、杨士奇等人任编修。

徐皇后亲示懿德给后宫嫔妃，并常督嫔妃读诵《内训》。

无奈成祖自恃英明天纵，刚愎不听规劝，后来仍唆使陈瑛构陷何福，使何福自杀。陈瑛妻李氏受徐皇后训诲，回府后立劝陈瑛悔罪改行，陈瑛不听。李夫人知陈瑛又逼死何福，非常气愤，竟悬梁自尽了。

此事传入后宫，徐皇后惋惜不已，见不能谏止成祖残性，心中懊恼，竟因忧致疾，医治无效，恹恹而死了。

成祖虽未听徐皇后谏，但知其贤，徐皇后殁时，甚是伤悼。

徐皇后有妹名妙锦，端静有识。成祖闻她贤，欲聘为继后。妙锦鄙成祖性残、嗜杀，誓不入宫。内使女官络绎至徐府宣示上意，妙锦固拒，闭门不纳。女官直入闺中，坚请妙锦出见。妙锦不得已，乃开门道："我无妇容，不足备选。乞代奏皇上，另择贤媛。"女官执劝再三，妙锦坚不答应。女官只得回朝复命。妙锦乘女官还宫复命，自己削发为尼了。

自是，成祖稍悔，令将《内训》刻印成书，命宫女背诵。

时朝鲜国贡美女数人，内有权氏最为娇艳。她肌肤莹洁，态度娉婷，又善吹箫，莺簧难以比美。成祖甚喜欢，收为嫔妃，复晋封为贤妃。权氏甚贤，也会背《内训》，对成祖多规劝。

还有一个叫王媺姝的女官，才艺无双，成祖欲召幸，命她与权妃同辇。王氏跪奏道："妾是寡妇，不敢相从，请陛下收回成命！"成祖喜她节烈，赏赐金银，许令归家。王媺姝临辞宫，切谏成祖忍性戒杀。

成祖外有道衍谏，内有诸宫妃劝，残性稍移，疏远陈瑛，不再加害建文旧臣。

第二十五回　编实录力谏成祖
请军师说服姚继

　　成祖虽然对允炆旧臣放宽了，但一想起允炆来，就恨恨不已。后来，又闻知以帝礼相葬的是马皇后之尸，允炆未知下落，让成祖心中快快不已。接着，他又听说允炆已剃发为僧遁去，有一个叫溥洽的僧人详知此事。成祖大怒，即命溥洽入狱，严加拷问。

　　溥洽说，他也是听传言说建文帝入了僧籍，所以并不知建文帝去向。

　　成祖无奈，把溥洽囚在狱中泄愤，并命给事中胡濙到处访察允炆下落。可是，允炆杳如黄鹤，久无消息。

　　后来，有人从贵州得到消息，说是建文帝曾路过贵州，在墙壁上还题诗两首。有人将两诗录来给成祖看，只见其中一首为：

> 阅罢愣严磬懒敲，笑看黄屋寄团瓢。
> 南来瘴岭千层回，北望天门万里遥。
> 款段久忘飞凤辇，袈裟新换衮龙袍。
> 百官此日知何处？惟有群鸦早晚朝。

成祖推测词意，确系允炆所写，便派人持允炆遗墨去贵州题诗壁上对笔迹。两相对照，笔体绝似，完全可以确认壁上题诗人确系允炆，以此测知，允炆逃向南方。成祖密派使者，到南方诸省大肆查索，但均无下落。

成祖以为国中索遍不见踪迹，可能逃到西洋各国（现在南洋群岛各国）去了，于是决意到西洋各国访其下落，以求剪除。

西洋各国远隔重洋，并不臣服中国。成祖不惜耗费人力、物力，派使者下西洋，名为宣示威德，实是寻踪允炆。

道衍屡谏，成祖不听。道衍气愤，回庆寿寺专务编修《太祖实录》、审撰《永乐大典》，不再上朝。

朱元璋在日，吸取汉末中常侍作乱和唐李辅国专权自恣、搅乱朝政的教训，严禁宦官干预朝政，在宫门外竖一块铁牌，上镌："内官干预朝政者，杀勿赦"十个大字，以示后世子孙。建文帝嗣位，恪守祖训，对待内臣，仍然严刻。燕王为反允炆，厚礼结纳宦官，宦官多私往燕营，密报朝廷情况，成祖得国，多赖其力。

成祖登位，对中宫封赏甚厚。但是宦官自以为功高，犹嫌赏赐不丰。

成祖虽性残嗜杀，但对曾追随他的人，却不忘其功，非常宽容。太监们不满足，但成祖赏赐已超越常规，不能再加。因无法满足诸太监要求，弄得成祖很为难。

后来，他想出一个办法，让允炆旧将出任贵州、广西、辽东、宁夏诸边疆镇司，命有功的宦官，去监视他们。赐这些太监公侯服饰，职位在诸镇将之上。后来云南、大同、甘肃、宣府、永平、宁波等处，亦各遣太监出使，侦察外情。

帮成祖得国的有功太监，均已派出，只有一个叫郑和的，未委以任，成祖就封他为三保太监，出使西洋各国察寻允炆。

原来，建文出亡后，真欲下西洋隐居，便先在广东珠海永定寺暂住。永定寺住持僧性品北游中原时，与道衍熟稔。建文隐居永定寺后，性品观其君臣言行举止多不像僧人，就常暗中侦察。

一天夜里，性品正巡查僧舍，经过建文居斋窗前，听到屋里建文正在诵词，不由驻足聆听，仔细一听，听出建文诵的是李后主的《虞美人》。

性品想："出家人四大皆空，怎么吟这伤感词？而且里面的'雕栏玉砌'，哪里是寺院建筑？词里的'故国'又是指哪里？"

他正在想，听得屋里另一个声音道："师弟，今后不要再吟此伤感词了！我们既是避难，就应谨慎，吟这样诗词，容易让人看破行藏。"

又听一个人的声音道："师弟，人应凭天知命，随遇而安。我们既出家，就是常僧，不要怀念京城的皇宫故国了！"

听至此，性品一怔。他曾闻知建文帝已易僧装逃遁，便想："听他们吟的词和对话口气，吟词人肯定是建文帝无疑。"又想，"若是建文帝，到处流浪很危险。"于是，就挽留建文帝一行住在寺里。

性品又从《邸抄》知道，道衍做了太子少师，驻庆寿寺编《永乐大典》，就密派徒弟去京城，把留建文一行住在永定寺的事告诉道衍。

道衍回书，让性品留住建文一行，并嘱其为建文一行保密。此次他知道成祖派三保太监下西洋，亦知郑和从苏州刘家港出发，所经路线是浙闽两粤以至占城。他想："郑和所经路线正过珠海，他们此行目的又是访察建文，建文仍在永定寺，岂不危险？！"于是，道衍给性品修书一封，密派使者飞速送至永定寺，让性品找一僻静寺院隐藏建文一行。

性品接到道衍信后，去见建文帝道："师傅，请明告可是建文帝？"

建文一惊，掩饰道："此事关系重大，师傅慎勿妄说！"

性品道："陛下不要隐瞒，你是建文帝，贫僧早知，不过未说破而已。"说着把道衍的信给建文看了。

建文茫然。

性品道："贫僧早将陛下隐居敝寺之事密报了道衍。成祖已派三保太监郑和下西洋去寻查陛下，敝寺正是他们所经之处。贫僧受道衍之托，欲把陛下一行引到隐僻寺院隐居。因事急，陛下若信得住贫僧，请讲实话，贫僧安排陛下一行于隐僻去处；若信不住贫僧，就请自便。"

建文想："这老僧若有害己之意，在给道衍送信的时候，早就告密请赏了。"于是哭道："落难人正是逊位的建文，请老方丈庇护。"

性品道："今皇派三保太监郑和，乘大船六十二艘，载兵三万七千余人经此下西洋。名为出使西洋各国，实为查访陛下踪迹，若不是道衍早来通知，陛下不做躲避，真是危险得很。"

建文道："但是到处严查我们，我们到哪里去？"

性品道："云南十万大山中，有一个永嘉寺，那里的住持是老衲师弟。永嘉寺在群山谷中荒凉之地，外人踪迹罕至。陛下若在那里埋名韬晦，今皇就是梳查致密，也不易找到陛下一行。"

建文道："我们的安全就全靠老方丈了！"

性品道："阿弥陀佛！老衲受道衍所托，合当掩护陛下。陛下仁厚，吉人天相，定能避过危险。趁郑和等未至，你们快随老衲走吧！"

建文不知道衍为什么要保护他，但不便多问，跟着性品悄悄出了永定寺，直奔云南永嘉寺。他们日藏夜行，越荒山走小路，行了无数日到了云南永嘉寺，从此就隐居下来，脱离红尘，学佛修行了。

郑和等一路寻查建文踪迹，直到占城，一点蛛丝马迹也没查到。郑和暗想："查不到建文下落，恐怕空耗人力、财力，虚此一行了。与其空归，何不招谕蛮方，令他入贡？！皇帝好大喜功，定然高兴。"于是和副使王景和商议，决意遍历西洋诸邦。他们自占城出发，越洋南下。不久，便在南海诸岛招谕各小国纳贡而回。此次出使西洋，虽未查访到建文踪迹，但成祖仍然大喜。

后来，成祖又派郑和六下西洋，但终查不到建文踪迹。成祖以为允炆定是窜伏瘴气肆虐之地，病死沟壑，也就不再查找了。

这期间，道衍对成祖很失望，不愿再为他谋策。成祖几次召见，道衍都婉言推却。

道衍无意政治，只致力于佛术研究。编纂《永乐大典》，涉及对儒学理学的评价，道衍殚思竭虑，潜心研究。解缙在编《永乐大典》中，有"民为贵，社稷次之，君为轻"的话，被成祖所忌谪降为广西参议。

道衍不满，据理与成祖争辩。

成祖道："历朝尊儒，立三纲，讲五常，君为天，君王在上，高于一切，不允持异端邪说！"

道衍道："儒家也有民贵君轻的思想，陛下为何反对这些话呢？"

成祖道："人言'十羊九牧，其令难行'。正因此，上天降一人治国。要想一人而治，必须加强皇权。皇帝至尊，独治天下，良臣辅之。如有轻君思想，岂不鼓励反逆？！"

道衍道："尊君者，必须尊之于心。君有德，臣民尊之于心。君无德，臣民尊之以形。尊之形者，叛之于心。因此《管子·形势》说：'上下不和，虽安必危。'君不行仁政，只强调人尊之，人们畏惧，不敢不尊。但尊之者是形，心早已叛，一遇机会，哗然而叛，如殷周牧野之战，纣王无道，殷兵多在作战中反戈，因此纣王败。武王亦反君，但孟子谓武王'非叛君，伐无道也'。可见，君位固不固，能不能传之万世，不在乎尊君，而在于仁民。"

成祖道："鼓励轻君思想，就是反君，违反太祖遗训。"

道衍道："著书立说，以遗后世，其说应能经得起后世哲人评论。太祖遗训，只能训大明诸皇，不能训异朝之君。臣等所编之《永乐大典》，既称经典，必须是万古不变之真理，是华夏之至论。"

成祖道："但是，国不能无君，君为国本，必须重之。《永乐大典》中必须以尊君为原则，不能宣扬轻君之调。"

道衍道："无民则无国，无民则无君，应是民为国本。因此，臣只能宣扬重民。臣以为既称'大典'，就不能编入谬论，遭万世之讥。"

成祖怒道："君贵为天子，拥有天下。不贵不尊，做天子何用？"

道衍道："陛下当初与臣谈话，言靖难是为天下万民。难道现在得了天下，就忘掉以利民为本了吗？"

成祖道："利民为本，朕未忘，但朕为天子，天下均是朕的，只能有朕才能利民。"

道衍道："臣以为，天下非一人之天下，天下乃天下人之天下。陛下不能以一己治天下，而应以天下人治天下，这才是有道之主。臣想只有有道之主，才能得民心。"

成祖道："少师，你就是以这样的理论辅教太子、太孙吗？"

道衍凛然道："正是。为了教太子、太孙，臣已把这理论写成了书，叫作"道余录"。古语说'得人者昌，失人者亡'，臣愿大明昌盛，才这样教太子，特别是太孙。"

成祖见道衍意坚，只好叹了口气道："那么，你在《太祖实录》中也这样写了？那岂不是有贬太祖？"

道衍道："既是实录，就应该秉笔直书。臣以为只有实书，才能还太祖本色。只书其好不书其坏，岂不是神？"

成祖本来对朱元璋也不满意，所以未表异议。

道衍又道："古有'应为尊者讳'的说法，因此臣直书其事，但是却委婉了许多。"

成祖喜道："这就好。唉，你还是我初见时的道衍师傅。也许是我变了。我决心再变过来，再做青年时的燕王，树远大目标，勤政爱民。"

道衍也喜道："陛下能如此，可喜可贺。希望陛下贯彻始终，做一代明主。"

成祖道："朕一定努力加勉。看来朕令少师主持修《太祖实录》是找对人了，让少师主持编《永乐大典》教太子、太孙也选对了人。"

道衍道："陛下不要夸臣，只求陛下不忘初衷就好。"

成祖道："现在我真心悔悟。一定克勤克俭，温仁安民。目下有一难处，欲求少师替朕排解。"

道衍道："什么事？请讲！"

成祖道："南夷交阯叛变，朕想出兵讨伐，只是军中少一军师策划。如少师南征，编辑《永乐大典》之事就得中止。"

道衍道："陛下对臣说此何意？"

成祖道："想请少师为朕谋之。"

道衍不语。成祖又道："少师忘了当初之言吗？少师曾说，你要保朕得国并要保朕安民，永远不弃朕！"

道衍迟疑道："可是……"

成祖道："朕知道你对朕杀允炆遗孽有意见。朕愿意改过，少师难道还不能原谅吗？"

道衍道："请问陛下，南征北讨，穷兵黩武，是为了炫耀武功呢，还是为了安定边疆，让边民安居乐业？"

成祖道："朕诸事不敢瞒少师。当初朕是为了宣示国威，现在朕是忧边关不靖、民不安生啊！"

道衍想了想道："陛下如此动机，臣愿意为陛下分忧。但是，请恕臣已年迈，不能再去参赞军机。臣举荐一人可代臣为军师，让臣专心编辑《永乐大典》和辅教太子、太孙。"

成祖道："不知少师要举荐何人？"

道衍道："就是助陛下破镇江的刘祥玉。"

成祖道："此人虽非泛泛之辈，但是能担军师大任吗？"

道衍道："陛下不信任刘祥玉，还是不信任臣？"

成祖道："少师勿为意，朕岂能不信任少师？只是刘祥玉初出茅庐……"

道衍道："诸葛武侯临终，荐姜维代他统军抗魏，未减锐气。臣所荐之刘祥玉，乃蜀之姜维也。"

成祖道："但是，前次立功镇江，朕欲留他，他为何推却？"

道衍道："此刘祥玉的确是怀才不售，孤芳自赏。他现时已为臣之养子，改名姚继了。臣要他去从军，他不敢违臣。"

成祖道："如此朕就无忧了！"

道衍道："但是，以臣之见，陛下南征，只是治标，不是治本。"

成祖讶然，问："少师此话怎讲？"

道衍道："我们所患者是北方。汉、宋诸朝均是北患成祸，为何？就因为京城离北边太远，鞭长莫及。加之北方异族剽悍好战，因之叛乱。所以用兵于南，只是治标。"

成祖道："欲治其本如何？"

道衍道："臣早有考虑，欲治本有一法，就是迁都。把京都迁到北平，再修葺长城。这样可以震慑北夷，令北夷思畏。另外，凭关塞之险，也足以御北夷之侵。"

成祖道："朕也早有迁都之意，只愁缺人规划。"

道衍道："臣不才，愿在元宫旧址之上画宫掖草图，陛下可令工部照图建筑。"

成祖喜道："朕得少师，胜似李世民得魏徵、徐勣二人矣！少师真是朕之肱股，当年卧龙、凤雏辅刘备不过如此！"

道衍道："但可惜卧龙、凤雏也未能挽蜀国之衰！蜀国之衰，失自荆州，刘备不听劝谏，致彝陵惨败。"

成祖道：“少师不必再讽喻朕，朕纳少师之谏就是了！”

道衍喜成祖知悔，立即赴长洲去找姚继。来到姚家一看，不由一惊，只见院中搭着灵棚，摆着棺木，正在办丧事。道衍急趋前去看，见棺材的灵条上写着：刘府范太君讳若凤之灵位。道衍见了若凤的棺材，不禁泪水潸然。刘家乃外地人，寄住在姚家，没有亲戚，故灵堂冷落。有人报至后堂，若凤儿媳刘夫人与少夫人邹氏泪眼孝服出见，跪伏在灵前痛哭，凄惨至极。

姚继没出来见道衍，道衍已觉得诧异，见二妇人哭得悲伤，更觉有异。道衍劝住刘夫人婆媳哭，问姚继何在。道衍这一问，刘夫人婆媳又哭了，哭得更凄惨。过了许久，刘夫人才抽咽着道：“继儿……他……被捕去……关在……狱中……性命……难保了……”

道衍吃了一惊，急道：“刘夫人勿哭，快说原因，为什么？”

刘夫人哭得哀痛，哪里抑制得住。

道衍急道：“夫人勿哭，快说原因，如不是重罪，也许有办法救！”

刘夫人这才强压悲痛，拭泪道：“继儿知礼，又是在此隐居，怎敢犯罪？他是被监察御史陈瑛诬陷的……”

道衍听了，吃了一惊。陈瑛有炙手可热之权势，道衍知道。他曾诬陷过建文旧臣盛庸、李景隆、何福等多人，这些人都被他逼死或拷掠致死。他想：“姚继落在他手，真是不幸！”又问：“继儿怎么被他诬陷？他的罪名是什么？”

刘夫人道：“听说陈瑛为在皇上面前邀功取宠，到处访查建文帝旧臣，凡是得罪过皇上的人或他们的家属，他都罗织罪名，加以迫害。我父亲刘基，曾因立皇太孙之事向太祖进言，太孙得立。皇上恼我父，密使胡惟庸将我父害死。"

道衍从前支持过燕王争夺君位，虽然他没出谋害死刘基。但此时也很过意不去，不禁叹息了一声。

刘夫人悲痛，没注意道衍表情，继续道："继儿愤外祖无罪遭害，立意不科考求官。不知此事怎么让陈瑛那走狗嗅知，派人到长洲把继儿逮进监狱，说皇上有示：天下才士，必须为朝廷效用。怀才不仕者，即以不满朝廷论处。陈瑛还诬陷继儿诽谤朝廷，继儿不招认，就动刑迫招……"

邹少夫人道："我祖母心疼孙儿，找陈瑛去求情。陈瑛竟将祖母推倒门外。可怜祖母摔得卧地不起，抬回家后，竟含恨而去了……"

道衍恨恨道："如此恶毒暴虐之徒，实在可恨！奸臣不除，仁君也要变残，明君也要变昏。"他强压怒火，安慰刘夫人婆媳道："你们莫急，我与长洲知府有旧，求他想办法搭救，管保无事。"

道衍到了长洲知府衙门，见了知府叶成，直言为皇上征召南征军师，叫他加意保护姚继，并嘱咐他，此事不能让陈瑛知道。知府叶成答应了。

道衍回南京见成祖，对成祖抱怨道："臣一片忠心对陛下，想不到陛下竟戏弄臣。"

成祖惊诧道："朕对少师敬如师尊，何时戏弄过少师？！"

道衍道："陛下既下诏让陈瑛逮捕并杀了刘祥玉，为何还让臣去征他，这不是戏弄臣是什么？！"

成祖更惊诧，急问："少师请说清楚，朕何时给陈瑛下诏逮捕刘祥玉？又何曾下过杀刘祥玉的诏书？"

道衍道："请陛下不要再骗臣，长洲知府叶成说得明明白白，说陈瑛口称奉诏捉钦犯，审实就地正法。长洲知府已经……"

成祖着急追问道："怎样了？长洲知府将刘祥玉怎么样了？"

道衍只"唉"了一声，不再说话。

成祖见道衍的情态，以为定是陈瑛把刘祥玉杀了，不由大怒道："大胆陈瑛竟敢假传朕旨，随便逮人杀人，真是可恶！"于是传旨，"帛诏锦衣卫，速拿陈瑛进京受审！"

道衍道："陛下，还应带长洲知府进京做证！"

成祖道："就依少师，带长洲知府叶成进京！"

锦衣卫王总监领旨去了，可是只带来了长洲知府，那陈瑛不知又到何处制造冤案去了。

原来，道衍刚离长洲回京复旨，陈瑛即去催问叶成："姚继案审得怎样？"叶成回答："姚继已招诽谤过皇上。"并把一张供词给陈瑛看了。陈瑛即给长洲知府叶成下令，让他悄悄杀了姚继。长洲知府叶成便买了一名待决死囚杀了。陈瑛不知其伪，以为叶成杀了姚继。他在这里无事，又访得河北有一建文旧臣仍做成祖的官，于是又到河北去制造冤案。

见了成祖，叶成道："陈瑛传旨让臣逮捕姚继，也就是刘祥玉。臣不敢抗旨，就把刘祥玉逮捕下狱。陈瑛对臣说：'不惜用重刑，必须使其招认欲加之罪！'臣只得奉旨行事……"

成祖大怒，道："陈瑛这厮胆大妄为，真是该死！"

道衍道："臣听说他审理的盛庸、李景隆、何福等案，也均是构陷而成。"

这些事成祖心里明白。但道衍既把账算在陈瑛头上，正好顺水推舟，道："陈瑛妄为，制造了许多冤狱，今日事不许外泄，等朕下密旨，捉住陈瑛重治！"

道衍道："陛下英明。"

成祖立刻发了密旨，令燕赵诸地严查陈瑛。

道衍见成祖下决心惩办陈瑛，便问道："陛下还想征姚继吗？"

成祖颓然道："可惜良才已逝啊！"

于是，道衍对叶成使了眼色，叶成跪下道："请陛下恕臣欺君之罪……"

成祖惑然道："卿有何欺君？莫非诬陷过姚继？！"

叶成道："不。臣知姚继无罪，不忍加刑，就私放了他，以一个待决死囚代了他。"

成祖正愁南征没有军师，听说姚继未死，惊喜道："卿做得好！朕不但不怪你欺君，还要加封你为江苏布政司使。"

叶成没料到因此升赏，非常高兴，并把范若凤冤死之事，奏知成祖。成祖为笼络姚继，立即下旨赐若凤为二品诰命夫人，并以隆礼安葬。

道衍又到长洲，主持葬了若凤，然后对姚继道："皇上欲南征靖边，缺乏一个军师，我知汝才，向皇上荐了你。"

姚继道："父亲，孩儿虽未出家，但是已看尽世间尔虞我诈，不愿出去保君王了。"

道衍道："继儿，你错了。常言'学得文武艺，用于帝王家'，因为中国有史以来，君国就是一体的，把文武才献给帝王，就是献给国家百姓。你苦读寒窗数十年，不能建功立业，这样怀才而没，不觉得可惜吗？"

姚继道："'凤翱翔于千仞兮，非梧不栖。'孩儿非不愿建功立业，只是未逢明主啊！"

道衍道："傻孩子，掀开史书，有几个明主啊？况且历史又非秉笔直书。因此居高而观之，秦皇汉武、唐宗宋祖均有缺点，够不上'明主'二字。当今皇上非无缺失，但他不淫侈昏乱，心里想着国家和百姓。从这一点看，他仍不失为一个能治国的好皇帝。"

姚继非常尊重道衍，听道衍如此说，便不再坚持隐居待时之说，而愿捐弃前嫌，去做成祖的军师了。

道衍便带了姚继回朝交旨。

第二十六回　征南夷三次出兵
　　　　　　　蝴蝶谷一战获胜

　　成祖拜姚继为南征军师。临行前，道衍分析了交阯形势，帮姚继制定了作战方略，嘱咐道："一切都不是死法，尤其是战阵。宋以仁失国，齐以仁兴邦。一切无常，望你见机行事。"

　　姚继一一受命，自率大军十万，去援元帅张辅。

　　第一次征交阯，以成国公朱能为征夷大元帅，西平侯沐晟、新城侯张辅为副，统二十五员将官和八十万兵马，一从广西，一从云南，兵分两路进攻交阯。中途朱能病故，张辅升任元帅。两军各攻下数道关隘，会于富良江之多邦隘，大败叛首胡奎，杀蛮部酋长多人、蛮兵数万。

　　张辅、沐晟大胜，又分兵攻蛮东都古龙编城和西都古九真城。二都均一鼓即下。明军乘胜前进，势如破竹，追敌至闷海口。后来在富良江诱敌入伏，一举灭蛮酋，擒敌酋黎季犁父子，安南诸蛮皆平。

　　成祖依张辅所奏，设置交阯布政使司及按察司，分十七府、四十七州、一百五十七县，令黄福留镇交阯，然后槛押黎氏父子班师。

不料仅历半年，交阯复乱。成祖只得又出兵征讨。

这次，成祖封黔国公沐晟为元帅，率十几万大军由云南出征。大军南下，至生厥江，与叛军相遇。彼此交战，叛军败走。副帅刘儁无谋，不知是计，驱军追赶，追了一程，尽入埋伏中，只听一阵梆子声，叛首陈季扩、邓景异各率一军杀出，冲乱了明军阵势，明军大乱。刘儁被敌擒去，都督吕毅、布政使参政刘昱等战死，明军伤亡万人。

沐晟将败状奏报成祖，成祖大惊，又封张辅为大元帅，出师再讨。

张辅率大军二十万，浩浩荡荡，南下交阯。可是行至中途，忽然探马来报：交阯发生内变。叛首陈季扩夺了交阯王位，其势更为猖獗。但张辅并未在意，仍麾师南下。

张辅率军到了冷潮州，陈季扩纠集穿鼻、金齿、文身、雕额之蛮兵结寨固守，又驱象群为战。

张辅久攻不下，只好上奏成祖。成祖忧心，暗想："南方诸蛮诡异，没有好的军师，不易收效。"于是，想让道衍赴征南疆，道衍这才推荐了姚继。

姚继率军至张辅营，张辅便想出战，以慑敌胆。

姚继道："主师不可。末将初到，未悉敌情，不可贸然出战。"

张辅道："援军到达，立即猛攻，只要小胜，就可丧敌士气。此后每战，敌胆先寒。"

姚继道："听说敌酋陈季扩又纠集众部，其势不小，我们不能一鼓而歼。何况，我们不知敌情，胜败难料。倘胜于敌，能慑敌；倘败于敌，岂不折锐？以末将之见，莫如等我侦悉敌情，待有胜敌良策时，再战不迟。"

张辅同意，于是下令：援军扎营休息。

姚继受道衍教导，扎营后就派出谍探刺探敌人军情。

三日后，派出的谍探陆续回来向姚继报告军情。姚继亦从张辅等将帅中了解到许多敌军情况。

陈季扩部有金齿、雕额、文身、穿鼻、绣脚等蛮兵，约十几万。金齿部有大象数百只，被象奴驱使为阵。象经过训练，进退皆听号令。

姚继根据敌营情况，苦索冥思几天后，想出了一个破敌之策。

姚继对张辅道："陈季扩取胜，全靠那些南蛮兵。其实那些蛮兵，只是靠的奇模怪样的服饰和兵器。他们装腔作势吓人，这样就有一种威慑力量，好像战斗力增强了。"

张辅道："是，是。他们个个魔鬼样子，赤身露体，作战又跳又喊，让人恐怖，未战先馁。这就是我军攻不破他的原因。"

姚继道："要破他们，就得针锋相对。从全军中挑选万名壮汉，让他们故意打扮得奇形怪状，并也使用奇异兵器。这叫以其人之道还治其人之身。"

张辅道："蛮兵虽有法对付了，可那些大象怎么办？"

姚继道："那些象虽身体庞大，然而本性却很驯顺，不像大森林里那些疯象。平常之象，是不乱杀人的。敌人的象队向我军狂奔杀人，是受象奴驱使。我们只要用神箭手先射死象奴，那些象就不乱奔了。另外，象身体庞大，不畏任何动物，只怕鼠钻鼻孔。因此，只要我们在作战之前将一些老鼠放在象前，那些象马上就会返奔，反而会踏死敌人。"

大将王友道："对，对。我听说象不惧鞭打，最忌老鼠。

要使象负载重物，象若不行，象奴便在象前楔成孔洞，象以为是鼠洞。象惧鼠出，便不断地用前脚去堵鼠洞，这样便负物一步步前行。所以，利用老鼠降象，倒是好办法。"

明军做了三天的准备，就放炮击鼓到陈季扩营前挑战。

一会儿，陈季扩的营门大开，连声炮响，战鼓震天，一声喊杀后，一队队奇模怪样的蛮军，手持鬼头刀、狼牙棒猛冲出营。

他们多是赤裸着身体，只在腰间系着兽皮或树叶遮住下体。有的裸体上刺满狮虎花纹，有的脸上涂着黑红漆彩，有的鼻翼穿一铜环，有的戴两只特大耳环，有的牙齿涂金。他们冲出营门，就"哇哇"怪叫着向明军冲杀过来。他们并不畏刀避剑，仿佛视明军为草束木偶，只是毫无顾忌地猛冲猛杀。

这种气势使明军士气先馁，仿佛就要乱阵。可是，忽然一阵鼓响，明军阵营里两队穿着奇装异服的壮汉，也呐喊着冲了出来。他们势如疯虎，以压倒蛮兵的气势冲入敌群。这些壮汉都习过武术，一入敌群，立即杀得蛮兵七零八落。

没化妆的明军，一见蛮兵败了，立刻士气大振，十几万大军掩杀过去，把蛮兵杀得大败。

明军正在追杀，忽见敌营中尘土大起，几百只大象踢踢踏踏地奔跑过来。大象不畏刀枪，它们只按象奴指的方向冲去，而不管碰到的人是何模样。一时之间，明军被象群冲得大乱。

这时，明军中几百个神箭手出来，各开弓箭，向那些象奴射去。那些象奴正骑在象背上，洋洋得意地吹着笛子，指挥象群冲锋，突然听得"嗖嗖"连响，倏然见无数箭弩飞来。他们还来不及躲避，便已晃悠着掉下象背。十几个象奴，霎时全被射死。

象奴虽死，象却一只都没死。有的象中了箭，却满不在乎地向前猛奔。眼看就要冲进明营了，几百明军出来，每人从袋里放出一些老鼠。老鼠乱逃乱钻，有的就径直钻入象鼻。

这些象见了老鼠，吓得返身而逃。它们没有象奴指挥，一齐向蛮军冲去。

那些蛮兵正跟在象群后面冲向明军，象群忽然返身乱逃乱奔，当即将蛮兵踏死无数。

蛮兵虽蛮，但也怕死。没被踏死的，纷纷溃逃。

明军见大象冲溃了蛮兵，立刻跟在象群后面，冲向蛮兵。

象群在前面开路，明军在后面追击，蛮兵溃散，乱窜乱逃。大象穿过陈季扩蛮营，仍向前跑，不知跑到哪里去了。明军跟着大象冲进蛮营。

明军乘胜冲杀，陈季扩抵御不住，只得弃营逃走。张辅指挥明军夺了敌营，又追杀了一阵才收兵。

陈季扩见势不妙，致书张辅，表示愿意投降。

张辅把陈季扩的信给大家看了。

姚继道："虽然陈季扩反复无常，不一定真心投降，但是我军在此日久，也该休整，不如准降。"

张辅道："陈季扩是想借此得到喘息机会，然后重整旗鼓，卷土重来。我们若准降，正合他的如意算盘。"

姚继道："他若诈降，我们不会让他打如意算盘。我们只需如此如此，就会让他的如意算盘落空。"接着，他屏退待卫，对张辅和王友说了破敌之计。

张辅听了，立刻修书一封，派人送给陈季扩。信中说，准他投降，并说待本帅班师回京后，一定向皇上保封他为交阯王。同时，要他来明营会晤。

　　陈季扩看了这信左右为难。去明营与张辅会晤吧，恐怕有危险；不去明营与张辅会晤吧，又怕他生疑。他彷徨多时，最后还是决定去会晤。他想："明廷要收服南方，杀了我没用。我若不去，徒使明军生疑。"

　　这样决定后，陈季扩只身来见张辅。进了明营，陈季扩向张辅行礼，并道："南方愚民不度德量力，冒犯天朝，败毁自招，非常愧悔。今后永远恭事天朝，纳贡称臣，绝不再叛！"说罢，献上降表。

　　张辅勉慰一番，最后道："本将军回京，即把酋长的降表带给朝廷，希望你遣散各部落蛮兵，永远罢兵。倘反复欺诈，天朝不会容你！倘再兴兵叛变，必使你不留遗类，莫谓言之不预！"

　　陈季扩唯唯听命道："我等再不敢叛明，我等再不敢叛明！"

　　张辅遣回了陈季扩，就班师回朝，军营移至爱子河畔，只留少数人驻守。

　　陈季扩听说张辅率大军班师，又招集旧部，还求来各蛮部，号称十三万大军，扬旛扯旗，甚是嚣张。他探知明军征南正、副元帅张辅、王友领大军班师回朝了，只剩下姚继留守。他想："姚继是个青年后生，能有什么能耐？何不乘此机会，毁了他的军营，杀他个片甲不留！"

　　第二天夜里，陈季扩就调兵遣将，倾巢而出，齐攻爱子河明营。他们先将营盘围了个水泄不通，然后各军向里推进。陈季扩的蛮军步步推进，眼看就到了营寨附近。陈季扩下令开炮！立刻军中响起三声大炮，这是陈季扩定的总攻信号。诸蛮兵听到这三声炮响，就要奋起猛烈攻营，想不到此时却从后面传来一片喊杀之声。火光中，只见铺天盖地的明军围裹而来，跃马冲在前面的正是张辅。

陈季扩见张辅围住了蛮军，知道中计，拨马欲率军逃走，张辅哪里能放他走，便挺枪迎住。

张辅道："陈季扩，你这反复无常的小人！你中了我们军师之计了。束手投降，或可免你一死！"

陈季扩不理，仍带兵逃跑。

张辅道："今日就是你的死期！"说罢，跃马挺枪，直奔陈季扩。

陈季扩举刀相迎，二人战了二十几个回合，此时营里的明军已杀出来，蛮兵陷入夹击之中。陈季扩无心恋战，拨马便逃。众蛮兵见陈季扩逃了，纷纷跟去。几个蛮将与陈季扩并力杀开一条血路，突出重围，逃向本寨。

到了本营寨前，陈季扩这才放下心来，让马缓行。来到营门，营门却闭着。他正迟疑着，营内寨墙后一阵箭弩，飞蝗般飞来。顷刻，陈季扩的蛮兵被射倒无数。只听寨墙边，一个声音道："陈季扩！你们中我军师之计了！我是征南副元师王友，取了你的老巢，在此用箭恭候！"

陈季扩不敢举目看寨门，只是舞刀拨箭，回马急退。没中箭的众蛮兵也慌慌张张逃了。

此时，陈季扩已如惊弓之鸟，不敢再战，从交阯接了家眷，带着残兵逃到老挝去了。

张辅、王友带两股明军，来到姚继大营，齐向姚继贺道："幸得军师妙算，陈季扩才没得逞！"

姚继谦逊道："多亏两位元帅英勇，将士拼命，才有此胜利，姚继不过学了父亲一些计略，偶尔谋中而已。"

张辅道："军师妙计通神，此次大捷，当记军师首功。"

王友道："可惜，陈季扩没被我们擒住。"

此时，京中来信调张辅回京。

张辅接旨道："'将在外君命有所不受'！我想暂缓几日，等陈季扩成擒再奏凯回京！"

王友道："可是，元帅应三思。不奉诏回京，虽功在国家，但引起皇上猜忌怎么办？"

姚继道："大将军奉诏回京，使征南之行受损，实在可惜，末将有一办法，可以两全。"

张辅道："军师快讲！"

姚继道："元帅可修书一封送庆寿寺给我父亲，让父亲代元帅向皇上陈述未奉召立即回京的原因。"

张辅道："此法甚好。我即具表烦道衍大师代达皇上。"

于是，张辅写了一道表章和一封信，让专使送至京师庆寿寺。他与姚继重编军马，准备到老挝追杀陈季扩残兵。姚继道："老挝已非大明领土，到老挝去讨陈叛，必须先做好两件事。"

张辅道："哪两件事？军师快讲！"

姚继道："必须致书老挝国王，申明我们是入境追讨窜贼，不是侵犯国土。不然，若引起老挝对我们怀疑，与陈季扩合力对付我们，陈贼就难讨了。"

张辅点头称是。

姚继又道："兵到外国，必须森严纪律。如纪律松弛，淫杀掳掠不禁，必会激起老挝人的反抗。如那样，就如同为丛驱雀、为渊驱鱼，把老挝人赶到陈叛一边去了。我们人生地疏，就会陷入泥坑，连拔足也困难了。"

张辅佩服地点头，并立即修书，遣使送交老挝国王，并下令整顿军队。

张辅严申军令。有犯下列禁令者，斩：一，遭害庄稼；二，抢掠财物；三，奸淫妇女；四，强住民房；五，打骂老挝百姓；六，虐待俘虏。

张辅大军进入老挝，老挝百姓俱怀敌意。军队所过之处，百姓们躲得远远的，不敢走近明军。有的村落百姓们藏起粮食，明军花金银也买不到。有的村落村民竟毁井断水，让明军无法屯驻。

姚继对张辅道："老挝人不会无端对我们怀敌意，其中必有原因。"

张辅深以为然，就派人化装成老挝人去调查原因。派去的人回来向张辅报告，说原因有二：一是陈季扩率残军入老挝，料到明军必追，就化装成明军，四处抢掠、奸淫妇女；二是都督金事黄中身为前部先锋，因粮食不继，强夺了老挝百姓的粮吃。老挝百姓，前番遭化装成明军的陈季扩的祸害，对明军早已憎恨；今又被黄中部下抢了粮食，憎恨更深。于是，村民都躲起来了，还藏起了粮食，并在井里下了毒。

张辅、王友、姚继听探子报告黄中纵部下抢粮之事，很为难。军队粮食不济，庄里人又不卖给粮食，不抢就没粮吃。可是，抢粮又违犯纪律，造成老挝百姓对明军的敌意。

姚继道："虽然黄中在这样的情况下抢粮情有可原，但为了严明军纪，必须杀之以谢老挝百姓！"

王友道："因此杀黄中，黄中太冤枉了，岂不让将士寒心？！"

姚继道："杀黄中这是情势需要。一可以使将士遵纪守法，保证在任何情况下遵守纪律；二可以消除老挝百姓对明军的误会和敌意。"

张辅道："对。杀黄中时，召集附近的老百姓来看，对他们讲清，前次迫害老挝百姓的明军是陈季扩军化装的。我们明军有几条铁的纪律，违犯其中一条就是斩罪。黄中就是犯了抢掠百姓粮食罪。"

姚继道："这样可以把老挝人的憎恨转移到陈季扩军身上，从而对我军友好。黄中被斩后，可以厚恤他的家属。"

王友这才点头道："这样就好。也可让将士帮老挝百姓做些好事，或发放给贫苦的老挝百姓一些物资。"

姚继道："很好。这样老挝百姓就会支持我们，反对陈季扩，使他们在老挝得不到支持。这样，我们的胜利，就指日可待了！"

第二日，明军搭起高台，并让明军到附近各村鸣锣，召集百姓来看杀人。凡来看杀人者，都招待吃饭，并发奖金。

老挝百姓为了看热闹和得奖金，都来看明军杀人。张辅当着老挝百姓，揭露了陈季扩让蛮军化装成明军杀人、掠物和强奸妇女之事，接着又宣布了几条斩罪，并指着黄中道："他叫黄中，是都督金事。他令部下抢了你们的粮食，犯了斩罪。他虽是军官，虽是在没处买粮时才抢的，但是明军纪律如铁，谁违犯纪律，不管在什么情况下都应严惩不贷！"说罢，对刽子手下令斩了黄中，又斩了黄中部下抢粮的人。

明军杀了黄中后，人人畏法，再不敢违犯军纪了。张辅又让明军到附近各村去修桥铺路，扫街挑水。

从此，老挝百姓对明军态度全变了。他们给明军带路，告诉明军陈季扩逃跑的路线。

陈季扩逃进老挝后，就令部下扮明军奸淫抢掠。现在老挝百姓了解了真相，就视他们如仇敌，都烧香祈愿盼他们早一天被明军消灭。

老挝百姓自愿给明军当向导，找到了陈季扩的军营。于是，明军在距陈营十里处扎营。两军营盘遥遥相望，晴天可互见炊烟。

一天，明军的巡逻哨兵正在二营中间的林中巡逻，忽听得一个女子高喊救命。巡逻哨兵循声跑过去，见几个蛮兵正摁着一个小姑娘欲行不轨。他们忙把那几个蛮兵冲跑了，救了那个小姑娘，把她带到明营见张辅、姚继。

姚继问明了这个小姑娘的家庭情况，眉头一皱，想出一条计来。原来，这个小姑娘叫银花，是勐家寨的人。她母亲被蛮兵强奸，回家后投河死了；父亲去找蛮兵算账，被蛮兵打死抛尸营外。勐家寨的乡亲们同情银花，帮着她葬了父亲。方才银花来村外哭祭父母，被蛮兵捉住欲行不轨，幸被明军巡逻哨兵救了。

姚继把银花留在军中，对她讲了他的安排。

一日，银花穿上戎装，骑了一匹小马去陈季扩营，指名找陈季扩说有要事相告。陈季扩听说银花是个美丽少女，对她垂涎欲滴，令她进营。

银花给陈季扩行礼道："我是傍勒州州长的女儿，是来送信和做人质的。"说着从怀中取出一封信，递给陈季扩。

陈季扩看完信，上下打量银花，然后抽出刀，凶狠地问："快说！谁派你来骗本王的！？"

银花一惊，但仍从容道："是我父亲派我来的，但不是来骗大王，是来做人质的。将来大王发现本姑娘骗了你们，杀剐存留任凭大王。"

陈季扩问："你来向本王报告此事，得到什么好处？没有好处，却来报告，岂非来诈本王？！"

银花道："没好处，但也不是诈骗大王。因为明军抢光了我州军马储粮和各县的物资，我父亲想代百姓惩罚明军，所以让我来报告大王。去不去抢粮、毁粮，由大王定夺。我们何必行骗大王？！"

原来，信是姚继冒傍勒州州长写的，信中说明军抢了他们的粮食，屯聚在困虎谷中。他们恨明军，希望陈季扩多带军队，去毁了那些粮食，给他们出气。为了表示所报不虚，愿意留下银花做人质。

陈季扩两眼盯着银花道："困虎谷真有明军的屯粮吗？"

银花道："大王可以派人去探，若没有明军的屯粮，可以任意处置我这人质。"

陈季扩点头，把银花留在营里，派探子到困虎谷去看。几个探子回来报告，都说困虎谷口果有明军把守，里面隐隐可见堆积如山的粮草。

知道困虎谷真囤积着明军粮草，陈季扩动了心。他手下尚有几万大军，因没军需供应，把附近居民的粮食全抢光了。军中缺粮，就需到远处去抢，但又怕挨打，正在发愁。他想："明军的这些粮食，真是天赐，我们若能抢来，既可消除我军无粮之忧，又可导致明军因缺粮而退出老挝。"

陈季扩问银花："小姑娘，你知道去困虎谷的路吗？"

银花道："我常常跟父亲去困虎谷打猎，当然知道。"

陈季扩问："你愿意给我们带路吗？"

银花一阵"咯咯"笑，像银铃般好听，笑过后道："不愿意，可是既来做人质，由得了我吗？"

陈季扩本来好色，心想："等我取来那些粮食，再来收拾她。"于是又问："小姑娘，带罢路，你还愿意留在我军吗？"

银花道："不愿意，我有父母家庭，留在你这里干什么？我正要向大王请求，带完路就放我走。"

陈季扩点头答应道："当然，你若不骗本王，本王怎能加害于你？"他口中这样说，心里却想："这样的美食送我口中，我岂能往外吐？"

陈季扩决定去困虎谷夺取明军粮食，恐怕银花跑了，所以让她带路。

银花骑上小马，跑在前面，一会儿顺手从枝上掐朵花戴在头上，一会儿又用手去捉飞舞的蝴蝶，非常天真可爱，惹得陈季扩心猿意马，更是紧紧跟在银花后面，唯恐银花溜掉。

银花带陈季扩军跑了十几里路，走入一个山谷。银花打马就跑进山谷，陈季扩却勒住马有些犹豫，对银花喊道："小姑娘！你慢行，等等我们……"

银花停马，回头喊道："等什么？我路带得很对，为什么不随我走？"

陈季扩道："此谷若是明军储粮的地方，为什么没明军把守？"

银花道："此地叫蝴蝶谷，有一条暗道和困虎谷相通。大王请看——"说着，用手一指谷口。

陈季扩顺银花指处看去，果见谷口一块光石上镌着"蝴蝶谷"三字，抬眼看谷内，只见雾气弥漫，阵阵芬芳之气从谷中传来。谷中有遮天盖日的蝴蝶翻飞嬉戏。

银花说罢，驱马去追前面一只大彩蝶，跑进谷中。陈季扩舍不得让银花逃掉，见谷内平静，就驱马追进谷口，后面的大军也随之入谷。

银花引着陈季扩军，渐渐进入山谷深处，向一棵大菩提树跑去。陈季扩在后面紧跟。

这棵大菩提树粗可连抱，高可参天，上面开满小黄花。微风吹来，从树上飘下阵阵黄色花粉，那亿万只各色各样的蝴蝶，为追逐那些花粉，正在满天飞舞。它们有的落在树冠上，有的落在草地上。只见草地上落满的一层层蝴蝶，掀动着翅膀，在阳光下闪烁，非常好看。到了这异彩纷呈的佳境，连陈季扩也忘了戒备。

陈季扩随银花来到大菩提树下，一看树干不由一惊，只见树干上密集的蝴蝶已形成四个大字：天绝蛮兵。

陈季扩正在惊愕，只见银花驱马跑出一箭之地，望着陈季扩冷笑道："天绝蛮兵，快下马就擒吧！"说着，从袖中取出一幅小红旗，举在头顶一挥。小红旗艳红，在骄阳下犹如一股火苗。

在小火苗一闪的刹那，只听环山顶上"轰轰轰"数声炮响。炮声响过，群山峰头，处处竖起旗帜，数万明军手执耀眼的刀枪呐喊着，漫山遍野冲杀下来。再看银花，早已驱马上山，混进明军里不见了。

尽管蛮兵骠勇，见了这种场面，也早吓傻了。陈季扩瞪起眼睛，大喊道："将士们，随我冲！"说着回马冲向山口。可是，山口早被弓弩手和火铳手封住。

陈季扩仍催马率军往外冲去，可是只听环山明军喊道："陈季扩，你们已中我军师之计，快束手就擒吧！"

喊声震天，山谷回响，隆隆若雷，震得蛮兵胆战心惊。

明军又喊道："众蛮兵听着！你们就要手脚麻木动弹不得了！谁仍跟着陈季扩外冲，我们的刀剑可是无情啊！"

蛮兵听了，动了动手脚，果真觉得软绵绵的，一点力气也没有了。

原来，姚继不仅学了道衍的谋略智识，而且得知南蛮兵身有瘴疠之气，被菩提树花粉诱引，就会毒性发作，如被惊吓，身子立刻变得瘫软，不能战斗。姚继设下此计，告诉银花如何诱陈季扩上当。树干上的"蝴蝶字"，是在树干上用蜜先写了字，蝴蝶吃蜜时，被吸在上面而成。

蛮兵只得投降，陈季扩也乖乖被擒。

张辅下令收了蛮兵的兵器马匹，释放了他们，只把陈季扩带回明营。这时，去攻蛮营的王友也已回来，带来了陈季扩的妻妾和辎重。

张辅押了陈季扩及其妻妾，班师回京。

第二十七回　押奏表揭露汉王
　　　　　　庆寿寺善始善终

　　张辅、姚继率南征大军奏凯，见了成祖献上战俘，奏报大捷。

　　成祖下令斩了陈季扩，嘉奖了姚继、王友。张辅正不知为何不嘉奖他，成祖却已下诏将张辅治罪，交刑部审问。

　　姚继不知何故，便问道："陛下，元帅征南有功，为何治罪？"

　　成祖道："张辅奉诏不归，并擅入老挝，几近不轨，故交刑部审问。"

　　姚继辩解道："陛下授命大元帅征夷，已赐节钺，军前可以自专。夷酋大败，逃离出境，如不追伐歼灭，令其养息复元，仍成我明室后患，大元帅若奉诏而归，岂不功亏一篑？所以我们劝大元帅暂且留下，率军追敌入老挝。大元帅亲冒矢石，宵旰勤事，幸不辱圣命，将陈叛彻底剿灭，安定了南方。大元帅有功于国，不应反治其罪。"

　　原来，逮捕张辅是因为汉王朱高煦弹劾，说他拥兵专擅，目无君上。成祖道："大臣不奉诏旨，置朕于何地？！"

　　姚继道："大元帅未及时归来，但已有表章奏圣上申诉理由。他已把君命放在首位，可见尊君之意！"

成祖道："他的表章在哪里？朕为何未见？"

姚继道："确有表报送往臣父道衍大师那里，请他代为奏明圣上。臣父还给臣回了信。"

成祖道："你是否骗朕？道衍少师已去北平为朕监修宫殿，难道你们不知？你父给你之信见到了吗？"

姚继道："见到了，臣父根据臣报告之军情，指示臣破敌之计。"

成祖道："那么少师为何未把张辅的奏章交给朕？他焉有隐瞒这奏章之理？！"

王友道："给圣上的奏章，大元帅的确写了，也的确交使者送至京城，两者臣均亲见。不知少师因何未将大元帅表章奏呈圣上垂察？"

成祖道："这就怪了！朕召少师回京对证这件事。"于是，立即派太监沈振为钦差，去北平调道衍。圣旨写明让道衍将宫室图样交建宫总监后，立即回京。

沈振到了北平，向道衍宣了圣旨，然后私下对道衍道："少师得圣上宠爱，群僚甚是羡慕，但是，我为少师想，应留些心计。"

道衍一怔，问道："道衍不敏，请公公明示。"

沈振道："以少师机略，应该明白。太子仁厚，少师辅之可以守成。但若失去少师辅教，恐难自立。以我侧面观之，圣上并不喜欢太子。汉王高煦英伟有大志，圣上喜欢，若得少师辅教，必能成秦皇汉武，再创贞观、开元盛世。"

道衍道："公公之意，是要道衍放弃东宫太子，辅助汉王吗？！"

沈振道：“我不敢，我只是想说，倘辅之失人，不但无功可言，反遭灭族之祸。如方孝孺辅教允炆一样。”

道衍欲套出汉王高煦之阴谋，便对沈振道：“道衍早就考虑利害，心慕汉王，只是……只是……恐怕汉王势力太孤，难以成事啊！”

沈振道：“汉王手下，固不如东宫人多，但得力之人也不少，如都御史陈瑛和都督岑同。同时，已募集了勇士三千人。”

沈振提到陈瑛，道衍急问：“听说陈瑛亡命北方，他现在汉王府吗？”

沈振道：“他为汉王效力甚多，汉王怎能让其遭难？早已把他保护起来了。”

道衍暗想：“这厮找我攀谈，必有阴谋，我且探探他们口风。”便对沈振道：“汉王这样爱惜在下，真是难得。汉王能有用道衍处，道衍愿替汉王效命。”

沈振道：“汉王倒没说用少师处。但是，汉王要我向少师致意，有一事想和少师商量。”

道衍道：“汉王千岁太客气。如有事，道衍应该尽力，怎么说‘商量’二字？汉王有什么吩咐，公公请讲！”

沈振道：“前时，张辅为征夷大元帅，去征讨交阯叛蛮陈季扩。因出师日久，皇上下旨召张辅回朝。可是张辅拒不奉诏，反而擅入老挝，以追贼为名，扬个人声威。张辅目无皇上，汉王很气愤，向皇上弹劾了张辅。张辅部僚受张辅恩惠，替其开脱，说是张辅有表托少师代奏皇上。所以，汉王特托我向少师致意，能否给张辅定罪，就在少师一言了……”

原来，道衍早就得知，因张辅支持过立朱高炽为太子，汉王怀恨在心欲害张辅。所以，他故意将张辅的表章压下未报。为了揭露汉王的阴谋，道衍痛快答道："请沈公公转告汉王，道衍一定照汉王千岁的意思做。"

沈振道："你我心照不宣。在下告辞了，望少师即速回京。"

道衍道："沈公公先行，道衍交代了此间事务，即回京伺候汉王。"

沈振道："好，在下与汉王在京候少师大驾。"说罢，即揖别而去。

道衍想了想，故意延迟不走。他临来北平时，成祖曾嘱咐他在北平附近选择陵地。他想："我既不想早回京去，何不到北平附近去游览一番？"于是他从密云西行，经昌平，再向南到房山，选了两处风水宝地，然后回到南京。这时，汉王朱高煦正在紧锣密鼓地争夺太子位。

明成祖心不情愿地采纳了道衍等人的建议，立了长子高炽为太子，次子高煦被封为汉王，藩地在云南。可是高煦硬是留在京师，不肯到云南去。

成祖北征时，高煦曾随军立功，因此成祖很喜欢他。朱高煦得寸进尺，又向成祖请求要护卫兵，成祖以其有功便准了。接着他又自开幕府，网罗人才，成祖并没过问。不多久，高煦又乘机请求增加护卫，成祖也准其所请。

于是，他越发骄纵，偷着对左右道："像我这样英武，难道不配做秦王李世民吗？"

这些事，成祖不知道，道衍却早知道了。从此，道衍就暗暗留心，劝太子对他多加防范。

成祖虽立了高炽为太子，但仍不忘高煦之功，常有另立太子之意。高煦身长七尺，身体矫健，又会武功，精骑射。成祖犹豫不决，便与道衍、张辅、解缙等人商量。

道衍道："臣辅太子，知太子贤明，将来必是守成之主。"

张辅道："太子贤德仁厚。太孙亦有异相，英敏有才识，将来必是大明贤主。圣上不可废立。"

解缙道："臣观历代君王废长立幼，多引起战乱，阋墙之争不息。万岁应慎之。"

成祖见大臣们都坚持不可换太子，就压下此事。

道衍给太子出主意，让太子结交王贵妃。王贵妃与徐皇后有情谊。徐皇后病重，让王贵妃代管六宫。徐皇后薨后，成祖欲纳妙锦，妙锦严拒，并削发为尼。成祖意冷，未立皇后，一直让王贵妃掌管六宫，母仪天下。王贵妃美丽、庄重又贤淑，太子躬侍如亲母。王贵妃也甚喜欢太子，何况徐皇后临终有托。每次成祖临幸，问起诸子情况，王贵妃均赞太子之贤，因此，成祖废太子之意，才渐渐淡去。

道衍又给太子出主意，让太子妃张滢常去躬侍成祖。张滢茶饭亲制，成祖甚感可口。太子也常去问安，对成祖十分孝顺。

因多方面的原因，成祖便打消了更换太子的念头。

高煦不得立为太子，心中怨恨，便打击阻碍他步入东宫之人。他盘算，道衍是父皇心腹之人，不敢害。张辅领兵在外，身任要职，也不能害。因此，第一个要害的选了解缙，诬解缙轻君阁上，成祖遂把解缙贬谪到广西。后来道衍替解缙辩解，说编纂《永乐大典》缺得力助手，成祖才又把解缙调回翰林院。

高煦气不出，又诬解缙怀恋先朝，怨恨成祖，结交太子，暗有阴谋。成祖对先朝旧臣本有成见，听了高煦之言，立将解缙逮捕入狱。一代学宗，竟因高煦之诬，坐死狱中。

高煦害死了解缙，又害张辅。他诬张辅南征日久，必有野心，所以调张辅还朝。张辅没有立刻回来，又兵进老挝，这些更成了高煦的把柄。他借机弹劾张辅，成祖大怒，才将张辅逮捕交大理寺究审。若不是姚继和王友保他，说有奏章在道衍处，成祖已将张辅定罪了。

这次沈振从北平回来，将道衍的允诺对高煦说了。高煦以为道衍肯为他用，欣喜若狂，第二天就上本，说张辅并无奏章给道衍，姚继、王友是诳奏。

姚继力辩道："如果父亲回朝后，说没收到张辅奏章，臣甘愿领罪。"成祖以为道衍不日即归，只要他一回来，就可水落石出了，所以，没急着定案，先将此事搁下，以待道衍。

高煦以为有道衍相助，更加骄纵，又从各地选了许多健士为爪牙，妄图夺太子之位。

一日，朱高煦乘坐皇上车舆，到南郊游玩，见两个女子生得甚美，就对随从岑同道："看见了吗？将这两个女子赏给你，领回家做小妾吧！"

岑同喜极。因有主子支持，岑同有恃无恐，立刻让几个护卫上前抢人。

这两个女子，一个叫白如梨，一个叫唐赛花。白如梨是江南画家白至诚之女，唐赛花是她的表妹。二人是从山东蒲台探亲归来，尚未进城就遇上了强人。

白如梨是烈性女子，拼命挣扎，可是没有用，被高煦的亲兵拉拉扯扯，推推拥拥去了。唐赛花却会武艺，出拳击倒了两个拉她的亲兵，逃跑了。

白如梨一路挣扎，被拉入汉王府旁的都督营帐。

唐赛花急到兵马指挥营找到指挥徐也间，求他相助。

徐也间绰号徐野驴，他到营帐对高煦道："捕拿凶徒，是末将之职责。末将捕的是强抢民女的罪犯，与王爷无关！"

高煦手指车舆道："这是天子所赐乘舆，本王代天子巡察，你小小芝麻官逞什么强！快走吧！"

徐也间道："末将要尽职尽责，请王爷不要管！"

高煦大怒，从腰中掏出大铁爪，向徐也间头上抓去。徐也间无备，头被抓住。高煦用力将徐也间拖倒在地。爪钩深入脑中，徐也间惨叫一声，倒地死了。

唐赛花怒气填膺，不敢上前讲理，只好去禀报舅父白至诚。

白至诚闻此凶耗，立即去官府喊冤。

唐赛花明白官府不敢惹汉王高煦，只得急去山东找她的大姐唐赛儿去了。

白至诚行到中途，遇见两顶官轿，他就拦轿喊冤。

两顶官轿停下，下来两个官员。一个是尚书蹇义，另一个是左谕德杨士奇。因为白至诚是名画家，所以认识。

白至诚向蹇义和杨士奇哭诉了小女被抢的经过。

蹇义问："强人是谁？"

白至诚说是汉王府的岑同。

蹇义和杨士奇听了倒吸一口冷气，想了想道："白画师你先回府，待我们二人商议后再说吧！"

白至诚无奈，只得哭着回家去了。他虽是画师，并在官场中结交了许多朋友，但他深知汉王不好惹，只能依靠蹇义与杨士奇了。

蹇义、杨士奇复上轿，至文渊阁。此时《永乐大典》已编完，二人正在整理，准备送道衍审阅后，呈成祖御览。

二人坐了，斟了茶喝着，蹇义道："抢白小姐，杀徐指挥，均是汉王所为，杨兄以为此事该如何办？"

杨士奇道："汉王横行无忌，做了许多不轨之事，愚意应上达天听。"

蹇义道："可是，因我辈支持太子，已经触怒了汉王。翰林侍读解公被害死；学士黄淮、太子洗马杨溥，此时仍在囹圄；征夷大元帅张辅被诬吉凶未卜。你我名逊于解、黄二公，权小于张公，怎能跟汉王抗衡？！"

杨士奇道："常言'忠臣不怕死'，我们既做臣子，就应利国为民，生死由之，不能因顾虑个人祸福，趋炎附势。愚意以为，汉王在京，将来必致内乱，为国家人民计，应让圣上尽早去之。"

蹇义道："可是我们力所不及，徒遗祸患奈何？"

杨士奇道："皇上不信我等言，任汉王报复好了。只要我心底无私，虽九死未悔。"

蹇义道："不想好计谋，徒作牺牲，于事无补。我想，能劝皇上者，唯有道衍。"

杨士奇道："可是，道衍未有归期，而且其意向谁，尚不可测……"

蹇义道："为证实张辅是否上奏章事，皇上曾遣中官沈振去召道衍，道衍虽未随沈振还，但亦归期不远。至于其意向谁，我看不难推测。"

杨士奇道："道衍和尚深不可测，其意向谁，蹇大人何以能知？"

蹇义道："道衍辅太子，又是太孙师，当然意向太子。"

杨士奇道："可是，道衍重修《太祖实录》，监编《永乐大典》，观点亦法亦儒，他著的《道余录》却多反儒学。太子近儒，因此，愚下推测，他未必意向太子。"

二人争论，未有定论。

杨士奇回家，怅惘不已，但听蹇义劝告，也未莽撞上本。三日过去，忽然家人来报："被岑同抢去的那白小姐，自杀死了。"

听到这个消息，杨士奇痛苦极了。虽然他明知自己救援无术，但对白如梨的死，还是很内疚。他想去见驾，奏明此事，但又恐自己单丝不成线，故彷徨不决。

又过了几天，忽然得到几个蒙面人杀死岑同、刺伤汉王的消息，这才吐出他淤积于胸的一口闷气。

这杀死岑同、刺伤汉王之人正是唐赛花的姐姐唐赛儿。唐赛儿是白莲教教徒，能文能武，与丈夫林三同为游侠。唐赛花向她讲了白如梨被抢之事，唐赛儿大怒，就同丈夫林三及几个师兄弟来京中救人。可是到了京中，找到岑同家，白如梨已经死了。唐赛儿一怒之下杀了岑同，并去行刺汉王。因为汉王府防卫甚严，汉王只受了伤，并未被杀死。

此事惊动了京城。成祖也有所闻，乃密问蹇义，蹇义惧高煦威焰，推辞道："近日臣患病在家，诸事未闻。"

成祖又问杨士奇。杨士奇想："今日皇上已闻汉王事，为了社稷安定，我应该冒死直陈。"于是顿首道："汉王初封云南，不肯行，复改青州，仍不行。汉王心事如何，无待臣言。据臣所知，近日汉王多行不法，臣冒死以达天听。"接着，就把汉王私用天子舆驾，指使岑同强抢白如梨及用铁爪抓死指挥徐也间之事说了。杨士奇又道："臣之愚忠，唯天可表，圣上若不察，臣死无怨，唯愿陛下早善处置，以保全陛下父子恩亲，得以永世昌利。"

成祖默然不答。

过了几日，道衍返京，向成祖献了北平皇宫建筑图，并报告了皇宫建筑进展情况。

成祖很满意。

道衍又奏道："臣临行，想到陛下所嘱，因此逗留几天，遍观了北平郊邻各地，为陛下选了两处风环水抱、紫气东来的宝地，备做陵寝。"

成祖道："请少师为朕详述两处风水宝地情况。"

道衍道："此两处风水宝地，一在昌平县，一在房山县北。两处均依山傍溪，山明水秀，林木葱茏，云蒸霞蔚。"接着，又详细述说了两处自然环境之美。

成祖道："明陵就选在昌平县吧，房山县那处，朕就赐给少师。"

道衍道："谢圣上。"

成祖道："少师，你知朕召你回来何事？"

道衍已从沈振口中知道成祖召他回来的原因，对怎样回答早已胸有成竹。但是他道："不知道。臣远在北平，怎知圣上召臣何事？"

成祖道："张辅挂印出兵征交阯，因其劳师日久，故朕调他回来。可是，他竟拥兵不归，并擅自入老挝。有人弹劾他目无君上。姚继和副帅却为其辩护，说他早有表章带给少师，托少师代奏未奉召即还的原因。不知少师究竟收到张辅奏章没有？"

道衍没直接回答成祖的话，却道："圣上，臣知道弹劾张辅大元帅的是何人。"

成祖问道："是沈振那奴才告诉少师的吗？"

道衍道："不是。可是他却告诉臣另外的事，是臣推知的。"

成祖盯着道衍问："那奴才告诉少师什么事？"

道衍道："他向臣转达了汉王之意，要臣隐瞒那奏章之事。"

成祖道："张辅到底有无奏章交给少师？"

道衍道："有。"说着掏出一本表章双手捧上，道，"张辅的表章在此，请圣览。"

内侍接过表章，递给成祖。成祖阅罢，道："看来张元帅确有表章——少师，大元帅既有表章，托卿转给朕，少师为何不及时交给朕？"

道衍道："臣有两个原因。一，臣当时正在北平监筑皇宫，此重要之物，臣未敢轻易遣人送；二，臣知有人正在酝酿一个陷害张大将军的阴谋，故匿于此奏表，可以使这个阴谋暴露。"

成祖愕然问："什么阴谋？！"

道衍道："迫害支持圣上立太子之大臣。"

成祖怀疑道："有这等事？！"

道衍道："圣上请想，当时主张立太子之人，除了臣，哪个没遇害？解缙被害死狱中，黄淮、杨溥仍系囹圄；杨士奇等因人力保，才未遭难；只有张辅，尚未受害。我看了张元帅奏表，所以不交，是料定阴谋者必借此陷害张元帅。"

成祖道："少师向来妙计绝伦，阴谋者暴露了否？是谁？"

道衍道："暴露了。这个阴谋者臣不说，圣上也必知道。"

成祖一怔，想了想，默默点头道："朕知矣！"他沉思不语，过了片刻，忽抬眼问道衍道，"少师，只凭这点，就可说是阴谋？"

道衍道："陛下，臣称其为阴谋，当然不只凭这点。"

成祖问："少师，还凭什么？"

道衍道："沈振为劝说臣帮汉王谋太子位，向臣说，汉王设幕府，罗致了不少朝臣，如都御史陈瑛、都督岑同等，同时……"

成祖截断道衍的话道："原来陈瑛那厮在汉王处！"

道衍道："据沈振说，陈瑛正匿在那里。害张辅的恶毒主意，便是他出的。"

成祖道："汉王还有何犯法行为，少师可知？"

道衍道："他私招兵马，交由都督岑同训练、率领，扎营在汉王府邸之侧，做汉王的侍卫兵。"

成祖大怒，立刻下旨传示朝臣检举汉王诸不法。有的朝臣说汉王私造兵器，有的说汉王蓄养亡命之徒，有的说汉王私演战阵，等等。

成祖大怒，问道衍怎么办。道衍道："查办此事，须派钦差，持上方剑，到汉王府邸捉拿陈瑛及诸亡命之徒。问实他们，汉王有无以上罪状。如有罪状，须圣上亲自讯问，大臣审理不了。至于怎么处理汉王？臣不愿言。"

成祖立放张辅，奖其平南之功，并派他为钦差持上方剑，率一万人马，包围汉王驻京府邸，将陈瑛及诸亡命之徒一齐捉来。接着，成祖又命人审讯，陈瑛等惧罪，多把罪恶推在汉王身上。

成祖大怒，下令杀了诸亡命之徒，凌迟处死陈瑛，又下诏命汉王入朝。

汉王入朝，跪拜成祖。成祖大怒，手指着汉王，一条条责问其罪。

汉王无可抵赖，支支吾吾避重就轻。

成祖怒道："你生朱家，得封汉王尚不满足，欲构阋墙之祸，甚为可恨！"即命内侍摘了高煦的王冠，挦了高煦的王服，将他囚禁在西华门内，以待定罪。

成祖又命杀了汉王的所有辅臣，并欲废汉王为庶人。

群臣都恨汉王跋扈、暴戾，无人讲情，只有太子朱高炽在旁道："皇弟一时糊涂，犯下罪过，请父皇念其初犯，从宽处罚！"

成祖道："我为你着想，不得不割去私爱，你愿养虎自贻其患吗？！"

太子仍泣请不已。成祖问道衍。道衍知道这是成祖欲把人情给太子，便道："以臣愚见，应允太子之请，只削汉王权势，改徙僻邑，迫令出京，以弭阋墙之祸。"

成祖道："就依少师议。"于是，削去高煦护卫数人，徙封高煦于山东乐安州，令即日起程。

高煦无计，只得离京而去。

成祖又要封赏道衍，道衍仍坚辞不受。

道衍奏请成祖，另选能员依图修筑北平城，以待迁都。自己专务《永乐大典》的审修。他用时一年，将《永乐大典》审阅、修改完毕，交成祖审阅付刊。

此后，道衍告老闲居庆寿寺，不再入朝。临行送成祖"兴利除弊"四个字，成祖点头谨记。

姚继入京为官，移家至京。他常去看望道衍，成祖也常去探视。

此时，唐赛儿等聚众造反，东海常有倭寇侵扰。成祖问计于道衍。道衍道："百姓谋反，应改革弊端，不要大肆杀人。倭寇入侵，应加强海防，坚决消灭。"

成祖认可，以道衍之言制定国策。

道衍弥留前，成祖前来问疾，赐金唾壶。成祖问他有何遗言，他道："吾无别求，僧人溥洽久受枷械之苦，愿陛下释之。"

成祖答应释放溥洽。道衍瞑目而逝，享年八十四岁。

道衍死，成祖非常伤悼，辍朝二日，命礼部治丧。追赠推诚辅国协谋宣力文臣，封荣禄大夫、上柱国、荣国公，谥恭靖。

成祖赐葬房山县东北，亲制神道碑志其功，封其养子姚继袭其爵。